图夫航行记

[美] 乔治·R. R. 马丁 著　　朱佳文 译

TUF VOYAGING

George R. R. Martin

湖南文艺出版社
HUNAN LITERATURE AND ART PUBLISHING HOUSE
博集天卷
CS-BOOKY

献给罗杰·泽拉兹尼和朱迪·泽拉兹尼，

你们让圣菲有了家的感觉。

目录

序章

目录（六）

物品编号：37433-800912-5442894

山迪洛星文化与知识发展中心

外星人类分组

物品描述：晶体语音代码

物品发现地：赫罗·布拉纳星（坐标：SQ，V7715，I21）

暂定年代：记录于约二百七十六个标准年前

分类见下：

哈兰甘人的奴隶种族

赫鲁恩族群的传说与神话

未确认疾病

废弃的贸易基地

喂？喂？

噢，它还能用。很好。

我是代理人学徒拉里克·霍特文奇，在此警告任何找到这段留言的人。

黄昏降临，对我来说这是最后一次。太阳沉入西方的绝壁之下，将大地染成鲜血的色彩，暮色无情地吞噬着周围的一切，朝我逼近。星辰接连现身天际，可最要命的却是那颗日日夜夜燃烧不停的星星。它总是跟着我，在天空中，它的明亮仅次于太阳。那就是灾星。

今天我埋葬了贾妮尔。我亲手埋葬了她，在坚硬的岩石地面上挖掘，从黎明直到午后，直到双手像火燎一样疼。当上天给我的考验终结，当最后一铲肮脏的异星泥土洒上她的头颅，当最后一块石头在她的石冢上就位之后，我站在她的头顶，朝她的坟墓吐了口唾沫。

都是她的错。当她奄奄一息时，我对她说过不止一次，在末日到来之前，她终于承认了自己的罪孽。她错在让我们来到这里，她错在没有在能离开时带领我们离开，她错在她死了——这一点不用怀疑。当我自己的死期到来时，我将无人掩埋地腐朽，我的血肉将成为黑暗中的野兽、我们曾盼望与之通商的飞人和黑夜猎手的美食。

灾星微微闪耀，将清澈明亮的光芒洒向大地。我跟贾妮尔说过，这很奇怪，传播瘟疫的星星不都应该是红色的吗？它本该更加鲜艳，包裹着猩红色的光辉，在夜色中留下血与火的低语。像它这么清澈洁白，怎么会和瘟疫有关呢？最初，那艘租来的飞船着了陆，让我们引以为傲的小小贸易基地得以开张，而它把我们放下之后就开走了。那时在这片异星天空里，灾星只不过是五十颗一等星之一，几乎无从辨认。那时我们对原住民的迷信观念一笑置之，这些落后的蛮族还以为疾病是从天而降的呢。

然而灾星随即由亏转盈，每一夜都变得更亮，直到在白天都清晰可见。而在那之前很久，瘟疫就开始蔓延了。

飞人们在逐渐暗淡的天空中盘旋。他们不断滑翔，远远看去异常美丽，让我想起了家乡的那些影鸥。我的家乡名为布达卡，位于莱兹亚星的活海之上，可这里没有海，只有高山、丘陵和干燥的荒地。我也明白，近在眼前的飞人就没那么美丽了。他们瘦弱又丑陋，有半个人那么高，他们的皮肤如同鞣制的皮革，紧紧绷在怪异而中空的骨骼上。他们的双翼像鼓皮那样干燥坚韧，爪子锐利如刀，而在那从窄小的颅骨后方伸出的钩刃状的巨大骨冠之下，那对眼睛的颜色是骇人的红色。

贾妮尔说，这些飞人是智慧生物，他们会说话。我听过他们的语言，那是一种极其尖细的叫声，足以刺痛人类的神经。我从没学会这种语言，贾妮尔也没有，但她认为他们是智慧生物，可以和人类做生意。确实，他们不想杀人类，可他们也不想做生意。他们会偷东西，这就是他们智慧的极限了。我们之间只有一点是相同的：我们都会死。

飞人们死了。至于黑夜猎手们，他们的四肢庞大扭曲，粗糙的手掌上长着两根拇指。在肿胀的头颅上，他们的眼睛闪烁着光芒，犹如将熄的余烬。他们也死了，尽管他们拥有惊人的力量，那大得出奇的眼睛能在遮蔽灾星的暴风雨中视物。在巨大的洞窟中，黑夜猎手们低语着曾为之效命的主人们的名字，伟大的智者们说他们将于某日归来，号召黑夜猎手们重开战端。智者们没有来，黑夜猎手们却死了——正如那些飞人，正如我们在燧石山丘上找到的更为奇异的生物，正如那些无脑的野兽，正如作物和树木，正如贾妮尔和我。

贾妮尔告诉我，这世界遍地都是黄金，实际上，这里遍地都是死亡。在她古老的宇航图上，这里叫作赫罗·布拉纳星，我却不会这么叫它。她知道这里所有居民的名字，我只记得赫鲁恩人，这是那些黑夜猎手真正的名字。他们是奴隶种族，曾被他们的大敌哈兰甘人奴役，这些奴隶主在一千年[1]前落败，将他们的奴隶遗弃至今。她说这里是个失落的殖民地，有一大帮渴望通商交易的智慧生物。她知道得那么多，我知道得那么少，可如今埋葬她，朝她的坟墓吐口水的人却是我。真相在于，如果说他们是奴隶，那他们无疑也是蹩脚的奴隶，因为他们的主人让他们置身于地狱之中，置身在灾星痛苦的光辉之下。

最后一艘补给飞船来到这里，已经是半年前的事了。我们本该离开。当时瘟疫已经开始蔓延。飞人们缓缓地攀上山巅，自悬崖滚落。我找到了他们，看到他们的皮肤红肿流脓，双翼出现巨大的裂纹。黑夜猎手们带着满身青黑的疖子出现，向我们购买数量可观的雨伞，以保护他们免受灾星光线的侵害。补给飞船着陆时，我们就该走的，可贾妮尔不愿意。她为杀死飞人和黑夜猎手的那些疾病起了名字，也为能治愈那些疾病的药物起了名字。她认为命名能增进我们对事物的了解。按照她的计划，我们要成为医师，在得到蛮族的信任后发一笔横财。于是她买下了飞船上所有的药品，还多订购了一些，接着我们开始治疗她命名的那些瘟疫。

下一次瘟疫到来时，她又给它起了名字。下一次，下下次，下下下次同样如此，可这些瘟疫根本无穷无尽。她先是用光了药品，接着用光了名字，今早我开始挖掘她的坟墓。她过去是个苗条活泼的女人，死后身体却变得僵硬，四肢肿得有从前的两倍那么粗。我挖了个很大的墓穴，才放得下她僵直肿胀的尸体。我给杀死她的那种病取了名字——贾妮尔瘟疫，我对取名可不在行。我的病和她的病不一样，而且没有名字。只要我一走动，就仿佛有熊熊烈火烧向骨髓，皮肤也变得苍白易碎。每当我在黎明醒来，我都会发现床单上满是从骨骼上脱落的肌肉碎

1. 此处的“年”指前文的“标准年”，后同。——编者注（本书脚注如无特别说明，均为译者注。）

屑，浸染着伤口渗出的鲜血。

灾星高挂在我的头顶，那么庞大，那么明亮，到现在我才明白它为何是白色的。白色代表洁净，灾星是在净化这片大地，可它洒下的却是腐败与腐朽。真是绝妙的讽刺，对吧？

我们带来许多武器，卖出的却很少。黑夜猎手和飞人用任何武器都没法跟屠杀他们的东西对抗，他们从一开始就更相信雨伞而非激光。我取来储藏室里的火焰枪，给自己倒了一杯黑葡萄酒。

我站在凉爽的地方，对着这枚晶体诉说感想，一边痛饮黑葡萄酒，一边欣赏那些飞人——那几只仍然存活的飞人。他们在夜空中起舞，在夜空中翱翔，远远望去，他们和活海上的影鸥如此相像。我会痛饮黑葡萄酒，回想当我还是个会梦见星辰的布达卡孩童之时，听过的那种大海的声响。待我喝干美酒，我将使用这把火焰枪。

（漫长的沉默）

我想不到可说的话了。贾妮尔知道许多术语和名字，可我今早就把她给埋了。

（漫长的沉默）

如果有人发现了我的留言……

（短暂的停顿）

如果真如黑夜猎手们所说，灾星有衰退期，而你们是在瘟疫消散后才发现了这条留言，那么千万别踏进这个陷阱。这不是个平等的世界，也不是个适合生存的世界，这里只有死亡和数不清的瘟疫。灾星将再次闪耀光芒。

（漫长的沉默）

我的酒喝完了。

（录音结束）

灾星

“不，”凯杰·内维斯坚定地说，“不成，大蠢蛋才会跟什么星际大公司扯上关系。”

“噢，得了吧，”赛丽丝·瓦安反驳道，“我们非去那里不可，对吧？我们需要飞船。我以前在星辰泊地租过飞船。简直舒适得要命，那些船员彬彬有礼，船上的美食取之不尽。”

内维斯回以令人生寒的表情。他的脸简直是为这副表情量身定做的——棱角分明的脸盘，向后梳拢的头发，弯刀似的鼻梁，在厚实的眉毛下若隐若现的黑色的小眼睛。“你租飞船的理由是什么？”

“哎呀，当然是旅行考察啦。”赛丽丝·瓦安回答。她拿起面前碟子里的另一颗冰激凌球，小心翼翼地将其用拇指和食指捏住，丢进嘴里。“我监理过很多重要考察。资金是文化与知识发展中心那边提供的。”

“让我指着你的蠢鼻子告诉你，”内维斯说，“这次不是旅行考察，这次不是去打探土著的交配风俗，这次不会像干你的老本行那样，到处寻找正常人都不当回事的晦涩知识。我们是去追寻一份价值难以估量的宝藏，找到之后，也不用装出一副要把它交还失主的样子。你要我用不太合法的途径弄到它，可你又不相信我，上路之前都不肯告诉我那鬼东西到底在哪里，而这个莱昂甚至雇了保镖。好吧，我不在乎，不过你得明白——我可不是山迪洛星上唯一不值得信任的人。这牵涉到庞大的利益，还有权势。假使你还要继续跟我唠叨伙食，我走就是了。我宁可不坐在这里数你有几层下巴！”

赛丽丝·瓦安轻蔑而响亮地哼了一声。她是个高大丰满、脸色红润的女人。“星辰泊地是知名企业，”她说，“除此之外，救援法——”

“根本没有意义，”内维斯说，“山迪洛星有一套法规，克莱勒诺马斯星有另一套，玛雅星有第三套，随便哪套都没有半点作用。如果真的采用山迪洛救援法，我们只能得到寻获物的四分之一，前提是我们真能找到点什么。假使灾星像莱昂想的那样，假使那玩意真的管用，那不管是谁控制了它，都能在本星系获得无可匹敌的军事优势。我向你保证，星辰泊地和其他星际公司的成员都跟我一样贪婪无情，而且他们规模够大，势力够强，就连行星政府都不得不防着他们。让我提醒你，以防你忘记：我们只有四个人，算上那个雇工也才五个人。”他朝对他露齿冷笑的瑞卡·晓星点点头。“一艘大飞船上光做点心的厨子就超过五个人。就算是小号邮船，船员的人数也明显占优。万一他们发现我们弄到了什么，你觉得他们就不会试图将其据为己有吗？”

“他们敢使诈，我就去告他们。”肥胖的人类学家说道。她的话音里透出些许气恼的意味。她抓起最后一颗冰激凌球。

凯杰·内维斯哈哈大笑。“向什么法庭告他们？在哪个星球告他们？况且我们得先活命才行！妈的，你真是个蠢得要死的丑婆娘。”

杰弗里·莱昂不安地听着这场争吵。“好了，好了，”他终于插嘴，“脏话就免了吧，内维斯，别这样。说到底，我们都是一艘飞船上的伙伴。”莱昂个子矮小，身材方方正正，穿着军用变色夹克，上面装饰着几条在那些早已被遗忘的战争中获得的勋带。他的衣物在这家小餐馆的昏暗灯光中变成了尘灰色，与铁铲形胡须的颜色相得益彰，而他宽阔光秃的前额闪着汗水的微光。凯杰·内维斯让他神经紧张，毕竟，这人名声在外。莱昂环顾四周，寻求其他人的支持。

赛丽丝·瓦安板起脸，盯着眼前的空碟子，仿佛她的目光能变出又一碟冰激凌球。瑞卡·晓星把身体靠向椅背，亮绿色眼眸里带着讽刺的笑意。她便是内维斯说的“雇工”，在淡褐色运动服和银色铁网背心之下，她高大结实的身体似乎很放松，几乎显得有些慵懒。她才不关心雇主们会不会没日没夜地争论下去呢。

“人身攻击毫无益处。”阿尼塔斯说。很难说清这个电子人在想什么，他的脸是锃亮的金属，肌肉是半透明的塑料，其他人完全看不出他的表情。他右手上闪耀的蓝钢手指和左手上咖啡色的肉质手指互相交扣，两颗闪闪发光的银铁眼球在黑色塑胶眼窝里平稳地转动，打量着内维斯。“凯杰·内维斯的论点很正确。他在这些领域很有经验，我们可没有。如果我们不听他的劝告，那让他参与这件事又有什么用呢？”

“啊，正是如此，”杰弗里·莱昂赞同道，“那么你有何高见，内维斯？如果我们非得避开星际公司，那我们该怎么到灾星上面去？”

“我们需要飞船。”赛丽丝·瓦安大声陈述着显而易见的事实。

凯杰·内维斯笑了。“星际公司没有垄断所有飞船，所以我才建议我们在这里碰头，而不是去莱昂的办公室里碰头。这鬼地方离港口不远，我敢肯定，我们需要的人就在这里。”

杰弗里·莱昂露出犹豫的神色。“你是说自由贸易人？他们之中某些人的名声，呃，不太体面，不是吗？”

“就像我的名声一样。”内维斯提醒他。

“可是……我听说他们参与走私，有些人甚至是太空海盗。我们该冒这种风险吗，内维斯？”

“我们不该冒任何风险，”凯杰·内维斯说，“而且我们不会面临任何风险。关键在于你认不认识合适的人。我认识很多人，其中既有合适的人，也有不合适的人。”他朝某个方向微微点头。“好了，瞧瞧后头那个戴黑色珠宝的黑皮肤女人。那是杰莎麦恩·凯吉，‘自由冒险号’的女主人。毫无疑问，她会以相当合理的价格把飞船租给我们。”

赛丽丝·瓦安伸长脖子打量四周。“就是她了？我希望她的飞船装了重力格栅。失重让我犯恶心。”

“你打算什么时候去找她？”杰弗里·莱昂问。

“我不会去找她，”内维斯告诉大家，“哦，我让杰莎麦恩帮我运过一两次货，可我不会冒险跟她一同旅行，让她参与这种大事我更是想都不会想。‘自由冒险号’上有九个船员，足够搞定我跟那个雇工了。无意冒犯，莱昂，你和瓦安派不上用场。”

“你要知道，我是个军人，”杰弗里·莱昂用受伤的语气说，“我打过仗的。”

“那是一百年前的事了，”内维斯说，“就像我说的那样，你和瓦安派不上用场。杰莎麦恩干掉我们就像吐口唾沫那么快。”内维斯那双黑色的小眼睛从他们身上扫过。“看到了吗？这就是你们需要我的原因。没了我，你们只会天真地去雇用杰莎麦恩，或是找上哪家星际公司。”

“我侄女在一位非常成功的自由贸易人手下供职。”赛丽丝·瓦安说。

“你说的这个自由贸易人是谁？”凯杰·内维斯询问道。

“挪亚·瓦克福斯，”她说，“‘便宜货世界号’的船主。”

内维斯点点头。“胖挪亚，”他说，“我敢肯定，这么一趟旅行会很有趣。或许我该提醒你，他的飞船一向保持在无重力状态，重力会要了那老变态的命。不过这不重要，没错，挪亚算不上特别嗜血。他杀我们跟不杀我们的概率是五五开。可他跟别的家伙一样贪心又狡猾。他起码会想办法分一杯羹，在最糟糕的情况下则会独吞一切。他的飞船上有二十个船员，这些船员都是女人。你问过你侄女真正的工作内容吗？”

赛丽丝·瓦安涨红了脸。“我非得听这个男人冷嘲热讽吗？”她问莱昂，“这可是我的发现之旅。我才不要被这个三流恶棍侮辱呢，杰弗里。”

莱昂不快地皱起眉头。“够了，别再吵了。内维斯，你没必要卖弄自己的专业知识，我们让你参与的理由很充分，这一点我想大家都同意。关于带我们去灾星的人选，你肯定心中有数了，对吗？”

“当然。”内维斯承认。

“谁？”阿尼塔斯紧接着问。

“那家伙算是个自由贸易人吧，不怎么成功的那种。他在山迪洛星已经待了半个标准年，没等到一笔生意。他肯定开始绝望了——为什么不呢？所以能有这么个机会，他会高兴得不得了。他有一艘又小又破，名字却又蠢又长的飞船，这艘飞船算不上豪华，但关键在于它能把我们带到那里去。没必要担心船员，飞船上就他一个人。至于他本人——哦，他是有点荒唐，不过不会给我们惹麻烦的。他块头挺大，可外表和内心都很温和。我听说他养猫，这习惯真他妈奇怪。他酒量大，饭量更大。我都怀疑他身边根本不带武器。据说他的日子过得捉襟见肘，只能在星球之间飞来飞去，用那艘破旧飞船去推销可笑的装饰品和毫无用处的小摆件。挪亚觉得这家伙是个笑柄，就算这个判断有误，他一个人又能做什么？假使他威胁要举报我们，我和雇工就干掉他，然后拿他喂他的猫。”

“内维斯，我不跟你谈这个！”杰弗里·莱昂出言反对，“我可不会参与谋杀。”

“不参与谋杀？”内维斯对瑞卡·晓星点点头，“那你何必雇她？”他的笑容不知为何显得颇为露骨，而她咧开嘴，回以充满恶意与讥讽的笑容。“瞧，”内维斯说，“我就知道来这里是对的。我们要找的人来了。”

他们之中只有瑞卡·晓星不动声色，剩下的三个人转身望向门口，望向刚刚进门的那个男人。此人个头很高，差不多有两米五，细细的金属腰带勒不住柔软的大肚子。他有一双大手，一张带着茫然与好奇神色的长脸，身体姿态则笨拙而僵硬。他的肤色惨白，仿佛漂白过的骨骼的颜色，全身上下似乎没有半根毛发。他穿闪亮的蓝色长裤和栗色衬衫，灯笼袖的袖管末端已被磨破。

他肯定感觉到了他们的注视，只见他转头回望，苍白的面孔上毫无表情。他就这么打量着众人。赛丽丝·瓦安首先别过脸，接着是杰弗里·莱昂，最后是阿尼塔斯。“他是谁？”电子人问凯杰·内维斯。

“挪亚·瓦克福斯管他叫图斐，”内维斯说，“他的真名，据我所知，是哈维兰·图夫。”

哈维兰·图夫以与他的块头相悖的灵巧动作拿起最后一座绿色的星际堡垒，一脸满足地看着游戏盘。整张棋盘上的巡洋舰、无畏战舰、星际堡垒和殖民地都变成了红色，红色无处不在。“我不得不宣布我赢了。”他说。

“你又赢了一次。”瑞卡·晓星说。她舒展身体，抚平衣物的褶痕，这是她在游戏台上趴了数个标准时造成的后果。她拥有母狮般的致命优雅，而在她银色的铁网背心之下，一把射钉枪紧紧地塞在她肩上的皮制枪套里。

“或许我该斗胆建议再比一场。”哈维兰·图夫说。

晓星大笑。“不用了，谢谢，”她说，“你太擅长这个了。我天生是个赌徒，可跟你比赛连赌博都算不上。我输够了。”

“我只是一直最走运而已，”哈维兰·图夫说，“毫无疑问，我的运气快要回到正常水平了，而你只需要再尝试一次就能消灭我那可怜的军队。”

“噢，毫无疑问，”瑞卡·晓星咧嘴笑道，“不过请原谅，我打算把这次尝试稍微延后，等到穷极无聊的时候再说。至少我比杰弗里强。对吗，杰弗里？”

杰弗里·莱昂坐在飞船控制室的角落里，津津有味地读着一堆老旧的军事书。他的变色夹克变成了与身后舱壁的合成木板相同的褐色。“这游戏不符合真实的军事准则，”他的语气带有一丝恼怒，“我运用了‘北斗星’斯蒂芬·科博尔特在第十三人类舰队攻击赫拉奇安星时采取的战术。图夫的反击在这种情况下是截然错误的。如果规则正确，他的舰队该溃退才对。”

“的确，”哈维兰·图夫说，“这就是你胜过我的地方，先生。毕竟，你有幸成为一位军事史学家，而我只是个卑微的自由贸易人。我不像你那样精通历史上的伟大战役。我一直都很走运，仅仅是因为游戏本身的缺陷和我非凡的运气，两者加在一起才弥补了我的无知。尽管如此，我还是希望自己能有进一步掌握军事法则的机会。假如你乐意再次尝试这个游戏，我会仔细学习你精妙的战术，以便将来能在我拙劣的玩法中加入更为真实合理的策略。”

杰弗里·莱昂，这位在过去一标准周的每次游戏中都头一个被消灭的银色舰队指挥官清了清喉咙，露出不安的神色。“是的，呃，你看，图夫……”他开口道。

隔壁舱室突然响起尖叫声和粗野的咒骂声，将莱昂从困窘中解救出来。哈维兰·图夫立即迈开了步子，瑞卡·晓星紧随其后。

他们来到走廊时，赛丽丝·瓦安正摇摇晃晃地走出起居室，追赶着某个黑白相间的瘦小身影，那东西从他们身边飞奔而过，钻进了控制室。“抓住它！”赛丽丝·瓦安朝他们高喊。她的面孔发红肿胀，看起来怒气冲冲。

门很小，而哈维兰·图夫的块头很大。“我能否询问这是出于何种目的？”他堵住她的去路后问道。

人类学家伸出左手，手掌上有三道又短又深的抓痕，血流如注。“瞧瞧它对我做了什么！”她叫道。

“的确，”哈维兰·图夫说，“而你又对它做了什么？”

凯杰·内维斯带着淡淡的冷笑从起居室里走了出来。“她把它抓起来，丢到了房间另一头。”他说。

“那是我的床！”赛丽丝·瓦安叫嚷道，“我只想打个小盹，可这该死的东西睡在我的床上！”她飞快转过身，面朝内维斯。“还有你，把你那假惺惺的微笑撤下来。我们被关在这艘小小的破飞船里已经够糟了！我才不要跟这恼人家伙的肮脏小畜生们分享这一丁点空间！都是你的错，内维斯，是你害得我们这样的！现在，给我做点什么，我要求你让图夫扔掉那些野蛮的害虫，你听到了没？我要求你这么做！”

“打扰一下。”瑞卡·晓星在图夫身后说。他转脸瞥了她一眼，走向一旁。“这就是你说的野蛮的害虫吗？”晓星一边咧开嘴笑着发问，一边步入走廊。她左手环抱着一只猫，右手抚摸着它。那是只很大的公猫，有柔软的灰色长毛和一对傲慢的黄色眼睛。它少说有九千克重，可瑞卡轻松地抱着它，好像它是一只小猫咪。“你要图夫对‘蘑菇’做什么呢？”她问。猫喵呜喵呜地叫起来。

“弄伤我的是另一只，黑白花纹的那只，”赛丽丝·瓦安道，“可这只也一样坏。瞧瞧我的脸！瞧瞧它们对我做了什么！我几乎没法呼吸，全身都起了疹子，而且每次我想小睡一会儿，醒来时都有只猫趴在我的胸口。昨天我弄了点小吃，才不过把它放下一会儿，等我回来，那只黑白花纹的猫已经打翻了我的盘子，把我的辣味松糕在灰尘里滚来滚去，好像那是玩具似的！在这些畜生身边没什么东西是安全的。我已经丢失了两支光芯铅笔和我最漂亮的粉色小戒指。现在它居然袭击我！真的，这简直让人无法忍受。我要求你立刻把这些该死的畜生放进货舱。立刻，你听见没？”

“谢谢，我的听力还算正常，”哈维兰·图夫说，“如果你到航程结束还没找到丢失的财产，我很乐意照价赔偿。可是你关于‘蘑菇’和‘浩劫’的请求，我只能遗憾地予以拒绝。”

“我是你这艘可笑的星际飞船的乘客！”赛丽丝·瓦安朝他尖叫。

“你非得在侮辱了我的听力之后再侮辱我的智力吗？”图夫答道，“你作为乘客的身份显而易见，女士，没必要特意指出这一点。不过请允许我指出，这艘你觉得可以随便侮辱的小飞船可是我安身立命的家园。此外，正如你拥有无可辩驳的乘客身份，因而能够享受某些权利和设施那样，‘蘑菇’和‘浩劫’拥有更充分的理由享受更多的权利，因为这里可以说是它们的常住居所。让旅客搭乘‘价廉物美量又足号’可不是我的习惯，正如你看到的，这里的空间几乎不够我自己用。很遗憾，我近来的事业一直在走下坡路，所以我并不否认，当凯杰·内维斯来找我的时候，我这里的设施不太齐全。为了让你们踏上这艘被你如此污蔑的飞船，我已经费尽心力，甚至还为你们让出了飞船的起居室，把我可怜的床榻安置在控制室里。尽管我有无可否认的金钱方面的需求，如今我却为自己签订协议时那股愚蠢的利他主义冲动而深感懊悔，尤其是想到我接受的酬劳几乎不够支付这次航行所需的燃料和口粮，外加山迪洛星的入境税。我觉得你们令人悲伤地利用了我容易受骗的性格。不过我是个言出必行的人，并且会尽我所能把你们送到那个神秘的目的地。然而，在航行期间，我必须要求你忍受‘蘑菇’和‘浩劫’，就像我需要忍受你一样。”

“噢，我才不要！”赛丽丝·瓦安斩钉截铁地说。

“我对此毫不意外。”哈维兰·图夫说。

“我再也不要继续忍受了，”人类学家说，“我们没有理由像兵营里的士兵那样挤在一个房间里。这艘飞船从外面看绝不止这么小。”她用一条粗短的手臂指了指。“那扇门通向哪里？”她质问道。

“通往储藏室和货舱，”哈维兰·图夫平静地说，“门后共有十六个舱室。我得承认，最小的那个舱室也比我寒酸的起居室大一倍。”

“啊！”瓦安说，“我们运了什么货物吗？”

“十六号舱室装满了库格里许星祭神面具的塑料仿制品，我不幸没能在山迪洛星将它们卖出去，那次我低声下气地来到挪亚·瓦克福斯的门前，而他狠狠杀价，剥夺了我赚取利润的渺茫希望。我在十二号舱室里存放了一些私人财产——各式各样的装备、收藏品和小摆设。剩下的舱室都空得很，女士。”

“好极了！”赛丽丝·瓦安叫道，“那样的话，我们就把那些小舱室换成每人一间的私人居所好了。搬运床铺应该不是件难事吧。”

“非常简单。”哈维兰·图夫说。

“那就快去做啊！”赛丽丝·瓦安大喊。

“如你所愿，”图夫说，“你还想租一件增压服吗？”

“什么？”

瑞卡·晓星咧嘴笑起来。“那些舱室位于维生系统之外，”她说，“没有空气，没有供暖，没有压力，甚至没有重力。”

“一定很适合你。”凯杰·内维斯插嘴道。

“的确。”哈维兰·图夫说。

在星际飞船上，昼夜之差失去了意义，但人体的古老规律仍在发号施令，迫使科技俯首听命。在那些巨型三挡式战舰和星际公司的商船之外，像“价廉物美量又足号”这样的飞船有自己的睡眠周期——属于黑暗与寂静的时间。

瑞卡·晓星从她的帆布床上起身，检查射钉枪。这是她长久以来养成的习惯。赛丽丝·瓦安鼾声如雷；杰弗里·莱昂辗转反侧，在睡梦中迎来场场凯旋；凯杰·内维斯迷失在财富与权力的梦境里。电子人也已入眠，尽管那是某种更深层次的睡眠。为逃避无聊的航程，阿尼塔斯躺在一张帆布床上，接上飞船的计算机，随后关闭了自己的电源。他的机械半躯监控着他的有机半躯。他的呼吸缓如冰川，富有规律。他的体温变低，能量消耗降低到接近零点，但那对没有眼睑的传感器——他的眼睛——有时会微微移动，追寻某种看不见的景象。

瑞卡·晓星悄无声息地离开了房间。哈维兰·图夫独坐在上方的控制室里。他的大腿被那只灰色公猫占得满满的，他巨大而苍白的手掌在计算机按键上游移。那只个头较小、黑白花纹的猫咪，也就是“浩劫”，正在他脚边玩耍。它抓着一只光芯铅笔，在地板上反复拍打。图夫根本没听见瑞卡进门——没人能听见瑞卡·晓星的脚步，除非她想让别人听见。

“你还没睡。”她背靠着门柱说。

图夫转过座椅，面无表情地看着她。“出色的推论，”他说，“我就坐在你面前，被飞船的各类需要驱使着，忙得不可开交。在缺乏证据的情况下，你仅凭眼睛和耳朵就得出了我尚未入睡的结论。你的判断力着实令人惊叹。”

瑞卡·晓星从容地走进房间，躺在那张从图夫的上个睡眠周期到现在仍旧干净整洁的帆布床上，舒展了一下身体。“我也醒着呢。”她微笑着说。

“真是令人难以置信。”哈维兰·图夫说。

“相信我吧，”瑞卡说，“我睡得不多，图夫。每晚两三个小时[1]。对我的职业来说，这是个优势。”

“毫无疑问。”图夫说。

“可在飞船上，这就有点不方便了。我很无聊，图夫。”

“也许，你想玩一局游戏？”

“也许是某种不同的游戏。”她笑了。

“我一向渴望能见识新游戏。”

“很好。我们来玩阴谋游戏吧。”

“我不太熟悉规则。”

“噢，规则简单得很。”

“的确。也许你愿意费心讲解一下。”图夫的那张长脸平静如常，他的表情令人捉摸不透。

“在上一场游戏里，假如赛丽丝·瓦安答应和我联手，你是绝对赢不了的，”瑞卡开始侃侃而谈，“图夫，对所有参与者来说，结盟都有利可图。你跟我在这里都孤立无援，我们是雇工。假如莱昂对灾星的看法是正确的，他们几个人将分享这笔庞大到难以想象的财富，而你和我只会得到一点赏钱。在我看来这非常不公平。”

“公平与否往往难以裁决，获得公平则更为困难，”哈维兰·图夫说，“我或许希望报酬能更加丰厚，但毫无疑问很多人都抱有同样的期盼。而这始终是我经过商谈后谈妥的钱。”

“我们可以重新发起商谈，”瑞卡·晓星提议，“他们需要我们，需要我们俩。我觉得，如果我们联手，也许能够……呃……要求更好的条件。全额分配，六人平分，你怎么看？”

“这是个诱人的计划，有诸多可取之处，”图夫说，“有的人或许

---

1. 此处的“小时”指前文的“标准时”，后同。——编者注

会冒昧地表示这不符合职业道德，可另一方面，真正久经世故的人在道德上都会保留变通的可能。”

瑞卡·晓星对着那张苍白且毫无表情的长脸端详了好一会儿，接着露齿而笑。“你不愿意答应，对吗，图夫？在内心深处，你是个执着于规则的家伙。”

“规则是游戏的精髓，是游戏的核心所在。只要你愿意遵守规则，它就会为我们小小的竞赛赋予内在的联系与意义。”

“有时候，把游戏盘踢翻更有趣，”瑞卡·晓星说，“也更有效率。”

图夫将十指交叉，放在脸前。“尽管我对那少得可怜的赏钱并不满意，但我必须履行自己和凯杰·内维斯的协议。我可不想让他说我或者‘价廉物美量又足号’的坏话。”

瑞卡大笑。“噢，我想他不会说你的坏话，图夫。我猜他根本不会提起你，你的使命完成之后，他就会把你一脚踢开。”她满意地看到自己的陈述让图夫震惊地眨巴起了眼睛。

“的确。”他说。

“你对这些事情就不好奇吗？我们要去哪里？为什么瓦安和莱昂在上飞船之前对目的地秘而不宣？还有，为什么莱昂要雇用保镖？”

哈维兰·图夫抚摸着“蘑菇”长长的灰色毛发，可他的目光片刻不离瑞卡·晓星的脸庞。“好奇是我最大的恶习，恐怕你已经看穿了我的内心，现在又在设法利用我的弱点了。”

“好奇心害死猫。”瑞卡·晓星说。

“令人不快的暗示，不过从字面意思来看不太可能。”图夫评论道。

“何不满足好奇心呢？”瑞卡总结道，“莱昂知道那地方很大，也很危险。要从那地方得到他们想要的东西，就需要内维斯，或是像内维斯那样的人。他们准备四人平分，可内维斯的名声让人忍不住怀疑：他为何会满足于区区四分之一？我是被雇来监视他的行为的。”她耸耸肩，拍拍肩上皮套里的射钉枪。“此外，我还要负责应付任何可能出现的复杂状况。”

“我是否应该指出，你自身就构成了一种复杂状况？”

她冷冷地笑了。“别在莱昂面前这么说就行，”她说着站起身，伸了个懒腰，“好好考虑吧，图夫。在我看来，内维斯低估了你，但你可别低估他或者我。永远不要低估我。总有一天你会希望自己有一位盟友的，而且那一天会来得比你想象中更快。”

三天的缄默不语之后，赛丽丝·瓦安在用餐时又发起了牢骚。图夫做了哈喇格林风味的辣味杂烩菜。这是一道辛辣美味的开胃菜，但图夫在这次航程中已经是第六次做这道菜了。人类学家把盘子里的蔬菜翻来搅去，做了个鬼脸，然后说：“我们为什么不能吃点真正的食物？”

图夫犹豫了片刻，用叉子熟练地扎起一块肥美的蘑菇，将它举到面前，静静地看了一会儿，接着变换角度，从另一个视角望去。他转动着叉子，观察它的外形，最后用手指轻轻地碰了碰它。“我没能领会你这句抱怨的实质，女士，”他最后开口，“至少以我拙劣的判断力来看，这块蘑菇足够真实了。的确，它只是整只蘑菇中一份小小的样本。或许你的意思是说，剩下的杂烩菜都是幻影，但在我看来并非如此。”

“你明白我的意思，”赛丽丝·瓦安尖声说，“我要的是肉。”

“的确，”哈维兰·图夫说，“我也想要难以计数的财富。做这种白日梦很容易，但要实现就没那么简单了。”

“我受够这些鬼蔬菜了！”赛丽丝·瓦安尖叫道，“你是要告诉我整艘见鬼的飞船上没有一丁点肉吗？”

图夫十指相交，抵住下巴。“当然了，我并不想传达这样的错误信息，”他说，“我本人不吃肉，但我可以坦率承认，‘价廉物美量又足号’上存有少量的肉类。”

兴奋的神情掠过赛丽丝·瓦安的脸庞。她的目光依次扫过其他用餐者。

瑞卡·晓星正试图忍住笑，凯杰·内维斯已经在笑了，而杰弗里·莱昂看起来焦躁不安。“你们看，”赛丽丝·瓦安对他们说，“我告诉过你们，图夫把好食物全留给自己。”她小心翼翼地拿起盘子，将它丢向房间另一边。它撞上一块金属舱壁，里面装着的辣味杂烩菜倾倒在瑞卡·晓星还没铺好的床上。瑞卡甜甜地笑了。“这下我们换铺位了哟，瓦安。”她说。

“我不在乎，”赛丽丝·瓦安说，“我就要得到一顿像样的美食了。我猜你们都想跟我分一杯羹吧。”

瑞卡露出微笑。“噢，怎么会呢，亲爱的。它完全属于你。”她吃完自己那份杂烩菜，用洋葱面包的皮把盘子擦干净。莱昂似乎心神不宁，凯杰·内维斯则说：“要是你能从图夫那里弄到肉，它们就都是你的。”

“好极了！”她宣布，“图夫，拿肉来！”

哈维兰·图夫不动声色地看着她。“的确，我和凯杰·内维斯之间的协议要求我在航行过程中喂饱你们。然而，协议中完全没提到食物种类的问题。我一直以来都受人欺骗，现在看来，我又得为了你的突发奇想去置办食物了。如果我能满足你的突发奇想，你是不是也该满足一下我的要求才算公平？”

瓦安怀疑地皱起眉头。“你什么意思？”

图夫摊开双手。“没什么，真的。作为对你渴望的肉食的回报，我只要求片刻的满足。我最近变得非常好奇，而我只想满足这股好奇心。瑞卡·晓星曾经警告我，好奇心害死猫啊。”

“她说得对。”人类学家说。

“的确，”图夫说，“不过我坚持这项交易。我向你提议——用食物，用你以如此戏剧性的方式要求的那种食物，来交换一小份毫无价值的信息，这样的让步不会给你带来任何损失。我们就快到达赫罗·布拉纳星了，也就是协议中所述的目的地。我想知道我们前往那里的原因，还有你们究竟想在那颗灾星——我听你们提起过它——上面寻找什么。”

赛丽丝·瓦安再次转身面向其他人。“我们已经为食物付过不少钱了，”她说，“这是勒索。杰弗里，说点什么！”

“嗯，”杰弗里·莱昂道，“这真的没什么不好，赛丽丝。等我们到了那里，他无论如何都会发现的。也许现在是时候告诉他了。”

“内维斯，”她问，“你什么都不打算做吗？”

“何必拒绝他呢？”内维斯反问，“这他妈根本没区别。告诉他实情，然后拿走你的肉，要不就别说。我才不在乎。”

瓦安怒视着凯杰·内维斯，接着以更愤怒的目光盯着哈维兰·图夫那张冰冷苍白的面孔。她环抱双臂，然后说：“好吧，如果非这样不可，我就为我的晚餐高歌一曲好了。”

“我完全可以接受正常的说话方式。”图夫说。

赛丽丝·瓦安没理他。“嗯，我会说得简短动听。发现灾星是我最伟大的胜利，是我事业的顶点，可你们缺乏智慧和礼貌，不懂得对探索者心存感激。我是山迪洛星文化与知识发展中心的人类学家，我研究某种特殊的原始文明——大战争之后被孤立的殖民星球的文化及科技衰退。当然，许多人类星球都受到了相当程度的影响，其中不少星球都是热门的研究课题。我负责的领域相对没那么出名。我研究非人类文明地区，尤其是哈兰甘人从前的殖民星球，其中一颗星球就是赫罗·布拉纳星。它曾是繁盛的殖民地，是赫鲁恩人、指形人和更小巧的哈兰甘奴隶种族的繁殖地，可它如今成了一片废墟。仍然生活在那里的智慧生物只能度过短暂、丑恶而野蛮的一生，和大多数衰落的种族一样，他们也拥有关于已经消失的黄金年代的传说。关于赫罗·布拉纳星的最有趣的事便是一个传说，对他们而言独一无二的传说——灾星。

“容我强调，赫罗·布拉纳星的环境并不恶劣，但那里遭受过破坏，人口严重不足。为什么？哦，那些衰落的后裔，赫鲁恩人和指形人，他们的文明截然不同、相互对立，但他们对此有着共同的答案：灾星。每当他们繁衍了三代，人口再次开始增长，并且即将从不幸的深渊中爬出之时，灾星就会在夜空中越变越大。当它成为天空中最为明亮的星辰之后，瘟疫便会降下。疫病会席卷赫罗·布拉纳星，并且一次比一次可怕。药物对此无能为力。作物枯萎，动物消亡，四分之三的智慧生物都会死去。幸存者被迫回归最野蛮的存活方式。接着灾星会衰退，随着它的衰退，瘟疫将在三代人之内远离赫罗·布拉纳星。这就是传说的内容。”

在赛丽丝·瓦安讲故事期间，哈维兰·图夫的脸上没有丝毫表情。“有意思，”他说，“可是据我推测，我们这次远征的目的并不是进一步调查这个引人入胜的民间故事，并借此推动你的职业发展。”

“不是，”赛丽丝·瓦安承认道，“的确，我有过这种打算，因为这个传说看起来是一部学术著作的绝佳主题。我试图向文化与知识发展中心申请资金，以便进行现场调查，可他们拒绝了我的要求。我被惹火了，这是理所当然的。那群鼠目寸光的白痴。我向我的同事杰弗里·莱昂倾诉怒火，告诉他引发我的怒火的原因。”

莱昂清了清喉咙。“是的，”他说，“我的专业领域，正如你们所知的那样，是军事历史。当然啦，灾星激起了我的好奇心。我随后埋首于军事历史中心的资料库。我们的档案不像阿瓦隆星和新霍姆星的档案那样完备，可我没时间进行更彻底的研究了，我们必须抓紧时间。你看，根据我的理论——好吧，说真的，它不仅仅是个理论——我差不多能断定灾星是什么了。它不是传说，图夫！它是真实的。它肯定是一件弃置物，是的，被人遗弃，却能正常运转，在大崩溃之后的一千年里始终贯彻着指令。你还不明白吗？你猜不到原因吗？”

“我承认我猜不到，”图夫说，“我对眼前的这项课题不像你那么精通。”

“那是一艘战舰，图夫，一艘沿着椭圆形轨道环绕着赫罗·布拉纳星旋转的战舰。它是古地球帝国军用来对抗哈兰甘人的极具破坏力的武器，跟传说中在大崩溃前不久现身的地狱舰队一样可怕。它潜在的益处和危害同样巨大！它是一座仓库，贮藏着古地球帝国最先进的生物科技。它是一件功能强大的古老文物，满载着人类失落的秘密。”

“的确。”图夫说。

“它是一艘播种舰，”杰弗里·莱昂总结道，“一艘生态工程兵团的生物战播种舰。”

“现在它是我们的了。”凯杰·内维斯露出一丝狰狞的笑容。

哈维兰·图夫看了内维斯片刻，自顾自地点了点头，站起身来。“我的好奇心得到了满足，”他宣布，“现在我必须履行交易中我的那部分义务了。”

“啊……”赛丽丝·瓦安说，“我的肉。”

“储量充足，但品种很少，这一点我无可否认，”哈维兰·图夫说，“我得把处理这些肉食的工作留给你，这样你才能按照最适合自己口味的方式进行烹饪。”他走向储藏室，输入了一段密码，接着拿出一只小小的纸盒，把它夹在臂下，带回桌边。“这是我的飞船上仅有的一种肉食。我无法对它的口味或品质进行担保。不过，我也从没收到过任何与之相关的投诉。”

瑞卡·晓星突然放声大笑，凯杰·内维斯也窃笑不已。哈维兰·图夫灵巧而有条不紊地从纸盒里拿出一打罐装猫食，把它们堆在赛丽丝·瓦安面前。“浩劫”跳上桌子，喵呜喵呜地叫了起来。

“它没我期待的那么大。”赛丽丝·瓦安愤愤不平地说。

“女士，”哈维兰·图夫说，“眼睛常常会欺骗人。我的主显示屏的尺寸无疑很有限，直径不超过一米，在它上面显示的任何东西的尺寸无疑都会变得更小。那艘战舰本身的尺寸相当大。”

凯杰·内维斯转过头来。“怎么个大法？”

图夫把两只手叠放在凸出的肚子上。“我没法说得很精确。‘价廉物美量又足号’算得上一艘中型贸易飞船，但它拥有的传感设备并没达到应有的水准。”

“那就大概说说。”凯杰·内维斯厉声喝道。

“大概来说，”图夫重复道，“考虑到我的显示屏现在展示的角度，并且将最长的轴线视为‘长度’，我们正在接近的战舰看起来应该有三十标准千米长，五标准千米宽，三标准千米高。飞船中部的穹顶略高一些，前方的舰塔也比所在位置的甲板再高出一标准千米左右。”

大家齐聚在控制室里，原本在电脑控制下沉眠的阿尼塔斯也来了，他是在飞船离开超光速航道时惊醒的。一片沉默，似乎连赛丽丝·瓦安也一时无话可说。所有人都盯着显示屏，盯着在星空中飘浮着的那个细长、黝黑而扭曲的形体。舰身闪耀着微光，脉动着不可见的能量。

“我是对的，”最后，杰弗里·莱昂咕哝起来，打破了这片沉默，“一艘播种舰，一艘生态工程兵团的播种舰！别的飞船都不可能像它这么大！”

凯杰·内维斯笑了。“妈的。”他说。

“它的系统肯定十分庞大，”阿尼塔斯推测道，“古地球帝国军比我们先进太多了，也许这艘播种舰拥有某种人工智能。”

“我们发财了。”赛丽丝·瓦安激动地说。在这一刻，她忘却了自己花样繁多的牢骚，不由自主地抓起杰弗里·莱昂的手，和他跳了一圈华尔兹。她的舞步相当轻快。“我们发财了，发财了，我们不仅发财而且出名了，我们都发大财了！”

“这句话并不完全正确，”哈维兰·图夫说，“我毫不怀疑你们将在不久的将来变得富有，然而，从目前来看，你们口袋里的钱并不比刚才更多。而且，瑞卡·晓星和我也无法分享这种经济状况得以改善的美好前景。”

内维斯恶狠狠地瞪着他。“你在抱怨吗，图夫？”

“我能抱怨什么呢？”图夫用平静的语气说，“我只是在纠正赛丽丝·瓦安的错误陈述。”

凯杰·内维斯点点头。“很好，”他说，“现在，我们在发财之前得先登上那玩意，瞧瞧它的状态如何。就算它是一艘报废的飞船，我们也应该能净赚一笔救助酬金，要是它还能正常运转，那我们能拿到的钱可就数都数不清啦。”

“它显然可以正常运转，”杰弗里·莱昂说，“在这一千个标准年里，它每隔三代人就会向赫罗·布拉纳星降下瘟疫。”

“是啊，”内维斯说，“噢，说得挺美，可这还不够。瞧，它在轨道上一动不动。驱动引擎怎么了？细胞库呢？电脑系统呢？我们有好多东西要检查。我们该怎么上飞船，莱昂？”

“我们应该可以从船坞上去，”杰弗里·莱昂回答道，“图夫，能看见那个穹顶吗？”他指了指。

“我的视力没有问题。”

“哦，好吧，我相信穹顶下面就是降落船坞，它就跟太空港一样大。如果我们能弄开那个穹顶，你就能把飞船开进去了。”

“如果，”哈维兰·图夫说，“一个最为难解的字眼。如此简短，又如此频繁地伴随着失望与挫折。”仿佛在强调他的话语一般，一道微弱的红光突然出现在主显示屏底部。图夫抬起一根细长而苍白的手指。“注意！”他说。

“那是什么？”内维斯问。

“一次通信。”图夫宣布。他倾身向前，按下激光通信器上的一枚重度磨损的按钮。

灾星从屏幕上消失了，它原先所在之处出现了一张疲倦的脸庞。那是个坐在通信室里的中年男人，前额有深深的皱纹，面如死灰，满头浓密的黑发。他有一双疲倦的蓝灰色瞳孔，穿着一件历史录像带里才有的制服，头戴一顶绿色贝雷帽，帽子上有金色的希腊字母Θ作为装饰。“这里是‘方舟号’，”他宣称，“你已经进入了我们的防卫区。表明身份，否则即行开火。这是第一次警告。”

哈维兰·图夫按住发送按钮。“这里是‘价廉物美量又足号’，”他口齿清晰地向对方宣告，“由哈维兰·图夫指挥。我们是来自山迪洛星的手无寸铁的商人。‘方舟号’，能否允许我们接近以便停靠？”

赛丽丝·瓦安张大了嘴巴。“这艘飞船还有人驾驶，”她说，“船员还活着！”

“真是有趣的发展，”杰弗里·莱昂说着捋起了胡子，“也许这是原生态工程兵团的成员的一名后代，又或者他们使用了时间翘曲技术！歪曲时间的构造，加快它的进程，或是令它静止不动，是的，这些事情他们都能做到。时间翘曲！想想看吧！”

凯杰·内维斯发出一声咆哮。“都过了一千个该死的年头，然后你跟我说他们还活着？我们该他妈怎么应付？”

显示屏上的影像飞快地闪烁了一下。那个身着古地球帝国军制服、看上去很疲倦的男人随即说：“这里是‘方舟号’。你的身份代码错误。你正在穿过我们的防卫区。表明身份，否则即行开火。这是第二次警告。”

“先生，”哈维兰·图夫说，“我要抗议！我们手无寸铁，而且毫无防护。我们无意伤害你。我们是和平的商人和学者，是善良的人类。我们没有任何敌意，此外，我们没有任何能伤害像‘方舟号’这样强大的飞船的手段。难道我们碰个面就非得交火不可吗？”

屏幕闪动。“这里是‘方舟号’。你已经穿过了我们的防卫区。立即表明身份，否则即行摧毁。这是第三次，也是最后一次警告。”

“这是录像，”凯杰·内维斯突然喊道，他的声音带着些许狂热，“就是这么一回事！没什么冷冻贮存，没有他妈的静滞场。那里根本没人，只有一台电脑在对我们播放录像。”

“恐怕你是对的，”哈维兰·图夫说，“可是有一个问题我不能不提：如果这台电脑被设计成朝正在接近的飞船播放录制的讯息，那它还有可能具备什么功能？”

杰弗里·莱昂打断了他的话。“身份代码！”他说，“我的晶体芯片库中有一整套古地球帝国的身份代码和身份序列号，就放在我的文件里！我这就去拿来。”

“了不起的计划，”哈维兰·图夫说，“但其中有一个明显的缺陷，那就是找到并使用那些晶体芯片所需要的时间。要是我们有足够的闲暇，我会为你的提议鼓掌的。但恐怕我们没有时间了。瞧，‘方舟号’已经朝我们开火了。”

哈维兰·图夫把手伸向前方。“我要转入超光速航道了。”他宣布。可就在他细长苍白的手指轻触按键时，“价廉物美量又足号”突然剧烈摇晃起来。赛丽丝·瓦安尖叫着伏下身，杰弗里·莱昂撞到了阿尼塔斯身上，就连瑞卡·晓星也不得不抓住图夫的椅背，以免站立不稳。紧接着，所有灯光都熄灭了。哈维兰·图夫的声音从黑暗中传来。“恐怕我的话说得太快了，”他说，“或者更准确地说，恐怕我行动得太慢了。”

在很长一段时间里，他们迷失在寂静、黑暗与恐惧之中，等待着终结他们的第二次炮击。

接着黑色减退了少许，暗淡的灯光出现在他们身边的控制台上，就好像“价廉物美量又足号”的仪器进入了某种闪烁不定的半衰期。“我们还没有完全失去行动能力，”哈维兰·图夫僵硬地坐在指挥椅上宣布道，他的大手在键盘上游走，“我会弄一份受损状况报告。也许我们还有撤退的能力。”

赛丽丝·瓦安开始发出某种噪声：一阵尖锐、空洞、歇斯底里的喊叫声经久不息。她趴在控制台上，一动不动。凯杰·内维斯转身看着她。“闭嘴，你这头该死的母牛！”他呵斥着，踹了她一脚。她的喊叫声转为哀号。“坐着不动就死定了，”内维斯大声说，“下一炮会把我们炸成碎片。该死的，图夫，让这玩意动起来！”

“我们的动力没有减少，”图夫回答，“我们受到的那一击并未让飞船停止前进，但它确实稍微偏转了我们原本飞向‘方舟号’的航线。也许这就是我们此刻没受到进一步攻击的原因。”他研究着其中一面较小的显示屏上显示的暗绿色图形。“恐怕我这艘飞船的某些机能受损了。现在再进入超光速航道很不明智，压力无疑会把我们撕成碎片。我们的维生系统出现了损伤，根据估算，我们的氧气会在大约九个标准时内耗尽。”

凯杰·内维斯咒骂了一句，赛丽丝·瓦安开始用拳头敲打桌面。

“我可以通过再次关闭自己来节约氧气。”阿尼塔斯提议。没人理他。

“我们可以杀掉那些猫。”赛丽丝·瓦安提议。

“这艘飞船还能动吗？”瑞卡·晓星问。

“控制引擎仍然可用，”图夫说，“但我们失去了切换到星际航行模式的能力，在现在这种情况下，我们就算要去赫罗·布拉纳星也得花上大约两个山迪洛年。不过，我们之中的四个人可以在增压服中寻求庇护，增压服的空气过滤背包可以无限再生氧气。”

“我才不要在增压服里生活两年呢。”赛丽丝·瓦安坚定地说。

“好极了，”图夫说，“既然我只有四件增压服，而我们却有六个人，这就帮上大忙了。我将对你高尚的自我牺牲铭记不忘，女士。但在执行此计划之前，我想我们该考虑另一个选项。”

“那又是什么？”内维斯问。

图夫在他的指挥椅上转了一圈，就着昏暗的控制室里的微光望向每一个人。“我们必须寄希望于杰弗里·莱昂的晶体芯片里确实含有正确的身份代码，这样一来，我们或许可以成功地停靠在‘方舟号’上，并且用不着被远古军事武器打成筛子。”

“晶体芯片！”莱昂叫道。在黑暗中，他的变色夹克转为深黑色，其他人很难看清他的身影。“我这就去拿！”他匆忙转身，朝他们的起居室奔去。

“蘑菇”悄无声息地在舱室中穿行，随后跃上图夫的膝盖。图夫把一只手放在这只公猫身上，它便发出响亮的呼噜声。不知为何，这种声音让人感到安心。或许他们都能平安无事吧。

可杰弗里·莱昂去得太久了。

终于，他们听见了他归来的脚步声，那沉重的声音里带着挫败感。

“怎么样？”内维斯说，“东西呢？”

“不见了，”莱昂说，“我到处都找遍了。它不见了。我发誓我把它带来了。我的文件——凯杰，真的，我把它们带来了。当然，我不可能带上所有东西，可我复制了绝大多数的重要记录，那些我认为派得上用场的东西——关于战争、生态工程兵团和本星系的某些历史资料。你知道的，我的灰箱子里装着我小小的掌上电脑，外加超过三十枚晶体芯片。我昨晚还在床上检查其中的几枚，记得吗？我在回顾播种舰的资料，我们知道得太少了。当时你对我说，我害得你睡不着觉。我有一枚装满了旧式身份代码的晶体芯片，我知道我有，而且我真的想过要把它带来。可它不在箱子里面。”他走近了一些。他们看到他拿来的掌上电脑，那紧握的姿势仿佛是在献上祭品。“我在箱子里仔细翻找了四遍，又核对我曾经拿出来的晶体芯片。床上，桌子上，我到处都找遍了，它不在里面。我很抱歉。或者你们有人把它拿走了？”杰弗里·莱昂的目光扫过房间，没人出声。“我肯定是把那枚晶体芯片忘在山迪洛星了，”他说，“我们走得那么急，我……”

“你这个糊涂的老傻瓜，”凯杰·内维斯说，“我应该马上杀了你，给剩下的人节约点空气。”

“我们要死了，”赛丽丝·瓦安哀号道，“死了，死了，死了。”

“女士，”哈维兰·图夫抚摸着“蘑菇”评论道，“你的结论还是下得太早。你此刻的死亡并不比你方才的富有更加真实。”

内维斯把脸转向他。“噢？你有主意了吗，图夫？”

“的确。”哈维兰·图夫说。

“什么主意？”内维斯催促道。

“‘方舟号’是我们唯一的救星，”图夫说，“我们必须上飞船。但没有了杰弗里·莱昂的晶体芯片，我们不可能让‘价廉物美量又足号’去冒险，否则我们恐怕会再次遭受炮击。这些都是显而易见的事实。我想到了一个有趣的主意。”他抬起一根手指。“也许‘方舟号’会对较小的目标怀有比较少的敌意——比如，一个穿着增压服，配备了喷气推进器的人！”

凯杰·内维斯似乎陷入了深思。“那个人接近‘方舟号’之后该怎么做？敲敲飞船壳问一下里面有没有人在？”

“不太可行，”哈维兰·图夫承认道，“但我相信，我同样有解决这个问题的办法。”

他们等待着图夫的解释，而图夫抚摸着“蘑菇”。“继续说啊。”凯杰·内维斯不耐烦地追问道。

图夫眨了眨眼睛。“继续说？的确，但恐怕我得先请求你们的宽容。此刻的我心烦意乱。我可怜的飞船遭受了严重伤害，我仅有的谋生手段已被破坏殆尽，又有谁来为我支付必要的修理费用？即将发大财的凯杰·内维斯会为我慷慨解囊吗？恐怕不会吧。杰弗里·莱昂和阿尼塔斯会买一艘新飞船给我吗？不太可能。尊敬的赛丽丝·瓦安会赠予我一笔远远超过酬劳数目的奖金，用来弥补我的巨大损失吗？她都发过誓要向我索取赔偿，没收我可怜的飞船，吊销我的登陆执照了。我该怎么应对这些难题？有谁会向我伸出援手？”

“别管那些了！”凯杰·内维斯说，“我们要怎么进入‘方舟号’内部？你说过你有办法！”

“我说过？”哈维兰·图夫说，“嗯，我相信你是对的，先生。不过，只怕悲哀的重压已将那想法驱离了我可悲而困惑的心智。现在我全忘了。我能想起的只有我可怜的经济状况。”

瑞卡·晓星大笑，用力拍了拍图夫宽阔的后背。

他抬头看着她。“而现在我又被凶猛的瑞卡·晓星痛打了一顿。请别碰我，女士。”

“这是敲诈，”赛丽丝·瓦安尖声说，“我们凭这个就能把你送进监狱！”

“现在我的正直又遭受了非难，还受到连番恐吓。我没法思考可就一点都不奇怪了。对吗，‘蘑菇’？”

凯杰·内维斯咆哮起来。“好吧，图夫。你赢了，”他扫视四周，“有人反对让图夫正式入伙吗？五份平分？”

杰弗里·莱昂清了清喉咙。“如果图夫的计划可行，那他至少应该得到这么多。”

内维斯点点头。“你入伙了，图夫。”

哈维兰·图夫无比庄严地缓缓起身，将“蘑菇”拂下膝盖。“我的记忆恢复了！”他宣布，“储藏室里有四件增压服，就在那边。如果你们之中的某个人愿意穿上一件，并让我从旁协助的话，我们就能一起从十二号舱室里拿出一件最有用的装备。”

“真见鬼。”当他们带着装备回来时，瑞卡·晓星惊呼道。她笑了起来。

“这是什么？”赛丽丝·瓦安询问道。

哈维兰·图夫穿着银蓝色增压服的身形显得颇为庞大。他双膝跪地，帮凯杰·内维斯把那东西竖了起来。接着他拿掉头盔，满意地审视着这件宝贝。“这是一件太空服，女士，”他说，“我想这是显而易见的事实。”

它确实是某种太空服，却和他们见过的任何太空服都不一样。很明显，它的制造者——无论这个人是谁——根本不知道人类长什么样。它非常高大，甚至比图夫还要高，算上巨大头盔上的羽饰，它足足有三米高，几乎能碰到顶部的舱壁。它有四条粗壮的可屈伸式手臂，下方两条手臂的末端是闪闪发光的锯齿状钳子。它的腿部宽阔到足以容纳小树的树干，而它的脚掌状如巨大的圆形碟子。它隆起的宽阔背部之上配有四只庞大的箱子，它的右肩上竖着一条雷达天线，而它坚硬的黑色金属外壳上到处都有奇特的红色旋涡图案和金色旋涡图案作为装饰。它屹立在他们之间，就像一位身披盔甲的古代巨人。

凯杰·内维斯用拇指戳了戳这套太空服。“它在这里了，”他说，“那又怎么样？这个怪东西对我们有什么用？”他摇了摇头。“我看它就像一大坨垃圾。”

“拜托，”图夫说，“你如此蔑视的这件机械装置是一件历史悠久的古物。当我经过安奎星所在的星系时，我付出了不小的代价，才得到这件迷人的外星制品。这是一件正宗的安奎战斗服，先生，是一千五百年前就已经灭亡的哈默因王朝的象征，那比人类到达安奎星的时期要早得多。我把它彻底修好了。”

“它有什么用，图夫？”瑞卡·晓星的发问一如既往地直入主题。

图夫眨了眨眼睛。“它具备种类繁多的能力。考虑到我们目前的窘境，其中两种能力最为有效：首先，它拥有一副强化外骨骼，在充满电力的状态下，它能够将穿戴者的力量增强到原本力量的十倍左右；此外，它的装备中包含了功能卓越的切割用激光枪，根据设计，它在零距离接触时能切开一米半厚度的耐久合金或更厚的一叠钢板。简而言之，这件古老的安奎战斗服能帮助我们进入那艘远古战舰，而那艘战舰看来是我们唯一的救星。”

“妙极了！”杰弗里·莱昂赞赏地鼓起了掌。

“它也许能管用吧，”凯杰·内维斯评论道，“我们具体要怎么做？”

“我必须承认，我的飞船上用于外空飞行的装备有所不足，”图夫回答，“我们拥有四件增压服，但只有两台喷气推进器。此外，我可以很愉快地宣布，安奎战斗服拥有自己的推进装置。基于以上情况，我提议按照以下计划进行：我穿上安奎战斗服，为‘价廉物美量又足号’开道，由瑞卡·晓星和阿尼塔斯穿上增压服并且装上喷气推进器陪同。我们以最快的速度向‘方舟号’进发，安全抵达之后，我利用安奎战斗服出色的能力来打开某道空气闸门。我听说阿尼塔斯是远古计算机系统和旧式电脑方面的专家，这样很好，一旦到达舰内，他无疑能轻易取得‘方舟号’的控制权，取代原先那个充满敌意的程序。到那时，凯杰·内维斯就能驾驶着我损坏的飞船进入船坞，继而确保我们所有人的安全。”

赛丽丝·瓦安刹那间化身为栩栩如生的红色幽灵。“你要把我们丢下等死！”她尖叫道，“内维斯，莱昂，我们必须阻止他们！他们一旦登上‘方舟号’就会炸死我们！我们不能相信他们。”

哈维兰·图夫眨了眨眼。“为什么我的德行总要遭受指控？”他问道，“我是个正直的人，你提出的这一系列行为从没在我的脑子里出现过。”

“这是个好计划。”凯杰·内维斯说道。他笑了笑，开始脱他的增压服。“阿尼塔斯，雇工，快穿吧。”

“你要让他们把我们遗弃在这里吗？”赛丽丝·瓦安询问杰弗里·莱昂。

“我相信他们不会伤害我们，”莱昂捋着胡子说，“而且如果他们真想这么做，赛丽丝，你觉得我该怎么阻止他们？”

“让我们把安奎战斗服搬到主闸门那里去。”哈维兰·图夫对凯杰·内维斯说，与此同时，晓星和电子人开始着装。内维斯点点头，踢开了他的那件增压服，前去帮助图夫。

他们颇为吃力地将这件庞大的安奎战斗服搬到“价廉物美量又足号”的主闸门前。图夫脱下他的增压服，打开厚重的入口舱门，接着拉过一只垫脚的凳子，艰难地朝里爬去。“等一下，图夫。”凯杰·内维斯说着，抓住了他的肩膀。

“先生，”哈维兰·图夫说，“我不喜欢别人碰我。放开我。”他转过身，不由得惊讶地眨起了眼睛。凯杰·内维斯拿出了一把振动匕首。那能够切开坚硬的钢铁、正在嗡嗡作响的轻薄匕首，此刻已是距离图夫的鼻子不到一厘米的模糊影子。

“我说过这是个好计划，”凯杰·内维斯说，“不过得稍微做点改变。我来穿安奎战斗服，然后跟阿尼塔斯和小瑞卡一起去。你留在这里等死。”

“我无法赞同这种人员变更，”哈维兰·图夫说，“连你都毫无理由地质疑我的动机，这真让我感到懊恼。我向你保证，就像我跟赛丽丝·瓦安保证过的那样，背叛的想法从没在我的脑子里出现过。”

“有趣，”凯杰·内维斯道，“可它出现在我的脑子里了，而且看起来真他妈是个好主意。”

哈维兰·图夫摆出一副尊严受创的表情。“你的卑鄙计划是不会成功的，先生，”他宣布，“阿尼塔斯和瑞卡·晓星已经来到了你的身后。众所周知，瑞卡·晓星被雇用就是为了预防你的类似行径。我建议你立刻投降，这样你我都省事。”

凯杰·内维斯咧嘴笑了起来。

瑞卡把头盔环抱在臂下，观察着这戏剧性的一幕。她轻轻摇了摇头，叹了口气。“你早该接受我的提议，图夫。我告诉过你，这一刻将会到来，而你会为自己没有盟友而感到遗憾。”她套上头盔，将它合上，再抓起一份喷气推进器。“我们走吧，内维斯。”

赛丽丝·瓦安那张宽阔的脸上终于出现了理解的神情。这一次她没有向歇斯底里屈服，这一点好歹值得赞赏。她四处寻找，却没找到显眼的武器，最后她抓起了“蘑菇”——它正站在一旁，好奇地静观其变。“你，你，你！”她大喊着，把猫扔向房间另一头。凯杰·内维斯弯下身以免被打中。“蘑菇”发出声嘶力竭的喵呜声，从阿尼塔斯身上滚落下来。

“请别再把我的猫丢来丢去了。”哈维兰·图夫说。

内维斯飞快地站直，用极度令人不快的方式朝图夫挥舞振动匕首，而图夫缓缓地向后退去。内维斯停顿了很久，随后他抓起图夫丢弃的增压服，熟练地把它切成一打长长的银蓝色带子。接着，他小心翼翼地爬进那件安奎战斗服里。瑞卡·晓星为他做好密封。内维斯花了点时间来熟悉这套外星控制系统，大约五标准分钟之后，凸出的面罩开始闪动不祥的血红色光芒，而沉重的肢体也笨拙地移动起来。内维斯试着切换到那对长有钳子的手臂，与此同时，阿尼塔斯打开了主闸门。凯杰·内维斯笨重地爬了出去，钳子咔嗒作响。电子人和瑞卡·晓星也跟着他爬了出去。“抱歉了，伙计们，”当那扇门渐渐合上时，瑞卡·晓星大声说，“这和个人看法无关。只是简单的算数问题。”

“的确，”哈维兰·图夫说，“减法。”

哈维兰·图夫于黑暗中坐在指挥椅上，注视着面前不断闪烁的仪表。尊严饱受侵犯的“蘑菇”趴在图夫的膝上，大度地允许别人来安抚它。“‘方舟号’没有朝我们从前的伙伴开火。”图夫告诉杰弗里·莱昂和赛丽丝·瓦安。

“都是我的错。”杰弗里·莱昂说。

“不，”赛丽丝·瓦安说，“这是他的错。”她用一只粗壮的拇指指着图夫。

“你可算不上最懂得感激的女人。”哈维兰·图夫评论道。

“感激？我有什么好感激的？”她怒道。

图夫用双手抵住下巴。“我们的资源没有用尽。首先，凯杰·内维斯还给我们留下了一件功能齐全的增压服。”他指出。

“但我们没有喷气推进器。”

“其次，随着人数的减少，我们的空气可以持续两倍长的时间。”图夫说。

“可空气总会用完的。”赛丽丝·瓦安大喊道。

“最后，凯杰·内维斯和他的同伙没有在离开之后使用安奎战斗服摧毁‘价廉物美量又足号’，而他们原本可以这样做。”

“内维斯更想看到我们苟延残喘着死去。”人类学家回答。

“我不这么想。实际上，他可能打算把这艘飞船作为最后的避难所，以防他登陆‘方舟号’的计划遭遇失败。”图夫思忖着说，“目前，我们拥有掩体、口粮和移动的能力，尽管这种能力相当有限。”

“我们有的是一艘残废飞船和飞快流逝的空气！”赛丽丝·瓦安说。她开口想要叫嚷些什么，这时“浩劫”跑进了控制室，精力充沛地跳上跳下，热切地追逐着眼前滚动的一小块首饰。这块首饰停在赛丽丝·瓦安的脚边，“浩劫”猛扑过去，试探性地挥出一爪，令首饰旋转起来。“我的耀石戒指！我一直在找它！诅咒你，你这肮脏的小偷。”赛丽丝·瓦安大喊。就在她弯腰想抢那枚戒指时，“浩劫”朝她跑来，她用拳头重重地砸向这只猫。她没打中，“浩劫”的爪子更精准些。赛丽丝·瓦安尖叫起来。

哈维兰·图夫站了起来。他抓起猫和戒指，把“浩劫”塞到自己的胳膊下面，僵硬地把戒指交还给血流不止的物主。“你的戒指。”他说。

“我发誓，在我死之前，我要抓住这畜生的尾巴，把它的脑子在墙上砸个粉碎——如果它有脑子的话。”

“你还是不懂得欣赏猫科动物。”图夫坐回椅子上说道。他安抚着“浩劫”的情绪，就像早先安抚“蘑菇”的情绪那样。“猫是最聪明的动物。实际上，所有的猫都会一点心灵感应，这是众所周知的事。据说古地球的原住民把它们奉若神明。”

“我还研究过崇拜排泄物的原住民呢，”人类学家暴躁地说，“这只畜生就是一只肮脏的野兽！”

“猫科动物是十分讲究整洁的，”图夫平静地解释道，“‘浩劫’并不比小猫大多少，它贪玩和喜怒无常的本性尚未消退。”他继续说了下去。“它是一只极度任性的生物，可这正是它的魅力之一。说来也怪，它习性难改，当它玩弄着地上的小玩意的时候，有谁会不为它的欢欣而感动？当它频频在这里的控制台下弄丢玩具的时候，有谁会不为它的愚蠢而发笑？的确，有谁呢？只有那些脾气最坏，最铁石心肠的人。”图夫飞快地眨起了眼睛：一次，两次，三次。他平静的长脸上酝酿着一阵情感的风暴。“下去，‘浩劫’。”他轻轻地把猫拍下膝盖。接着，他站起身，艰难而庄严地蹲下去，用双手和膝盖着地，将手探入控制台下方反复摸索。

“你在干什么？”赛丽丝·瓦安询问道。

“我在搜索‘浩劫’丢失的玩具。”哈维兰·图夫说。

“我在流血，我们的空气就要用尽，可你却在寻找猫咪的玩具！”她恼怒地说。

“我相信我已经说得够多了。”图夫说。他从控制台下拖出一把小玩意，接着又拖出一把，直到他的胳膊扫遍了所有地方，又细细抚过一遍，才终于停了下来。他站起身，拍落身上的尘土，开始挑拣这些灰尘中的宝物。“有意思。”他说。

“什么？”她问。

“这些是你的。”他对赛丽丝·瓦安说。他拿起她的另一枚戒指和两支光芯铅笔。“这些是我的。”他说着把另外的两支光芯铅笔、三只红色巡洋舰、一只黄色无畏战舰和一只银色星际堡垒推到一边。“还有这个，我想，是你的。”他把手里的东西递给杰弗里·莱昂：一枚拇指指甲大小的晶体。

莱昂差点跳起来。“晶体芯片！”

“的确。”哈维兰·图夫说。

图夫发送停靠请求之后的那段时间漫长得仿佛无穷无尽。一条细小的裂纹出现在巨大的黑色穹顶的中央，接着是另一条裂纹，它和先前的那条裂纹形成交叉的角度。然后是第三条裂纹，第四条裂纹，越来越多。穹顶裂成上百块细长的三角形碎片，看上去就像沿着中心被切开的

馅饼，“方舟号”从中间穿了过去。

杰弗里·莱昂松了一口气。“管用。”他用满是敬畏与感激的语气说。

“我在不久前就得出了这个结论，”图夫说，“就在我们成功穿越防卫区并且没被炮轰的时候。现在只不过是得以确认而已。”

他们看着显示屏。穹顶下方出现了一块登陆甲板，其大小可与不少小号行星的港口相比。登陆甲板上有着密密麻麻的环形着陆台，其中几座已被占据。在他们等待时，一道蓝白色光圈在一座空置的着陆台周围闪烁起来。

“我不会命令你们做任何事。”哈维兰·图夫说。他看着各类仪表，双手谨慎而有条不紊地操作着。“不过，我建议你们把自己绑得结实一点。我正在展开着陆肢，并输入在指定位置着陆的程序，可我不清楚飞船受损的程度，甚至不清楚三条着陆肢还剩几条。因此我奉劝你们，小心为上。”

登陆甲板在他们下方张开黑色的大口，他们在巨穴般的深坑中庄严地下落。着陆台的照明光圈在一面显示屏上变得越来越大，而在另一面显示屏上，“价廉物美量又足号”重力引擎的蓝色光芒在远处的金属墙面上闪烁，也映照出其他飞船模糊的侧影。在第三面显示屏上，他们能看到上方的穹顶渐渐合拢，一打尖锐的牙齿再度咬合，仿佛他们被某种巨大的宇宙生物吞噬了似的。

着陆的冲击轻柔得令人惊讶。他们的着陆伴随着一声叹息，一声低语，还有一阵再轻微不过的颠簸。哈维兰·图夫关闭了引擎，花了点时间研究仪表和屏幕，接着他转身看着其他人。“我们进港了，”他宣布，“制订计划的时刻到来了。”

赛丽丝·瓦安正忙着解开身上的束带。“我要离开这里，”她说，“去找内维斯和那个婊子瑞卡，然后好好教训他们一顿。”

“由你来好好教训他们，这大概是种矛盾修辞法吧，”哈维兰·图夫说，“我想，你提出的行动方针在这样的非常时刻是不明智的。此刻我们应当把从前的同伴当作竞争对手来看待。他们刚刚把我们丢下等死，我们还活着的事实无疑会让他们困惑，而且他们还可能会采取措施来矫正这一误差。”

“图夫说得对。”杰弗里·莱昂说。他从一面屏幕走向另一面屏幕，看得出了神。这艘远古播种舰重新点燃了他的热情和想象力，令他充满活力。“我们在对抗他们，赛丽丝。这就是战争。只要有机会，他们就会干掉我们，这一点毫无疑问。我们必须像他们那样残酷无情！是时候采取巧妙的战术了。”

“我洗耳恭听你在军事方面的高见，”图夫说，“你要提出怎样的策略？”

杰弗里·莱昂捋着胡子。“好吧，”他说，“好吧，让我想想。现在的状况如何？他们有阿尼塔斯。那家伙自己的半个身体就是电脑。只要他能接触到飞船的系统，他就能确定‘方舟号’的功能和状况，是的，也许他还能尝试着操控它。那么做会很危险，也许他已经在尝试了。我们都知道是他们先上了飞船。他们也许知道，也许不知道我们同样上来了。我们可能拥有出其不意的优势！”

“而他们的优势是拥有全部的武器。”哈维兰·图夫说。

“没问题！”杰弗里·莱昂急切地搓起了手，“毕竟，这是一艘战舰。虽然生态工程兵团研究的是生物战，可这是一艘军用飞船，我相信船员们会有些单兵用武器之类的东西。这里肯定有军械库，我们要做的事情就是找到它。”

“的确。”哈维兰·图夫说。

莱昂的声音开始微微发颤。“我们的优势，哦，别觉得我这是妄自尊大，可我们的优势在于我。除了阿尼塔斯在电脑里找到的东西，他们就只能在黑暗中摸索了。可我曾研究过古地球帝国的飞船，我了解它们的一切信息，”他皱起眉头，“好吧，至少是一切尚未丢失且非机密的信息。至少我对这些播种舰的大致构造略知一二。我们得先找到军械库，然后封锁它。按照标准程序，武器都存放在登陆甲板附近，这是为了方便地面部队拿取武器。在我们武装好之后，我们应该去寻找——让我想想——哦，对，细胞库，这是至关重要的。播种舰拥有巨大的细胞库，来自真正意义上数以千计的星球的克隆原料就保存在静滞场里。我们必须查明那些细胞是否可用！如果静滞场已失效，样本已经腐烂，那么我们得到的就只是一艘非常大的飞船而已。可如果系统仍在正常运作，那‘方舟号’就是件货真价实的无价之宝了！”

“在我意识到细胞库的重要性的同时，”图夫说，“我突然想到，舰桥的位置或许更为紧要。我有一个似乎毫无根据但仍颇具吸引力的设想——‘方舟号’原先的船员在一千年之后全都没有活下来，这艘飞船上只有我们和我们的对手。哪群人首先得到飞船的控制权，这群人就能享有相当惊人的优势。”

“有道理，图夫！”莱昂感叹道，“那么，我们走吧。”

“没错，”赛丽丝·瓦安说，“我要离开这个猫咪陷阱。”

哈维兰·图夫抬起一根手指。“请稍等，出现了一个问题。我们有三个人，却只拥有一件增压服。”

“我们在飞船里面，”赛丽丝·瓦安的语气中满溢着讽刺，“要那些衣服做什么？”

“也许我们不需要增压服，”图夫承认道，“的确，正如你所暗示的那样，这片登陆甲板似乎起着巨型空气闸门的作用。我的仪器显示，现在我们周围是完全可供呼吸的气体，其中含有氮气与氧气，它们是在穹顶完全闭合之后被注入的。”

“那我们还需要解决什么问题，图夫？”

“我无疑是过于谨慎了，”哈维兰·图夫说，“然而，我得承认自己有些不安。尽管这艘‘方舟号’可能遭到了弃置，但它仍旧恪尽职守。证据在于瘟疫仍在定期拜访赫罗·布拉纳星。证据在于当我们靠近时，它防卫自己的效率。到目前为止，我们不知道这艘飞船被抛弃的原因，也不清楚最后一批船员的结局，可看起来他们有意让‘方舟号’继续运转下去。也许外部防卫区只是数道自动防御体系里的第一道。”

“真是个引人遐思的想法，”杰弗里·莱昂说，“你是指陷阱？”

“某种特殊的陷阱。等待着我们的空气里也许充斥着瘟疫和传染病，我们敢冒这个风险吗？就我自己来说，穿着增压服会让我感觉好一些，但你们可以自由地做出另外的决定。”

赛丽丝·瓦安面露不安。“增压服应该归我，”她说，“我们只有一件增压服，而你欠我的，因为你那样残忍地对待我。”

“我们不需要再讨论这个话题了，女士，”图夫说，“我们目前在一片登陆甲板上。在我们周围，我发现了九艘样式不同的飞船。一艘是赫鲁恩歼击舰，一艘是莱安农商船，另外两艘飞船的样式我不熟悉，还有五艘太空梭是某种航天飞船，样式完全相同，都比我可怜的飞船大。毫无疑问，这些飞船是‘方舟号’自己的配备。根据我的经验，航天飞船总是会配备增压服。因此，我打算穿上我们仅存的增压服，离开飞船，在邻近的飞船上寻找，直到为你们每个人都找到一件增压服为止。”

“我不喜欢这样，”赛丽丝·瓦安打断他，“你出去，而我们都得待在这里。”

“所谓世事无常，”图夫说，“我们每个人有时都得接受自己不喜欢的事。”

空气闸门给他们添了点麻烦。那是一道手动控制的小型紧急闸门。

他们毫无困难地打开了外门，走了进去，然后转身把它关紧。打开内门则是一道更加困难的命题。

当外门关闭之后，空气涌进宽敞的舱室里，可内门却莫名其妙地卡住了。瑞卡·晓星先试了一次，那个巨大的金属转轮无法转动，控制杆也压不下去。“让开道。”凯杰·内维斯说。在安奎战斗服内置的外星通信回路的扭曲下，他的声音变成了一阵刺耳的嘶吼声。他从她身边挤过，巨大的碟状双足在甲板上发出响亮的叮当声，他用安奎战斗服那对粗大的上肢抓住转轮，转动了一下。转轮抵抗了片刻，逐渐扭曲变弯，最后彻底从门上掉了下来。

“干得好。”瑞卡的声音从增压服的扬声器中传出。她哈哈大笑。

凯杰·内维斯纵声咆哮，让人无法理解的话语如雷鸣般在空气中炸响。他握住控制杆，试图推动，却只是成功地折断了它。

阿尼塔斯走向这套顽固的内闸门装置。“这里有一组身份代码按钮，”他说着指了指，“如果我们知道正确的身份序列号，无疑就能打开它。它也是计算机的端口之一。如果我能够连接界面，或许就可以从系统中找出正确的身份代码。”

“那你还在等什么？”凯杰·内维斯质问道。他的面罩上闪耀着不祥的光芒。

阿尼塔斯抬起双臂，徒劳地翻转手掌。他的身体被覆盖在银蓝色的增压服下，而他银色的金属眼球透过塑胶面罩向外窥视，令他看起来比以往更像机器人。凯杰·内维斯站在他身边，像个更为庞大的机器人。“这件增压服设计得不够合理，”阿尼塔斯说，“除非我脱掉它，否则我没法进连接界面。”

“那就脱掉它。”内维斯说。

“那样安全吗？”阿尼塔斯问，“我可不确定。”

“这里有空气。”瑞卡·晓星插嘴。她指了指相应的指示器。

“你们两个都没有脱下增压服，”阿尼塔斯指出，“要是我出了岔子，打开的是外闸门而不是内闸门，我在再次关闭它之前就会死掉的。”

“那就别出岔子。”凯杰·内维斯高声说。

阿尼塔斯环抱双臂。“空气也许对健康有害。这艘飞船已被废弃了一千个标准年，凯杰·内维斯。就连最精巧的系统有时也会无法运行，出现一些故障和失灵的部分。我可不愿意拿自己冒险。”

“哦？”内维斯咆哮道。伴随着一阵刺耳的摩擦声，安奎战斗服的其中一条下臂缓缓举起，锯齿状的金属钳子张开来，钳住了阿尼塔斯的腰部，把他钉在最近的墙壁上。电子人大声抗议。一条上臂伸来，覆有金属外壳的巨掌抓住了增压服的领口，用力拽了一下。阿尼塔斯的头盔和上半件增压服从他的身上脱落，他的脑袋几乎也和身体分了家。

“我爱死这盔甲了。”凯杰·内维斯宣布。他用钳子轻轻捏了一下电子人。

电子人的金属外壳碎裂，鲜血涌出。“你还在呼吸，对不对？”

事实上，阿尼塔斯正在大口吸气。他点点头。

身穿安奎战斗服的内维斯把他扔到地上。“那就去干活。”内维斯告诉他。

瑞卡·晓星开始感到紧张了。她不经意地向后退去，倚着外闸门，那是她能和内维斯拉开的最远的距离。阿尼塔斯脱下手套，甩掉损坏的增压服的碎片，随后将右手的蓝钢手指伸进那台计算机的插槽中。

瑞卡把肩部的枪套绑在增压服的外面，是为了能随时拿到那把射钉枪，可是突然间，它的存在不再像以往那样完全令她安心了。她研究了一番安奎战斗服的厚度，开始怀疑自己也许在盟友的选择上做得不够明智。三人平分固然要比杰弗里·莱昂给的那点酬劳好得多，可要是内维斯不喜欢这种分配方式呢？

他们听到一声尖锐而毫无预兆的砰响，接着内门逐渐滑开。内闸门里面是一条狭窄的走廊，通向黑暗的深处。凯杰·内维斯走到门口，朝那片黑暗望去，他闪耀的红色面罩在墙壁上映出猩红色的反光。他笨重地转过身。“你，雇工！”他对瑞卡·晓星高声吼道，“你去打探一下。”

她做出了决定。“好的，好的，头儿。”她一边说，一边拔出射钉枪，迅速地闪进门内。沿走廊前行了大约十米之后，她来到了岔口。她从那里转头回望。穿着巨大盔甲的内维斯几乎挤满了整道内闸门。阿尼塔斯站在他身边。这个电子人的沉默与能干一如既往，但此刻他却在瑟瑟发抖。“待在那里别动，”瑞卡喊了回去，“这里不安全！”接着她转过身，随便选了个方向，开始没命地飞奔。

哈维兰·图夫花了比预计时间久得多的时间才找到那些增压服。离他们最近的一艘太空船是赫鲁恩歼击舰，这艘庞大的绿色飞船全身挂满了武器。然而，它被密封得非常好，图夫绕着它走了好几圈，对好几个像是能控制入口的装置研究了一番，可他使尽浑身解数也没能达成目的。最后他被迫放弃，继续前进。

第二艘飞船是那些陌生飞船之一，它的入口是敞开的，而图夫漫步其间，看得有些入了神。它的内部是一座由狭窄走廊组成的迷宫，舱壁像洞穴内壁那般粗糙而不规则，但触感柔软。飞船上的仪器根本无从辨识。飞船上的增压服——那些他找到的像是增压服的东西——也许功能完备，可任何一个高过一米并且身体左右对称的人都没法穿。

他的第三个目标是莱安农商船，它的内部早已损毁，图夫没能找到任何有用的东西。

最后，他别无选择，只好一路走向远处那五艘在特制发射泊位上紧贴成一排的航天飞船。它们都是大型飞船，比“价廉物美量又足号”要大，有着满是黑色凹坑的飞船壳和流线型的机翼，可它们显然出自人类的设计，而且看起来状态良好。图夫折腾了半天，终于走进了其中一艘飞船，它的泊位上有一块金属板，上面刻着一种幻想生物的轮廓，旁边刻着的文字声称该种生物名为狮鹫。图夫在通常放置增压服的地方有了收获。这几件增压服已经有一千年的历史了，不过它们的状况还算理想，并且相当惹眼。增压服本身是深绿色的，配有金色的头盔、手套和靴子，每件增压服的胸口处都绘有金色的字母Θ。图夫选了其中两件，接着返回能听到回声且散发着微光的登陆甲板，走向那艘伤痕累累、残缺不全的泪滴状飞船——用三条着陆肢蹲伏于地的“价廉物美量又足号”。

当他来到通向主闸门的斜坡底部时，他差点被“蘑菇”绊倒。

这只大公猫正趴在登陆甲板上。它站起身，发出一声悲鸣，然后用身体摩挲起图夫的靴子来。

哈维兰·图夫停顿了一瞬间，看着这只老公猫。他笨拙地弯下腰，抓起猫，抚摸了它一会儿，随后他放下猫，走上通往主闸门的斜坡。“蘑菇”紧跟在后，图夫发出嘘声，把它赶到一边。他把两件增压服分别夹在两条手臂下面。

“来得好。”图夫进门时，赛丽丝·瓦安说。

“我告诉过你，图夫没有抛弃我们。”杰弗里·莱昂说。

哈维兰·图夫把增压服扔在甲板上，它们看上去就像一堆金绿相间的泥泞。“‘蘑菇’在外面。”图夫用一种干脆而毫无感情的语气说。

“哦，是的。”赛丽丝·瓦安说。她抓起一件深绿色的增压服，努力把自己挤进去。衣服的腰部绷得紧紧的，看起来生态工程兵团没有像她这么丰满的成员。“你就不能给我拿件大号的增压服来吗？”她抱怨道，“你确定这些衣服还能用？”

“这句话听起来很有道理，”图夫说，“有必要把飞船培养桶里残存的随便哪种活体细菌注入空气过滤背包里试试。‘蘑菇’怎么到外面去的？”

杰弗里·莱昂不安地清了清喉咙。“呃，是这样的，”他说，“赛丽丝担心你不会回来了，图夫。你很久都没有回来，她觉得你把我们丢在这里了。”

“卑劣又毫无根据的猜疑。”图夫说。

“呃，是的。”莱昂说。他转过身，伸手去拿属于他的增压服。

赛丽丝·瓦安套上一只金色的靴子，封上口。“这是你的错，”她对图夫说，“要是你没去那么久，我就不会心神不宁了。”

“的确，”图夫说，“我斗胆问一句，你心神不宁跟‘蘑菇’又有什么关系？”

“哦，我觉得你不会回来了，而我们总得离开这里。”人类学家说。她封好第二只靴子。“你弄得我很紧张，你知道的，你用那些瘟疫的说法吓唬过我。所以我把这只猫放出了空气闸门。我本想抓那只该死的黑白花纹的猫，可它总能逃掉，还会对着我嘶叫。灰色的这只猫倒是允许我抱它。我把它丢了出去，通过屏幕看着它。我想我们可以看出它会不会得病，如果它没有出现任何症状，那我们冒险出去或许不会有危险。”

“我明白你的理论了。”哈维兰·图夫说。

“浩劫”蹦蹦跳跳地跑进房间，玩耍着什么。它看到了图夫，便带着小猫式的顽皮大摇大摆地向他走去。

“杰弗里·莱昂，”图夫说，“劳驾你抓住‘浩劫’，把它带回起居室，关在那里。”

“呃，当然。”莱昂说。当“浩劫”从他身边跑过时，他抓起了它。“为什么要关住它？”

“我打算从现在开始保护‘浩劫’的安全，不让它再接近赛丽丝·瓦安。”图夫说。

赛丽丝·瓦安用手臂环抱着头盔，讥讽地笑了。“噢，胡说八道。灰色那只猫根本没事。”

“请允许我提起一个你或许并不熟悉的概念，”哈维兰·图夫说，“它通常被称为潜伏期。”

“我要宰了那婊子。”凯杰·内维斯扬言道。此时他正和阿尼塔斯沿着一条黑暗的走廊前进。“真该死，你就别想找到个像样的雇工。”安奎战斗服那巨大的头部转了过来，内维斯看着电子人，他的面罩闪着光。“走快点。”

“我的步幅无法和你的步幅相比。”阿尼塔斯说着加快了脚步。为了努力跟上内维斯的步子，他的身侧隐隐作痛。他的机械半躯和钢铁一样强壮，与电子回路一样反应迅捷，可他的有机半躯却是伤痕累累的血肉之躯，鲜血从内维斯在他腰部划开的伤口处不断涌出。他头晕目眩，身体发烫，感到一阵疲惫。“没多远了，”阿尼塔斯说，“沿走廊往前，向左转，第三道门。计算机室里有一座重要的分控站，我先前接入时就感觉到它了，我可以在那里跟主系统合并。”以及休息，他想。他已经疲惫不堪，他的有机半躯在痛苦地抽搐。

“我要你把这些该死的灯都打开，”内维斯命令道，“然后帮我找到她。你明白了没？”

阿尼塔斯点点头，强迫自己加快步子。两个细小的红点在他脸上烧灼，可他的银铁眼球却无法看见。转瞬之间，他的视野颤抖着模糊成一片，耳朵里嗡嗡作响。他停下脚步。

“又怎么了？”内维斯询问道。

“我正在失去某些身体机能，”阿尼塔斯说，“我们必须前往计算机室，对我的系统进行检测。”他再度迈开步子，身体却开始摇晃。接着，平衡感完全将他抛弃，他倒了下去。

瑞卡·晓星确定自己已经甩掉了他们。穿着庞大的金属战斗服的凯杰·内维斯令人畏惧，这一点毫无疑问，不过他也和安静绝了缘。瑞卡拥有图夫的猫那样的眼力，这是她的另一项职业优势。能够看见东西时，她就奔跑，在漆黑一片的走廊里，她摸索着前进，步子尽量放快，也尽可能放轻。“方舟号”内部有众多房间与曲曲折折的走廊，她小心翼翼地穿过这座迷宫，转弯，回身，转弯，再原路返回。她仔细听着内维斯叮叮当当的脚步声逐渐变轻，最后完全消失。

确信自己已经安全之后，瑞卡·晓星才开始探索身处的这座迷宫。墙壁上嵌有照明金属板，其中一些在她的触碰下起了反应，另一些则没有。她把所到之处尽可能地点亮。她首先走过的区域是居住区，小小的卧室被狭窄的走廊隔开，配有床、桌子、控制台和显示屏。有些房间空空荡荡，而在另外的房间里，她发现了没叠好的床铺和散落在地上的衣物。一切都很干净。要么是居民前天晚上才搬出了这里，要么就是“方舟号”对这部分房间进行过封锁和维护，直到他们的到来以某种方式开启了这些房间。

下一个区域就没那么幸运了。这里的房间充斥着尘埃和垃圾，她在其中一个房间里发现了一具古老的骨骸。那是个女人，睡在一张床上，这张床经过许多个世纪早就溃散成了一团无形腐物。一点点空气就能带来这么大的差别，瑞卡心想。

这些走廊通向另一些较为宽敞的走廊。她看着储藏室，看着装满设备的房间和另一些塞满空笼子的房间，看着一尘不染的白色实验室接连不断地出现在走廊两边，排成宽阔的两行。她觉得这里很像山迪城的林荫大道。这条走廊引领着她最后来到与一条更宽阔的走廊的连接处。她迟疑了片刻，拔出射钉枪。这条路通往控制室，她想——或者，至少是通向某个重要的地方。她走上这条走廊，却发现角落里有些东西：它们外形暗淡，蜷缩在墙壁下方的狭小空间里。瑞卡小心翼翼地走了过去。

走近之后，她倚着武器笑了起来。那些黑色的形体是一排类似速可达的东西，后者是一种小小的三轮机车，每辆都有两个座位和又大又软的气球轮胎。她眼前的这些车被放置在墙壁上的充气槽里。

瑞卡拉出其中一辆车，优雅地转过身，坐进驾驶座，接着咔嗒一声打开电源。仪器显示车子充满了电。这辆车甚至还有前灯，灯光准确地刺穿了前方的黑暗和阴影。谢谢，她咧嘴笑了。车轮滚动，沿着宽敞的走廊前进。她的速度不算很快，可这又有什么关系呢，至少她正在接近目标嘛。

杰弗里·莱昂带他们来到一座军械库前，哈维兰·图夫在这里杀死了“蘑菇”。

莱昂把便携火把举过头顶，飞快而兴奋地挥舞起来，对着一堆堆激光导弹、高爆射弹武器、射线枪和耀光手雷大呼小叫。赛丽丝·瓦安抱怨说她不熟悉武器，而且无论如何都不认为自己能杀死任何人。她毕竟是个科学家，不是军人，她觉得这么做野蛮得很。

哈维兰·图夫把“蘑菇”环抱在臂弯之中。当图夫从“价廉物美量又足号”里走出来抱起它的时候，这只大公猫曾经叫唤得很大声，可那已是过去式了。现在它的声音半是叫唤，半是哽咽，令人同情。图夫抚摸它时，那些细长的灰色软毛成把成把地脱落下来。“蘑菇”尖叫起来。图夫看见它嘴里有种东西正在慢慢变大，黑色的真菌块上长出的纤细黑毛织成了网。“蘑菇”再次悲哀地喵呜叫起来，这次叫得更响了，它挣扎着想获得自由，徒劳地用爪子刮图夫那件增压服的金属表面。它那对黄色的大眼睛蒙上了一层薄雾。

另外两个人没有留意“蘑菇”的举动。他们没有关注这只陪伴图夫航行了一辈子的猫，而是把注意力放在了更重要的事上。杰弗里·莱昂和赛丽丝·瓦安正在争吵。不管“蘑菇”如何挣扎，图夫只是一动不动地抱着它。他最后一次摸了摸它的皮毛，出言安抚。接着，他以干脆利落的动作折断了猫的脖子。

“内维斯差点就干掉我们了，”杰弗里·莱昂对赛丽丝·瓦安说，“我才不管你有什么疑虑。说真的，你必须负起责任。你不能指望由图夫和我背负起保护大家的重担。”在增压服那厚厚的塑胶面罩后面，莱昂皱起了眉头。“我希望我能更了解内维斯穿的盔甲，”莱昂说，“图夫，激光能穿透那件安奎战斗服吗？高爆射弹武器会不会更具效力？要我看，激光就行了。图夫？”他转过身，挥舞着便携火把，令那些影子在军械库的墙壁上跳起疯狂的舞蹈。“图夫，你在哪里？图夫？”

哈维兰·图夫不见了。

计算机室的大门无法开启。凯杰·内维斯踢了它一脚。金属门朝中心弯折，顶部从门框上脱落下来。内维斯又踢了一脚，再一脚，他巨大的装甲靴带着可怕的力道，砰然撞上这扇薄薄的金属门。他推开伤痕累累的门的残骸，走了进去。他用僵直的下臂抱着阿尼塔斯。“我他妈爱死这盔甲了。”他说。阿尼塔斯呻吟起来。

计算机室内的这座分控站里充斥着一种令人焦虑的嗡鸣声。微小的彩灯忽明忽暗地闪烁着，就像一只只萤火虫。

“到回路里去。”阿尼塔斯说。他的手虚弱地四下摆动，仿佛在打手势，又像是在痉挛。“把我放到回路里去。”他重复道。他的有机半躯看起来情况很糟，皮肤上满是黑色的汗珠，宛如液态乌木的液滴从他身体的每个毛孔中渗透出来。黏液无法遏止地从他的鼻子里流出，他的那只有机耳朵也血流不止。他没法站立或是步行，他的语言能力似乎也在逐渐退化。安奎战斗服的面罩上的暗红色光芒为他覆上了一层深绯色的薄膜，令他更显虚弱。“快点，”他对内维斯说，“回路，请把我放进回路里去。”

“闭嘴，要不我就把你丢在这里。”内维斯回答。阿尼塔斯发起抖来，就好像内维斯放大后的声音是对他肉体的某种攻击。内维斯扫视房间，直到发现控制台。他把电子人拖到那边，将其放在一张从控制面板和桌子下滑出的白色塑料椅上。阿尼塔斯尖叫起来。

“闭嘴！”内维斯重复道。他笨拙地抓起电子人的手臂，几乎扯脱了关节。穿着这件鬼衣服的时候，他很难估算自己的力量，要做精细的动作就更难了，可他不想脱掉它——他喜欢这盔甲，喜欢得要命。阿尼塔斯又尖叫了一声。内维斯没理他，只是展开电子人的蓝钢手指，把它们塞进控制面板的接口里。“好了！”他说着朝后退去。

阿尼塔斯向前倒去，脑袋重重地撞上由金属和塑料制成的控制面板。他张开嘴巴，鲜血从中滴落，其中混合着某种浓稠的黑色流质，几乎像是石油。内维斯板起了脸。难道是他动作太慢了？难道这该死的电子人已经被他给害死了？

灯光闪亮，那微弱而混乱的嗡鸣声逐渐变响，所有微小的彩灯飞快地亮起又熄灭，往复不停。阿尼塔斯进入了回路。

瑞卡·晓星沿着走廊继续向前，当前方的黑暗化作闪耀的光芒之时，那种得意的感觉几乎让她忘记了一切。在她头顶，舱壁上的面板接二连三地自长眠中惊醒，她前进了一千米[1]又一千米，黑夜变成了明亮的白昼，光线一时间刺痛了她的双眼。

惊叹之余，她刹住车，看着灯光的浪涛拍向无限遥远之处。她望向身后。在她经过的那些地方，黑暗仍旧填满整个走廊。

---

1. 此处的“千米”指前文的“标准千米”，后同。——编者注

她注意到了某种先前在黑暗中并不显眼的东西。走廊的地板上嵌有六根平行的细线，这些半透明的塑料导向带分别呈现红、蓝、黄、绿、银、紫这六种颜色。每一条导向带无疑都导向某个地方，可惜她并不知道它们分别导向哪里。

就在她看着的时候，那根银色的细线随着内置的灯光亮了起来。它在她面前伸展开来，变成了一条闪闪发光的银亮细带。与此同时，她头顶的面板暗淡下来。瑞卡皱了皱眉，让速可达又前进了两三米，离开阴影，回到灯光下。当她停下时，灯光也随之熄灭。地板上的银带坚持不懈地闪动着。“好吧，”瑞卡说，“就照你说的做。”她加大速可达的油门，沿着走廊前进，她身后的灯光旋即熄灭。

“他来了！”走廊亮起之时，赛丽丝·瓦安尖叫起来。她吓得一下蹦起来很高。

杰弗里·莱昂站在原地，双眉紧锁。他手里握着一支激光来复枪，腰侧的皮套里塞着一支钉刺手枪，另一侧塞着一支切割枪。一门巨大的两人用电浆加农炮稳稳地系在他的背上，他右肩披着的弹药带里装着心灵炸弹，左肩的弹药带里塞着耀光手雷，一把大号振动匕首插在他腿上的刀鞘里。他在金色的头盔下微笑，他的血液在沸腾。他准备好了一切。从最后一次在斯凯格雷志愿军中和黑天使作战算起，他已经一个多世纪没有体验过这样美妙的感觉了。让那些枯燥的理论全见鬼去吧，杰弗里·莱昂曾是个行动派，现在他觉得青春已经归来。

“安静，赛丽丝，”他说，“没人会来的。只有我们。灯亮了，仅此而已。”

赛丽丝·瓦安看起来并不相信他的结论。她也装备了武器，可她一路上都拖着那把激光来复枪前进，因为她觉得那东西太沉了。杰弗里·莱昂有些担心：假如她试着拿起并掷出一颗耀光手雷，又会发生什么？

“看，”她指了指，“那是什么？”

杰弗里·莱昂看到地板上嵌有两条彩色塑料带，一条黑色，一条橙色。橙色的那条带子亮了起来。“这是某种电脑控制的导向带，”他宣布，“我们跟着它吧。”

“不。”赛丽丝·瓦安说。

杰弗里·莱昂皱起眉头。“听好了，我是指挥官，你得照我说的做。我们能解决所有麻烦。现在，准备前进。”

“不！”赛丽丝·瓦安顽固地说，“我累了。这样不安全。我要待在这里。”

“我在直接对你下令。”杰弗里·莱昂不耐烦地说。

“噢，胡说八道。你不能命令我。我才是正牌学者，你只是个副手而已。”

“这里又不是文化与知识发展中心，”莱昂恼怒地说，“你到底来不来？”

“不。”她在走廊中央坐了下来，环抱双臂。

“那好吧，祝你好运。”杰弗里·莱昂转身背对她，独自跟随那条橙色导向带前进。在他身后，他那支拒绝前进的部队顽固而愠怒地看着他离开。

哈维兰·图夫来到了一个陌生的地方。

他走过无尽的黑暗和狭窄的走廊，带着“蘑菇”柔软的躯体艰难地思考着，没有任何计划或目标。最后，他所在的走廊似乎变成了巨大的洞窟。墙壁在他身旁向后退去，他被空旷的黑暗所吞噬，而他的脚步声在远方的墙壁处回响。黑暗中有声音传来——一阵低沉的嗡鸣声，声如细丝，还有一种较为响亮的声音，像是潮水在涌动，又像是无尽的地底洋流在澎湃。可他不在地下。哈维兰·图夫提醒自己，他在一艘名叫“方舟号”的远古飞船上迷了路，飞船上有很多恶棍，而“蘑菇”死在了他自己手里。

他继续前进。至于走了多久，他也说不清。脚步声响彻耳际。地面平坦，毫无遮蔽，而且仿佛永无止境。最后他在黑暗中和某样东西撞了个正着。他走得很慢，因此没有受伤，但“蘑菇”在碰撞中脱手落地。他朝前方摸索，试图弄清是什么东西阻止了他前进，可隔着手套很难分辨出来。它个头很大，而且轮廓是弯曲的。

就在这时，灯亮了。

那并非剧烈的光线，它模糊、昏暗而柔和。它从顶上照射下来，于四处投下不祥的黑影，而被照亮的地方投下的是古怪的绿色阴影，就好像上面覆盖着某种发光苔藓似的。

图夫看着四周。这里不像洞窟，像是隧道。他刚才就这么横穿了整条隧道，在他看来，这段距离少说有一千米。隧道的宽度完全无法与长度相比。这条隧道肯定贯穿了整艘飞船，也就是有主轴线那么长，因为两个方向似乎都昏暗得看不到尽头。天花板被绿色的阴影遮蔽，在图夫的头顶高处，声音在隐约可见的穹顶上回荡。这里有机械，许许多多的机械——有嵌入墙中的分控站，有哈维兰·图夫从没见过的古怪设备，那平坦的控制台中嵌有数支沃尔多机械臂[1]和迷你机械手。可在这条巨大的、充满回声的隧道里，最有特色的是那些桶。

到处都是桶。它们在墙壁两侧排列成行，一直延伸到图夫看不到的尽头，有几只桶甚至被挤得从天花板处掉了下来。其中一些桶很大，它们那膨胀的半透明桶壁大得足以装下“价廉物美量又足号”。而另一边

1. 一种遥控操作式机械臂，可以模仿由操作员直接控制的主设备的动作。最初出现在罗伯特·A. 海因莱因的同名短篇小说《沃尔多》中。

的桶只有人的手掌那么大，数量成千上万，从地面一直堆到天花板，犹如用塑料做成的蜂巢。计算机和工作站在它们旁边显得微不足道，好似被人忽视的微小细节。此刻图夫找到了自己先前听见的流水声的来源。透过淡绿色的阴影，他看到多数的桶都是空的，只有几只例外——这里一只，那里一只，稍远处还有一只——它们似乎装满了彩色的流质，冒着气泡，随着桶内半隐半现的某个形体无力的摆动而翻搅着。

哈维兰·图夫久久地注视着眼前这条狭长的通道，它的规模让他感到自己的渺小。最后他转过脸，弯腰再次捡起“蘑菇”。弯腰时，他看到了自己在黑暗中撞上的是什么：一只中等大小的桶，透明的桶壁有些凹陷。这只桶里装满了浓稠且浑浊的淡黄色液体，遍布着不断旋转的红色旋涡。图夫听到了微弱的潺潺声，接着感觉到一阵轻微的颤动，就好像里面有什么东西正在翻搅一样。他靠得更近了些，眯起眼睛，探头望去。

在桶里，那只漂浮不定、尚未出生却已有生命的霸王龙低头凝视着他。

在回路里他没有痛苦。在回路里他没有身体。在回路里他有心灵，纯洁、美好、干净的心灵。他是某种存在的一部分，某种庞大而有力，远比他伟大，比所有人都更伟大的存在。在回路里，他不仅仅是人类，不仅仅是电子人，不仅仅是纯粹的机械。在回路里，他就是神。在回路里，时间毫无意义，他快如思想，快如电路的开合，快如沿着超导肌腱传播的讯息，快如微型激光器在中央矩阵里编织无形罗网时的闪光。在回路里，他有一千只耳朵、一千只眼睛和一千只拳头。在回路里，他无处不在。

他是阿尼塔斯。他是“方舟号”。他是电子人。他是超过五百个卫星站和显示屏，他是二十台古地球帝国的仪器，他用二十座分散在四处的分控站管理着飞船的二十个区域，他是作战指挥、代码破译员、飞船导航员、船医、医务中心、航行日志、书库管理员、生物库管理员、显微外科医师、克隆生物保管员、维护员、修理员、通信设备和防御体系。他是所有的硬件，所有的软件。他是所有的初级备份系统，所有的次级和第三级备份系统。他有一千两百岁，长约三十千米，他的核心是中央矩阵，仅仅两米见方，却庞大到几近无限。他看到了一切，随后继续前行，他的意识沿着回路奔跑、分离、起舞，驾驭道道激光。知识在他体内迸发，就像一条肆意奔涌的庞大河流，他享受着来自高压电缆的那些清爽又稳定、甜美而纯净的电力。他是“方舟号”，他是阿尼塔斯，他即将死去。

在他的身体内部，在这艘飞船的内部，在九号空气闸门边的十七号分控站里，阿尼塔斯让他的银铁眼球转动着，停留在凯杰·内维斯身上。他笑了。他那张金属材质的脸上显出一副怪诞的神情。他露出自己含铬的合金钢牙齿。“你这傻瓜。”他对内维斯说。

穿着安奎战斗服的内维斯带着威胁的意味靠近一步。一只钳子伴随着金属的摩擦声抬高，开开合合。“看好你的嘴。”

“你确实是个傻瓜。”阿尼塔斯告诉他。他发出骇人的惨笑，听起来饱含痛苦，还带着金属的回响，而他的嘴唇血流不止，在闪亮的银色牙齿上留下潮湿的红色污渍。“你杀了我，内维斯，而且无缘无故，只是因为你感到不耐烦。我本可以把所有东西都给你。它是空的，内维斯。这艘飞船是空的，他们全死了。系统也是空的，我在里面是独自一人，回路里没有别的思维。它是个白痴，凯杰·内维斯。这艘‘方舟号’是个白痴巨人，古地球帝国军害怕它。他们能造出真正的人工智能，哦，是的，他们拥有过巨大的人工智能战舰和机器人舰队，可这些人工智能有自己的思想，接着就发生了事故。历史里有记载——坎达拜尔星和李尔王星居民的撤退行动，‘阿勒可图号’和‘哥连号’发动叛乱。这些播种舰过于强大，他们造出它们的时候就清楚这一点。‘方舟号’拥有两百名船员——战略师、科学家、生态工程师、军官和普通船员，可以运送超过一千名士兵，为所有人提供食物，同时还能以满负荷运转，去毁灭别的星球。哦，是的，这套系统能造出一切，内维斯，可它是一个安全的系统，一个庞大的系统，一个精密的系统，一个能够自我修复、自我防御，能够同时做一千件事的系统——如果你要求它这么做的话。两百个工作人员能让它更有效率，可你只靠一个人就能让它运转起来，内维斯。这样做不够高效，是的，更别想达到完全效力，可你能让它动起来。它不能自我运作——它没有脑子，没有人工智能，它等待着指令，可是只需要一个人就能告诉它该做什么。一个人！我能轻易做到这件事。可凯杰·内维斯失去了耐心，然后杀了我。”

内维斯又走近了些。“听起来你还没死。”他说着张开钳子，带着威胁的意图猛地合拢。

“可我死定了，”阿尼塔斯说，“我从系统中吸取能量，增大我机械半躯的功率，让自己恢复了说话的能力。可我一直在走向死亡。瘟疫，内维斯。在最后的时日，这艘飞船上的人手严重短缺，只剩下三十二个人。接着是一次袭击，一次赫鲁恩人的袭击。他们破译了身份代码，打开穹顶，然后上了飞船。超过一百个赫鲁恩人冲进了走廊。他们眼看着就要获胜，眼看着就要接管飞船，防守方只能步步败退。这些守卫封锁了‘方舟号’的所有区域，排出了所有空气，关闭了所有电力。他们只剩下几个人。他们设下埋伏，寸土必争。有些地方在战斗中被破坏，出现了机能障碍，超出了‘方舟号’的修理能力。他们放出传染病、瘟疫和寄生虫，从培养桶里召唤出他们梦魇般的宠物，他们战斗，死去，获得了胜利。最后所有赫鲁恩人都死了。还有，凯杰·内维斯，你知道吗？防守方也死得只剩下四人，而这四个人中的一个受了致命伤，另外两个得了病，最后那个也死在飞船上。你想知道他们的名字吗？不，我不这么认为。你没有好奇心，凯杰·内维斯。没关系，图夫会想知道的，还有那个上了年纪的莱昂。”

“图夫？莱昂？你在说什么？他们死了，全都死了。”

“错了，”阿尼塔斯说，“他们现在都在飞船上。莱昂找到了军械库，他现在就是个会走路的军械库，而且他直冲着你来了。图夫找到了某种更重要的东西。瑞卡·晓星正沿银色的导向带前往主控制室，前往船长的宝座。你看，凯杰·内维斯，这群人全在这里。我已经唤醒了‘方舟号’所有尚能运转的区域，并且亲自带领他们前进。”

“那就停下，停下。”内维斯命令道。他毫不犹豫地伸出巨大的金属钳子，扣住了阿尼塔斯的金属喉咙。“马上让他们停下。”

“我还没说完我的故事，凯杰·内维斯，”电子人的嘴边血迹斑斑，“最后的古地球帝国军知道自己撑不下去了，便关闭了飞船，把它留给真空、寂静和虚无。他们把它变成了一件废弃物。事实并不完全是这样，你明白的，他们害怕会有再一次的袭击，来自赫鲁恩人的袭击，又或许是来自另一些未知的敌人的袭击。所以他们要求‘方舟号’进行自我防卫。他们装上电浆加农炮和太空用激光炮，并且保留了防卫区的机能，这一信息我们已从发生在‘价廉物美量又足号’上的那起悲剧中知晓。他们为飞船设定了程序，命令飞船为他们进行可怕的报复行动，对着赫罗·布拉纳星，对着赫鲁恩人出现的地方进行永无休止的报复，为他们送去瘟疫和死亡作为赠礼。为了防止赫鲁恩人演化出免疫力，他们对着瘟疫柜不断地进行辐射照射，以促进病毒不断变异。接着他们创建了某种程序，用它来进行自动基因处理，以便塑造出永远新奇也更为致命的病毒。”

“我他妈的才不在乎，”凯杰·内维斯说，“你阻止了他们没有？你能杀了他们吗？我警告你，赶紧动手，要不然你就死定了。”

“我反正都快死了，凯杰·内维斯，”阿尼塔斯说，“我告诉过你的。他们留下了瘟疫作为第二道防御体系，只要有人强行登上飞船，‘方舟号’的程序就会唤醒自己，让走廊里填满空气。哦，没错，是空气，但却是被整整一打不同种类的病原体污染过的空气。瘟疫柜的内部在一千个标准年的时间里一直在翻搅和沸腾，凯杰·内维斯，其中的病原体在一次又一次地变异。我感染的那种病没有名字，我认为病原体是某种孢子。飞船里有抗原、药物和疫苗——‘方舟号’也生产这些东西，可对我来说太迟了，太迟了。我把它吸了进去，而它正活生生地吞食着我的有机半躯。幸好我的机械半躯是不可食用的。我本可以让我们俩得到这艘飞船，凯杰·内维斯，我们能一起拥有神灵般的力量，而不是一起死去。”

“你会死，”内维斯纠正他，“然后飞船就是我的了。”

“我不这么想。我狠狠踢了这白痴巨人一脚，凯杰·内维斯，让它再次醒来。哦，是的，它仍旧是个白痴，不过它醒了，并且等待着命令，而你既没有知识也没有能力来下达命令。我正带领杰弗里·莱昂笔直地朝这里走来，瑞卡·晓星此刻正向上方的主控制室前进。还有——”

“没有了。”内维斯简短地说。那只钳子压碎了金属和骨骼，迅速合拢，干净利落地切掉了电子人的头颅。头颅从阿尼塔斯的胸口弹开，撞上地板，滚了几圈。鲜血从颈脖处喷溅而出，一根厚实的外接电缆徒劳地噼啪作响，甩出一团蓝白色的火花，电子人的身体倚着控制台瘫软下去。凯杰·内维斯收回手臂，再猛烈挥击，一次又一次地敲打着控制台，直到将它彻底破坏，成百块塑料和金属的碎片散落在地板上。

一阵响亮而空洞的嗡嗡声传来。

凯杰·内维斯转过身，寻找着声音的来源。他的面罩散发着鲜亮的血红色光芒。

在地板上，那颗头颅正看着他。那双眼睛，那对闪亮的银铁眼球转动着，然后停了下来。电子人咧开嘴，露出鲜血淋漓的笑容。“还有，凯杰·内维斯，”那脑袋对他说，“我启动了最后的古地球帝国军设计的终极防线。静滞场已经关闭，梦魇此刻正在苏醒。那些守护者即将出现，随后将你毁灭。”

“该死的！”内维斯大叫。他把一只巨大而平坦的脚放在电子人的头上，然后用全身的重量压了下去。钢铁和骨骼在冲击下嘎吱作响，而内维斯一次次地用力踩踏，直到他脚下除了沾满红灰色稠浆的白色碎片和银色碎片之外再无一物。

这时，寂静终于到来。

一段漫长的路途过后——两千米，或者更长——地板上那六条导向带仍然保持平行，尽管只有银色的那条依然闪耀着光芒。红色那条首先脱离，它在某个路口转向右方。又前进了一千米之后，紫色那条到达了终点——一扇宽敞的大门。那是一间一尘不染的“自动化厨房-食堂综合大厅”，它勾起了瑞卡·晓星的兴趣。她停下来，略微探索了一番，可那条银色的导向带仍然在闪动不息，而头顶的灯光也接连熄灭，催促她继续沿走廊前行。

最后她来到了终点。这条宽阔的走廊逐渐折向左方，和一条同样宏大的走廊连接在一起。它们的交界处有一只巨大的“轮子”，轮子上面有六条狭窄的走廊，像辐条一样延伸出去。天花板高悬在瑞卡的头顶，她抬头看去，发现这里有至少三层，分别连接狭窄的甬道、舰桥和巨大的环形平台。“轮子”的中央是一只硕大的转轴，从地面一直攀升到天花板——显然，这是一架电梯。

蓝色的路线跟随第一条轮轴，黄色的路线跟随第二条，绿色的路线跟随第三条。那条闪亮的银色导向带则直直指向那扇电梯门。就在她接近时，门开了。瑞卡把速可达一直开到转轴底部，下了车，犹豫起来。电梯很诱人，可里面看起来封得很严实。

她犹豫得太久了点。

所有的灯光都熄灭了。

只剩下那条银色的路线，那根细如手指的线条，直指前方。电梯的灯光闪闪发亮。

瑞卡·晓星皱起眉头，拔出射钉枪，走了进去。“请往上。”她大声说。门扇合拢，电梯随即开始爬升。

杰弗里·莱昂的步子轻快有力，全然不顾自己身上武器的重量。自从他把赛丽丝·瓦安丢下之后，他的感觉比之前更好了。无论怎么看，那个女人都是个麻烦，而且他很怀疑她能在冲突中派上任何用场。他考虑过暗中行动，但随即否决了这个念头。他并不害怕凯杰·内维斯和他的安奎战斗服。哦，那身装甲厚得可怕，这一点不用怀疑，可说到底，它只是件外星产品，而莱昂装备的却是古地球帝国军最致命的武器，它们代表着古地球帝国在大崩溃之前的军事科技方面的顶级成就。他没听说过安奎星人，他们又能有多擅长制造武器？他们肯定是哈兰甘人的某个不为人知的奴隶种族。只要找到内维斯，莱昂就能迅速地解决他，还有那个背信弃义的瑞卡·晓星——她和她那把愚蠢的射钉枪。他想看看射钉枪该如何跟电浆加农炮相抗衡。是的，他想见识见识。

莱昂不清楚内维斯和他的同伙制订了怎样的计划。无疑是某个非法且不道德的计划。哦，没关系，因为他就要接管这艘飞船了——他，杰弗里·莱昂，山迪洛星军事历史中心的二级研究员，前斯凯格雷志愿军第三联队的第二战术分析员。他即将夺取一艘生态工程兵团的播种舰，或许需要得到图夫的协助（如果他能找到图夫的话），但他无论如何都会办到的。在此之后，他不会用这件宝物来换取可笑的个人财富。不，他会乘着这艘飞船，一路前往阿瓦隆星，前往那座伟大的人类知识研究学院，以让他留下并负责研究这艘飞船的条件将它转让给他们。这项事业将陪伴他度过余生，当他过世之后，杰弗里·莱昂，这位学者与战士的名字，将被众人与克莱勒诺马斯相提并论。克莱勒诺马斯便是上述学院的创始人。

莱昂扬着头，跟随着那条橙色的路线，在走廊正中央大步前进。他一边走，一边吹起口哨，那是一种轻松的行军曲调，是他四十多年前在斯凯格雷志愿军中学会的。他边吹边走，边走边吹。

直到那条路线消失不见。

赛丽丝·瓦安在登陆甲板上坐了很久，她环抱双臂，贴紧胸口，暴躁的神情在她脸上定了格。她坐在那里，直到莱昂的脚步声完全消失。她坐在那里，对自己被迫忍受的所有侮辱和不公感到愤愤不平。这一切都让人无法忍受。在和这群毫无前途又粗暴无礼的船员结伴之前，她本该三思的。阿尼塔斯比起人来更像机器，瑞卡·晓星是个傲慢无礼的小贱人，凯杰·内维斯根本是个粗野的罪犯，哈维兰·图夫更是坏到了极点，甚至连杰弗里·莱昂，她的同事，最后也被证明是一个靠不住的人。灾星是她的发现，是她让他们参与进来的，可她又得到了什么？身心煎熬，蛮横无理的对待，最后还遭到遗弃。很好，赛丽丝·瓦安不想再忍耐下去了。她下定决心，不会跟任何人分享这艘飞船。这是她的发现，而她要返回山迪城，根据山迪洛救援法宣称自己的所有权，这是她的权利。就算她那些卑劣的同伴有怨言，也只能去起诉她。在此期间，她不想跟他们中的任何人说话，再也不想了。

她的屁股隐隐作痛，她的双腿开始发麻。她以同一个姿势坐得太久，她的背也开始疼了，而且她很饿。她很想知道这艘废弃的飞船上是否有地方能让她弄到一顿美味大餐。也许真的有。计算机似乎还在运作，这艘飞船有防御系统，甚至还有灯光，所以补给库或许也在正常运转。她站起身，决定去瞧瞧看。

在哈维兰·图夫看来，显然有什么事就要发生了。

在这条巨大的通风道里，噪声的等级正在缓慢却足以察觉地攀升。他清楚地分辨出了某种低沉的嗡鸣声，而那种潺潺的流水声也更明显了。在那只装着霸王龙的桶里，悬浮的流质似乎变得稀薄，还变换着色彩。红色的旋涡已经消失不见，或许是被吸走了，而那些黄色的液体每过一会儿就变得更加透明。图夫看到一个沃尔多机械臂在桶的一侧伸展开来，似乎在为这只爬行动物注射药剂。光线很差，图夫没法看清细节。

哈维兰·图夫决定战略性撤退。他离开装着霸王龙的大桶，开始沿通风道前进。不久后，他便找到了先前见过的控制台和工作站。他停下脚步。

没费多少工夫，他就判断出了这间他碰巧进入的舱室的本质用途。“方舟号”在其中心拥有一座巨大的细胞库，名副其实地容纳了来自无数星球的上百万种动植物和病毒的样本——杰弗里·莱昂差不多是这样说的。这些样本是克隆体，由飞船上的战术分析员和生态工程师们维护。在有需要的时候，“方舟号”和它失落的姐妹们通过散播疾病来杀戮整个星球的居民，用昆虫来破坏其作物，用迅速繁殖的动物大军毁灭其生态系统和食物链，甚至放出可怕的外星食肉生物，将恐惧深植于敌人的内心。然而，一切都从克隆开始。

图夫找到的舱室是中央克隆室。这里的工作站拥有明显用于综合显微外科的设备，而那些桶无疑是用来照看和培养细胞样本的。莱昂跟他说过时间翘曲的事，那是古地球帝国失落的秘密，某片能够名副其实地歪曲时间本身的构造的区域，作用范围很小，消耗的能量却很可观。利用这种方法，古地球帝国军能在数小时内将克隆体培育成熟，还能冻结时间，让这些克隆体活着却毫无变化，并持续千年之久。

哈维兰·图夫对着工作站、控制台和他仍然带在身边的“蘑菇”的小小躯体思考起来。

克隆只需要一个细胞就能开始。

那种技术无疑就储存在电脑里，也许他甚至能找到说明程序。“的确。”哈维兰·图夫告诉自己。这听起来合乎逻辑。当然，他不是电子人，可他是个具备智力的人，他在前半生中操作过各式各样的计算机系统。

于是哈维兰·图夫走到一座控制台旁边，把“蘑菇”轻柔地放在显示屏的护罩上，然后开启了控制台。起先他根本不知该如何下达命令，但他毫不气馁。

几分钟[1]过后，他仍在专心致志地工作——专心到丝毫没留意身后那喧闹的潺潺声。在装着霸王龙的桶里，稀薄的黄色液体正逐渐被排干。

凯杰·内维斯从分控站里砸出一条路来，寻找可供杀戮的东西。

他很生气——为自己没有耐心，为自己的轻率而生气。阿尼塔斯原本可以很有用，内维斯只是没考虑到飞船空气被感染的可能性。当然，这该死的电子人终归会被他干掉，可这件事不应该带来如此严重的后果。现如今，一切都在分崩离析。安奎战斗服给内维斯带来了安全感，可他仍旧心神不宁。他不喜欢听到图夫和其他人不知怎么登上这艘飞船的消息。毕竟，图夫要比他更了解这件该死的盔甲，也许图夫了解它的弱点。

凯杰·内维斯已经自行查明了弱点之一——他的空气储备量在下降。现代化的增压服，比如图夫穿的那件，都配有空气过滤背包，其过滤器中的细菌能够以人类把氧气转化为二氧化碳的速度将二氧化碳转

1. 此处的“分钟”指前文的“标准分钟”，后同。——编者注

化为氧气，因此不会有空气耗尽的危险，除非那些该死的细菌消失或者死光。可是安奎战斗服很原始，它背上的那四个大箱子带着大量却并非无限的空气储备。如果内维斯的理解没错的话，根据他头盔里的指数，其中一个箱子已接近全空。他还剩下三个箱子，想要解决这些人，时间应该足够了——只要他能找到他们。但内维斯还是感到不安。的确，他目前拥有完全可以呼吸的空气，但看到电子人变成那样之后，如果他还打开自己的头盔，那他就蠢透了。阿尼塔斯的有机躯体腐朽的速度远远超过内维斯的想象，他这辈子见过无数恶心的景象，可是从电子人内部吞食躯体的那种黑色黏性物质却是最令人作呕的。凯杰·内维斯下了决心：如果要死，他宁愿窒息而死。

不会有危险的。要是这该死的"方舟号"能够污染空气，它就一定能净化空气。他要找到主控制室，弄清楚该怎么做，只要清洁一个区域就够了。当然，阿尼塔斯说过瑞卡·晓星已经在主控制室了，可他丝毫不担心。事实上，他还有点期待这次重聚呢。

他随便选了个方向，动身出发，装甲靴子重重地拍打着甲板。就让他们听见他的到来吧——他要的就是这样。他爱死这件盔甲了。

瑞卡·晓星在船长的座位上伸展着四肢，审视着投射在主显示屏上的数据。这把椅子柔软且宽大，盖有舒适的旧式塑料，感觉就像王位一般。它是一把很好的休息用椅，麻烦的地方在于，除了在上面休息之外，你真的什么都做不了。上层的舰桥有九座控制台，下方那层则有十二张控制席。显然，从舰桥的设计来看，船长应该安坐在宝座上，发号施令，由其他军官负责所有编写指令和压下按钮的工作。瑞卡缺乏带着九个奴仆登舰的先见之明，此刻只好来往于舰桥之间，从一座控制台走到另一座控制台，试图让"方舟号"苏醒，重新开始运转。

她花了不少时间在这项单调而沉闷的工作上。如果她在错误的控制台输入了指令，什么事都不会发生。可她在缓慢地、逐步地弄清一切。至少在有所进展时，她是这么想的。

而且她很安全，这是她的首要目标。她锁定了电梯，不会有人对她发起突然袭击。只要她在这里，而他们在下面，她就拥有优势。飞船的每个区域都有各自的分控站，有各自的次级核心和指挥站，有各自负责的功能——从防御到克隆，从驱动再到数据存储。可在这里，她可以俯瞰一切，还能撤销其他人试图输入的指令，当然，前提是她能找到方法，这是问题的关键所在。她每次只能操作一座控制台，而且她必须弄清楚正确的指令顺序。是的，她在不断试错，这个过程漫长而烦琐。

她靠向自己柔软的宝座，查看读出的数据，感到些许骄傲。看起来，她成功地启动了一次全舰状况检测。“方舟号”给了她一份完整的受损状况报告，列出了那些在千年前就无法运作，并且超出了飞船修复能力的区域和系统。现在，它正在告诉她此时运行的程序。

关于生物防御体系的列表尤其令人印象深刻——那种骇人听闻的印象深刻。它不停地罗列着名字。在瑞卡看到的疾病名单里，四分之三的名字是她闻所未闻的，它们光是听起来就让人极度不适。阿尼塔斯此刻无疑和这个超越宇宙的伟大程序合为了一体。她的下一个目标应该是封锁舰桥，把它和飞船其他区域分隔开来，然后使用辐射来消毒，看看能否在这里呼吸到未受感染的空气。否则再过个一两天，她的增压服就该散发异味了。

显示屏上显示着：

生物防御体系第一阶段（微）

报告完成

生物防御体系第二阶段（宏）

报告进行中

瑞卡皱起了眉头。宏？这是什么意思？大型瘟疫？

备用生物武器可用数量：47

屏幕上显示着这样一句话。接下来出现在屏幕上的是一大串意义难明的信息，带着冗长的物种编号列表。无趣的列表。瑞卡再次靠向船长的宝座。等列表结束，又一堆信息滚动着出现在屏幕上：

克隆程序全部完成
培养桶故障位置：671，3312，3379
故障已中止
静滞场已关闭
循环释放启动中

瑞卡·晓星不确定自己是否喜欢这句话。循环释放，她想。它会释放什么？一方面，凯杰·内维斯还在外面，如果第二阶段的生物防御体系能给他添乱，令他分心，或是除掉他，那么这个体系对她只有好处；另一方面，她已经有摆脱瘟疫的任务要应付，不能再有别的麻烦了。屏幕更迅速地闪烁起来：

物种编号：22-743-88639-04090
家乡：维尔卡齐斯星
通用名：兜帽德古拉

瑞卡不由得坐直了身体。她听说过维尔卡齐斯星和那里的兜帽德古拉们。恶心的东西。她想起来了，那是某种在夜间活动的飞行吸血生物，智商低下，却对声音异常敏感，而且好斗到近乎疯狂。这条信息闪动着消失了，在它原本的位置出现了一行字：

开始释放

这几个字在屏幕上出现了片刻，接着被一行更短的字取代，那行字跳动了一次，两次，三次，随后也消失不见：

已释放

或许某头兜帽德古拉已经把凯杰·内维斯当午餐给吃了？不太可能，瑞卡想，只要他还穿着那套蠡盔甲就不可能。“好极了。”她高声说道。她可没有安奎战斗服，这就意味着“方舟号”是在给她制造麻烦，而不是给内维斯制造麻烦。

物种编号：13-412-71425-88812

家乡：艾巴托尔星

通用名：地狱幼猫

瑞卡不清楚地狱幼猫是什么，她也不怎么想弄清楚。当然了，她听说过艾巴托尔星。那是个古怪的小星球，曾经吞噬了三支不同的殖民队，可见那里的生物很不友善。不友善到足以咬穿内维斯的安奎战斗服吗？听起来值得怀疑。

开始释放

这艘飞船究竟要吐出多少东西来？可用数量是四十几来着？应该是个奇数，她回想起来。“真可怕。”她语气阴沉。往这艘飞船里塞进四十多种饥饿的怪物，每一种怪物都有能力把她妈妈的宝贝女儿当午餐。不，这可不行，绝对不行。瑞卡站起身，开始观察舰桥。她该从哪里动手来结束这毫无意义的行为？

已释放

瑞卡从座椅上一跃而起，迅速返回她标记出的防御体系控制台，要求它取消现在运行的程序。

物种编号：76-102-95994-12965

家乡：杰登二号星

通用名：活网

灯光在她面前闪动，控制台的那面小显示屏声称“方舟号”的外部防御体系已经关闭。可在主屏幕上，“阅兵仪式”仍在进行。

开始释放

瑞卡连声咒骂起来，手指在控制台上飞快地移动。她试图告诉系统，她想关闭的不是外部防御体系，而是生物防御体系的第二阶段，但机器似乎没能理解她的话。

已释放

最后，她从仪表板上得到了答案——这不是对应的控制台。她皱起眉头，四下张望。当然，这是外部防御体系的武器系统控制台。但生物防御体系的控制台肯定也是存在的。

物种编号：54-749-37377-84921

家乡：PSC92，TSC749，未命名

通用名：滚轧弹

瑞卡走向下一座控制台。

开始释放

系统困惑地回应了她关于取消运行程序的命令——这个子系统里没有运行中的程序。

已释放

四种生物，瑞卡闷闷不乐地想。“够多了。”她大声说。她走到下一个控制台边，输入取消指令，然后继续前进，根本不停下来看看指令是否有效。她在又一个控制台前停下，输入另一道取消指令，随后继续前进。

物种编号：67-001-00342-10078

家乡：地球（已消失）

通用名：雷克斯霸王龙

她奔跑，输入，奔跑，输入，奔跑，输入。

开始释放

她尽可能迅速地在整个舰桥上转了一圈。等她做完这一切，她甚至都不知道是哪个命令在哪个控制台上生了效。屏幕上显示着这样的信息：

循环释放终止

生物武器释放中止：3

生物武器已释放：5

备用生物武器可用数量：39

瑞卡·晓星双手叉腰，皱起眉头。她放出了五种生物，还不算太糟。她本以为自己能在第四种生物被释放之后中止程序，可她肯定是晚了那么一瞬间。哦，好吧，可雷克斯霸王龙又是什么鬼东西？

至少外面除了内维斯，再没有别人了。

没了导向带的指引，杰弗里·莱昂没再把时间浪费在这条相互连接的走廊里。他最后采用了一种简单的策略：选择较宽的走廊，一样宽的时候就朝右转，并且尽可能地往下走。这种方法似乎很有效，没过多久，他就听到了一阵噪声。

他将身体贴在一面墙上，尽管背上笨重的电浆加农炮让他躲藏的努力打了折扣。他仔细聆听。是的，这毫无疑问是一种噪声，从他的前方传来。脚步声，响亮的脚步声，尽管有些距离，但那个人正朝这边接近——那肯定是身穿安奎战斗服的凯杰·内维斯。

杰弗里·莱昂满意地笑着，取下电浆加农炮，竖起它的三脚架。

霸王龙咆哮起来。

噢，哈维兰·图夫心想，真是骇人至极的声音。他恼怒地紧抿嘴唇，又往后挪动了半米，感觉不舒服得要命。图夫个子很高，可控制台下面只有很小的空间。他坐在这里，两条腿别扭地挤在一起，背部弯曲的方式令他疼痛不已，他的脑袋也撞上了头顶的控制台。但他并非不懂感恩：的确，这里空间很小，但也为他提供了庇护所。他够幸运，动作也够快，来得及躲进掩体下面。这座控制台配有沃尔多机械臂、微型扫描仪和电脑终端，稳稳地停在那块凸出于地板和墙壁的厚重钢铁镶板上面，绝不是能轻易被移开的轻巧家具。

话虽如此，哈维兰·图夫并不完全满意。他觉得自己很蠢，因为他的尊严被迫做出了极大的妥协。专注于手头的工作无疑是他的长处，值得表扬，但专注到让一只七米高的食肉爬行动物悄悄摸到他背后的时候，这份专注就该被当作缺点看待了。

霸王龙再次咆哮起来，图夫感觉到控制台在他的头顶震动。霸王龙巨大的脑袋在他面前大约两米的地方出现，接着那只野兽俯下身体，用巨大的尾巴维持平衡，试图钻到他面前来。图夫很走运，它的脑袋太大，而这里的空间太小。那只爬行动物抽出脑袋，受挫地咆哮，它的吼声在整座中央克隆室内不断回响。它的尾巴四下甩动，砸中了控制台，供图夫藏身的控制台在冲击下晃动，上面有什么东西碎了，图夫缩了缩身子。

“走开。”他用尽可能坚定的语气说。他把双手放在肚皮上，试图摆出严厉的神情。

那只霸王龙根本没留意他的话。“这些费力的举动不会为你带来任何助益，”图夫指出，“你个头太大，而控制台太硬，所以如果你的脑子比‘蘑菇’更大，问题就很明显了。此外，你无疑只是用化石里的基因制造出的克隆体，因此比起已经灭绝并且按理来说将继续灭绝下去的你，我对这片土地拥有更高的主权。走开！”霸王龙的回答是一次愤怒的前冲，几滴霸王龙的唾液洒到了图夫身上。那条尾巴再次甩了过来。

赛丽丝·瓦安瞥见眼角有什么东西一闪而过。她惊恐地尖叫起来。

她倒退几步，转脸面对——面对什么？那里什么都没有。可她确信自己看到了什么，就在那扇开启的门的上方。可那到底是什么？她紧张地拔出钉刺手枪。她在很久以前就扔掉了激光来复枪，因为它又麻烦又笨重，拖着它前进让她累得够呛。此外，她很怀疑自己能用它打中什么东西。在她看来，钉刺手枪更为可取。就像杰弗里·莱昂解释的那样，它能投射出具有爆破性的塑胶飞镖，所以她用不着命中目标，只要打得够近就行。

她小心翼翼地朝那扇敞开的门走去。她站在门的一边，高举起枪，用拇指拉动枪栓，接着朝房间里迅速瞥了一眼。

什么都没有。

她发现这里是某种储藏室，塑封的设备被高高堆在浮游货架上，塞满了房间。她不安地扫视四周。所以刚才看到的东西只是她的想象吗？不。在她正要转身离开时，她再次看到了它，那个飞快移动的小巧形体出现在她视野的外围，在她来得及仔细看一眼之前便消失了。

可这次她看到了它的去处。她匆忙追赶，自觉胆子大了不少。毕竟，它的个头相当小。

她把它逼到了角落，绕过眼前的浮游货架之后，她看到了它。它究竟是什么？赛丽丝·瓦安走得更近了些，手中的武器准备就绪。

它是一只猫。

它平静地打量着她，尾巴来回摆动。它是一只颇为有趣的猫。它的个头很小——实际上，它是只幼猫。它的毛是灰白色的，带着鲜明的深红色斑纹，它有大得出奇的脑袋，还有一对令人讶异的、闪闪发光的猩红双眼。

又一只猫，赛丽丝·瓦安想。这正是她需要的：一只猫。

它对着她嘶叫了起来。

她退后几步，稍有些吃惊。图夫的猫有时也会朝她嘶叫，特别是那只可恶的黑白花纹的猫，可那两只猫都不会这样叫。这种叫声简直就像爬行动物发出的声音，令人心生寒意。还有它的舌头……它似乎有一根很长又怪异的舌头。

它又嘶叫了一声。

“来啊，小猫咪，”她叫道，“来啊，小猫咪。”

它冰冷而傲慢地看着她，两眼一眨不眨。接着它缩起身子，朝她啐了口唾沫。那唾沫正中她面罩的中央，是一种浓稠的绿色液体，遮蔽了她的视线。她用手臂把它擦掉。

赛丽丝·瓦安觉得自己受够了猫。“好猫咪，”她说，“过来啊，小猫咪。我有份礼物给你。”

它嘶叫着缩起身子，吐了口唾沫。

赛丽丝·瓦安咕哝一声，把它打下了地狱。

这门电浆加农炮足以干掉凯杰·内维斯，杰弗里·莱昂对此深信不疑。安奎战斗服的装甲强度是个未知因素。如果它能和千年战争时期古地球帝国突击小队穿戴的装甲服相比，那它就应该能偏转激光枪的火力，承受小规模爆破，并忽视声波攻击。可电浆加农炮能够熔化五米厚的耐久合金实心板，一发精准的电浆炮弹能立即将任何单兵用护甲变成一堆残渣，而内维斯在弄明白自己被什么打中之前就会被烧成灰烬。

麻烦的地方在于电浆加农炮的个头。它笨重得要命，即便是这种附带小号能源背包的所谓便携型号，每开一枪也得花上整整一个标准分钟才能在它的力场膛内形成第二颗电浆炮弹。杰弗里·莱昂有种非常强烈也非常不安的感觉，那就是如果他没打中凯杰·内维斯，他就不会有机会开第二枪了。此外，就算架在三脚架上，这门电浆加农炮依然难以使用，而他上战场已经是很多年前的事了。就算在那时，他的长处也在于聪明的头脑和战术意识，而不是反应能力。在山迪洛星军事历史中心待了这么多年之后，他对自己的手眼协调能力更加缺乏信心了。

因此，杰弗里·莱昂制订了一个新计划。

幸运的是，电浆加农炮常常用于区域自动防御，而这一门电浆加农炮配备了标准的迷你电脑和自动射击序列器。于是杰弗里·莱昂把三脚架竖立在一条宽阔走廊的中央，距离主要路口之一大约二十米的位置。他在电脑里设定了异常狭小的火力区，把瞄准器的精准度调到最大限度。接着他开启自动射击序列器，满意地退后几步。在能量背包里，他看到电浆炮弹逐渐成形，也越来越明亮，一分钟后，准备就绪的指示灯亮了起来。此时电浆加农炮已经设置完成，它的电脑运转飞快。它精准而致命，远远超过莱昂手动控制能达到的极限。它瞄准了前方走廊相交处的正中央，并且只会向那些尺寸超过预设限度的物体开火。

因此杰弗里·莱昂能够毫不畏惧地在加农炮的瞄准器前直冲而过，可凯杰·内维斯，穿着那件庞大得可笑的安奎战斗服的内维斯，将面对一场火热的惊喜。现在他只需要引诱内维斯前往适当的位置就行了。

这是一次可以与拿破仑、孙武和“北斗星”斯蒂芬·科博尔特的战术相提并论的方案。杰弗里·莱昂对自己满意极了。

就在莱昂架设电浆加农炮时，那沉重的脚步声变得越来越响，随后又逐渐变轻。内维斯显然转错了弯，而且不太可能自愿走到正确的位置了。那么，很好，杰弗里·莱昂想，那就把他引过来。

他带着对自己能力的绝对自信，走向火力区正中央，在那里短暂停留了一下，笑了笑，然后朝那条吸引了他粗心猎物的注意力的路口走去。

在巨大的曲面显示屏上，“方舟号”的三维示意图正在不断旋转。

瑞卡·晓星已经抛弃了船长的宝座，换到了一个不够舒适却更有效率的岗位上——舰桥上的一座控制台。她带着些许恼怒研究着那面显示屏和在屏幕上不断闪动的数据。她的“伙伴”的数量比她认为的数量要多出不少。

这个系统把入侵生物标为鲜明的红色光点。显示屏上一共有六个红点，其中一个在舰桥上。既然瑞卡是独自一人，那这个红点显然就是她了。另外五个红点呢？就算阿尼塔斯还活着，除了她也应该只有两个红点才对。算起来不对头。

除非“方舟号”根本没被遗弃——或许还有人在飞船上。系统会把通过身份认证的“方舟号”船员标示为绿色光点，可显示屏上面根本没有绿点。

另一群太空冒险家？可能性很低。

这只能意味着图夫、莱昂和瓦安最后还是采取某种方法进了船坞。这种解释比较说得通。事实上，系统还声称登陆甲板上的某艘飞船里有一个入侵生物。

很好。这样算起来就对了。六个红点就是她、内维斯、阿尼塔斯（他是怎么在这场该死的瘟疫里活下来的？系统坚称它只会显示活着的有机生物），再加上图夫、瓦安和莱昂。他们中的一个人还在“价廉物美量又足号”里，而剩下的人……

要辨认出凯杰·内维斯并不难。系统也会显示动力源，将其标为黄色的放射状星光，而这些红点之中只有一个红点被微弱的黄色星光包围着。那一定是穿着安奎战斗服的内维斯。

可在六号甲板的某条空置走廊里闪动得如此明亮的第二个黄点是什么？一个巨大的能量源。那到底是什么？瑞卡不明白。另一个红点起初离它相当近，现在似乎在远离它，转而去追踪内维斯，并且逐渐接近他。

与此同时，屏幕上还显示着很多黑点，那是“方舟号”的生物武器。不均匀的锥形船身那极长的中轴线的中央几乎布满了黑点，好在它们都在圆桶里固定不动。另一些黑点正沿着走廊移动，它们肯定是那些被释放出来的动物，数量不止五个。其中的一大群有机体正共同前进，数量有三十个或者更多，在屏幕上看来就像一块形状不定的黑色污点，时不时有几个黑点离群而去。其中一个离群的黑点接近了某个红点，随即突然熄灭。

中央核心区域也有一个红点。

瑞卡发出了显示该区域的请求，屏幕显示出更为详细的示意图。那个红点和一个正在移动的黑点靠得很近，差不多就是面对面了。她看着示意图下方的读数。那个黑点的物种编号是67-001-00342-10078，雷克斯霸王龙。它很大，这一点毋庸置疑。

她饶有兴味地发现一个红点和一个四下徘徊的黑点都在接近凯杰·内维斯。这肯定会很有趣的。看来她正在错过一场聚会，一场混乱至极的聚会。

地狱在下，而她高高在上，安全无忧，握有控制权。瑞卡·晓星笑了。

凯杰·内维斯沿着走廊笨重地前行，越来越恼火，就在这时，某种爆炸式的攻击正中他的后脑勺。在他的头盔里，这阵声音大得可怕。爆破的力道把他撞向前方，令他跌倒。他脸部朝下摔倒在地，没来得及用双臂撑住身体。

盔甲吸收了大部分的冲击，内维斯并未受伤。他躺在地上，飞快地检查了一遍仪表，然后露出豺狼似的笑容：安奎战斗服毫无损伤，连条裂缝都没有。他翻过身，笨拙地站了起来。

二十米开外，一个身穿金绿色增压服的男人站在两条走廊的交界处。他全副武装，看起来就像刚刚搜刮过一座军事博物馆，戴着手套的手里握着一把钉刺手枪。“我们又见面了，恶棍！”那个男人用外部扬声器喊道。

“没错，莱昂，”内维斯回答，“见到你真高兴。过来握握手吧。”他的两只钳子咔嚓一声合拢，右边那只钳子还浸染着电子人的鲜血——他希望杰弗里·莱昂能看见。可惜他的切割用激光枪射程太短，不过没关系，他很容易就能抓住莱昂，拿走莱昂的那些玩具，接着跟莱昂好好玩一会儿——拔掉他的两条腿，或是撕坏他的增压服，让该死的空气来了结他。

凯杰·内维斯笨重地前进。

杰弗里·莱昂站在原地，抬起钉刺手枪，用双手仔细瞄准，然后开了火。

那枚飞镖击中了内维斯的胸膛。响亮的爆炸声传来，可内维斯没有倒下。他的耳朵感到刺痛，但他本人甚至连晃都没晃一下。盔甲上某些精细的装饰图案被炸成了黑色，可这就是盔甲受损的极限了。“你输了，老头，”内维斯说，“我爱死这盔甲了。”

杰弗里·莱昂没有搭话，只是有条不紊地行动着。他把钉刺手枪塞回皮套里，解下激光来复枪的背带，把它架上肩膀，瞄准，然后开火。

光束擦过内维斯的肩膀，击中了一面墙壁，烧出一个小小的黑色孔洞。

“微型反射涂层。”杰弗里·莱昂说。他收起了激光来复枪。

内维斯宽大有力的步子已经拉近了两人之间超过四分之三的距离。

杰弗里·莱昂似乎终于意识到了危险。他把激光来复枪丢到地上，转过身，飞奔着绕过转角，消失在内维斯的视线外。

凯杰·内维斯加大步伐，跟了上去。

哈维兰·图夫丝毫不缺少耐心。

他平静地坐着，双手交叠，放在大肚皮上，那只霸王龙朝着遮蔽他的台子不断发起攻击，让他的脑袋隐隐作痛。他尽可能不去理睬头顶凹陷的金属台面传来的捶打声，这令他更加心神不定。那凶残的咆哮令人血液凝固。巨型食肉动物夸张的食欲敦促着这只霸王龙俯下身，用它巨大的牙齿徒劳地咬向躲在掩体中的图夫。图夫却在回想甜美的、浸在蜂蜜黄油里的罗德里安泡浆果，努力回忆哪个星球出产的麦酒口味最为浓烈，还想出了一套可以彻底击败杰弗里·莱昂的新战略——如果他们还能再玩那个游戏的话。

终于，他的计划奏效了。

这只愤怒的爬行动物带着满心的厌烦和挫败感离开了。

哈维兰·图夫等待着，直到外面彻底安静下来。他笨拙地扭转身体，趴了一会儿，等着腿上的麻木感出现，减弱，直至完全消失。接着他向前挪动，小心地探出头去。

暗绿色的灯光，低沉的嗡鸣声，还有远处的潺潺声。哪里都没有动静。

他谨慎地钻了出来。

那只霸王龙用它巨大的尾巴对“蘑菇”可怜的残躯抽打了无数次。这一幕让哈维兰·图夫心中充满了苦涩与悲伤。工作站里的设备乱成一团。

可这里还有其他工作站，而他需要的只是一个细胞。

哈维兰·图夫收集起一些组织样本，步履沉重地走向下一个工作站。这次他下决心要留神背后传来的霸王龙的脚步声。

赛丽丝·瓦安很满意。她只靠自己也能做好，这一点毫无疑问。那只小猫似的可恶东西不会再来烦她了。她的面罩上沾到猫唾沫的位置还有点脏，可她出色地解决了这场遭遇战。她灵巧地把钉刺手枪插回皮套，退回走廊里。

面罩上的那块污渍让她有些不快。污渍位于她的眼睛附近，让她的视线模糊不清。她用手背擦拭，可这一举动似乎只是让污渍蔓延开来。水，这就是她所需要的东西。很好。反正她本来就在找食物，而能找到食物的地方通常能找到水。

她神采奕奕地沿走廊前进，转过一个弯，突然停了下来。

不到一米远处，另一只猫咪似的该死生物正站在那里，傲慢地打量着她。

这一次赛丽丝·瓦安果断地行动了。她伸手去拿枪，但她费了番功夫才拔出枪来，第一枪彻底偏离了那只恶心的生物，炸飞了隔壁房间的门。爆破声惊天动地。那只猫嘶叫着缩起身子，像上一只猫那样吐了口唾沫，然后开始奔跑。

赛丽丝·瓦安的左肩沾上了唾沫。她试图射出第二发子弹，可面罩上的污迹使她难以看清瞄准的地方。

“怎么回事?！”她恼怒地大声说道。要看清楚东西越来越难了。她眼前的塑料似乎变得一片朦胧。面罩的边缘依然清晰，可当她正视前方的时候，一切都是模糊扭曲的。她真的需要好好清洗一下面罩了。

她猜测着那只猫似的生物跑开的方向，跟了过去，同时放缓步子，以免摔倒。她仔细聆听，听到一阵轻微的扒寻声，那只生物似乎就在附近，但她不太确定。

面罩的状况越来越糟了。她就像是在透过乳白色的玻璃看着前方。一切都是朦胧的白色。这可不行，赛丽丝·瓦安心想，这绝对不行。要是她都半瞎了，又该怎么去追踪那只可恶的猫形生物？在这种情况下，她该如何弄清楚自己在前往何处呢？没有别的办法了：她必须脱掉这个蠢头盔才行。

她突然停了手。她想起了图夫和他可怕的警告——这艘飞船的空气里弥漫着病毒。哦，没错，但图夫是多么荒谬的一个人啊！有任何证据能证明他的话吗？没有，完全没有。她把那只很大的灰猫放在了外面，在她看来，它一直没表现出任何症状。她最后一次看到图夫的时候，他还抱着它到处走呢。当然，那段时间他一直在胡言乱语，可他或许只是想吓唬她。他似乎很享受惹怒她的过程，就像那个可恶的猫食把戏。如果他能吓得她在这套紧绷绷、不舒服而又发臭的增压服里躲上几个礼拜，那他无疑会得到某种扭曲的愉悦感。

她突然想到，图夫或许该为这些折磨她的猫形怪物负责。这个念头令赛丽丝·瓦安满心愤怒。这家伙真是个粗俗的卑鄙小人！

她此刻几乎什么都看不见了。面罩中央的那种乳白色变得近乎不透明。

赛丽丝·瓦安坚定而愤怒地掀开头盔，把它脱下，随后用尽全力将它朝走廊远处丢去。

她深呼吸了一口。飞船上的空气有点冷，带着轻微的苦涩气息，可它比增压服的空气过滤背包里那种带着霉味的再生空气要好多了。哎呀，真好闻！她笑了。空气什么问题都没有。她望向前方，想找到图夫，然后好好斥责他一番。

她往下看了一眼，倒抽一口凉气。

她的手套……她左手的手背，曾经用来擦拭猫唾沫的那只手，哎呀，金色织物的中央出现了一个大洞，甚至连下面的金属丝线看起来也被腐蚀了。

那只猫！那只该死的猫！哎呀，要是这口唾沫真的喷到她赤裸的皮肤上，那就会……很可能就会……她突然想到她已经脱掉头盔了。

走廊前方，那只猫似的生物突然从一间敞开的房间里冲了出来。

赛丽丝·瓦安尖叫一声，猛地抬起钉刺手枪，飞快地连开三枪。可它跑得太快了，它远远逃开，消失在某个转角。

除非她能解决掉这只致命的生物，否则她不会有安全感。她想，如果让它跑掉，它或许会在她毫无防备时进行突袭，这是图夫那只可憎的黑白色宠物惯用的伎俩。于是赛丽丝·瓦安给钉刺手枪装上满满一弹夹具有爆破性的塑胶飞镖，小心翼翼地展开追击。

杰弗里·莱昂的心脏猛烈跳动，仿佛刚从许多年的沉睡中醒来。他的双腿也隐隐作痛，呼吸变成了艰难而又短促的喘息。肾上腺素在他的体内汹涌澎湃。他努力地逼迫自己前进。只要沿走廊再往前一点，转过转角，接着大概再跑二十米，就能到达下一个路口。

每当凯杰·内维斯那沉重的碟状装甲双足踩到地面时，他脚下的甲板都会为之震动，有那么一两次，杰弗里·莱昂几乎失足倒地。可对他来说，危机只是增添了一些趣味。他就像年轻时那样奔跑着，连内维斯的步伐也无法追上他，虽然他能感觉到另一对肢体正在向他靠近。

他一面奔跑，一面取出一颗耀光手雷。听到内维斯那对该死的钳子在他脑后一米之内咔嗒作响时，杰弗里·莱昂拿起耀光手雷，朝肩膀后面扔了出去。他强迫自己更努力地奔跑，飞奔着绕过最后的转角。

他转身回望，正好看见一道无声无息的蓝白色闪光照亮了他刚刚撤出的走廊，就连在墙壁上闪烁的反光也让杰弗里·莱昂眼花了片刻。他倒退几步，看着路口。若是直视闪光，耀光手雷应该可以烧毁内维斯的视网膜，而辐射足以在几秒内杀死他……

内维斯存在的唯一迹象是那道隐现于路口的巨大而漆黑的影子。

杰弗里·莱昂开始撤退，他向后跑去，气喘吁吁。

凯杰·内维斯缓缓地走进路口。他的面罩模糊不堪，看起来几乎成了黑色，可当莱昂望去时，那道红色的光芒又回来了，而且越来越亮。“你跟你那些蠢玩具都该死。”内维斯高声道。

好吧，没关系，杰弗里·莱昂想。电浆加农炮可以干掉他，这一点毫无疑问，而且他距离火力区只有差不多十米了。“你要放弃了吗，内维斯？”他一边奚落内维斯，一边轻松地向后倒退，“还是我这个老兵的动作对你来说太快了？”

凯杰·内维斯没有动。

杰弗里·莱昂困惑了片刻。难道是辐射穿透了盔甲，终于开始影响内维斯了吗？不，不可能。内维斯肯定不会放弃追逐，不会在莱昂把他引诱到离电浆炮弹的惊喜如此之近的时候放弃！

内维斯哈哈大笑。

他抬头看着莱昂的头顶。

杰弗里·莱昂抬起了头，只来得及看到什么东西离开了天花板，落向他身上。它通体漆黑，有一双宽阔的黑色蝠翼，他瞥见一对裂缝似的黄眼，还有细小的红色瞳孔。黑暗像斗篷般盖住了他，包裹着他的坚韧潮湿的血肉令他的惊叫声变得模糊不清。

太有趣了，瑞卡·晓星想。

一旦你掌握了系统，一旦你学会了命令，你就能查清各种各样的事情，比如屏幕上移动的那些小小光点各自的近似质量和身体构造。如果你问得足够仔细，这台电脑甚至能为你建立三维示意图。瑞卡问得很仔细。

一切都水落石出了。

阿尼塔斯还是死了。留在“价廉物美量又足号”上的第六位入侵者，不过是图夫的一只猫。

穿着安奎战斗服的凯杰·内维斯正在追着杰弗里·莱昂到处乱跑，只不过其中一个黑点——兜帽德古拉——刚刚抓住了莱昂。

代表赛丽丝·瓦安的红点停止了移动，尽管它尚未熄灭，但那个吓人的、由黑点构成的集群正缓缓朝她靠近。

哈维兰·图夫独自待在中轴处，正把某个东西装进克隆桶里，试图启动系统的时间翘曲。瑞卡没有阻止这道指令。

其他的生物武器都已经在走廊里了。

瑞卡决定在自己插手之前，让下面的这些人再自相残杀一会儿。

与此同时，她开始寻找清洁飞船内部瘟疫的程序。首先她必须关闭所有紧急闸门，分别封锁每个区域，然后飞船就可以着手处理瘟疫了。排出空气，过滤，辐射，还有冗长的安全检验。等替代用的空气回流之后，空气里就会包含所有合适的抗原了。这套流程复杂而费时，但很有效。

瑞卡一点都不着急。

首先垮掉的是赛丽丝·瓦安的腿。

她躺在她倒下的那条走廊的中央，喉咙因恐惧而收紧。一切都发生得这么突然。前一刻她还在沿着走廊快步追踪那只猫似的生物，接着一阵困倦袭击了她，她突然觉得自己虚弱得走不动了。她决定休息片刻，坐在地上喘口气，可这不管用。她感觉越来越糟，想要站起来的时候，她的双腿突然发软，而她向前跌去，摔了个脸着地。

在那之后，她的腿无法再挪动分毫，现在她甚至感觉不到双腿的存在了。事实上，她根本感觉不到腰部以下的身体，而且瘫痪的症状还在沿着她的身体缓缓爬升。她的双手还能动，可任何动作都只会引起疼痛，她的动作也变得沉重且笨拙。

她的脸颊抵在坚硬的甲板上。她试图抬头，却没成功。她的整个上半身因为针扎般的疼痛而颤抖起来。

两米开外，一只猫似的生物在转角处探头张望。它站在那里，盯着她看，它的眼睛大得吓人。它张开嘴嘶叫着。

赛丽丝·瓦安努力止住自己的尖叫。

钉刺手枪还在她手里。她缓慢但用力地把它拖到面前。每一个微小的动作都是折磨。她尽力对准那只猫样的生物，眯起眼睛，看着准星，然后开了枪。

飞镖正中目标。

她沐浴在那种猫样生物的碎块里。其中一块阴冷、潮湿又恶心的碎块落在她毫无遮蔽的脸颊上。

这让她感觉好受了些。至少她干掉了那只折磨她的生物，至少她不会受到它的伤害了，可她还是感到不适又无助。或许她应该休息一下。打个小盹，是啊，打个小盹，然后她就会好一些了。

另一只猫似的生物跑进了走廊。

赛丽丝·瓦安呻吟起来，试图移动，随即放弃了努力。她的双臂越来越沉重了。

第二只猫紧随而来。赛丽丝再次把钉刺枪推向面前，试图瞄准，却被出现的第三只猫分了心。飞镖偏出很远，在走廊远方炸开。

其中一只猫朝她吐了口唾沫，正中她两眼之间。

那种痛苦简直令人难以置信。如果她能动，她会把自己的眼睛从眼窝里挖出来，扔到地板上，然后扯下皮肤。可她不能动。她厉声尖叫。

她眼前的景象扭曲成一团可怕的彩色污点，接着消失不见。

她听到……脚步声，小小的、轻轻的、肉爪拍击地面的脚步声，猫的脚步声。

到底有多少只猫?

赛丽丝觉得有东西踩在她的背上。接着是另一只,随后又是一只。有什么东西正在轻推她无法动弹的右腿,她模糊地感觉到腿在动。

唾沫声传来,她的脸颊在痛苦中燃烧。

它们就在她周围,在她的头顶和身上爬行。她能感觉到它们坚硬的皮毛从她的手上拂过。有东西在咬她颈脖处的血肉,她大声尖叫,但啃咬仍在继续。它们用细小的尖牙拉扯并撕咬着她。

另一只猫咬住了她的手指。这阵痛楚莫名地给了她力气。她摔打它,收回手指。当她移动时,一阵刺耳的叫声在她周围响起,好像那些猫似的生物正在抗议。她感觉它们在啮咬她的脸、她的脖子和她的眼睛。一些猫正挪动着往她的增压服里钻。

她笨拙而缓慢地移动她的手,拂开那些猫似的生物。她的手被咬住了,但她没有放弃。她摸索着腰带,最后找到了耀光手雷。

她握住那颗坚硬的圆球,解下它,将它抬到自己的脸旁边,攥得那么紧。

那个小螺栓在哪里?她的大拇指搜寻着。在这里。她把它转了半圈,然后照莱昂告诉她的方法按了下去。

五,她默念道,四,三,二,一。

在最后的时刻,赛丽丝·瓦安看到了光明。

凯杰·内维斯看着这一幕,不禁放声大笑。

他不知道那该死的东西是什么,不过它对付杰弗里·莱昂是绰绰有余了。撞上莱昂的时候,它的翅膀包住了他。随后的几分钟里,他尖叫着挣扎,带着裹住他头颅和肩膀的这玩意在地板上翻来滚去。他看起来就像是在跟雨伞搏斗,这简直太搞笑了。

过了一会儿,莱昂静静地躺在地上,两腿无力地踢动着。他的尖叫声停止了。一阵吮吸声在走廊里响起。

内维斯感到愉悦而满足，可他明白，最好别放过任何变数。这东西正在专心致志地进食，内维斯尽可能安静地走上前去（虽然算不上特别安静），然后抓住了它。当内维斯把它从杰弗里·莱昂的残躯上扯下时，它发出了清脆的破裂声。

该死，内维斯想道，它可真够能干的。莱昂头盔的前半部分都被压扁了。这玩意拥有某种骨质的吸血喙，而它刚才直接凿穿了莱昂的面罩，吸掉了他的大半张脸。真够难看的，他的血肉几乎变成了液体，露出下方的骨头。

怪物在内维斯的手掌中疯狂地拍打着翅膀，发出高亢而骇人的噪声，半是尖叫，半是哀鸣。凯杰·内维斯把手臂伸直，任由它拍打，同时观察着它。它拍打着他的手臂，一遍又一遍，却毫无作用。他喜欢那双眼睛，真正残忍而恐怖的眼睛。这东西会有用的。他想象着在某天晚上把两百只这种东西丢进山迪城里的景象。哦，他们会任由他开价，他们会提供他想要的一切——钱、女人、权力和整个该死的世界，只要他想要。拥有这艘飞船会是件有趣的事。

不过在眼下，这种生物或许是个祸害。

凯杰·内维斯用双手各抓住一边翅膀，把它撕成两半。他微微一笑，原路走了回去。

哈维兰·图夫又检查了一遍仪器，稍微调整了一下流体的流量。他满意地将双手交叠，放到肚皮上，随后走到桶边。不透明的红黑色液体正在里面旋转。图夫看着它，觉得有些头晕，他知道这是时间翘曲的副作用。在那只小小的桶里，它只有那么小，他伸出两只大手就能将它扣住。庞大的原始能量正在生效，而时间正遵照他的命令加快脚步。格外强烈的敬畏与崇敬感在他的内心升起。

营养溶液逐渐变得稀薄，几乎成了半透明的颜色。图夫觉得自己看见桶里的一个黑色形体逐渐成形，开始生长，个体发育的过程展现在他眼前。四只脚爪，是的，他能看到。还有一条尾巴。图夫觉得这肯定是一条尾巴。

他转身走向那座仪器。他不会让他的造物再次遭受曾杀死“蘑菇”的传染病的侵害。在这次不合时宜的意外释放之前，那只霸王龙接受过预防注射。毫无疑问，在图夫的造物顺利诞生之前，他有办法给它服用合适的抗原和预防药物。哈维兰·图夫着手开始工作。

“方舟号”已差不多干净了。瑞卡用隔离门封锁了全舰四分之三的区域，杀菌程序正以无情的自动化状态进行。登陆甲板、工程区、驾驶舱、控制塔、舰桥和其他的九个区域都已经在显示屏上被标为洁净的淡蓝色，只有巨大的中轴舱、主走廊和与其紧邻的实验室区域被微红色笼罩着，看上去像是被腐蚀了。那里的空气中充斥着形态万千的可致人死亡的疾病。

这正是瑞卡·晓星想要的。在飞船上那些相互连接的区域中，另一种程序以相似的无情状态运行着。她毫不怀疑，这两种程序会让她彻底得到这艘播种舰的控制权，还有它的一切知识、权力与财富。

此时瑞卡的周围干净而安全，她感激地拿下头盔，还点了些食物：一大片雪白的蛋白质，取自某种叫作“肉兽”的生物，“方舟号”把它们在富含某种多汁植物的静滞场里关了一千年。她咽下一大杯带着少许米利迪安蜂蜜的冰镇甜水，一面享用这些点心，一面看着在屏幕上滚动的报告。

事态已经简化了许多。杰弗里·莱昂不在了。某种程度上，这令人遗憾，他是一个基本无害的人，尽管他天真得让人难以置信。赛丽丝·瓦安也离开了这个世界，可她令人惊讶地解决了身边的那些地狱幼猫。凯杰·内维斯干掉了兜帽德古拉。

只剩下内维斯和图夫……还有她自己。

瑞卡咧嘴笑了。

图夫不是问题。他正在忙着制造一只猫。无论如何，要处理掉他都轻松得很，瑞卡和这件战利品之间唯一的、真正的阻碍就是凯杰·内维斯和他的安奎战斗服。内维斯现在或许觉得信心十足，很好，就让他这么觉得吧，她想。

用完餐后，瑞卡·晓星舔了舔手指头。是时候上一堂动物学课程了，她思考着，调出仍在飞船上徘徊的那三件生物武器的报告。要是它们全都不管用，那也没关系，静滞场里还有三十九种生物武器在等着她释放呢。她只需要挑选出适当的刽子手就好。

安奎战斗服？她所拥有的力量胜过一百件安奎战斗服。

看完那些生物武器的概述之后，瑞卡·晓星笑开了花。

忘了后备力量吧，她用不着它们。唯一的问题是如何对这两个人进行正确的引导。她检查了一遍显示屏上显示的地形，揣摩着凯杰·内维斯的思维能有多复杂。

远远不够复杂，瑞卡猜想。

该死的走廊没有尽头，而且似乎只会通向其他走廊。根据仪表上的数据，他已经开始从第三个箱子里吸取空气了。凯杰·内维斯明白，他必须迅速找到其他人然后把他们解决掉，这样他才能安心下来，处理如何操控这艘该死的飞船的问题。

他大步走向一条特别长的、宽敞的走廊，突然间，某种嵌入甲板的塑料导向带在他脚下亮了起来。

内维斯停下脚步，皱起眉头。

那条导向带诱惑地闪着微光，笔直地指向前方，并在下一个路口处向右转去。

内维斯走了一小步，身后的那部分导向带随即熄灭。

他正被带向某个地方。阿尼塔斯嘟哝过他可以领着人在飞船里前进之类的话——就在内维斯帮他稍微理了理头发之前。这就是那种方法。莫非电子人还以某种方式活着，在“方舟号”的电脑里出没？内维斯不这么认为。

他认为阿尼塔斯已经死透了，他在如何把人弄死这方面颇有经验。这究竟是谁搞的鬼呢？是晓星，当然了，肯定是她。电子人说过，他把她带去主控制室了。

她又想把他带去哪里？

凯杰·内维斯思考了片刻。他感觉穿着盔甲的自己几乎无懈可击。可他为什么要冒险呢？更何况晓星是个奸诈的小婊子。她很可能只想带着他不断转圈，直到空气耗尽。

他毅然地转过身，昂首阔步地走开，朝着那条诱人的银色导向带的反方向走去。

在下一个转角，一条绿色的导向带开始闪耀，指向左方。

凯杰·内维斯转向右方。

通道尽头是两条螺旋形的自动扶梯。就在内维斯犹豫时，其中一条开始蜿蜒爬升。他做了个鬼脸，选择了静止的那一条。

他向下走了三层。底部的走廊狭窄而黑暗，分成两个方向。在内维斯做出选择之前，一阵金属的刮擦声传来，一块滑板自墙壁中出现，封锁了右手边的走廊。

那婊子还在忙活呢，他怒气冲冲地想。他看向左边。那条走廊似乎越往前越是宽阔，也更加昏暗，而且到处都堆着笨重的老式机械。内维斯不喜欢它的样子。

如果晓星以为关上几扇门就把他赶进陷阱里，那她就大错特错了。

内维斯转过身，面对右手边那条被封锁的走廊，狠狠地抬脚踢了过去，引起震耳欲聋的响声。他踢了一次又一次，接着开始动用他的装甲拳头。实际上，他用上了安奎战斗服那具强化外骨骼的全部力量。

最后，他咧嘴笑着，跨过滑板的残余部分，走进那条晓星试图阻止他进入的昏暗狭窄的走廊。他的脚下是裸露的钢铁，墙壁几乎擦过他的肩膀。这是某种入口，内维斯思考起来，或许它通向什么重要的地方。妈的，它肯定通向重要的地方。不然晓星为什么不让他走这条路？

他碟状的足底在地板上拍打，发出沉重的声响。他继续前进。通道变得更黑了，可凯杰·内维斯毫不动摇。在某个位置，通道急剧转向右侧，狭窄得让穿着安奎战斗服的他几乎难以通过。他不得不收拢双臂，两腿半弯，才算挤过那个位置。

在转角附近，一小片亮光出现在前方。内维斯朝那里挪过去。

他突然停了下来。那是什么东西？

某种像是深色水滴的东西飘浮在他前方的空气中。

凯杰·内维斯小心翼翼地走近几步。

这只颜色暗沉的水滴状生物又小又圆，只有人的拳头般大小。内维斯和它保持一米的距离，仔细观察。又一只生物，它跟吃掉杰弗里·莱昂的那只生物一样丑得要命，而且更为怪异。它有棕色的外表，布满颗粒的毛皮看起来像是由岩石做成的。事实上，它看起来简直就是块石头：但内维斯知道它有生命，因为它有嘴——犹如岩石皮肤上的一个潮湿的黑洞。那张绿油油的嘴扭动不停，嘴里满是潮气，他甚至能辨认出它的牙齿，或者说像是牙齿的东西，那看起来跟金属差不多。他觉得自己看到了三排牙齿，半隐半现于橡胶似的绿色血肉之间，那堆血肉正在缓慢而规律地脉动。

最古怪的事就是它令人难以置信地静止在空中。起先，内维斯以为它在用某种方法不断盘旋。但等他靠近这个生物之后，他发现自己错了，原来它悬挂在一张异常纤细的网上，网的丝线细得让人几乎无法用肉眼看见。事实上，他确实看不清那些丝线的末端。内维斯能辨认出丝线相交处最粗的那部分，也就是那只脉动着的生物的栖息之处，可那张网向外延伸的同时也越来越细，不管他多努力去看，都看不出这张网是附着在墙壁、地板还是天花板上。

一只蜘蛛。古怪的蜘蛛。这种岩石般的外表让他觉得它是某种硅基生物，他在很多地方都听说过这种东西。这玩意很他妈稀少，他在这里碰上的是某种硅蜘蛛，见鬼。

凯杰·内维斯靠近了些。见鬼，他心想，这张网，或者这张他以为是网的东西……妈的，这该死的东西根本不是栖息在网上，它就是网的一部分。他意识到这些纤细闪亮的丝线是从它的身体里长出来的。他几乎辨认不出那些丝线，而它们的数量远比他想象的要多——几百条，或许上千条，大多数丝线都细到让他无论如何都看不见。从正确的角度张望时，他才能发现微弱的银色闪光。

内维斯缓缓地退后一步。尽管他有装甲服的保护，但他还是觉得很不自在，而且说不出原因。在那只硅蜘蛛身后，光芒从走廊的尽头照射过来。那里肯定有什么重要的东西，这就是瑞卡·晓星费尽心思不让他接近这条走廊的原因。

就是这样，他带着冷酷的满足感想道。或许该死的主控制室就在那里，瑞卡正躲在里面瑟瑟发抖呢，而这只蠢蜘蛛是她最后的防线。它让他毛骨悚然，可是见鬼的，它又能拿他怎么样？

凯杰·内维斯控制右臂，抬起钳子，想要剪断这片蛛网。

闪烁着微光、血迹斑斑的锯齿状金属钳子靠近最近一条可见的丝线，显得平稳而轻松。随后，闪烁着微光、血迹斑斑的锯齿状金属碎片咔嗒一声落到地板上。

整张网震颤起来。

凯杰·内维斯盯着自己的右下臂。半只钳子被削断了。他的胆汁涌上咽喉。他朝后退了一步，又一步，再一步，让自己和这东西拉开距离。

一千条细丝，比丝线更细的细丝，变成了一千条腿。它们移动时，金属的墙面上留下了一千个孔洞，随后它们无比轻巧地落上地板。

内维斯迈步飞奔，一直跑到走廊转弯处的那个狭小地带。

就在他放低安奎战斗服那对巨大的手臂，试图挤过转角的时候，活网抓住了他。它悬垂着朝他移去，用无数看不见的脚倒吊着自己，它的嘴巴抽动不止。内维斯发出惊恐的沙哑叫喊。一千条单分子宽度的肢体裹住了他。

内维斯抬起一只力大无穷的手，抓住了那东西的脑袋，把它捏成了肉酱，可它的肢体依然无处不在，摆动着向他贴近。他伸手推去，而它们切穿了金属、肌肉和骨骼。鲜血从他残留的手腕处喷射而出。他发出短促的尖叫。

接着，活网更用力地抱住了他。

一道细如发丝的裂缝出现在塑料空桶的表面，这只小猫正在用力拍打。裂缝变宽了。哈维兰·图夫将一只手探入桶内，抓起小猫，把它放到自己面前。它很小，而且有点虚弱，也许他太早启动诞生过程了。下次他会更小心的，但现在他自身难保，必须时刻警惕以防霸王龙打断他手头的工作，这引发了某种急躁情绪。

不管怎样，他认为这次尝试总的来说是成功的。小猫喵喵地叫着。哈维兰·图夫认为他有必要亲自给它喂奶，而且他毫不怀疑自己能胜任这份工作。小猫的眼睛几乎已经睁开了，而它长长的灰色毛发还因为刚才浸没在液体里而湿淋淋的。“蘑菇”真的有过这么小的时候吗？

“我不能管你叫‘蘑菇’，”他庄严地告诉他的新伙伴，“虽然从基因角度来说，你们是同一只猫，可‘蘑菇’是‘蘑菇’，你是你，我不会混淆你们两个。我要叫你‘混沌’，和‘浩劫’正是一对好伙伴。”小猫的爪子动了动，一只眼睛睁开又闭上，好像听懂了似的。正如图夫知道的那样，所有猫都会一点心灵感应。

他看着这只猫。行了，也许是时候去找那些毫无价值的伙伴，尝试达成某种形式的互惠与和解了。他把“混沌”抱在臂弯里，前去搜寻那些人。

一切都结束了，只留下回荡在走廊里的呼喊声。代表着内维斯的红色光点在屏幕上消失的时候，瑞卡·晓星满怀信心。现在剩下的人只有她和图夫，这就代表在实际意义上，她已经是“方舟号”的女主人了。

她该怎么处理这艘鬼玩意？不好说。把它卖给某个掌控军火的财团或者出价最高的星球？恐怕不妥。她从不信任权势太强的人，毕竟，权力会使人腐化。也许她该留着它，驾驶它。她已经被腐化得足够多，应该有免疫力了。可她独自住在这个停尸间里会很寂寞。当然，她可以雇一群船员，把她的朋友、爱人还有奴仆们都带上飞船。但她怎么能信任他们呢？瑞卡皱了皱眉。好吧，这个问题很棘手，但她有许许多多的时间可以去想个明白。她可以稍后再考虑这件事。

眼下，她有更紧迫的问题需要考虑。图夫刚刚离开了中央克隆室，正在走廊里徘徊。她该怎么对付他？

她研究着显示屏上的画面。活网还在它温暖而舒适的巢穴里，或许仍在进食。而那只滚轧弹，总重四吨的滚轧弹，正沿着六号甲板的主走廊前进。它来回滚动，就像一颗发了疯的特大号炮弹，在墙壁间不断撞击，反弹，徒劳地寻找着可以碾轧、压碎和吸收的有机体。

霸王龙所在的区域正合适。它这是要去哪里？瑞卡按下按钮，查询详情，然后笑了。如果这些数据可信的话，它是在吃东西。吃什么？她一时之间摸不着头脑，接着逐渐想明白了：它肯定是把杰弗里·莱昂和兜帽德古拉的残躯给吞了下去。位置似乎能对应上。

不管怎么看，霸王龙都离图夫非常近。很不幸的是，当它重新开始移动时，它前往了错误的方向。或许她应该为他们安排一场会面。

她是不会低估图夫的。他已经从霸王龙那里逃脱过一次，也许他能够故技重施。即便她成功把他引到了滚轧弹所在的区域，她也要面对相同的问题。图夫的狡诈是与生俱来的，她绝对没法像对付内维斯那样牵着图夫的鼻子走。他太狡猾了。她想起了他们在“价廉物美量又足号”上玩过的游戏，图夫打败了他们所有人。

再释放几件生物武器？这不难做到。

瑞卡·晓星犹豫起来。啊，该死，她心想，还有更简单的办法。亲自出马就好。

船长宝座的一侧扶手上挂着一顶纤薄的彩虹色金属宝冠，这是瑞卡先前从储藏柜里拿出来的。现在她拿起它，放在扫描器下扫描了片刻，检查完电路系统，然后俏皮地把它斜戴在头上。她戴好头盔，封紧增压服，拿起射钉枪。重新踏入险境。

哈维兰·图夫在“方舟号”的走廊里徘徊。他找到了某种交通工具：一辆小小的敞篷三轮机车。他已经站了很久，之前还曾躲在控制台下面，能有地方坐实在太让人高兴了。他以稳定且让他舒适的速度驾驶着车，背靠柔软的椅垫，直直地望向前方。“混沌”趴在他的膝盖上。

图夫开着车穿过好几千米的走廊。他是个谨慎、有条不紊的驾驶员，每到一个路口，他都会停下车，左顾右盼，在继续前进之前斟酌一番。他转了两次弯，指引他的半是严格的逻辑，半是纯粹的冲动，但他基本都会选择最宽阔的走廊。他在途中下过一次车，探查了好几扇看起来很有趣的门。他什么都没看见，什么都没碰到。“混沌”时不时在他的膝盖上挪个位置。

瑞卡・晓星出现在他的前方。

哈维兰・图夫在某个大型路口的中央停下车。他看向右方，眨了好几次眼睛，随后看向左边。最后，他正视前方，双手交叠，放在肚皮上，看着她缓缓地朝他走来。

她在走廊前方大约五米开外停下来。“出去兜风了？”她问。她的右手拿着那把熟悉的射钉枪，左手拿着绕成一团的带子，带子的末端落在甲板上。

“的确，”哈维兰・图夫说，“我忙活了好一会儿。其他人在哪里？”

“死了，”瑞卡・晓星说，“故去了，辞世了，在游戏中被消灭了。只剩我们俩，图夫。”

“这样的状况听着挺耳熟。”图夫平静地说。

“这是最后一场游戏，图夫，”瑞卡・晓星说，“没有重赛，而且这次是我赢了。”

图夫抚摸着“混沌”，什么也没说。

“图夫，”她亲切地说，“你在整件事里都是无辜的。我没必要对付你。乘上你的飞船走吧。”

“如果你指的是‘价廉物美量又足号’，”哈维兰・图夫说，“我能否提醒你，它遭受了严重损伤，并且尚未修复？”

“那就去乘别的飞船。”

“我不这么想，”图夫说，“和赛丽丝・瓦安、杰弗里・莱昂、凯杰・内维斯和阿尼塔斯相比，我对‘方舟号’的所有权或许占比较小，可既然你声称他们都已亡故，那么我对‘方舟号’的所有权无疑和你的一样。”

“不一样，”瑞卡・晓星抬起射钉枪，“我有这个。”

哈维兰・图夫低头看着膝盖上的小猫。“就让这成为你学习宇宙的残酷法则的第一堂课吧，”他朗声道，“一方有枪而另一方没有，那么公义该作何考量？蛮力统驭一切，智慧与善良遭到践踏。”他凝视着瑞卡·晓星。“女士，”他说，“我承认你的优势。但我必须抗议。在登上‘方舟号’之前，我们那些亡故的伙伴曾允诺让我分享这次投机行为的收益。就我所知，你没有被包括在内。因此我在合法性方面较你占优。”他抬起一根手指。“此外，我还要提出一项命题，就是所有权应该交给能够使用并且善于使用它的人。这艘‘方舟号’，在最理想的情况下，应该由展现出天分和智力，并且能最有效率地利用其无数用途的人来掌管。我认为自己就是那个人。”

瑞卡·晓星哈哈大笑。“哦，真的吗？”

“的确。”哈维兰·图夫说。他用双手抱起“混沌”，把这只小猫举到瑞卡·晓星能看见的地方。“请看我的证据。我探索了飞船，并且掌握了消失的古地球帝国所拥有的克隆技术的奥秘。那是一段令人敬畏和陶醉的经历，而我渴望能够再次体验。事实上，我已经决定放弃经商这一愚蠢的行当，转向生态工程师这个更为高贵的职业。我希望你不会碍我的事。放心吧，我会把你送回山迪洛星，而且确保你收到杰弗里·莱昂和其他人承诺给你的酬劳。”

瑞卡·晓星讶异地摇着头。“你真是太有趣了，图夫。”她说。她走上前来，手指旋转着那把射钉枪。“那么，你觉得你应该得到飞船，是因为你能用它，而我不能？”

“你说到了重点。”图夫赞许地说。

瑞卡再次放声大笑。“好的，很好。我不需要这个。”她轻松地把射钉枪向他掷去。

图夫抬起手，抓过射钉枪。“看起来，我的所有权得到了预料之外的决定性巩固。现在我可以用它来威胁你了。”

“可你不会这样做的，”瑞卡说，“规则，图夫，你玩游戏总是遵守规则。我才是那个喜欢踢翻游戏盘的孩子。”她把一直拿着的绕成一团的带子用力缠在自己肩膀上。“在你克隆小猫的时候，你知道我去了哪里吗？”

“显然我不知道。”哈维兰·图夫说。

“显然，”瑞卡讽刺地重复道，“我在舰桥上，图夫，摆弄那些电脑，学习关于生态工程兵团和‘方舟号’的一切。”

图夫眨眨眼。“的确。”

“舰桥上有一个大号显示屏，”她说，“你就把它当作一块巨大的游戏盘好了，图夫。我注视着你的一举一动。红色的棋子就是你、我和剩下的那些人。黑色的棋子是生物武器，系统喜欢这么称呼它们。我自己更喜欢怪物这个叫法。简洁，而且不那么拘谨。”

“言外之意也很明显。”图夫插嘴说。

“哦，当然啦。说重点吧。我们越过了防卫区，甚至解决了瘟疫防御体系，可阿尼塔斯却送了命，于是他决定来一场小小的复仇。他打开了那道生物防御体系。当时我高高在上，看着那些红色跟黑色的小点相互追逐。可我总觉得少了些什么，图夫，你知道缺少的是什么吗？”

“我想，这个问题相当复杂。”图夫说。

“的确，”瑞卡·晓星大笑着模仿他的话，“少了绿色，图夫！系统会根据程序把入侵者显示成红色，把它自己的生物武器标记为黑色，把经过认可的‘方舟号’成员显示为绿色。当然，这里没有绿色的船员。这一点让我思考，图夫。生物防御体系显然是最后一道防线，可它难道只是在飞船被废弃的时候才会投入使用吗？”

图夫将十指交叉。“我想不是。显示屏有显示的机能，就意味着会有去看它的人。而且，如果系统被要求同时用不同颜色显示船员、入侵者和怪物守卫，肯定会考虑到三股势力同时出现在飞船上并展开活动的可能性。”

“没错，”瑞卡·晓星说，“现在，到了关键的问题了。”

在她身后的走廊里，哈维兰·图夫瞥见有东西在动。“容我插句嘴。”他开口道。

瑞卡挥挥手，示意他安静。“如果他们准备在紧急情况下放出这些被囚禁的恐怖怪物来击退入侵者，那他们又该怎么保证自己人不被干掉呢？”

“有趣的谜题，”图夫承认，“我渴望能知晓这谜题的答案。但恐怕我只好把这份享受延后了。”他清清喉咙。“我并不想中断如此引人入胜的谈话。然而，我必须指出……”甲板开始震动。

“哦。”瑞卡边说边露齿而笑。

“我必须指出，”图夫重复道，“有一只相当庞大的肉食性霸王龙出现在你身后的走廊里，而且正试图悄悄接近我们——它的表现实在不怎么出色。”

霸王龙咆哮起来。

瑞卡·晓星却镇定自若。“真的？”她大笑着说，“你该不会觉得你能用这种老套的‘你背后有只霸王龙’的把戏骗到我吧。我高估你了，图夫。”

“我发誓！我说的完全是实话，”图夫发动了车子的引擎，“你大可见证我开车逃跑的速度有多快。你怎么能怀疑我呢，瑞卡·晓星？你肯定听到了那只野兽雷鸣般的脚步声和它的咆哮声吧？”

“什么咆哮声？”瑞卡问道，“不，说真的，图夫，我要告诉你一些事，告诉你答案。我们遗漏了拼图中的一小块拼板。”

“的确。”图夫说。霸王龙正以惊人的速度朝他们前进。它大发脾气，而咆哮声使图夫难以听清瑞卡·晓星的话语。

“生态工程兵团的那些人不仅仅是基因技师，图夫，他们也是军事科学家，是一流的生态工程师。他们能重建上百个星球的生命形态，在那些桶里赋予它们生命，可这并非他们能力的极限。他们甚至能够修补基因本身，改变生命的形态，重塑它们的能力，以满足自己的需要！”

“的确，”图夫说，“请原谅，可现在我必须从这只霸王龙面前逃开了。”霸王龙就在瑞卡背后三米远的位置。它停了下来，甩动尾巴，抽打着墙壁，而图夫的车子在冲击下震颤不已。口水从霸王龙的利齿间滴落，而它发育不良的前腿带着不合时宜的急切抓挠着眼前的空气。

“你真没礼貌，图夫，”瑞卡说，“你看，这就是答案。这些生物武器，这些怪物，它们在静滞场里被关了一千年，也许更久。但它们不是普通的怪物，它们被克隆出来有特别的用途，那就是保护飞船并对抗入侵者，而基因操控把它们的作用限制在这个范围之内。”那只霸王龙前进了一步，两步，三步，现在它径直站在她身后，它的影子将她遮蔽在黑暗里。

“怎么操控？”哈维兰·图夫说。

“我还以为你永远不会问呢。”瑞卡·晓星道。霸王龙俯下身子，咆哮着，张开巨腭，吞没了她的脑袋。“心灵感应。”她在它的利齿间说道。

“的确。”哈维兰·图夫说。

“简单的心灵感应能力，”瑞卡在霸王龙的大嘴里说。她抬起手，从它的齿缝里挑出了某样东西，一阵吸气声传来。“有些怪物几乎毫无心智，只有本能。他们会得到某种基本的厌恶本能。头脑复杂些的怪物被设计成对心灵感应俯首听命。用来控制它们的仪器就是心灵增幅器。漂亮的小玩意，做得跟王冠差不多。我现在就戴着一顶心灵增幅器。它不会给人提供心灵力量或者什么吓人的能力，只会让一些怪物避开我，让另外的怪物服从我。”她蹲身走出霸王龙的嘴巴，接着用力拍了拍那巨腭的一侧。“低头，孩子。”她说。

霸王龙咆哮一声，低下脑袋。瑞卡·晓星取出挽具和鞍座，开始捆扎。“我们说话的时候，我一直在控制它，”她侃侃而谈，“我把它叫到了这里。它很饿，已经吃掉了莱昂，可莱昂太小，而且死了。它有一千年没吃过别的东西了。”

哈维兰·图夫看着手里的射钉枪。他觉得自己还不如没有这把枪，而他射击的准头一向很差。“我很乐意为它克隆一只剑龙。”

“不用了，谢谢，”瑞卡把挽具绑紧，“你现在没法退出游戏了。是你要玩的，图夫，恐怕你已经一败涂地。在我给你机会的时候，你就应该离开。让我们回顾一下你的主张，好吗？莱昂、内维斯和其他人答应让你平分收益，是啊，可收益是什么呢？恐怕你马上就能得到了，不管你想不想要：一份他们都已经得到的收益。这就是给你的合法性论据的答复。至于你以杰出的、运用飞船的能力作为理论基础的道德主张，”她又拍了拍霸王龙，露齿而笑，“我想我已经展现出能够比你更有效地运用‘方舟号’的能力了。再低一点。”那野兽把身体俯得更低，而瑞卡·晓星攀上了它脖子上的鞍座。“抬高！”她厉声道。它站了起来。

“所以我们要把合法性和道德抛到一旁，再次回归暴力的主题。”图夫说。

“恐怕是这样。”瑞卡站在那只残暴的霸王龙的头顶说。它缓缓向前，就好像她是在摸索着前进似的。“别说我的玩法不公平，图夫。我有霸王龙，而你有我的射钉枪。也许你能碰巧打中我呢。我们都是有武器的，”她哈哈大笑，“只不过我武装到了牙齿。”

哈维兰·图夫站起身，举手过肩，把她的射钉枪扔了回去。他扔得很准。瑞卡向一侧探出身，接住了它。“这算什么？”她说，“你放弃了？”

“你对公正的考量令我印象深刻，”图夫说，“所以我不会占你的便宜。你有占据这艘飞船的权利，我有同样的权利。你有一只动物，”他抚摸着小猫，“我也有一只动物。现在你有一把武器。”他发动车子，从路口处退开，飞快地沿着身后的走廊前进，或者说，以最快的倒车速度后退。

“随你的便吧。”瑞卡·晓星说。就要没的玩了，她觉得有点伤心。图夫正在转向，准备掉转车头前进，而非继续倒车。霸王龙咧开大嘴，口水从半米长的牙齿上滴落。它发出一声尖啸，一声带着百万年的历史，血腥、原始且饥饿的尖啸，向图夫扑去。

它咆哮着穿过走廊，来到走廊相交处。

沿十字路口向前二十米的地方，那门电浆加农炮的迷你电脑辨识出有某个超过预设尺寸限度的物体进入了火力区。几下轻微的咔嗒声传来。

哈维兰·图夫侧脸避开那道炫目的光芒，用身体为“混沌”挡住高热和噪声。幸好这一切只持续了片刻，不过那只爬行动物的焦味会在那里存留许多年，而且好多甲板和舱壁都得更换了。

“我也有一把武器。”哈维兰·图夫对他的小猫说。

很久之后，“方舟号”的空气净化完毕，图夫、“浩劫”和“混沌”舒舒服服地住进了船长的套房。他搬来了自己的所有私人物品，处理掉了那些尸体，力所能及地维修飞船，还找出了安抚那只被遗忘在六号甲板上的生物的方法，它吵闹到令人难以置信。之后，哈维兰·图夫开始有条不紊地搜索飞船。第二天，他找到了一整个仓库的制服，但生态工程兵团的成员都矮小又苗条，所以没有任何一套制服适合他。

然而，他找到了一顶让他颇为喜爱的帽子。那是顶绿色的鸭舌帽，戴在他光秃的奶白色脑袋上舒服极了。帽子的前面饰有金色的字母Θ，那是生态工程师的标志。

“哈维兰·图夫，”他对着镜子里的自己说，“生态工程师。”

听起来不坏，他心想。

面包和鱼

她名叫托莉·缪妮，可人们对她有各式各样的叫法。

那些初涉她领地的人会带着某种程度的敬意提起她的头衔。她当了超过四十个标准年的星港总督，在此之前一直担任副职。在这个官方名称是“斯·乌斯兰星港”的庞大星轨社区里，她是一位不可或缺的风云人物。对行星上的人而言，位于星球边际的星港总督办公室在官僚政治流程图上只是个方框，可在星轨上，星港总督集工头、执行总裁、法官、政府首脑、立法者、首席技工、警察头子等身份于一体。所以他们都叫她总督。

这座星港起初很小，随着岁月流逝而发展壮大。斯·乌斯兰星港不断膨胀的人口数量也让这颗星球成了日趋重要的市场和该星系的贸易枢纽。港口位于斯·乌斯兰星港中央，那是个直径约十六千米的小行星，泊位、商店、宿舍、仓库和实验室一应俱全。这里曾有过六座港口，每座都比前一座更大，如今都已被废弃。最老的那座港口建于三个世纪以前，大小不超过一艘大型飞船，它们紧贴在“蜘蛛乡”上，就像石制土豆上肥大的金属嫩芽。

“蜘蛛乡”是现在才有的称呼，因为它坐落于这片星网的中央——这张跨越黑色宇宙，形状错综复杂的银色金属罗网。十六根巨大的管道以星港为中央，向四面八方伸展而出。年代最新的那根管道有四千米长，更不必说那些建筑——最初的七栋大楼（第八栋大楼在一场爆炸中被毁），它们耸立于十二开[1]高处的星空中。位于这根庞大管道之中的是星港的工业区——仓库、工厂、船坞、海关和载货中心，再加上对应本星系内各类飞船的停靠设备和维修船坞。长长的气动管道列车穿过管道的中心，将货物与乘客在闸门与闸门之间运送，运往蜘蛛乡那拥挤、喧闹和繁忙的中心地带，然后由升降梯将这些货物与乘客运往行星表面。

另一些较细的管道从上述的十六根管道中分岔而出，更细的通道自此延伸出来，来往于宇宙虚空，将万物联结为一。随着越来越多的新通道逐渐建成，星网的图案也愈加错综复杂。

在管道之间，一艘艘太空船在斯·乌斯兰星港的表面来来往往，其中装有过大、易爆或是不适合通过升降梯运输的各种货物。采掘船载着矿物和冰块自破片星飞来，食物运输船从经过地形改造的农业小行星飞来（他们私底下用“食品柜”来称呼这种小行星）。除此之外，这里还有各式各样的星际船舰：奢华的星际客船，来自不同星球的商船（近有凡迪恩星，远有凯尔萨星和新霍姆星），来自奇姆迪斯星的贸易舰队，来自堡垒星和要塞星的战舰。这里甚至还有外星飞船，搭载着自由赫鲁恩人、拉希姆人、吉斯索德人和其他更为古怪的种族。他们都会前往斯·乌斯兰星港，并且受到热情接待。

那些居住在蜘蛛乡的人自称“喷丝头”，并且以这个名字为荣。他们在酒吧和餐厅里工作，他们搬运货物，他们做生意，他们修理飞船并添加燃料。对他们和那些频繁造访的飞船而言，托莉·缪妮就是蜘蛛老

1. 斯·乌斯兰星人的长度单位，一开约等于一千米。

妈。她性情暴躁、言行粗俗、反复无常、能力惊人、无所不在、无懈可击，和大自然同样强大，又加倍地冷酷无情。一些人因和她有过争执，或是曾令她不快，而与这位星港总督交恶。对他们来说，她就是“钢铁寡妇”。

她是个骨骼粗大、肌肉发达、相貌平平的女人，和每个诚实的斯·乌斯兰星人一样瘦削，可她十分高大（差不多有两米高），十分宽阔（这是指她的双肩），因此被星球表面的人当成怪胎看待。她的脸就像旧皮革那样满是褶皱，但看起来令人安心。按当地算法，她今年四十三岁，接近九十个标准年，可她看起来绝不会超过六十岁。她将其归因于星轨上的生活。“就是重力这玩意让你变老的。”她会这么说。除了蜘蛛乡的那几座恒星级温泉疗养院、医院、旅游饭店和拥有重力格栅的大型客船，整个港口处于无穷无尽的失重状态之下，而自由下落正是托莉·缪妮的最爱。

她的头发是银和铁的颜色，她工作时把它扎得牢牢的，可到了休息时间，她的头发就在她背后飘扬，像彗星的尾巴，随着她的每个动作摆动不休。她特别好动，她那具高大、瘦削、骨骼分明的身躯既结实又灵巧。她游过星网的中轴，游过蜘蛛乡的走廊、大厅和公园，就像鱼游水中那样自在。她长长的臂膀和瘦而有力的双腿不断划动，驱使着她前进。她从不穿鞋，她的两脚和双手一样灵巧。

即便是在空无一物的宇宙中，当老练的喷丝头们穿着沉重的太空服，沿着缆索笨拙前行的时候，托莉·缪妮还是会选择灵活贴身的防护外肤。防护外肤在对抗斯·乌斯兰星的强烈辐射时只能起到些许作用，可缪妮对她那身深蓝黑色的外肤有种病态的偏爱，她宁愿每天早上吞服抗癌药丸，也不会选择笨重的防护衣。在星网脉络间的光芒与黑暗之中，她就是主宰。她的手腕和脚踝处都装有喷气推进器，在相关的运用方面，无人能与她匹敌。她呼啸着来往于飞船之间，调查这里，探访那里，出席所有的会议，监督各项工作，迎接重要的飞船，雇用员工，解雇员工，解决任何可能出现的问题。

在这片星网上，她是星港总督托莉·缪妮，是蜘蛛老妈，是钢铁寡妇。这就是她想要成为的一切：胜任每一项工作，甚至还要做得更好。

接着，在某个循夜[1]，她睡梦正酣时被星港副总督的呼叫声惊醒。“你最好真的有什么特别重要的事。”她的目光穿过屏幕紧盯着他。

“你最好马上接管星港。”他说。

“怎么了？”

“有艘飞船要进港，”他说，“大飞船。”

托莉·缪妮皱起了眉头。“你不该为这么一点小事就来吵醒我的。让它进来好啦。”

“一艘特别大的飞船，”他强调道，“你一定得去瞧瞧。这他妈是我见过的个头最大的飞船。老妈，我没骗你，那玩意有三十开那么长。”

“真见鬼。”在她人生中最后一段和错综复杂无缘的时间里，在她认识哈维兰·图夫之前，她如此说道。

她就着液压球[2]里挤出的啤酒，吞下一把鲜蓝色的抗癌药片，然后审视起她面前的全息影像。“你坐的飞船可够大的，”她漫不经心地说，“它是个什么鬼东西？”

“‘方舟号’是生态工程兵团的一艘生物战播种舰。”哈维兰·图夫答道。

“生态工程兵团？”她说，“你不是在说真的吧。”

1. 宇宙中没有自然界的日夜之分，因此通过交替日夜时间来安排休息，循夜便是指日夜循环中的夜晚。
2. 无重力空间里的液体容器做成可挤压的球状，方便携带和使用。

“我非得重复一遍不可吗，缪妮总督？”

“你是说古地球帝国的生态工程兵团？”她问，“基地在普罗米修斯星的那个兵团？专精克隆技术和生物战，能独立制造出各式各样的生态灾难的那些家伙？”她说话的时候看着图夫的脸。他的影像位于她在蜘蛛乡上的这座狭小杂乱、门可罗雀的办公室的中央：他的全息投影伫立于四处飘游的失重杂物之间，就像个高大的白色幽灵。飘浮的纸团不时穿过他的身体。

图夫个子很高。托莉·缪妮曾见过那些喜欢用全息影像来夸大自己身高的“苍蝇”[1]，所以他们的影像比本人要高大。或许哈维兰·图夫跟他们一样。可不知为什么，她觉得不是这回事，他看起来不像那种人。这就意味着他真的有两米半高，比她见过的最高的喷丝头还要高上足足半米。这家伙和缪妮一样是个怪胎：斯·乌斯兰星人都很矮小，这是由于缺乏营养，也是基因使然。

图夫的神情没有半点变化。他平静地交扣长长的手指，将双手放在他圆滚滚的大肚皮上。“一点没错，”他回答，“你对历史的博学值得称赞。”

“哎呀，谢啦，”她和蔼地说，“要是我说错请纠正我，不过既然我对历史特别博学，我似乎记得古地球帝国已经灭亡了，噢，那是一千年前的事了。生态工程兵团也消失了——被解散了，被召回了普罗米修斯星或者地球，全军覆没了，离开了人类所在的宇宙，什么可能性都有。当然啦，据说普罗米修斯星人还保留着许多从前的生物技术。我们这里没多少普罗米修斯星人，所以我也没法确定。不过我听说他们在和别人分享知识的时候有点疑神疑鬼。好了，来看看我说得对不对。你有一艘具备千年历史、来自生态工程兵团的播种舰，而且还能开，这艘播

1. 来自外星的飞船驾驶员或船长。

种舰是你某天碰巧发现的，而且登舰的人只有你一个，所以它就成了你的？”

“没错。”哈维兰·图夫说。

她咧嘴笑了起来。“那我就是蟹状星云的女皇啦。”

图夫的脸上仍旧毫无表情。“恐怕我搞错了联络对象。我想找的人是斯·乌斯兰星的星港总督。”

她又挤出一口啤酒。“我就是那见鬼的星港总督，”她厉声道，“别说这些该死的废话了，图夫。你坐着的那玩意看起来像极了战舰，而且碰巧比我们的行星防卫舰队里个头最大的无畏战舰还要大，其体积几乎是无畏战舰的三十倍，你还让一大群人都紧张得要命。大酒店里一半的‘地虫’[1]都以为你是来偷走我们的空气、吃掉我们的小孩的外星人，另一半认定你是我们成心为了逗趣而制造出来的特技效果。眼下有上百号人在租借防护服和真空雪橇，要不了两个钟头，他们就会全部爬上你的飞船壳，而且我的手下们也完全不知道该他妈拿你怎么办。所以我们直接说重点吧，图夫，你想要什么？”

“我很失望，”图夫说，“我历尽千辛万苦来到这里，只为请教在斯·乌斯兰星港上以技艺出众著称，且道德与操守首屈一指的喷丝头和电子技师们。我没想到会遭受意料之外的粗暴对待和毫无根据的猜疑。我想要的只是一些改造和维修，仅此而已。”

托莉·缪妮有点心不在焉。她盯着那具全息投影的双脚，看到一个毛茸茸的、黑白相间的小东西突然出现在那里。“图夫，”她的喉咙有点发干，“我很抱歉打断你，可有一个该死的害虫正在摩擦你的腿。”她又吮吸了一口啤酒。

哈维兰·图夫弯下腰去，抓起那只动物。“把猫叫成害虫可不太妥

1. 斯·乌斯兰星本地人。

当，缪妮总督，”他说，“事实上，猫科动物是大多数有害生物和寄生虫的天敌，而这仅仅是这种令人钦佩的生物的众多迷人与有益的特点之一。你知不知道人类曾经把猫当作神灵来膜拜？这是‘浩劫’。”

图夫抱起那只猫，让它躺在一条巨臂的臂弯里，而它发出一阵低沉的呼噜声。它慢慢地、有条不紊地舔舐它黑白相间的毛发。

“噢，”她说，“一只……宠物，是这么说吧？斯·乌斯兰星的动物全都是食物储备，不过我们确实见过养宠物的访客。别让你的……它是一只猫，没错吧？”

“的确。”图夫说。

“好吧，别让它离开你的飞船。我记得，在我还是星港副总督的时候，我们犯了一个麻烦透顶的错误……有一个脑子进水的‘苍蝇’在外星特使来访时弄丢了他见鬼的宠物，而我们的保安人员把两者搞混了。你肯定想象不到当时大家有多尴尬。”

“有些人确实会反应过度。”哈维兰·图夫说。

“具体说说你刚才提到的改造和维修吧。”

图夫笨拙地耸了耸肩，作为回应。“只是些小问题，对你们这里的技艺娴熟的专家来说肯定再简单不过。正如你所指出的那样，‘方舟号’确实是一艘非常古老的飞船，战争的兴衰和数百年的弃置都在它身上留下了痕迹。各层甲板和各个区域都出现了照明失常和机能障碍的问题，受损程度超过了飞船出色的自我修复能力。我希望能修复飞船上的这些区域，并且让飞船恢复全部机能。

“除此之外，正如你在研习历史时所了解的那样，‘方舟号’曾经搭载过两百名船员。它的自动化程度相当出色，因此我只靠自己就能控制它，可我必须承认，目前的配置存在一些不便。舰桥和我的舱室之间的这条日常通勤路线实在乏味，而且舰桥本身在我看来也是一项毫无效率可言的设计，它强迫我不断在控制台之间走来走去，做着让飞船运作所必需的各种各样的繁复工作。另一些功能让我不得不完全离开舰桥，绕着庞大的船舱走来走去。还有一些任务我根本就做不到，因为其内容要求我同时出现在两个相距几千米之远的地方。我的舱室附近有一间狭长却舒适，看起来机能完备的通信室。我希望你的电子技师们能够重新设计和修改指挥系统，这样我以后在通信室里就能完成所有工作，用不着每天都艰难跋涉前往舰桥——事实上，我连座位都不用离开。

“除了这些主要工作，我只打算再进行少许几项改动，一些不太重要的现代化改造。我想增加一间配有充足调味料的厨房，以及一座大型食谱资料库，因为我可能会想吃一些更能让我的味觉感受到新鲜和变化的食物。‘方舟号’现在提供的军用食品虽然营养丰富，却味同嚼蜡。我想储备大量的啤酒和葡萄酒，以及在长途星际航行中自行酿酒所需的装置。我想找些上一个千年的书、全息影片和音乐芯片来增添我现有的娱乐设备，还想增添一些新的安保程序，除此之外还有几项微不足道的小改动。我会给你一张清单的。”

托莉·缪妮惊愕地听着他的话。“该死的，”等他说完之后，她说，“你真的拥有一艘生态工程兵团的废弃播种舰，是吗？”

“的确。”哈维兰·图夫说。有点生硬，她心想。

她露齿而笑。“真对不起。我会赶紧抓几个喷丝头和电子技师来，叫他们去瞧瞧，然后我们会帮你评估一下飞船的情况。可你用不着这么紧张兮兮的。像这么大一艘飞船，他们在理出头绪之前得花上好一番工夫。我也得去布置几个保安，要不然就会有各种各样的不速之客闯进你的飞船，再偷走点东西留作纪念。”她思索着，把他的全息影像上下打量了一番。“我需要你给我的手下们做个简单的介绍，告诉他们该做什么。在那之后，你最好别再碍他们的事，让他们去埋头苦干。你可不能把这艘该死的大飞船弄到星网这边来，毕竟它实在大得要命。你有办法从飞船里出来吗？”

“‘方舟号’配备了充足的太空梭，它们全都机能正常，”哈维兰·图夫说，“可我完全缺乏离开舒适的舱室的欲望。当然了，我的飞船地方够大，我就算在场也不会让你的手下感到特别不方便。”

“嘿，这一点你我都清楚，可要是他们用不着担心有人在背后盯着自己，他们会干得更漂亮，”托莉·缪妮说，“除此之外，我觉得你最好从那个铁罐头里出来透口气。你把自己孤零零关在里面有多久了？”

“好几个标准月，”图夫承认，“尽管严格来说我并不孤单。我享受着猫咪们的陪伴，每天都在愉快地学习‘方舟号’的性能，同时增添我的生物工程学知识。尽管如此，我赞同你的观点，或许少许消遣是有必要的。我不该错过品尝新菜肴的机会。”

“来尝尝斯·乌斯兰星的啤酒吧！港口里还有其他乐子可以找——健身场所、旅店、体育馆、感官娱乐场、影院、赌场等。”

“我对几种赌法有些心得。”图夫说。

“你还可以四处观光一番，”托莉·缪妮继续说道，“你可以乘坐管道列车从升降梯那里降落到地面，斯·乌斯兰星的一切正等待着你去探索。”

“的确，”图夫说，“你激起了我的好奇心，缪妮总督。恐怕我的好奇心太旺盛了。这是我最大的弱点。不幸的是，我的资金排除了我长期逗留的可能性。”

“这一点不用担心，”她笑着回答，“我们会把相关费用归入你的维修账单，一并结算。现在，赶紧钻进你那该死的太空梭，然后开到，我想想……9-11号泊位是空的。先参观一下蜘蛛乡，再坐管道列车往下面去。你会引起好一番轰动的。要知道，你已经出现在新闻报道上了。那些‘地虫’和‘苍蝇’会把你团团围住的。”

“一块臭肉大概会觉得这样的前景棒极了，”哈维兰·图夫说，“我可不会。”

“那样的话，”星港总督说，“隐姓埋名吧！”

在前往星球表面的旅途中，哈维兰·图夫把自己牢牢固定在座位上。管道列车上的乘务员端着一个浅盘走上前来，盘内有若干种饮品可供选择。图夫已经在蜘蛛乡的餐馆里尝过了斯·乌斯兰星的啤酒，发现它又淡又稀，无味就是它最大的特点。“也许你提供的饮料里有些麦芽酿制的酒类，”图夫说，“如果有的话，我很愿意买上一瓶。”

“当然有。”乘务员说。他把手伸进推车，拿出个装满深棕色液体的液压球，上面有一个潦草的商标，图夫认出那是山迪洛文字。乘务员递过一块金属板，图夫输入了自己的账户代码。斯·乌斯兰星的通用货币是卡路里，可这个小球的价格差不多是啤酒实际卡路里含量的四倍半。“进口成本。”乘务员解释道。

图夫以笨拙而高雅的气度吮吸了一口啤酒，此时管道列车随着升降梯向着行星表面降去。这可不是一趟舒适的旅程。哈维兰·图夫发现恒星级舱位的费用令人望而却步，因此选定了次佳的至尊级舱位。他发现自己将一张看起来像是为斯·乌斯兰星的儿童（而且是瘦小的儿童）设计的座位塞得满满的。每一排有八张类似的座位，被一条狭窄的中央走廊隔在两边。

幸运的是，他碰巧坐到了靠近走廊的位子，要不然，图夫都得怀疑自己能否撑过这趟旅行了。可就算在这里，每次挪动身体，都很难不碰到左边那个女人赤裸细瘦的手臂，而这样的接触是最令图夫反感的。当他以习惯的方式安坐的时候，他的头顶就会撞到天花板，所以他被迫伏低身体，还得因此忍受脖颈处极为不适的紧绷感。图夫这才明白一等、二等和三等的座位究竟代表着什么。他决定无论代价如何，都要避免再次体验这种值得质疑的“舒适旅途”。

管道列车开始下降时，大多数乘客都会把隔离罩拉下，盖住他们的脑袋，然后在各种娱乐项目中自行选择。哈维兰·图夫发现其中包括三场不同的音乐节目、一幕历史剧、两段性幻想回路、一个商务界面、某个名叫“几何孔雀舞”的节目，以及直接刺激大脑中与愉悦感相关的那部分的程序。图夫本打算瞧瞧那个几何孔雀舞，随后发现隔离罩对他的脑袋来说太小了：以斯·乌斯兰星人的标准来看，他的头骨太大也太宽了。

“你就是那只大‘苍蝇’？”走廊另一边传来询问声。

图夫低头望去。斯·乌斯兰星人们正端坐在消音的隔离罩中，他们的脑袋被黑色的无缝隔离罩包裹起来。除了远在管道列车尾部的那些乘务员，唯一留在现实世界里的乘客就是坐在他后面一排的靠走廊座位上的那个男人。扎成辫子的长发，古铜色的皮肤，圆滚滚、肉乎乎的下巴——这个人和图夫一样是个外乡人。“你就是那只大‘苍蝇’，对吧？”

“我是哈维兰·图夫，一名生态工程师。”

“我知道你是只‘苍蝇’，”那男人说，“我也是。我是拉奇·诺伦，来自凡迪恩星。”他伸出一只手。

哈维兰·图夫看着那只手。“我很熟悉这种古老的握手仪式，先生。我已经留意到你没有携带任何武器。根据我的理解，这项习俗原本是为了印证这一事实。我同样未持武器，所以劳驾你把手收回去吧。”

拉奇·诺伦咧嘴笑着抽回了手。“你真是个开心果。”他说。

“先生，”哈维兰·图夫说，“我不是‘开心果’，也不是什么‘大苍蝇’。我想这一点对任何拥有正常智商的人来说都显而易见。或许凡迪恩星对正常的标准不太一样。”

拉奇·诺伦抬起手掐了掐自己的脸颊。那是一张浑圆丰润、红扑扑的脸，而他狠狠掐了一把。图夫认定这要么是某种特别反常的痉挛发作，要么就是凡迪恩星人表示自己忘记了重要之事的手势。“‘苍蝇’

什么的，”那人说，“都是喷丝头们的说法，是一句土话。他们还会管我们叫‘外乡苍蝇’。”

“的确。”图夫说。

“你就是那个开着巨型战舰来到这里的家伙，对吧？那个所有新闻节目都在提的家伙？”诺伦没有等他回答，继续问道，“你为什么戴着假发？”

“我正在乔装出游，”哈维兰·图夫说，“不过看起来你已经识破了我的伪装，先生。”

诺伦又往脸上掐了一把。“叫我拉奇，”他说着上下打量了图夫一番，“你的伪装是有点差劲。不管戴不戴假发，你都是个又肥又大，脸色像蘑菇的巨人。”

“将来我会雇个化妆师，”图夫说，“幸好斯·乌斯兰星人还没有展现出这样敏锐的洞察力。”

“那是因为他们太有礼貌了，斯·乌斯兰星人都这样。这里的人太多了，明白吧？大多数人都没有真正的隐私，所以他们都会寻求表面上的隐私。他们不会在公共场合正眼瞧你，除非你想引人注目。”

“我见过的那些斯·乌斯兰星港的居民不见得特别沉默寡言，也不怎么讲究繁文缛节。”哈维兰·图夫说。

“喷丝头们可不一样，”拉奇·诺伦不假思索地回答，“上边的条件比较宽松。好啦，我来给你个小小的建议。别在这里卖掉你的飞船，图夫。把它带到凡迪恩星去。我们出的价码会高很多。”

“我没打算卖掉‘方舟号’。”图夫回答。

“用不着跟我讨价还价，”诺伦说，“我可没权力买它。我没钱，要是我有钱就好了。”他大笑起来。“你只要去凡迪恩星，然后跟我们的协调署联系就好。你不会后悔的。”他扫视身旁，仿佛在确认乘务员都站在远处，其他乘客也都在他们的隔离罩里面做着美梦。“还有，就算不考虑价格，我听说你那艘战舰拥有梦魇级的动力，对吗？你该不会想把那种力量交给斯·乌斯兰星人吧？不说假话，我喜欢他们，真的，我经常因公来这里出差，他们是好人，前提是单独挑出那么一两个人来说。可这里的人太多了，图夫，他们一窝又一窝生个没完没了，就像该死的啮齿类动物一样。你会明白的。两个世纪以前，就为这件事，他们还打了场规模不小的内战。这些斯乌西人[1]在整个宇宙建满了殖民地，费尽力气抢夺每一寸土地，要是他们想占领的土地上碰巧住着别人，斯乌西人就靠生育盖过原住民的数量。我们最后结束了这一切。"

"我们？"哈维兰·图夫说。

"官方说法是凡迪恩星、斯凯瑞弥尔星、亨利世界星和贾兹伯星，不过还有好多中立星球帮了我们一把。这项和平条约把斯·乌斯兰星人限制在他们自己的星系里。可要是你帮他们这该死的忙，图夫，没准他们就会再次打破条约。"

"我还以为斯·乌斯兰星人是一群特别高尚可敬的人呢。"

拉奇·诺伦又掐起了面颊。"高尚又可敬，当然，当然。他们是做生意的好伙伴，还有那些女人——她们知道一些让人起鸡皮疙瘩的下流把戏。我有一百个朋友是斯乌西人，而且那些朋友我全都喜欢。可我那一百个朋友身边恐怕有一千个小孩。这些人太能生了，这就是问题所在。图夫，听听拉奇的话吧。他们可都是拜生教徒，不是吗？"

"的确，"哈维兰·图夫说，"以及，容我打听一下，什么是拜生教徒？"

"拜生教徒，"诺伦不耐烦地重复道，"又名拜童教徒、螺旋交媾者、基因池搅拌者、宗教狂热者。图夫，他们是群宗教疯子。"他本可以多说些话，可这时乘务员沿着走廊把饮料车推了回来。诺伦回到他的

1. 对斯·乌斯兰星人的简称。

位子上。

哈维兰·图夫抬起一根苍白的长手指，阻止了乘务员的脚步。“劳驾再来一份。”他说。在剩下的旅程中，他弓起身子，一言不发，心事重重地吮吸着他的啤酒。

托莉·缪妮飘浮在她乱糟糟的办公室里，一边喝酒，一边思考。房间的一面墙壁上安着一块巨大的显示屏，它有六米长，三米高。通常来说，托莉会让它播放风景片。她喜欢这样的感觉：透过窗户俯瞰斯凯瑞弥尔星的冷冽高山，凡迪恩星湍急的白水河畔的干涸溪谷，又或是斯·乌斯兰星的城市弥漫在夜色中的无尽灯火，而那作为升降梯底座的闪闪发光的银色高塔在黑暗中不断攀升，没入黑暗，没入无月的夜空，直入天际，高耸于那些四开高的恒星级高塔宅邸之上。

可今晚她在墙壁上播放的是星空的景象，而在背景中散发着阴冷金属光泽的便是那艘名为“方舟号”的庞大星舰。即便是这样巨大的显示屏也没法展现出这艘飞船的真实大小，而这块显示屏是她作为星港总督享有的特权之一。

“方舟号”代表着希望和威胁，这两样东西比“方舟号”本身还要庞大，托莉·缪妮很清楚这一点。

通信设备在远处嗡嗡叫了起来。除非这是她正在等待的呼叫，否则电脑不会打扰她。“接过来吧。”她说。星空模糊，“方舟号”的轮廓消散，显示屏在片刻间泛动波光，随即光点组成一张面孔，那是首席议员乔森·莱尔的脸，他是高阶议会的多数党领袖。

“缪妮总督。”他说。在屏幕毫不留情的放大下，她能看清他细长脖颈上的每一根青筋，他薄薄的嘴唇周围紧绷的皮肤，还有他暗褐色瞳孔中闪烁的精光。他的头顶又圆又秃，扑上了粉，可汗水仍旧滴落下来。

“首席议员莱尔，”她回答道，“你总算打来了。你看完那些报告了吗？”

“看完了。这次呼叫做了屏蔽没有？”

“当然，”她说，“尽管说吧。”

他叹了口气。二十年来，乔森·莱尔一直是行星政府雷打不动的成员。刚当上议员时，他负责军事，随后转向农业。技术专家党是高阶议会的主要党派，在四个标准年里，他就成了技术专家党的领袖，也因此成了整个斯·乌斯兰星最有权势的人。这份权势令他显得衰老、憔悴和疲惫，而托莉·缪妮从没见过他的脸色像现在这么糟糕。“这么说，你能肯定资料没错？”他说，“我们的手下真的没弄错？这事可绝不能出岔子，这一点我也用不着跟你说。这真的是一艘生态工程兵团的播种舰？”

“千真万确，”托莉·缪妮说，“破破烂烂，年久失修，没错，可这鬼玩意的机能多少还算正常，而且细胞库完好无损。我们已经核实过了。”

莱尔用他细长粗糙的手指扫过稀疏的白发。“我猜我应该欢呼。等我们搞定这件事以后，我就得在新闻记者面前装出兴高采烈的样子了。可现在，我能想到的只有危险。我们刚开了一场会议，秘密会议。我们不能冒险在局势确定前泄露风声。高阶议会的大部分人都投了赞同票——技术专家党、扩张主义党、零点党、教会党和那些边缘党派的成员。”他笑了，“我工作了这么多年，从没见过这样团结一致的场面。缪妮总督，我们必须把那艘飞船弄到手。”

托莉·缪妮早就知道这一天会到来。她当了很久的星港总督，但并非对下面的政局一无所知。在她的一生中，斯·乌斯兰星总是被无尽的危机所困扰。“我会努力帮你们买下它，”她说，“这个哈维兰·图夫从前是个自由贸易人，纯属偶然才登上了‘方舟号’。我的手下在登陆甲板那里发现了他的旧飞船，它早都已经不成样子了。自由贸易人都是些贪婪的怪胎，每一个都是。这一点对我们有利。”

“不管他要什么，全都给他，”乔森·莱尔说，“你明白吗，缪妮总督？你拥有无限的预算。”

“明白，”托莉·缪妮说，“可我还有一个问题得问，要是他不肯卖呢？”

乔森·莱尔迟疑片刻。“那就麻烦了，”他嘀咕着，“他非卖不可。拒绝将导致悲剧。不光是这个男人的悲剧，也是我们的悲剧。”

“要是他不肯卖呢？”托莉·缪妮重复道，“我得知道变通的办法。”

“我们必须得到这艘飞船，”莱尔告诉她，“如果你跟这个图夫讲不通道理，那我们就别无选择了。高阶议会将履行征用权，将飞船收归公有。当然了，他将会得到补偿。”

“该死。你是说用武力抢走这艘飞船。”

“不，”乔森·莱尔说，“这一切都是正当的——我已经查过法律了。在紧急情况下，为了维护大众的利益，我们可以不考虑私人所有权的问题。”

“哦，真他妈的，该死的合理化借口，乔森，”缪妮说，“你在上头的时候还算有点判断力。他们在下头都对你干了些什么？”

他的面孔扭曲起来，在那一瞬间，他又有点像那个在她身边工作过一年的年轻人了，那时她是星港副总督，而他则是星际贸易业务的第三助理主管。他摇了摇头，那个苍老疲惫的政客又回来了。“我也觉得不好过，老妈，”他说，“可我们有什么选择呢？我看过预测报告了。大饥荒将在二十七年内出现，除非我们能取得重大突破，可眼下根本没有任何突破的希望。在饥荒到来之前，扩张主义党将重新掌权，然后我们也许会再次迎来一场战争。无论如何，这里都会有几百万人死去——或许死的是几十亿人。相比之下，他一个人的权利算得了什么？”

“我不跟你争这个，乔森，可有人会介意的，你很清楚。不过别管这个了。你想要现实，我就给你点该死的现实来考虑。就算我们用合法手段跟图夫买到了飞船，能够给凡迪恩星、斯凯瑞弥尔星和他们的盟友一点颜色看看，可他们不一定会坐以待毙。要是我们动武硬抢，那就是完全不同的处境了——很糟糕的处境。或许他们可以说这是海盗行径。他们可以把‘方舟号’定义为一艘军舰——顺便说一句，它过去确实是一艘军舰，而且还能毁灭整个星球。然后，他们就可以说我们违反了条约，再跑来对付我们。”

“我会亲自跟他们的特使谈话，”乔森·莱尔疲惫地说，“向他们保证只要技术专家党掌权，殖民计划就不会重新启动。”

“然后他们就他妈会相信你的话？那才有鬼了。你能跟他们保证技术专家党永远不会下台，他们永远也不用再对付扩张主义党吗？你怎么做得到？你是不是打算用‘方舟号’来建立‘仁慈的独裁统治’？”

首席议员紧抿嘴唇，细长黝黑的脖颈上出现了一片红晕。“你很清楚我不会那么做。我同意你的看法，风险确实存在。可这艘飞船是一份可怕的军事资源，别忘记这一点。要是同盟军来攻打我们，我们手里就有了王牌。”

“胡说八道，”托莉·缪妮说，“我们得先修好它，再学会如何操控它。相关的技术已经失传了一千年。我们得花上好几个月[1]，没准好几年来研究它，然后才能真正运用这鬼玩意。可我们没这个机会。凡迪恩星舰队会在几周[2]内抵达，把它从我们手里夺走，其他星球的动作也不会比凡迪恩星的动作慢太多。”

1. 此处的“月”指前文的“标准月”，后同。——编者注
2. 此处的“周”指前文的“标准周”，后同。——编者注

“这些用不着你来操心，缪妮总督，”乔森·莱尔冷冷地说，“高阶议会已就该种情况进行过彻底的讨论。”

“别跟我摆架子，乔森。还记得那件事吗？那次你喝多了‘爆破麻药’，一心想到外面去瞧瞧尿在宇宙里的结晶速度有多快，告诉你出去会冻掉命根子的是我，尊敬的首席议员。洗干净你该死的耳朵然后听好了。或许战争不需要我来操心，可生意需要我来打理。港口就是我们的命脉，我们有百分之三十的卡路里原料依靠进口——”

“百分之三十四。”莱尔纠正她。

“百分之三十四，”托莉·缪妮重复道，“而且这个比例只会继续上升，这一点我们都清楚。我们用技术换食品——我们生产货物，并且通过港口获利。与本星系内的另外四个星球相比，我们保养、维修和建造的飞船数量最多，你知不知道为什么？因为我在拼命干活，确保这里是最棒的星球。图夫就这么说过。他来这里修飞船，是因为我们名声在外——高尚、诚实、公正且技艺超群。要是我们把他那艘该死的飞船充公，我们的名声又会变成什么样？要是我们想要什么就拿什么，还会有多少自由贸易人会把他们的飞船带到这里来修？我的星港又他妈会变成什么样？”

“不良影响肯定是存在的。”乔森·莱尔承认道。

托莉·缪妮重重地哼了一声。“我们的经济会被毁掉的。”她直言不讳地说。

莱尔此时已经大汗淋漓了，汗液自他宽阔光秃的前额流下。他用一块手绢擦去汗水。“那你就得确保这些事不会发生，缪妮总督。你必须确保事态不会如此发展。”

“怎么做？”

“买下‘方舟号’，”他说，“既然你对局势如此了解，我全权委托你作为代表。想办法说服这个图夫，一切由你负责。”他点点头，屏幕暗淡下去。

哈维兰·图夫正在斯·乌斯兰星上扮演游客。

无可否认，这颗星球以它独特的方式令人印象深刻。在哈维兰·图夫当自由贸易人的那些年里，在他乘坐“价廉物美量又足号”穿梭于星辰之间的时候，他访问过的星球多得连他自己都记不清。但短时间内，他恐怕很难忘掉斯·乌斯兰星了。

他见过许多令人叹为观止的景观：阿瓦隆星的水晶塔群，阿拉克尼星的天网，古波塞冬星上汹涌的海洋，还有克雷格星上由黑色玄武岩构成的山脉。这座曾经名为斯·乌斯兰的城市足可与这些景观相媲美，这个古老的名字如今只用来称呼某些地区和街坊，而这座古城早已成长为一座臃肿的大都会。

图夫对高楼怀有某种特殊的偏爱，所以无论白天还是夜晚，他关注的都是都市风光。他站在一千米、两千米、五千米和九千米高的观测平台上，不管他攀得多高，灯光都无穷无尽地朝四面八方发散而去，看不到半点停歇的迹象。若干座方方正正且毫无特色的四十层大楼和五十层大楼肩并着肩，排成无穷无尽的队列，它们拥挤成团，栖息在那些高耸入云，用于吸收阳光的镜面高塔的永恒阴影之下。楼层堆砌在早已建成的楼层之上，在这之上还有更高的楼层。交叉往复的人行道组成迷宫般错综复杂的图案。在地表之下，巨大的地下交通网络中有着川流不息的管道列车与邮件舱，它们以每小时数百开的速度在黑暗中飞驰，而在更下方的是地下室、地底室、隧道、地底通道、商业街和地下住宅区，这是一座深埋于地下的第二都市，就像是位于地表的、如同镜中倒影般的这座都市的同胞兄弟。

图夫在“方舟号”上就看到过这座大都市的灯火，从星轨上看去，这座城市吞没了半个大陆。而从地表看去，它仿佛大得足以吞噬整个宇宙。别的大陆也一样，夜夜闪耀着文明的光芒。这片光的海洋中没有任何黑暗的岛屿，斯·乌斯兰星人没有空间可以留给公园这样的奢侈场所。图夫对此并不反对，他一向觉得建造公园是一种文明的倒退，其主要的设计目的就是提醒那些开化的人类，被迫居住在大自然中的生活是多么原始、多么蒙昧。

在太空漫游的过程中，哈维兰·图夫见过许多截然不同的文化，他觉得斯·乌斯兰星人的文化不逊于任何一种。这个世界拥有诸多变数和眼花缭乱的机遇，还有生机与颓废共存的华美风景。这是一个兼容并包的世界，通过联结群星的轨道，斯·乌斯兰星人用进口的方式肆无忌惮地从其他星球获取音乐、戏剧与其他的感官娱乐手段，将其作为催化剂，无尽地改造自身的文化母体。这座城市所提供的消遣方式和其数量、娱乐性与多变程度都是图夫前所未见的——如果哪个游客想要全部见识一下，那他得在这里待上好几个标准年才行。

在多年的旅程中，哈维兰·图夫去过阿瓦隆星、新霍姆星、面纱托贝星、古波塞冬星、巴尔德尔星、阿拉克尼星和另外的十余个立于人类发展前沿的星球，见识过各种先进的科技与科学魔法。斯·乌斯兰星展现出的科技可以与科技最先进的星球一较高下。升降梯本身就是一件令人惊叹的作品，传说古地球的居民在溃亡前曾建造过这样的建筑，新霍姆星上也曾建成过一座，但该建筑在战争中已遭毁灭，图夫在别处从未见过如此巨大的人工造物。阿瓦隆星的居民曾考虑过建造这种升降梯，但这一提议由于经济原因遭到否决。斯·乌斯兰星的那些滑道、管道列车和工厂都先进而高效，甚至连其政府都显得精干简练。

斯·乌斯兰星真是个神奇的地方。

哈维兰·图夫花了三天的时间来观察、游历、品尝它的种种奇妙，然后他返回某座高塔旅店第七十九层的那间狭小的至尊级客房，叫来了旅店的主人。“我希望你能替我安排，让我立即返回我的飞船。”图夫坐在那张从墙壁拉下的狭窄床铺的边缘，那些椅子实在小得让他不舒服。他优雅地交叠那双苍白的大手，将它们放在他的肚皮上。

店主是个仅有图夫一半身高的小个子男人，此时他面露难色。“我还以为你要再待上十天呢。”他说。

“我原本是这么计划的，”图夫说，“可计划本身需要改变。我希望在条件允许的情况下尽快回到星轨上去。如果你能为我安排，我将不胜感激，先生。”

“你还有很多地方没看呢！”

“的确。可我发现自己目前看到的那些冰山一角的景象就完全足够了。”

“你不喜欢斯·乌斯兰星？”

“太多的斯·乌斯兰星人是问题所在，”哈维兰·图夫回答道，“其他几个缺点或许也该说一说。”他抬起一根细长的手指。“食物糟糕透了，因为大部分食物都经过了化学重制，很多食物连味道都没有，外表也让人反感，全是异常和令人不安的颜色。此外，食物的分量也不够充足。或许我应该冒昧地提起为数众多的新闻报道员对我接连不断的骚扰。我从他们戴在额头正中、像是第三只眼睛的多重对焦相机就能认出他们。你大概也看见过他们在你的旅店大厅、感官中心和餐厅周围鬼鬼祟祟地转悠吧。据我的粗略估算，这些报道员应该有二十来人。”

“你是一位名人，”店主说，“一位公众人物。每个斯·乌斯兰星人都想对你有所了解。当然啦，在你不想见客的时候，没有哪个偷窥客斗胆来打扰过你的个人隐私吧？这一行的行业道德……”

“无疑是名副其实的，”哈维兰·图夫替他把话说完，“我必须承认，他们的确保持了距离，但每当我在晚上回到这个算不上太宽敞的房间，打开新闻报道时，我就能看到各种关于自己的画面：我俯瞰城市，我食用那些橡胶似的无味食物，我探访不同的热门景点，我走进卫生间。我必须承认，虚荣心是我的重大缺陷之一，可不管怎么说，这种名声的吸引力消退得很快。此外，大多数相机的拍摄角度都非常令人不快，而新闻报道员的幽默感总是近乎人身攻击。”

“这件事很容易解决，”店主说，“你应该早点来找我的。我可以租给你一台私人屏蔽器。把它夹在腰带上。如果有偷窥客和你的距离小于二十米，它就会让他的‘第三只眼’出现故障，并且让他头痛欲裂。”

“而不太容易解决的事，”图夫冷冷地说，“是我注意到这里彻底缺乏动物的存在。”

“害虫？”店主看上去十分惊恐，“你感到心烦是因为我们这里没有害虫？”

“并非所有的动物都是害虫，”哈维兰·图夫说，“在许多星球上，鸟类、犬科动物和其他物种都受到保护和喜爱。我自己就很喜欢猫。一个真正开化的世界应当为猫咪们留有一席之地，可斯·乌斯兰星上的人根本分不清它们跟蚊虫的区别。当我准备来这里游览的时候，星港总督托莉·缪妮向我保证说她的手下会照顾好我的猫，而我相信了她的保证。可要是斯·乌斯兰星人全都没有见过人类之外的动物，我就有理由怀疑它们如今接受的究竟是怎样的照顾了。”

“我们有动物，”店主申辩道，“就在农业区那里。一大堆动物，我看过它们的录像。”

“你当然看过，”图夫说，“可是，猫的录像带和真实的猫不一样，两者需要的待遇也不同。录像带可以存放在架子上，猫可不行。”他指了指店主。“不过这么说就有点诡辩的味道了。这件事的症结，就像我先前提到的那样，在于斯·乌斯兰星人的数量，而非他们的风俗。这里的人太多了，先生。我不管到哪里都会被挤得东倒西歪。在就餐场所，桌子和桌子之间靠得太近，椅子容不下我的身体，有时陌生人还会自说自话地坐到我身边，用手肘粗鲁地推推搡搡。戏院和感官中心的座位又窄又紧。人行道很拥挤，休息室很拥挤，管道列车也很拥挤——到处都有人不经我的许可就触碰我的身体。”

店主换上圆滑的职业化笑容。“啊，人类！”他意味深长地说，“斯·乌斯兰星的荣耀！熙攘的人群，面孔的海洋，无穷的盛会，人生的舞台！还有什么能比我们的人民摩肩接踵的场景更加振奋人心？”

“或许没有，”哈维兰·图夫有气无力地说，“可我发现，我现在已经够振奋的了。此外，请允许我指出，一般的斯·乌斯兰星人太矮，根本碰不到我的肩膀，因此他或是她只能满足于摩擦我的手臂、大腿和肚皮。”

店主的笑容消失了。“你的态度有问题，先生。想要充分了解我们的星球，你应当学会从斯·乌斯兰星人的视角去看。”

“我可不想跪着走来走去。”哈维兰·图夫说。

“你不是个反生命主义者，对吧？”

“确实不是，”哈维兰·图夫说，“生命永远比它的对立面更美好。然而，根据我的经验，一切美好的事物都容易走极端。斯·乌斯兰星看起来就是这样。”在店主回答之前，他抬起一只手以示安静。“更确切地说，”图夫继续说道，“我已经开始对人类感到厌恶了，尽管以我旅途中所见的那些个体范例而言，这个判断无疑太过草率又缺乏佐证。有几个人公开向我表示敌意，给我的体格和重量取一些明显带有贬义的绰号。”

“好吧，”店主面红耳赤地说，“很抱歉，可你确实是个，呃，大块头，而在斯·乌斯兰星上，呃，人们不太能接受那些，呃，超重的人。”

“体重，先生，完全是重力的作用，因此也是最便于调整的因素。

此外，我不想让你来评判我的体重是偏高、偏低还是正好，这些都只是主观标准。星球与星球间的审美标准各有不同，就像有些多病体质由基因变异引起，有些多病体质是遗传造成的。我非常满意我现在的大块头，先生。回到正题上来，我希望能立刻结束在此的逗留。”

“那好吧，”店主说，“我去为你订明早第一班管道列车的票。”

“这还不够。我希望能立即离开。我已经看过了时刻表，发现有一辆管道列车能在三个标准时内出发。”

“满员了，”店主没好气地说，“那辆管道列车上只剩下二等座位和三等座位了。”

“我会尽力熬过去的，”哈维兰·图夫说，“毫无疑问，当我离开管道列车的时候，这么多人类的近距离推挤肯定会令我备受振奋与鼓舞。”

托莉·缪妮飘浮在办公室的中央，盘腿坐着，仿佛身下有莲花宝座。她低头看着哈维兰·图夫。

她有一把特别的座椅，是专为那些不习惯失重状态的“苍蝇”和“地虫”准备的。严格说来，这是一把让人相当不舒服的椅子，它被牢牢拴在地板上，还配有网状束带，以确保使用者停留在原地。图夫笨拙而庄严地坐了上去，把自己紧紧捆住，而她却舒舒服服地飘在他面前，大约位于他的头部。像图夫这种身材的人不太可能习惯仰视着与人交谈，托莉·缪妮觉得这会让她得到某种程度的心理优势。

“缪妮总督，”图夫丝毫没有被他低下的位置所困扰，开口说道，“我要提出抗议。我能理解我的个人资料中再三提及的‘苍蝇’是个不带任何贬义、独具特色的地方俚语。可我还是没法对这种明显的——这么说吧——扯掉我的翅膀的企图不表示愤恨。”

托莉·缪妮低下头，对他露齿而笑。“抱歉，图夫，”她说，“我们的价码是固定的。”

“确实，”哈维兰·图夫说，“固定，一个有趣的词。要不是像你这样的大人物在场让我心生敬畏，不敢出言冒犯，我或许真的会说出‘固定跟顽固可没多大区别’之类的话。礼节迫使我不去提及任何有关贪婪、拜金以及太空海盗行径的指控，以免让这场棘手的商谈无疾而终。可我得指出，五千万标准币的数目要比很多星球的星内生产总值多出好几倍了。”

“那是些小星球，”托莉·缪妮说，“而这是个大工程。你的这艘飞船可大得要命呢。”

图夫依然无动于衷。“我承认‘方舟号’确实是艘大飞船，可恐怕这两件事之间并无关联，除非你们习惯用平方米而不是小时来计算费用。”

托莉·缪妮笑了。“这可跟替老旧的运货飞船换几副新脉冲环，或者给你的导航系统重新编程不同。你说的是整整三队喷丝头轮班干上几千个钟头的活，你要的是我们最好的电子技师才能制作的庞大系统，你想定做的是几百年来没人用过的部件，而且这才刚刚开了个头。我们得在把你这件该死的藏品拆开之前好好研究一番，否则就永远没法把它装回去了。我们得把几个星际专家骗上升降梯，甚至可能要骗出这个星系。考虑到所需的时间、能源和卡路里，光是停靠费用就不容小觑——这玩意可有三十千米长啊，图夫。我们没法让它进到星网里来，得在它周围建一座特别船坞，而且就算这样，它占掉的停靠位也足够三百艘普通飞船使用了。你不会想知道这要花多少钱的，图夫。”她在她的腕式电脑上飞快地计算了一下，然后摇摇头，“乐观估计的话，假如你在这里待上一个月，光停靠费就得有接近一百万卡路里。换算成你们的标准币的话，超过三十万。”

“的确。”哈维兰·图夫说。

托莉·缪妮摊开双手，表示无能为力。“如果你不接受我们的开价，当然啦，你可以去找别家。”

“这项提议行不通。”哈维兰·图夫说，“很不幸，尽管我的要求很简单，可似乎只有少数几个星球的技术能够满足我的需求，这真是对人类现今技术实力的悲哀注脚。”

“只有几个？”托莉·缪妮的一侧嘴角扬起，“或许我们把服务费用定得太低了。”

“女士，”哈维兰·图夫说，“你当然不会粗鲁到利用我幼稚的坦白吧。”

“不会，”她说，“我说过了，我们的价格是固定的。”

“看起来我们陷入了尴尬而棘手的僵局。你能接受你的价码。我很不幸地不能接受。”

“真没想到啊。你有这么一艘飞船，我还以为你的卡路里多得都能拿来烧了呢。”

“毫无疑问，我很快就将从事生态工程学这个获利丰厚的行当，”哈维兰·图夫说，“不幸的是，我还没正式开业，而在早先从事的商业工作中，我遭受了几次原因不明的财政危机。或许你会有兴趣购买几件制作精美的、来自库格里许星的塑料祭神面具？它们可以当作奇特而迷人的壁饰，并且据说拥有某种神秘的催情能力。”

“恐怕我没兴趣，”托莉·缪妮回答，“可你知道吗，图夫？今天是你的幸运日。”

“恐怕你要看不起我了，”哈维兰·图夫说，“就算你说有半价抛售或是买一送一特别优惠，我的处境也不允许我接受。我要痛苦地向你坦白，缪妮总督，并且承认自己现在正被暂时性的资金不足问题所困扰。”

“我有一个办法。”托莉·缪妮说。

“的确。”图夫说。

“你是个自由贸易人，图夫。你不是真的需要像‘方舟号’这么大的飞船，对吧？而且你对生态工程学一无所知。这艘废弃的飞船对你不可能有什么用处，可它确实拥有可观的折旧价值。”她露出热切的微笑，“我已经跟下面的那些家伙谈过了。高阶议会觉得你可能想卖掉你的发现物。”

“他们的关怀令人感动。”哈维兰·图夫说。

“我们会付给你一笔可观的折旧费用，”她说，“飞船评估价值的百分之三十。”

“由你们进行的评估。”图夫干巴巴地说。

“是的，可这不是全部价码。我们会付给你一百万标准币，这远远超出折旧费本身，而且我们会给你一艘新飞船，一艘全新的远洋九型飞船。这是我们所能制造的最大的运货飞船，拥有完全自动化的厨房、六间客舱、重力格栅、两艘太空梭（其货舱大到足以并排装下最大号的阿瓦隆商船和奇姆迪斯商船）、三重备份系统，以及最新的通过声控启动的‘睿鱼酱系列’电脑。你愿意的话，甚至还可以在飞船上加装武器。你将成为整个星系里装备最精良的自由贸易人。”

“我绝不是在对这番慷慨表示不屑，”图夫说，“你提出的设想令我狂喜。然而，尽管我毫不怀疑你所提供的那艘漂亮的新飞船会相当舒适，可是我和‘方舟号’有着颇为可笑的情感纽带。尽管它破旧又无用，可它却是一段活生生的历史，一座前人勇武与天资的纪念碑，而且它并非没有丝毫用处。不久以前，当我孤独地穿梭太空的时候，我一时兴起，决定放弃自由贸易人所拥有的这种朝不保夕的生活，转而成为一名生态工程师。这个决定确实毫无来由，也无疑颇为愚蠢，可它仍然对我具有相当大的吸引力。恐怕个性顽固是我的重大缺点之一。因此，缪妮总督，我只有带着深深的歉意，拒绝你的提议。我要留着‘方舟号’。”

托莉·缪妮略微扭动身体，转成头上脚下的姿势，再朝着天花板轻推一把，迎上图夫的面孔。“见鬼去吧，”她指着他说，“我可没耐心为了每一个卡路里跟你讨价还价，图夫。我是个忙人，没空也没精力陪你玩这种买卖游戏。你打算卖掉这艘飞船，这一点你我都心知肚明。所以我们赶紧把这件事谈妥吧。开出你的价码。”她用指尖轻轻捅了捅他的鼻子。“开出，”她捅一下，“你的，”她又捅一下，“价码。”她再捅一下。

哈维兰·图夫解开身上的束带，足蹬地板，浮上空中。他是如此庞大，她感到自己很柔弱——她，被人叫了半辈子‘巨人’的她。“烦请你停止对我的人身侵犯，”他说，“这对我的决定不会有任何积极影响。恐怕你完全误会我了，缪妮总督。我曾经是个自由贸易人，没错，但我是个差劲的自由贸易人，或许这是因为我从未掌握过你误以为我拥有的那种讨价还价的技巧。我已经明确表过态了。‘方舟号’是非卖品。”

“在上头待着的那些年，我对你还是相当欣赏的，”乔森·莱尔干脆利落的声音从一块开启了外部屏蔽的显示屏上传来，“而且无可否认，你作为星港总督的纪录堪称典范。否则我现在已经把你免职了。你让他回到飞船上去了？你怎么能这样？我还以为你的判断力没这么差呢。”

“我还以为你是个政治家呢，”托莉·缪妮的语气颇有几分轻蔑的意味，“乔森，好好想想，要是我在蜘蛛乡的中央地带把他关起来，后果该有多严重啊！图夫怎么看都很显眼，就算他戴上那顶愚蠢的假发，企图隐姓埋名也是一样。这地方塞满了凡迪恩星人、贾兹伯星人、亨利世界星人，以及你叫得上名字的其他星球的人，他们全都盯着图夫，盯着‘方舟号’，等着看我们会怎么做。已经有一个来自凡迪恩星的探子接近过他了。有人发现他们在管道列车上谈了很久。”

“我知道，”首席议员闷闷不乐地说，“可是，总该有什么办法……你可以把他秘密关押起来。”

“然后我该怎么做？”托莉·缪妮说，“杀了他，再把他丢到空气闸门外面去？我不会这么做，乔森，而且你也别想替我这么做。要是你真的敢出手，我就把你的事曝光给新闻媒体，搞垮整个该死的高阶议会。”

乔森·莱尔拭去汗水。“又不是只有你有原则，”他反驳道，“我也不会要你去干这种事。可我们必须得到那艘飞船，现在图夫已经回到飞船里面，我们的计划更加难以实现了。‘方舟号’仍然拥有强大的防御体系。我推算了一下，就算行星防卫舰队全军进攻，他也有相当大的概率能跟我们抗衡。”

“噢，见鬼，他就停在离九号管道末端不到五开的地方，乔森。不管是谁来发动这场该死的全军进攻，你们都有可能摧毁船坞，让升降梯落到你们那见鬼的脑袋上！你就管好自己吧，让我来搞定这件事。他会把飞船卖给我的，而且我会用合法的手段。”

“好得很，”首席议员回答，“我会给你多一点时间。可我警告你，高阶议会一直在关注这件事的进展，而且他们很不耐烦了。你还有三天时间。要是到时图夫还没在转让单上签字，我就会派几支突击小队到上头去。”

“别担心，”托莉·缪妮说，“我都计划好了。”

“方舟号”的通信室又长又窄，墙壁上布满了一排排暗淡无光的空白显示屏。哈维兰·图夫带着他的猫舒舒服服地坐在里面。吵闹的黑白色母猫“浩劫”蜷缩在他的腿上，睡得正香，而身披灰色长毛、稚气未脱的“混沌”正顺着图夫宽敞的肩膀跑前跑后，摩挲着他的脖颈，发出响亮的呼噜声。图夫双手交叠，放在他的大肚皮上，耐心地看着好几台电脑接收他的指令，进行评估、传输、检验和转译的工作，并且增设索引。他已经等待很久了。当屏幕上的几何孔雀舞的画面最终消失的时候，他看到了一名典型的斯·乌斯兰星的年长女性，她有一张瘦削的面孔。“我是馆长，”她声称，“高阶议会资料馆的馆长。”

“我是哈维兰·图夫，来自太空船‘方舟号’。”图夫宣布。

她笑了。“我在新闻报道上见过你。我能帮你什么忙吗？”她眨眨眼睛，“呃，你脖子上有东西。”

“一只小猫，女士，”他说，“它非常友好。”他伸出手，挠了挠“混沌”的下巴。“希望你能帮我个小忙。我从来都抵抗不了自己的好奇心，也总是渴望增进我有限的知识，我最近沉浸在对你们星球的研究中——它的历史、风俗、民间故事、政治、社会形式，诸如此类。我当然已经查阅过所有的文献和公开资料，可有那么一条信息我始终无法找到。很简单的信息，真的，要是我知道该上哪里找的话，它肯定好找得可笑，可我怎样寻根究底都不见它的影子。在追寻这少许资料的期间，我联络了斯·乌斯兰星的教育程序中心和行星大图书馆，这两个机构的相关人员都建议我来找你。所以，我就来了。”

馆长的脸上浮现出审慎的神色。“我明白了。高阶议会资料馆通常不对公众开放，但或许我可以为你破例一次。你在寻找什么？”

图夫抬起手指。“一条微不足道的信息，正如我先前所说，要是你能好心为我解答疑难，平息我的好奇之火，我将不胜感激。斯·乌斯兰星现在的准确人口数量是多少？”

那个女人的脸变得阴沉冷漠。“这是机密信息。”她干巴巴地说。屏幕暗了下来。

哈维兰·图夫愣了半晌，随后重新接通了他先前使用的搜索程序。

“我想查看关于斯·乌斯兰星的宗教的综述，”他告诉搜索程序，“特别是对生命演化教会的信仰和伦理体系的综述。”

几个小时以后，图夫埋首于档案之中，心不在焉地逗弄着“浩劫”，后者刚刚醒来，正饥肠辘辘地跳来跳去。这时候，托莉·缪妮的呼叫传了过来。图夫储存好正在阅读的资料，在房间里的另一块屏幕上显示出她的面孔。

“我听说你在尝试窥探行星机密，图夫。”她对他露齿而笑。

“我向你保证，我并没有这样的意图，”图夫回答，“可不管怎么说，我都是最糟糕的间谍，因为我遭遇了悲惨的失败。”

“我们一起吃个晚饭吧，”托莉·缪妮说道，“我或许可以回答你的小小问题。”

“的确，”哈维兰·图夫说，“这样的话，缪妮总督，请允许我邀请你来‘方舟号’上进餐。尽管我的烹调手艺不算出众，我做的食物却要比你在港口能够弄到的食物更为可口，分量也可观得多。”

“恐怕不行，”托莉·缪妮回答道，“我有太多该死的工作了，图夫，我没法离开岗位。可你也不用怕吃不饱，一艘很大的运货飞船刚刚从肉仓星回来。肉仓星就是那颗我们用于畜牧的小行星，离这里没多远，地形和土壤好得要命。星港总督对这些卡路里有优先享用权。新鲜的新生草沙拉、搭配棕糖酱的坑道猪火腿片、辛香豆、蘑菇面包、浇上地道的喷注奶油的冻子果，以及啤酒，”她笑了，“进口啤酒。”

“蘑菇面包？”哈维兰·图夫说，“我不吃动物肉，可你的菜单上其余的菜肴听起来很有吸引力。我愉快地接受你友好的邀请。等你为我准备好停靠的船坞，我就会乘坐‘蝎尾狮号’太空梭进港。”

“用四号船坞吧，”她说，“它离蜘蛛乡很近。那只猫是‘浩劫’还是‘混沌’？”

“‘浩劫’，”图夫回答，“‘混沌’因为自身的神秘使命而暂时离开，就像猫咪们常做的那样。”

“我从没亲眼见过活着的动物。”托莉·缪妮兴高采烈地说。

“我会带‘浩劫’来，让你看得更清楚些。”

“等会儿见。”托莉·缪妮挂了线。

他们在四分之一重力下用餐。这座水晶房屋坐落于蜘蛛乡的底部，屋外罩着透明的塑钢水晶穹顶。在那几乎不可见的穹壁之外，他们被清澈的黑暗空间、冷冽洁净的星空和星网那错综复杂的脉络包围着。房屋下方是这座太空站岩石般的表面，传输管道纷乱纠缠，横跨地表，定居地宛如肿起的银色水泡，紧贴在星网连接点的位置，雕刻而成的尖塔和恒星级旅店那闪耀的箭状塔楼高高耸入冰冷的黑暗之中。悬挂在他们头顶正上方的是斯·乌斯兰星的巨大球体，它呈现出淡蓝色与棕色，形状不定的云团正围绕着它旋转，升降梯向上攀升，朝它疾驰而去，越升越高，直到硕大的机井变为一根明亮的细丝，随即彻底消失于视野中。这样的视角令人头晕目眩，外加些许不安。

他们通常只在举办重大典礼时使用这间屋子。上一次使用它还是在三年以前，那时乔森·莱尔到上面来款待一位来访的高官。可托莉·缪妮已经豁出去了。她从星际公司的一架班机上借来了一位大厨，今晚的食物便是由他准备的；啤酒是她从一个要运货去亨利世界星的自由贸易人那里征用的；餐具是从行星历史博物馆拿来的珍贵古董；这张巨大的火檀桌是用布满细长的猩红色纹路的发光黑檀木制作的，足够十二个人同时进餐；饭菜由整整一个方阵的侍者负责端上，他们身穿金黑相间的制服，沉默寡言且举止谨慎。

图夫环抱着他的猫走了进来，看了看这张光彩夺目的桌子，随即抬头凝视群星和星网。

“你能看到‘方舟号’，”托莉·缪妮告诉他，“就在那里，那个亮闪闪的小点，在左上方，星网外面。”

图夫瞥了它一眼。“这是通过三维投影制造出来的效果？”他抚摸着猫说道。

“才不是呢。这些影像都是真的，图夫，”她露齿而笑，“别担心，你很安全。屋外有三倍厚度的塑钢。星球和升降梯都不会落到我们头上，而且穹顶被流星击中的概率非常小。”

“就我所见，这里的交通量很大，”哈维兰·图夫说，“游客租用的真空雪橇、脱轨的管道列车和烧毁的脉冲环击中穹顶的概率又如何？”

“稍高一些，”托莉·缪妮承认道，“可在撞击的一瞬间，空气闸门就会封闭，高音喇叭会响起，然后应急藏身处就会开启。每一座被真空环境围绕的建筑都备有这类设施，港口章程有相应的规定。所以就算那种不太可能发生的事真的发生了，我们也会得到防护外肤、空气过滤背包和一把激光喷枪——如果你想在喷丝头抵达之前试着修理受损部位的话。从港口建成的那年算起，这里总共只发生过两三次类似的事件，所以好好欣赏风景吧，别弄得自己紧张兮兮的。”

“女士，”哈维兰·图夫用笨拙而庄严的语气说道，“我没有紧张，只是有些好奇。”

“是啊。”她附和道。她示意他入席。他僵硬地放低身体，坐在椅子上，然后一言不发地抚摸“浩劫”黑白相间的皮毛，这时侍者们端出了开胃菜，还附上了一篮热气腾腾的蘑菇面包。开胃菜有两种，一种是用抹满芥末的奶酪和菇帽作为填料的小馅饼，另一种是看上去像一条条小蛇或者大虫子的东西，以气味芬芳的橘子酱作为配料烹制而成。图夫把后者喂给他的猫，而它急不可耐地吞吃起来。图夫拿起一块小馅饼，闻了闻，优雅地小口吃着。他咽下食物，点了点头。“棒极了。”他宣称。

“这么说，这就是猫。”托莉·缪妮说。

“的确。”图夫回答。他撕下一块蘑菇面包，这时一缕蒸汽从面包的表面升起。他有条不紊地给面包涂上一层厚厚的黄油。

托莉·缪妮伸手去拿自己的那份面包。她的手指被滚烫的面包皮烤得生疼，可她忍住了放下面包的冲动，绝不能在图夫面前表露出半点软弱。“不错。”咬了一口面包之后，她说。她咽下面包。“你要知道，图夫，我们要吃的这顿饭——大多数斯·乌斯兰星人吃不了这么好。”

“这项事实并未逃过我的眼睛。”图夫说着，用拇指和食指举起另一条看起来像小蛇的东西，拿到“浩劫”面前，后者在半途中就爬上他的手臂叼走了它。

“事实上，”托莉·缪妮说道，“这顿饭的卡路里含量近似于普通市民一周饭食的卡路里含量。”

“光凭这道开胃菜和面包的味道，我敢说我们得到的味觉享受已经比普通斯·乌斯兰星人在一辈子里得到的都多了。”图夫不动声色地说。

沙拉放在了他们面前。图夫尝了一口，宣称它相当美味。托莉·缪妮一边搅动着自己盘子里的食物，一边等待着，直到侍者们都退到了墙边。“图夫，”她说，“我想，你应该有问题要问。”

哈维兰·图夫把目光从沙拉上移开，看着她，他苍白的长脸上没有一丝表情。“没错。”他说。“浩劫”也在看着她，它眯缝着的眼睛绿得就像沙拉里的新生草。

“三百九十亿人。”托莉·缪妮用平静而干脆的语气说道。

图夫眨了眨眼。“这样啊。”他说。

她笑了。“这就是你唯一的评论？”

图夫抬头望向空中那臃肿的斯·乌斯兰星。“既然你想知道我的看法，缪妮总督，我就冒昧告诉你，虽然我们头顶上的那个世界显得很大，我却不免会怀疑它的大小是否真的足够。我并不是在指责你们的风俗、文化和文明，可我脑子里冒出了一个想法：总体来说，这三百九十亿的人口或许显得太多了。”

托莉·缪妮露齿而笑。“是吗？”她靠向椅背，唤来一名侍者，吩咐他端上饮料。啤酒是浓稠的褐色，装在几只大号双握柄的蚀刻玻璃杯里，表面盖着厚厚一层香浓的浮沫。她略显笨拙地举起她的杯子，看着酒液在杯中晃动。“关于重力，有一件事是我永远没法习惯的，”她说，“液体应该装在液压球里才对，该死的。这样子看起来真他妈恶心——就跟一场即将发生的交通事故似的。”她抿了一口啤酒，抬起头来，唇边沾满浮沫。“不过，味道不坏，”她说着，用手背揩揩嘴，“是时候结束这场该死的辩论了，图夫。”她用那种不习惯任何重力的过分小心的动作把杯子放回桌上。“很明显，你对我们的人口问题存有某种猜测，否则你根本不会问起这个问题，而且你还查看了各种各样的信息。你有什么目的？”

“好奇心是我最大的烦恼，女士，”图夫说，“而我只是想解答自己对斯·乌斯兰星所抱有的疑惑，并模糊地希望在这项研究中找出解决我们眼下僵局的方法。”

“然后呢？”托莉·缪妮说。

“你已经证实了我被迫对你们过量的人口所做的假设。有了数据在手，一切就都清楚了。你们那些不断扩张的城市持续向高处发展是为了适应膨胀的人口数量，就像你们徒劳地保护农业地区不被侵蚀一样。你们引以为傲的港口的确繁忙得惊人，而你们巨大的升降梯也不停地上上下下，可你们缺乏填饱民众的肚子的能力，必须从其他星球进口食物。邻近的星球害怕你们，甚至可能痛恨你们，因为在几个世纪前，你们试图通过移民和种族融合来解决人口问题，直到被战争粗暴地制止。你的同胞们不养宠物，是因为斯·乌斯兰星人没有空间能留给任何在食物链中与人类不具备直接、有益且必要的关联的非人类物种。你们的平均身材要比人类的标准身材矮小，是因为几个世纪以来的营养不良和名目繁多的定量配给，但真正的原因只有一个：经济压力。随着世代交替，每一代人都比上一代更加矮小，更加瘦弱，依靠不断减少的口粮挣扎求存。这一切的不幸都可以直接归咎于你们过量的人口。”

“你听起来有点不以为然啊，图夫。”托莉·缪妮说道。

“我并无批评之意。你们并不缺乏德行。大体来说，你们是个勤勉、团结、高尚、开化、富有创造精神的民族，而你们的社会、科技和智力水平都相当令人钦佩。”

“我们的科技，”托莉·缪妮冷冷地说，“只有它才能拯救这该死的烂摊子。我们有百分之三十四的卡路里原料依赖进口。我们用残存的农地种出了差不多百分之二十的卡路里。剩下的食物来自食品工厂，由石油化工产品加工得来。这部分比例每年都会升高。我们只能这样做，只有食品工厂的运转速度才能跟得上人口增长的步伐。可我们在这个方面也遇到了问题。”

“你们的石油就要用光了。”哈维兰·图夫冒昧地插嘴说。

“他妈的对极了，”托莉·缪妮说，“石油是一种不可再生的资源，就是这样，图夫。”

“毫无疑问，你们的政府机构已经知道饥荒大约将在何时到来。”

“二十七个标准年之内，”她说，“差不了多少。这个结论每天都在变化，因为变数很多。或许在闹饥荒之前，我们会先开战，有好多专家相信这一点。或许饥荒和战争会一起到来。无论如何，我们都会有很多人死去。我们是文明的民族，图夫，你之前也说过。我们文明到你都不敢相信的程度，团结、高尚且热爱生命，那些打肿脸充胖子的鬼话。可就连我们也快撑不下去了。地下城市的状况越来越糟，已经持续了好几个世代，而我们的一些领袖竟然说地底的那些人都退化了，变成了某种该死的害虫。谋杀、强奸和其他暴力犯罪的犯罪率年年攀升。在过去的十八个月里，已经发生了两起食人案。每过一年，情况就会更糟糕。这些恶行都跟着那条该死的人口曲线一同增长。你明白我的意思了吧，图夫？”

“确实。”他面无表情地说。

侍者们端着主菜回来了。薄薄的肉片在浅盘里堆得很高，散发着刚出炉的热气，四种不同的蔬菜任他们选择。哈维兰·图夫往盘子塞满了辛香豆、脆菜泥、甜根和奶油花结菜，又吩咐侍者切了薄薄的几小片火腿给“浩劫”。托莉·缪妮拿起一块厚火腿片，把它浸入棕色的酱汁，可嚼了一口之后，她发现自己毫无胃口。她看着图夫的吃相。“你怎么说？”她催促道。

“或许我可以在这场困境中帮你们一些小忙。”图夫说着，灵巧地刺起满满一叉子的辛香豆。

“你可以帮我们大忙，”托莉·缪妮说，“把‘方舟号’卖给我们。这是唯一的出路，图夫，你很清楚，我也一样。开出你的价码吧，我请求你拿出你那该死的道德感。卖了它，你就能拯救几百万甚至几十亿条生命。你不仅会变得富有，还会成为英雄。只要你一句话，我们就会用你的名字给这颗该死的行星命名。”

“有趣的想法，”图夫说道，“但虚荣心姑且不论，你们恐怕大大低估了失落的生态工程兵团的实力。‘方舟号’无论如何都是非卖品，这一点我已经告诉过你了。针对你们的困境，我或许该冒昧提出一个显而易见的解决办法？如果这个方法确实有效，我会很乐意让你们用我的名字命名一座城市或是一颗小行星。”

托莉·缪妮大笑起来。她喝了一大口啤酒，现在的她是需要来点酒。“继续，图夫，说下去。告诉我这个简单而且显而易见的解决办法。”

“我想到的解决办法包括一大堆术语，”图夫说，“其核心就是控制人口，你们可以通过生物化学技术、人工节育、控制性欲、文化宣传和颁布法令来达成这一目标。方法或许有很多种，可结果肯定是一样的。斯·乌斯兰星人的生育率必须有所降低。”

“这不可能。”托莉·缪妮说。

“并非如此，”图夫说，“其他星球，远比斯·乌斯兰星古老的那些星球，都达成过同样的目标。”

“这他妈没有半点不同。”托莉·缪妮说。她拿着酒杯猛地比画了一下，啤酒泼到了桌子上。她没去管它。“你富有独创性的想法得不到任何奖赏，图夫。这根本算不上什么新点子。事实上，我们有一个政党鼓吹这套理论已经有见鬼的几百年了。零点党，我们这么称呼他们。他们想要让人口增长率归零。我得说，七八个百分点的公民会支持他们。”

“大饥荒无疑将增加拥护者的数量。”图夫评论道，他举起满满一叉脆菜泥。“浩劫”高兴地叫唤起来。

“可那时就已经太迟了，而且该死的，你很清楚这一点。问题在于，下面的人民并不相信这种事会到来，不管那些政客怎么说，不管他们从新闻报道上看到多吓人的预言都没用。他们会说，我们从前听过这种话，该死的，他们当然听说过。他们的祖母和曾祖母辈的人都听过类似“饥荒迫在眉睫”的预言。可斯·乌斯兰星总有办法躲过这场大灾难。几个世纪以来，技术专家党能占据领导地位，就是因为他们不断想方设法把崩溃的日子拖到下一代人那里去。他们总能找到解决办法，大多数公民相信他们永远都能找到办法。”

“这些方法，正如你所暗示的那样，本质上只是些权宜之计，”哈维兰·图夫评论道，“当然了，这很明显。真正的解决方法只有控制人口。”

“你不明白我们的情况，图夫。对绝大多数斯·乌斯兰星人来说，颁布生育禁令等于将他们逐出教派。你绝对找不到多少愿意接受禁令的人，他们肯定不会只为了逃避一场虚无缥缈的灾难就接受这个禁令。几个特别蠢或者特别理想化的政客已经尝试过这种做法了，他们当晚就下了台，被贴上了不道德和反生命的标签。”

“我明白了，”哈维兰·图夫说，“缪妮总督，你是笃信宗教的那种人吗？”

她做了个鬼脸，又喝了几口酒。“当然不是，我猜我是个不可知论者。也许吧，我对这种事想得不多。我也是个零点党人，尽管我在下头的时候从不承认。许多喷丝头都是零点党人。在星港这样狭小封闭的社群里，无节制生育的影响很快就会明显得要命，也吓人得要命。在下头可就没这么明显了。还有教会……你对生命演化教会熟悉吗？”

“我对它的教义略有所知，”图夫说，“我得承认，我才刚知道不久。”

“最早来到斯·乌斯兰星的移民是生命演化教会的长老，”托莉·缪妮说，“他们那时在逃避塔拉星的宗教迫害，而他们受迫害是因为他们的繁殖速度太快了，快到眼看就要接管那颗星球的程度。其他塔拉星人可不愿意看到这种事发生。”

“我可以理解这种态度。”图夫说。

“同样是这件蠢事在几世纪前毁掉了扩张主义党人的殖民计划。生命演化教会的基本信条就是这样：智慧生命的命运是塞满整个宇宙，而生命就是终极之善，反生命就是终极之恶。生命演化教会相信生命和反生命在进行某种竞争。我们必须演化，教会的人这么说，朝着更高层次的智能和天赋演化，直到最终拥有神性，而且我们必须尽快成神，才能防止宇宙的热寂[1]。演化是通过生育这一生理机制进行的，因此我们必须生育，必须不断扩张和充实基因库，将我们的种子散播到群星之间。如果我们限制生育……我们也许会妨碍人类进化的下一步，导致一位天才、一位原始之神的夭折，而那位突变染色体的携带者本来会带领整个种族迈出超凡脱俗的一步。”

“我想我已经领会信条的要点了。”图夫说。

“我们是自由的人民，图夫，”托莉·缪妮说，“宗教多样，选择自由，诸如此类。我们有艾瑞坎教徒和基督教徒，还有梦者族裔。我们有钢铁天使堡垒，也有融合主义者公社，你想要的宗教我们都有。可是在这里，超过百分之八十的人仍然是生命演化教徒，要说现在和以前有什么变化，那就是现在他们的信仰变得前所未有般强大。他们环视身旁，发现教义的成果无处不在。有了十几亿人口之后，这里就会有上百万个达到天才水准的人。这一事实会为那些恶心的杂交和配种提供动力，促使残酷的演化竞争到来，并且带来极其庞大的需求。所以说，见鬼，一切都合情合理，斯·乌斯兰星已经奇迹般地实现了技术突破。民众看到了我们的都市和升降梯，民众看到来自上百个星球的来此进学的访客，民众看到我们让所有邻近的星球都黯然失色。民众看不到什么大灾难，而教会的领袖们也说一切都会安然无恙，所以见他的鬼去吧，有什么控制生育的必要！”她狠狠地捶了一下桌子，转向一名侍者。“你！”她大吼道，“再拿点啤酒来，动作快。”她转身面向图夫。“所以别再给我提这些幼稚的建议了，在这种情况下，限制生育没有任何可行性。不可能。你明白了吗，图夫？”

“你没有必要质疑我的智商。”哈维兰·图夫说。他抚摸着“浩

---

1. 关于宇宙终极命运的一种假说。根据该假说，当宇宙的熵达到最大值时，其他有效能量全数转化为热能，所有物质温度达到热平衡，一切变化于是停止，宇宙也将死亡。——编者注

劫”，后者正安坐在他的膝盖上吃着火腿。“斯·乌斯兰星的困境触动了我。我会尽我所能帮助你们的世界摆脱灾难。”

“这么说，你会把‘方舟号’卖给我们了？”她尖声发问。

“你的假设毫无根据，”图夫回答，“可在继续前往其他星球之前，我一定会发挥我身为生态工程师的才能，尽我所能地为你们做些事。”

侍者端出了餐后甜品——饱满的蓝绿色冻子果浸泡在一碗碗浓稠结块的奶油里。“浩劫”嗅到了奶油的气味，跳上桌子以便近距离研究。哈维兰·图夫举起了侍者们送上的银制长勺。

托莉·缪妮摇摇头。“把它拿走，”她吼道，“味道太他妈浓了。给我啤酒就好。”

图夫抬头看去，举起一根手指。“等一等！别浪费你那份美妙的甜点。‘浩劫’会喜欢它的。”

星港总督呷了口新鲜的啤酒，皱起眉头。“我已经没什么可说的了，图夫。我们面临危机。我们必须得到那艘飞船。这是你最后的机会了，你卖不卖？”

图夫看着她，而“浩劫”朝甜品飞快地扑去。“我的立场不会改变。”

“那么，我很抱歉，”托莉·缪妮说，“我并不想这么做。”她打了个响指。在这寂静的一刻，只有“浩劫”的舌头拍打浓稠奶油的声音，听上去像是枪击声。在透明的水晶墙周围，那些高大而殷勤的侍者把手探入贴身的金黑色制服，取出了神经枪。

图夫眨了眨眼，把头转向右边，再转向左边。他的目光依次扫过每个人，而“浩劫”正开怀大嚼它的冻子果。“背信弃义，”他平静地说，“我失望极了。我的信任和善良的本性遭到了利用。”

“是你逼我这么做的。图夫，你这该死的傻瓜——”

“这样的粗鲁谩骂只会让局面恶化，而非为你正名，”图夫拿着长勺说道，“我是否将要遭受不为人知的恶毒残杀？”

“我们是文明人。”托莉·缪妮怒气冲冲地说。让她生气的是图夫，是乔森·莱尔，是那该死的生命演化教会，更让她生气的是她自己把局面弄成了这样。“不，你不会被杀。我们甚至不会偷走你关心得要命的那艘破烂飞船。这一切完全是合法的，图夫。你被捕了。”

“的确，”图夫说，“请接受我的投降。我总是乐于遵循一切当地法规。我将被指控何种罪行？”

托莉·缪妮露出淡淡的笑容，她的心中没有半点喜悦。她今晚才算明白，为什么他们会叫她“钢铁寡妇”。她伸出手，向长桌的远端示意了一下，“浩劫”正坐在那里，舔舐着胡须上的奶油。“你的罪行便是携带非法害虫进入斯·乌斯兰星港。”她说。

图夫小心翼翼地放下他的长勺，双手交叠，放在他的大肚皮上。“根据我的记忆，我带‘浩劫’前来，是出于你的明确邀请。”

托莉·缪妮摇摇头。“别替自己开脱了，图夫。我把我们的对话都录下来了。的确，我说过自己从没亲眼见过活着的动物，可这只是对事实的简单陈述，没有哪个法庭会把这句话解读为我要求你犯下危害我们健康的罪行。至少，我们的法庭不会如此解读。”她的笑容中几乎带着歉意。

“我明白了，”图夫说，“这样的话，别再把时间浪费在这些合法的阴谋上了。我会承认有罪，并且为这桩微不足道的违规行为付出罚金。”

“很好，”托莉·缪妮说，“罚金是五十个标准币。”她做了个手势，其中一名侍者走上前来，把“浩劫”从桌子上抓了起来。“当然了，”她继续说道，“相关的害虫必须被消灭。”

“我恨重力，”报告完饭桌上发生的事之后，托莉·缪妮对笑逐颜开的乔森·莱尔说道。“重力让我累得要命，而且我痛恨去想那些该死的引力对我的肌肉和内脏做了什么。你们这些‘地虫’是怎么忍下来的？还有那些见鬼的食物！他吃东西的样子简直恶心透了，而那些气味……”

“缪妮总督，我们有更重要的事需要讨论，”莱尔说，“这么说，你成功了？我们抓住他了？”

“我们抓住了他的猫，”她闷闷不乐地说，“更确切地说，我抓住了他那只该死的猫。”仿佛听到了暗示似的，“浩劫”悲哀地叫着，把脸紧紧抵在塑钢笼子的网格上，这只笼子被警卫固定在房间的角落里。“浩劫”叫个没完，它在失重状态下显然很不舒服，每当它试图移动的时候，它的身体就会不受控制地旋转起来。它每次都会撞上笼子的一边，再反弹回去，托莉·缪妮满心内疚地后退几步。“我能肯定，为了救这只讨厌的猫，他会签署转让文件。”

乔森·莱尔看上去心烦意乱。“我得说我不太理解你的计划，缪妮总督。以生命之名，有谁会为了保护一份动物样本，从而交出‘方舟号’这样巨大的财富？尤其是你还说过，他的飞船上有同一种害虫的其他样本。”

“因为他跟这只害虫之间存在情感纽带，”托莉·缪妮说着叹了口气，“除非那个图夫比我想象的还要谨慎，识破了我的虚张声势。”

“那就消灭那只害虫，让他明白我们说到做到。”

“噢，清醒点，乔森！”她不耐烦地回答，“这么做对我们能有什么好处？要是我听你的话杀了这只该死的猫，那我手里就什么都没了。图夫知道这一点，他知道我也知道，而且他知道我知道他知道。现在我们手里有他想要的东西，双方陷入了僵局。”

“我们可以修改法律，”乔森·莱尔提议道，“让我想想……对了，对偷运害虫入港的处罚应当包括没收运输害虫所用的飞船！”

“见鬼，你可真机智，”托莉·缪妮说，“可惜宪法禁止了法律的追溯力。”

“我还没听到你提出什么更好的主意。”

“这是因为我还没想到，乔森。可我会想到的。我会说服他，我会骗过他。我们都清楚他有弱点——食物和他的猫。或许他还有别的可以让我们利用的东西，比如良知、性欲、酒和赌博。”她停了下来，陷入沉思。“赌博，”她重复道，“没错。他喜欢赌博。”她指着显示屏。“别插手。你给了我三天时间，而我的时间还没用完呢。管好你自己吧。”她把他的影像从巨大的显示屏上抹去，换上黑暗的宇宙空间和飘浮在不眠群星之间的“方舟号”的影像。

那只猫似乎认出了屏幕上的影像，发出一阵空洞而哀伤的喵呜声。托莉·缪妮转头看了一眼，皱起眉头，然后接通了监控显示屏。“图夫，”她咆哮道，“图夫在哪里？”

“在世景旅店的恒星级赌博沙龙，老妈。”当值的女警卫答道。

“世景旅店？”她呻吟道，“他还真他妈选了个好地方，对吧？那边的重力是多少来着，完全重力？噢，该死，别管了，看好他就行。我这就下去。”

她发现他在跟两个上了年纪的“地虫”玩五方缠斗游戏，一个是上周因为偷窃设备被她停职的电子技师，另一个是来自贾兹伯星，脸蛋浑圆且身材肥胖的贸易协商人。从图夫面前堆成小山的筹码来判断，他正在大赢特赢。她打了个响指，沙龙的女店主便带着一把椅子悄然而至。托莉·缪妮坐在图夫身边，轻轻碰了碰他的手臂。“图夫。”她说。

他转过头，从她身边退开。“请你自制些，别再把手放在我身上了，缪妮总督。”

她把手收了回去。“你在做什么，图夫？”

“此刻，我正在测试自己发明的一种对抗协商人德兹的新战略。也许事实会证明这种战略不够可靠，不过我们走着瞧吧。更重要的是，我在试图运用统计分析学和应用心理学来赚取一点菲薄的标准币。斯·乌斯兰星的物价可不低啊，缪妮总督。”

那个贾兹伯星人粗鲁地大笑起来，露出一口嵌有小块深红色珠宝的锃亮黑牙。他的长发泛动着斑斓的油光，一张肥脸上布满疤痕。“我挑战你，图夫。”他说着按下座位下方的按钮。在有光源照明的桌面上，他的军队闪起了光。

图夫飞快地靠上前去。“的确。”他说。他伸出一根细长苍白的手指，准确地按下按钮，他自己的部队也在赌桌上亮了起来。“恐怕你会输，先生。我的实验曾被证实是成功的，尽管这一结果无疑纯凭侥幸。”

“你跟你那该死的运气都见鬼去吧！”贾兹伯星人说着摇摇晃晃地站起身来。他的更多筹码易手了。

“看来你玩得不错，”托莉·缪妮对图夫说，“这可对你没半点好处，图夫。这种地方的下注方式总是对庄家有利。你永远也别想赢够需要的钱。”

“我并非没有意识到这一点。”图夫回答。

“我们谈谈吧。”

“我们现在已经在谈了。”

“我们私下谈谈。”她加重了语气。

“在我们上一次的私下谈话中，我被拿着神经枪的侍者所袭击，受到言辞侮辱和残酷的欺骗，失去了一名心爱的伙伴，还被剥夺了品尝甜品的机会。我实在不太愿意再接受这种邀请了。”

“我会请你喝一杯的。”托莉·缪妮说。

“很好。”图夫说。他笨拙地站起身，抄起他的筹码，向其他赌徒道了别。

两人走进赌场远端的一个隔间，托莉·缪妮在跟重力的搏斗中累得气喘吁吁。才一进门，她就倒进坐垫里，要了两人份的加冰的“爆破麻药”，再把门帘转成了不透明状态。

“摄入这种麻醉饮料会对我的判断力产生不利影响，缪妮总督，”哈维兰·图夫说道，“而且尽管我很愿意接受你的慷慨之举——你对早先曲解文明待客之道的补偿，可我的立场依然没有改变。”

“你想要什么，图夫？”饮料送上之后，她疲惫地说。高脚玻璃杯的杯口结了一层霜，饮料呈现出钴蓝与冰白之色。

“和所有人一样，我有很多欲望。此刻我最急切的欲望就是‘浩劫’能安然回到我身边。”

“我告诉过你，我会用猫跟你换那艘飞船。”

“我们已经讨论过这项提议了，而我也因为条款并不公平加以回绝。我们还要重新确认一次事实吗？”

“我有一个新论点。”她说。

“的确。”图夫呷了口饮料。

“对所有权的质疑，图夫。你凭什么拥有‘方舟号’？是你建造了它吗？你参与了它的设计过程吗？是的话才有鬼呢。”

“我找到了它，”图夫说道，“没错，这次发现是在另外五个人的陪伴下完成的，而且不能否认，他们对这艘飞船的所有权，从某种角度来说，要优先于我。然而，他们已经死了，我还活着，这一事实大大增加了我的权利。此外，我此刻是这艘飞船的主人。在很多道德体系中，是否拥有就是关键，事实上，它常常是对所有权最重要的评判标准。”

“在有些星球上，一切值钱的东西都属于政府，你那艘该死的飞船也会被人抢走。”

“我没有忘记这一点，因此我选择目的地的时候，会刻意避开那些星球。”哈维兰·图夫说道。

“只要我们想，我们就可以用武力征收你那艘见鬼的飞船，图夫。或许，让所有权变换的关键就是力量，对吧？”

“说得没错，你指挥着为数众多、配备有神经枪和激光枪的男仆，而我孤身一人，作为一名地位卑下的自由贸易人和刚入行的生态工程师，身边只有无害的猫咪们陪伴。尽管如此，我却并非毫无对策。理论上，我可以为‘方舟号’设计防御系统，让这样的抢夺行为比你想象的要难以达成一些。当然，这个假设完全是虚构的，可你或许应当把它列入必要的考量。不管怎么说，野蛮的武装行动都是违反斯·乌斯兰星的法律的。”

托莉·缪妮叹了口气。“在某些文明中，这艘飞船的所有权会被转让给最善于运用它的人。另一些文明则会选择对它的需求最迫切的人。”

“我对这些道德教条并不熟悉。”

“好吧。斯·乌斯兰星比你更需要‘方舟号’，图夫。”

“不。我需要‘方舟号’来追寻我选择的事业，并且赖以谋生。你们的星球并不需要这艘飞船本身，而是需要生态工程技术。因此我提议由我来提供帮助，却发现自己慷慨的提议受到了藐视与轻慢。”

“这是利用效率的差别，”托莉·缪妮打断了他的话，“我们有整个世界的杰出科学家，而你只是一个自由贸易人而已，这是你自己承认的。我们能更好地运用‘方舟号’。”

“你们的那些杰出科学家大部分专精于物理、化学、电子控制学以及其他类似的领域。斯·乌斯兰星在生物学、基因学和生态工程学方面算不上多先进，这一点异常明显。首先，要是你们真的拥有你所声称的那些专家，那么你们对‘方舟号’的需求肯定不会很迫切。其次，你们的生态问题也绝不会达到现在这样危机重重的状况。此外，我还要质疑你的主张，你的同胞不一定能够更有效率地使用这艘飞船。从驾驶着‘方舟号’前往此地的那一刻开始，我就全心投入了研究工作，而我可以大胆地宣称，我是整个人类空间中最称职的生态工程师，或许这个范围还应该包括普罗米修斯星系。”

哈维兰·图夫那苍白的长脸上毫无表情，他谨慎地遣词造句，对着她火力全开。然而，尽管他显得如此镇定，托莉·缪妮却感觉到了图夫冷静外表背后的弱点——骄傲和自负，还有能让她加以利用的虚荣心。她指着他的脸。“空话，图夫，你就只有见鬼的空话。你可以自称是生态工程师，可这什么都代表不了。你可以管自己叫冻子果，可你就算泡在一碗结块的奶油里也傻得要命！”

“的确。”图夫说。

“我敢跟你打赌，”她说着，准备冒险一搏，“你根本不知道该怎么用那艘该死的飞船。”

哈维兰·图夫眨眨眼，十指相抵，在桌上摆出尖塔的形状。“真是个有趣的主张，”他说，“继续。”

托莉·缪妮笑了起来。“你的猫换你的飞船，”她说，“我已经向你描述过我们的问题了。解决这个问题，你就能把‘浩劫’带回去。要是你失败了，‘方舟号’就归我们所有。”

图夫抬起一根手指。“这项提议有一个不足之处。尽管你给我安排的是项艰难的工作，我却并非不愿接受挑战，只不过你提出的条件不太公平。‘方舟号’和‘浩劫’都是我的，可你却不道德地羁押了后者，虽然所用的手段完全合法。因此很明显，如果我赢了，我只会得回原本就属于我的东西，但你赢了却能大赚一笔。这毫无公正可言。我有一个提议。我来斯·乌斯兰星是为了对飞船进行某些维修和改造。如果我成功了，你们就替我免费服务吧。”

托莉·缪妮把饮料举到嘴边，留给自己片刻的思考时间。冰块已经化成了冰沙，可“爆破麻药”的味道还是相当刺激。“五千万标准币的修理费全免？该死，这可真够多的。”

“这就是我的提议。”图夫说。

她露齿而笑。“那只猫，”她说，“或许一开始是你的，可它现在是我们的。不过我答应帮你修飞船，图夫——我可以先让你赊账。”

“期限多久，利率又如何？”图夫问道。

“我们会开始整修你的飞船，”她笑着说道，“我们立刻就会开始整修。如果你赢了——这是不可能的——你就能拿回那只猫，而且我们会提供给你一份无息贷款来偿付修理账单。你可以——”她对着宇宙其余的部分含糊地挥了挥手，“做你那该死的生态工程方面的工作，用赚来的钱来还清债务。可我们对‘方舟号’享有留置权。如果你在五个标准年里没还完一半的欠款，或者在十个标准年里没有还清全部欠款，那么你的飞船就归我们了。”

“原先评估的五千万标准币多得过头了，”图夫说，“显然这样夸大的数额只是为了迫使我卖掉我的飞船。我提议敲定两千万标准币的数目，作为这项协议的基础。”

“荒谬，”她厉声道，“两千万标准币还不够我的喷丝头粉刷一遍你那该死的飞船呢。不过我可以把数额降到四千五百万。”

“两千五百万，”图夫提议道，“‘方舟号’上只有我一个人，没必要让所有区域和系统都恢复最佳性能。几个偏远且机能不良的区域并不特别重要。我要削减订单内容，只维修对安全、舒适度和便利度来说必不可少的那些部分。”

“非常好，”她说，“我可以降到四千万。”

“三千万，”图夫坚持道，“我认为这已经足够了。”

“我们别为了几百万标准币斤斤计较吧，”托莉·缪妮说，“反正你会输，所以数额是高是低都没有关系。”

“我有一个略微不同的观点。三千万。”

“三千七百万。”她说。

“三千两百万。”图夫回答。

“显然我们会敲定三千五百万，对吧？成交！”她伸出手去。

图夫看看那只手。“三千四百万。”他冷静地说。

托莉·缪妮大笑着收回了手，然后说：“这有什么关系？就三千四百万了。”

哈维兰·图夫站起身来。

“再来一杯吧，”她打着手势说，“为我们小小的赌局干杯。”

“恐怕我必须回绝你的邀请，”图夫说，“获胜后我才会庆祝。至于眼下，我还有工作要做。”

“我真不敢相信你会这么做。”乔森·莱尔的声音很响亮。托莉·缪妮把通信设备的音量调得很高，只为了盖过猫俘虏持续不断的恼人抗议声。

“有点头脑好不好，乔森，”她不满地说，“这个主意简直棒极了。”

“你赌的是我们星球的未来！几十亿条性命！你真的以为我会认同你们这个小小的协议？”

托莉·缪妮呷了口啤酒，叹息一声。接着，她用那种跟特别迟钝的小孩子解释事情的口吻说道：“我们不可能输的，乔森。仔细想想吧，如果你脑壳里的那个被虫蛀过的玩意还没被重力弄得萎缩到不能思考的话。我们为什么要‘方舟号’？当然是为了填饱我们的肚子，为了避免饥荒，为了解决问题，为了实现一场见鬼的生物学奇迹，为了面包和鱼。”

“面包和鱼？”首席议员困惑地说。

“取之不尽的面包和鱼。这是个有名的典故，乔森，应该来自基督教。图夫正准备尝试为三百多亿人制造鱼肉三明治，我想他只会把面粉弄得满脸都是，让鱼骨头卡在喉咙里，可这没关系。如果他失败了，我们就能得到这艘该死的播种舰，完全合理合法。如果他成功了，我们就再也不需要‘方舟号’了，无论如何我们都会赢。而且我还设下了圈套，就算图夫赢了，他还是欠我们三千四百万标准币。即使他奇迹般地偿还了债务，等他囊中羞涩的时候，我们还是有机会得到这艘飞船。”她又喝了一口啤酒，咧嘴对他笑了起来，“乔森，你真他妈该庆幸我不想要你的位子。你是不是从来都不明白，我要比你聪明得多？”

“你可没什么政治头脑，老妈，”他说，“我很怀疑你能在我的位子上坐稳哪怕一天。但我无法否认，你把本职工作做得很好。我猜你的计划是可行的。”

“猜？”她说。

“我们还有些政治因素需要考虑。你得明白，扩张主义党想要那艘飞船，以备他们重拾权力的那天到来。幸运的是，他们只占少数。我们会再次在高阶议会上否决他们的提议。”

“希望你能做到，乔森。”托莉·缪妮说。她切断了连线，飘浮在她昏暗的家中。“方舟号”再次在显示屏上现身。她的工作队散布在飞船周围，搭建着一座临时船坞。要不了多久，这座临时船坞就会变成永久船坞。她估计“方舟号”要在这里待上好几个世纪，所以他们需要有地方保存这鬼东西，而且就算图夫靠着匪夷所思的运气坐着飞船逃掉了，他们也迟早有一天要对星网的主体进行扩展，届时这座船坞将足以容纳数百艘飞船。有了图夫付账，她觉得没必要再将这项工程延后了。一根长长的半透明塑钢管道已经装配完成，它由若干段塑钢管连接而成，拉近了这艘巨大的播种舰和最近的管道的距离。这样一来，一船船原料和一队队喷丝头就能更轻松地抵达飞船。电子技师早已进入船舱，连上飞船的电脑系统，重新编写系统以符合图夫的要求。他们还得顺便关掉他设置过的一切内部防卫设施。这条秘密指令由钢铁寡妇下达，图夫本人毫不知情。这只是一些额外的预防措施，以防他是个输不起的家伙。她可不想等她打开宝库大门的时候，里面跑出怪物啊，瘟疫啊什么的。

至于图夫，她的探子说他离开世景旅店的赌博沙龙后几乎一直待在他的电脑室里。她以星港总督的权限批准高阶议会资料馆为他提供他需要的所有信息，而从她得到的报告来看，他需要的信息确实不少。他让“方舟号”上的计算机进行着海量的测算与数据模拟。托莉·缪妮必须相信他，相信他正在竭尽全力。

墙角的笼子里传来一声砰响，那是“浩劫”撞上了笼子的一侧。它发出轻微而悲哀的叫声。她觉得自己既对不起这只猫，也对不起图夫。如果他搞砸了，或许她会试着想办法帮他弄来那艘远洋九型飞船。

四十七天过去了。

在这四十七天里，工作队用三班倒的方式轮番上阵，因此“方舟号”一带始终显得热火朝天。星网缓缓爬向播种舰，将它包裹起来；电缆如藤蔓般在飞船表面蜿蜒起伏；通气管道穿梭于飞船的众多空气闸门之间，构成了一张管道之网，让飞船像极了护理中心的垂危病人；飞船的塑钢外壳鼓起了许多气泡，仿佛一个个银色的巨大脓疱；钢制的卷须与耐久合金如血管般在飞船中交叉穿行；真空雪橇嗡鸣着绕过巨大的船身，就像蜇人的飞虫循火而行；无论是船里还是船外，到处都有喷丝头们的身影。在这四十七天里，“方舟号”经过了修理、抛光和现代化改造，还更新了储备。

在这四十七天里，哈维兰·图夫没有离开过飞船哪怕一分钟。起先他住在电脑室里，喷丝头们报告说他让模拟系统日夜运转，用无尽的数据将自己淹没。过了几周，常常有人看见他开着小型三轮机车沿着播种舰三十千米长的中轴舱前进，头戴鸭舌帽，膝盖上有只灰色的长毛小猫。他对斯·乌斯兰星的工人们只抱有敷衍式的兴趣，可他时不时会停下车，在各个位置的工作站上校准仪器，或是检查那些难以计数的容器，它们有大有小，在高墙边排列成行。电子技师们注意到某些克隆程序已被启动并开始运作，而时间翘曲装置也已投入使用，占用了庞大的能源。在这四十七天里，图夫在近乎与世隔绝，身边只有“混沌”陪伴的情况下工作着。

在这四十七天里，托莉·缪妮没有联系过图夫，也没有和首席议员乔森·莱尔说过话。她作为星港总督需要承担的职责——在“方舟号”危机出现时被她抛诸脑后的职责——足以占据她的全部时间。有争论需要她聆听和裁定，有晋升申请需要她审阅，有建筑工程需要她监督，有扎着缎带的外交官“苍蝇”在被丢进升降梯冲走之前需要她款待，有预算需要她拟定，有薪水名册需要她翻阅。而且她还得对付一只猫。

起先，托莉·缪妮担心最坏的结果会出现。“浩劫”拒绝进食，似乎无法适应失重状态，还用它的排泄物把总督办公室的空气弄得污浊不堪，并且不停地发出一种格外凄惨的叫声。这位星港总督很幸运，在此之前从未听过这种叫声。她担心到叫来了她的首席害虫学家，后者向她保证，笼子已经够大，而蛋白浆的分量也已经完全足够了。那只母猫可不同意他的观点，继续保持病恹恹的样子，又叫又闹，直到托莉·缪妮确信要不了多久，猫和人之间总有一方的理智会先行崩溃。

最后她采取了措施。她扔掉了那些营养丰富的蛋白浆，开始用图夫从“方舟号”上送来的肉条给这只生物喂食。当她把肉条末端塞进笼内的时候，“浩劫”朝它们进攻的凶狠程度令人安心。有一次，它以创纪录的速度吃光了一根肉条，然后舔了舔托莉·缪妮的手指。那是一种奇怪的感觉，并不完全令人不快。每当这只猫想要人抚摸它的时候，它就会开始摩挲笼子；托莉试探性地摸了摸它，得到一声远比之前悦耳的叫声作为回报。这只动物黑白色皮毛的触感几乎算得上美妙。

八天之后，她把它放出了笼子。边界更宽广的办公室会是更合适的牢房，她想。托莉·缪妮才刚刚打开笼门，“浩劫”便一跃而出，可当这一跃让它毫无阻碍地穿过房间的时候，它开始狂乱地叫个不停。她追了上去，抓住不断翻腾的它，可它疯狂地挣扎着，在她双手的手背上抓出又长又深的口子。等医护师离开，托莉·缪妮接通了警卫线路。“为我征用世景旅店的一间房间，”她说，“一间配有重力控制设备的高层房间。叫他们把重力设置成完全重力的四分之一。”

“这位客人是什么人？”他们问她。

“星港囚犯，”她厉声道，“全副武装，非常危险。”

从此之后，她每天都会在下班后探访那家旅店。起先她只是一板一眼地给她的囚犯喂食，并检查它的健康状况。在第十五天的时候，她逗留了很长时间，久到喝掉了好多卡路里的啤酒，又给猫提供了它所渴望的抚摸。这个囚犯的性格变幻无常。当她打开门例行探视的时候，它会发出欢快的叫声（尽管它总是在试图逃跑），毫无挑衅之意地摩挲她的大腿，把它的爪子收好。它甚至还有发胖的迹象。只要托莉·缪妮有机会坐下，“浩劫”就会立刻跳上她的膝盖。第二十天，她留在那里过夜。第二十六天，她干脆暂时住在了那里。

四十七天过去了，“浩劫”已经习惯了睡在她身边，在她的枕头上蜷缩成团，用它松软的黑白色皮毛轻拂星港总督的面颊。

到了第四十八天，哈维兰·图夫打来可视电话。就算他对猫安坐在她的膝盖上感到震惊，他也并未表现出丝毫迹象。“缪妮总督。”他说。

“你已经放弃了？”她问道。

“当然不是，”图夫回答，“事实上，我已经准备好宣布我的胜利了。”

乔森·莱尔认定，对这么重要的谈话而言，可视电话是不合适的，就连带有屏蔽装置的可视电话也不行。凡迪恩星人恐怕有好几种穿透屏蔽的手段。然而，托莉·缪妮曾经面对面地跟图夫打过交道，可能比高阶议员更加了解这个人，所以她的出席是必要的，而且没人把她对重力的厌恶当回事。她乘坐升降梯来到地表——这是久到让她懒得计算时间的这些年来的第一次，然后她坐上空中计程车，一路飞驰前往高阶议会塔顶部的房间。

这个通风良好的大房间有一种简约而庄严的气度。房间的正中间放着一张又长又宽的会议桌，配有光洁如镜的桌面显示屏。乔森·莱尔端坐首席，那是一张黑色的高背椅，而他头顶的天花板上有斯·乌斯兰星的三维浮雕。“缪妮总督。”当她挣扎着坐进长桌远端的一张空座位的时候，他对她点点头，如此说道。

房间里挤满了显要人物——高阶议会的高层、技术专家党的精英和各种重要官员。从她上次被召唤到地表以来，半辈子的时间已经过去了，可托莉·缪妮看过新闻报道，认出了其中的很多人：那个年轻议员主管农业，被很多下级议员包围着；旁边的那些人是他的助手，负责植物学研究、海洋开发和食品加工；军事议员和他的电子人战略家；运输部主管；数据馆馆长和她的首席数据分析员；主管内部安全、科学技术、星际关系和工业的议员；行星防卫舰队的指挥官；世界警察署的警长。他们全都面无表情地朝她点点头。

乔森·莱尔省却了所有客套话，这一点值得赞扬。“你们已经花了一周的时间检查图夫的计划、种子库以及他提供给我们的样本，”他向这些高阶议员询问道，“结果怎么样？”

“很难对其准确性进行评判，”首席数据分析员说，“他的计划要么精准无比，要么一错到底，这取决于他的假设是否正确。我没法对准确性进行检验，至少得等到，哦，我觉得要等到我们把那些植物栽培过几次之后，这个任务得花上好几年。图夫为我们克隆的那些植物、动物和其余的东西对我们来说完全是陌生的。在我们用它们进行确切的试验之前，我难以判断它们能否在斯·乌斯兰星的环境中蓬勃生长，也难以断定它们能带来多大的变化。”

“如果真有变化的话。”内部安全议员说道。这女人身材矮小，就像一块四四方方的砖头。

“如果真有变化的话。”首席数据分析员附和道。

“你们都太保守了。”农业议员插嘴道。他是整个房间里最年轻的人，一向性急而又直言不讳，此刻他的笑容简直要把那张瘦削的面孔扯成两半。“我拿到的报告里洋溢着肯定。”他把一大堆晶体芯片放在他面前的会议桌上，把它们分发下去，又将其中一枚晶体芯片插入桌上的某个端口。一条条数据开始在光洁桌面下方的屏幕上滚动。“这是我们对那种植物的分析结果。他把它叫作‘全能稻谷’，”农业议员说，“不可思议，真的不可思议。它是一种经过基因优化的杂交植物，完全可食。完全可食，议员们，这种植物的每一部分都能吃。它的植株会长到人的胸口那么高，就像新生草一样。它的碳水化合物含量极高，质地松脆，只需要少许肥料就能长得很好，不过它的主要用途是可食用动物的饲料。与毫微麦和斯星米相比，它长成的绝佳谷粒有更薄的谷壳。它易于运输，永远无须冷藏储存，植物组织绝不会受损，且富含蛋白质。它的根更是可食用的块茎！不光是这样，它的生长速度还快得要命，每个季度都能有两次同样多的收成。这只是猜测，当然了，可据我估计，如果我们在目前种植毫微麦、新生草和斯星米的地方种上全能稻谷，我们就能从原有的耕地上收获三到四倍的卡路里。”

“它肯定有什么缺点，”乔森·莱尔反驳道，“它听上去好得不真实。要是全能稻谷这么完美，为什么我们过去没听说过它？图夫不可能只花几个月的时间就把它生造出来。”

“当然不是这样，它已经存在了好几个世纪。我在高阶议会资料馆里发现了一份关于它的参考档案，它是由生态工程兵团在战争时期作为军粮开发的。这东西的长势快到让你搞不清楚该收割刚播种的谷子还是该给它们施肥，呃，这是我亲眼所见。可它从来没有被大规模种植过。人们觉得它的味道不好——不算很糟糕，也不算让人恶心，只是比不上现存谷物的味道。此外，它会在极短的时间内吸干土壤的肥力。”

“啊，”内部安全议员说道，“所以这是个圈套？”

“如果我们只有全能稻谷的话，这确实是个圈套。我们大概能有五年的大丰收，然后灾难就要来临了。可图夫送来了一些害虫——超级蠕虫和别的松土用的虫子，它们是不可思议的东西。他还送来了一种共生体，一种形体像泥的生物，这种生物会跟全能稻谷共同生长，并且对全能稻谷无害。它依靠——请听清楚——依靠被污染的空气和特定的几种无用的石油化工肥料生存，并且会用后者来恢复并增加土壤的肥力。”农业议员抬起双手，“这是一项令人难以置信的突破！等我们的研究组完成对现有农地的改造，我们就可以欢呼庆祝了。”

“别的东西呢？”乔森·莱尔简短地问道。首席议员的脸色没有受到下属们狂喜情绪的半点影响。

“几乎同样令人兴奋。”这就是他得到的回答。“以海洋的面积来看，我们一直没有从海洋里得到过像样的卡路里，而上一任管理部门事实上已经用他们的海洋清道夫把鱼群捕捞殆尽了。图夫给了我们十二种能够快速繁殖的新鱼类和种类多样的浮游生物……”农业议员摸索着面前的晶体芯片堆，找出另一枚晶体芯片，把它插进端口。“请看，就是这种浮游生物。没错，它会影响航道，可我们百分之九十的商业活动都是通过地底或空中运输进行的，所以没关系。有了它们，鱼类可以旺盛生长，而在合适的条件下，浮游生物本身还能生长到大约三米厚，像一张巨大的灰绿色地毯，将海水的表层完全覆盖。”

“令人担忧的前景，”军事议员说道，“它是可食用的吗？我的意思是对人类来说。”

“不是，”农业议员露齿而笑，“可是等我们的石油用光之后，这种浮游生物在死亡并腐烂后就会成为食品工厂的极佳原材料。”

在这张长桌的另一头，托莉·缪妮高声笑了起来。许多颗脑袋转向了她。“真该死，”她说，“他还真的给了我们面包和鱼。”

“这种浮游生物并非鱼类。”农业议员说。

“要是它活在那该死的海洋里，对我来说它就是一种见鬼的鱼。”

“面包和鱼？”工业议员问道。

“继续你的报告，”乔森·莱尔不耐烦地说，“还有什么？”

的确有。一种营养丰富的地衣能在最高的山脉上生长，另一种地衣可以在无空气或强辐射环境下存活。“现在我们拥有了更多的肉仓小行星，”农业议员宣布道，“用不着花费几十年和几十亿卡路里去改造地形了。”一种寄生的可食藤蔓能在斯·乌斯兰星那些满是蒸汽的赤道沼泽中生长，并逐渐消灭和替代那些四处丛生、散发芳香且具有剧毒的本土植物。一种叫作“雪燕麦”的谷物能够在冻原地带生长。一种坑道块茎能把冰川下方的冻土掘穿，它的个头很大，有很多节，内部是空心的，外面包裹着黄油般柔软的棕色果肉。图夫还提供了经过基因优化的牛、猪、鱼和家禽。一种新的鸟类能够消灭斯·乌斯兰星在农业方面的大多数害虫。七十九种全新且可食的蘑菇和真菌可以被种植在地下城市的黑暗环境中，并用人类排泄物作为肥料。

等到农业议员报告完毕之后，全场安静下来。

“他赢了。”托莉·缪妮咧嘴笑道。剩下的人一向遵从乔森·莱尔的安排，可要是她继续这么坐着，摆出一副无动于衷的态度，那她就真的太该死了。“我真该死，图夫真的做到了。”

“我们还不知道呢。”数据馆馆长说道。

“在得到有意义的统计数据之前，我们还要等上好几年。”首席数据分析员说道。

“这一切可能是个陷阱，”军事议员出言警告道，“我们必须小心。”

“哦，见鬼去吧，”托莉·缪妮说，“图夫已经证明了——”

“星港总督！”乔森·莱尔用异常尖锐的语气打断了她。

托莉·缪妮闭上了嘴巴，她从没听他用过这样的语气说话。其他人都在盯着他看。

乔森·莱尔掏出一块手绢，拭去眉头渗出的汗水。“哈维兰·图夫所证明的事，毫无疑问，就是‘方舟号’的价值高到我们不能放跑它的程度。我们现在要讨论该如何夺取它，并将人命损失和外交影响降到最小。”他点了内部安全议员的名。

星港总督托莉·缪妮静静地聆听着她的报告，并且在接下来的一个小时的讨论里一直坐在那里。他们争论着战术和恰当的外交姿态，争论着最有效利用这艘播种舰的方法，争论着该由哪个部门掌管飞船，还争论着对新闻媒体的说辞。这场讨论很可能会持续到深夜，可乔森·莱尔坚持要求所有人在整件事彻底谈妥之前不得休息。他们点餐，他们查阅档案，下属和专家们被招来又送走。乔森·莱尔下了命令，无论其他人有何种理由都不能来打扰他们。托莉·缪妮聆听着。最后，她坐不住了。“对不起，”她道着歉，“是因为……这见鬼的重力。我不习惯。最近的卫……卫生间在……呃。”

“没关系，缪妮总督，”乔森·莱尔说，“出门，左边走廊，第四扇门。”

“谢谢。”她说。她蹒跚着走出门外，而他们又开始了讨论。透过房门，她能听到他们低沉的话语声。门口只有一个警卫。她冲他点点头，轻快地迈开步子，转向右方。

一离开警卫的视线，她就开始飞奔。

她在屋顶征用了一辆空中计程车。“去升降梯，”她吼道，“越快越好。”她给他看了她的优先臂章。

一辆管道列车正要离开。它满员了。她撞开一名恒星舱乘客。“星网那边有紧急情况，”她说，“我得赶紧回去。”他们上升的速度破了纪录，说到底，她可是蜘蛛老妈啊。蜘蛛乡那边也有运输工具等待着她，很快将她送到了住处。

她冲进房间，封上门，打开通信器，把它设置为显示星港副总督脸部录像的模式，然后试图接通乔森·莱尔。“很抱歉，”电脑用电子合成的语气说道，“他在开会，而且目前不能被打扰。你要留言吗？”

“不了。”她说。她换上自己的影像，然后呼叫“方舟号”上的工头。“一切进展得还顺利吧，弗莱克？”

他看起来很疲倦，可他挤出了一张笑脸。“我们的进展棒极了，老妈，”他说，“我估计已经完成了百分之九十一，再过六七天就能彻底完工，然后就只剩清扫工作了。”

“你们的工作现在就结束了。”托莉·缪妮说。

“什么？”他看起来困惑不已。

“图夫对我们撒了谎，”她不假思索地说，“他是个骗子，一个见鬼的怪胎，我还他妈把这么多人力都投上去了。”

“我不明白。”这名电子技师说道。

“抱歉，相关细节是机密，弗莱克，你明白的。你们离开‘方舟号’就好。所有的喷丝头、电子技师和警卫，每一个人。我会给你们一个小时，然后我就会过来。要是我发现这艘破飞船上除了图夫跟他那些该死的害虫之外还有别人，我就把你们的肠子送到肉仓星去，而且快到让你们说不出‘钢铁寡妇’四个字。你们明白了没？”

“呃，明白。”

“我说的是现在！”托莉·缪妮呵斥道，“动起来，弗莱克。”

她打开屏幕，选择最高优先级屏蔽，随后键入一段号码，进行最后一次呼叫。令人恼火的是，哈维兰·图夫命令“方舟号”在他打盹的时候阻挡对他的呼叫。她浪费了十五分钟才找到正确的措辞格式，让那台白痴机器相信这是一次紧急呼叫。

“缪妮总督。”图夫回答道，这时他的影像终于出现在她面前。他穿着一件可笑的绒毛睡袍，硕大的肚皮那里束着一条腰带。“蒙你来电，不知我因何得此殊荣？”

“整修工作已经完成了百分之九十一，”托莉·缪妮说，“重要的部分都完成了。你得在我们没有全部完工的情况下活下去了。我的那些喷丝头正沿着星网撤退，速度很快。他们会在，呃，四十多分钟后全部撤离。等他们撤离之后，我希望你离开船坞，图夫。”

“的确。”哈维兰·图夫说道。

“你是宇宙的无价之宝，”她说，“我见识过你的技术了。你会撞坏船坞，可现在没时间把它弄开了，况且这跟我们对你所做的一切相比只是个小小的代价。转进星际航道，然后离开我们的星系吧。别回头看，除非你想变成一根该死的盐柱[1]。”

“我不太明白。”哈维兰·图夫说。

托莉·缪妮叹了口气。“我也是，图夫，我也是。别跟我争了。准备启程吧。”

“我是否应该假设你们的高阶议会发现我卑微的礼物成了那场危机

1. 根据《圣经》，上帝打算毁灭所多玛与蛾摩拉这两座罪恶深重的城市，于是派两位天使前往所多玛，嘱咐罗得一家动身逃命，不得回头看。然而，罗得之妻没有遵从天使的嘱咐，在逃命时回头一看，立刻变作了一根盐柱。——编者注中令人满意的解决手段，因此我被宣布为这场赌局的赢家？”

她呻吟一声。“没错，如果这就是你想听的答案。你给了他们了不起的害虫，他们爱极了全能稻谷，那种软泥生物也正中靶心，你赢了，你真是才华横溢，真是了不起。现在赶紧飞走吧，图夫，在有人想到去向病恹恹的星港总督提问，然后发现我的缺席之前。”

“你的催促令我困惑。”哈维兰·图夫冷静地交叠双手，将它们放在肚皮上，然后盯着她。

“图夫，”托莉·缪妮从紧咬的牙关间挤出这几个字，“你已经赢得了你那该死的赌局，可你如果不清醒过来，学会及时抽身，你就会失去你的飞船。行动起来！该死的，难道我非得跟你说个明白？背信弃义，图夫，暴力和背叛。就在这个时候，斯·乌斯兰星的高阶议会正在讨论相关的细节：如何夺取‘方舟号’，怎么除掉你，用哪种香水最能掩盖气味，诸如此类。现在你明白了没？等他们讨论完毕——这不会用时太久的——他们就会下达命令，警卫队就会开着真空雪橇并且拿着神经枪朝你扑过来。行星防卫舰队在星网里拥有四艘守卫者级战舰和两艘无畏战舰，要是他们拉响警报，你也许就没办法逃跑了。我可不想让该死的太空战斗烧毁我的港口，杀死我的同胞。”

“我能够理解你的厌恶，”图夫说，“我会立即设置启航程序。可我还有一个小小的难题需要处理。”

“什么？”她用完全失去耐心的语气说道。

“‘浩劫’还生活在你的监护下。在它安全返回我身边之前，我不能离开斯·乌斯兰星。”

“忘了那只见鬼的猫吧！”

“选择性记忆不在我的能力范畴内，”图夫说，“我已经实现了协议里我应当完成的那些部分。你必须归还‘浩劫’，否则你就是违反协议。”

“我做不到，”托莉·缪妮愤怒地说，“这地方的每一只‘苍蝇’‘地虫’和喷丝头都知道那只该死的猫是我们的人质。如果我把‘浩劫’夹在手臂下，跳上一辆管道列车，就会有人注意到它，然后问我问题。你要等那只猫，就得冒上失去一切的风险。”

“尽管如此，”哈维兰·图夫说道，“恐怕我还是会等。”

“你这该死的家伙。”星港总督咒骂道。她愤怒地按下按钮，抹去了他的影像。

等她抵达世景旅店富丽堂皇的大厅时，店主给了她一个灿烂的笑容。“缪妮总督！”他欢快地说，“能看到你真好。要知道，有人在找你。如果你不介意在我的私人办公室接听呼叫……”

“抱歉，”她说，“我有要事在身。我去房间里接听。”她从他身旁匆忙走过，进入电梯。

她布置的守卫在她的房门外站着。“缪妮总督，”左边那个守卫说道，“我们接到通知要留意你的去向。你得立即去安全办公室报到。”

“当然，”她说，“你们俩去下面的大厅，现在就去。”

“出什么状况了？”

“出大状况了。有人在斗殴，我不觉得单凭那些旅店员工就能搞定这件事。”

“我们这就去处理，老妈。”他们一起跑开了。

托莉·缪妮走进房间，稍微放松了一些。跟走廊和大厅里的完全重力相比，这里的重力只有前者的四分之一。这是个高塔套间。在三重加厚的透明塑钢窗户之外，她能看到斯·乌斯兰星庞大的球体，蜘蛛乡岩石遍布的表面，还有鲜明壮丽的星网。她甚至能看到一个明亮的轮廓，那便是在斯·乌斯兰星的黄色光辉中闪耀的“方舟号”。

“浩劫”原本蜷缩在窗前的浮游软垫上，睡梦正酣，可她刚一进门，它就跳了下来，在地毯上蹦蹦跳跳，发出响亮的呼噜声。“我也很高兴见到你，”托莉·缪妮说着，把它抓了起来，“可现在我必须把你带出去。”她张望四周，寻找着大到足以藏下她的人质的东西。

通信器突然对着她尖叫，她没去管它，而是继续寻找。“该死的。”她怒气冲冲地说。她得把这只见鬼的猫咪藏起来，可是到底该怎么藏？她试图把它包在毛巾里，可“浩劫”一点也不喜欢这个主意。

通信器亮了起来，它被警卫强行接通了。港口警卫的脸正盯着她。“缪妮总督。”他说。他的语气依然显得毕恭毕敬，可她很想知道等他弄清楚状况之后，这样的语气还会持续多久。“你在这里啊。首席议员好像认为你遇上了一些麻烦。出什么状况了吗？”

“一点状况都没有，”她说，“你有什么侵犯我隐私的理由吗，丹嘉？”

他显得很窘迫。“我很抱歉，老妈，这是命令。我们接到指示要立刻确定你的位置，并且报告你的行踪。”

“去报告吧。”她说。

他又道了一次歉，然后屏幕暗了下来。显然，还没有人告诉他“方舟号”上的人员已经撤离了。很好，这会留给她一点用于缓冲的时间。她有条不紊地在套间里彻底搜寻了最后一次，花掉整整十分钟在每个地方寻找能把“浩劫”藏进去的东西，最后她放弃了这项毫无成功希望的举动。她只能厚着脸皮，跑到船坞上去征用真空雪橇、防护外肤和装猫用的容器了。她走向大门，打开门，走出去……却发现守卫正朝她奔来。她飞快地退回门内。“浩劫”抗议般大声叫着。托莉·缪妮给门上了三层锁，又打开了私人屏蔽器。可这挡不住他们重重的敲门声。“缪妮总督，”其中一个守卫隔着门喊道，“没有什么斗殴事件。请你开一下门，我们得谈谈。”

“走开，”她大吼道，“这是命令。”

“抱歉，老妈，”他回答道，“他们要我们带着猫到下面去。这是刚刚从高阶议会传来的指令。”

通信器再次在她身后亮起，内部安全议员的脸出现在屏幕上。“托莉·缪妮，”那个女人说道，“你需要接受审问，立即投降吧。”

“我就在这里，”托莉·缪妮厉声回答道，“问你那些该死的问题吧。”那两个守卫还在继续捶打着房门。

“解释你返回港口的原因。”那个女人说。

“我在这里工作。”托莉·缪妮甜甜地说。

“你的行为与政策不符，而且没有经过高阶议会的认可。”

“我还不认可高阶议会的行为呢。”星港总督说。“浩劫”对着屏幕不停嘶叫。

“麻烦你接受逮捕吧。”

“我才不要。”她举起一张小巧厚实的桌子，在四分之一的重力下，这样做很简单。她把桌子丢向显示屏，内部安全议员那张方脸的图像瞬间消失了，显示屏的碎片伴随着火花落在地面上。

在门的另一边，守卫开始输入安全强制代码。她运用星港总督的权限撤销了代码，听到其中一个守卫在门外咒骂。“老妈，”另一个守卫说道，“这样做可没有好处，赶快开门吧。你没法从我们身边过去，他们只要再花上一二十分钟就能撤销你的权限。”

他说得对，托莉·缪妮意识到。她被困在了房间里。等他们打开房门，一切就都完了。她无助地望向四周，寻找着武器或出路，哪一种都行。可这里两者皆无。

在星网尽头的远方，“方舟号”正沐浴在阳光中。现在那些喷丝头应该都撤离了。她希望图夫有足够的判断力，在最后一个喷丝头离开后就封闭出入口。可是他会在没有“浩劫”的情况下离开吗？她低头望去，抚摸着猫的皮毛。“这些麻烦都是你惹出来的。”她说。“浩劫”发出呼噜声。她回头看看“方舟号”，又看看房门。

“我们可以注入麻醉气体，”其中一名守卫说道，“毕竟这个房间可不是密封的。”

托莉·缪妮笑了。

她把“浩劫”放在浮游软垫上，踩上椅子，拉下紧急传感器的盖子。她已经有很久没有做过技术活了。她花了些时间去寻找回路，又花了些时间去思索该如何让传感器认为空气锁已经遭到了损坏。等她做完这些事，一阵尖厉的警笛声在她耳际响起。空气锁启动的时候，咝咝声突然响起，泡沫沿着房门的边缘涌出。重力逐渐消失，空气停止了流通，而在房间的远端，一块壁板滑开，里面存放着的便是应急真空设备。

托莉·缪妮飞快地走了进去。里面有呼吸包、喷气推进器和六件防护外肤。她穿上一件，把自己裹了个严严实实。“到这里来。”她对“浩劫”说。这只猫不太喜欢这些噪声。“现在小心点，别抓衣服。”她把“浩劫”塞进一顶头盔，再把头盔接上一套柔软的防护外肤并夹上呼吸包，然后她把压力指数调高，直到超过推荐压力。防护外肤胀鼓鼓的，活像只气球。猫试探着用爪子拍拍塑钢头盔的内侧，哀怨地叫出声来。“很抱歉。”托莉·缪妮说。她让“浩劫”飘浮在房间中央，将激光喷枪从支架中拿了出来。

“谁说这是个见鬼的假警报？”她说着，脚下使力，飘向窗户，喷枪在手。

“或许你想来点加糖的热蘑菇酒。”哈维兰·图夫说道。“浩劫”摩挲着他的腿。“混沌”站在他的膝盖上，长长的灰色尾巴不断抽搐，它紧盯着下面那只黑白相间的猫，仿佛在试图回忆它的身份。“你看起来有点疲倦。”图夫说。

“疲倦？”托莉·缪妮说。她大笑起来。“我只不过刚从恒星级旅

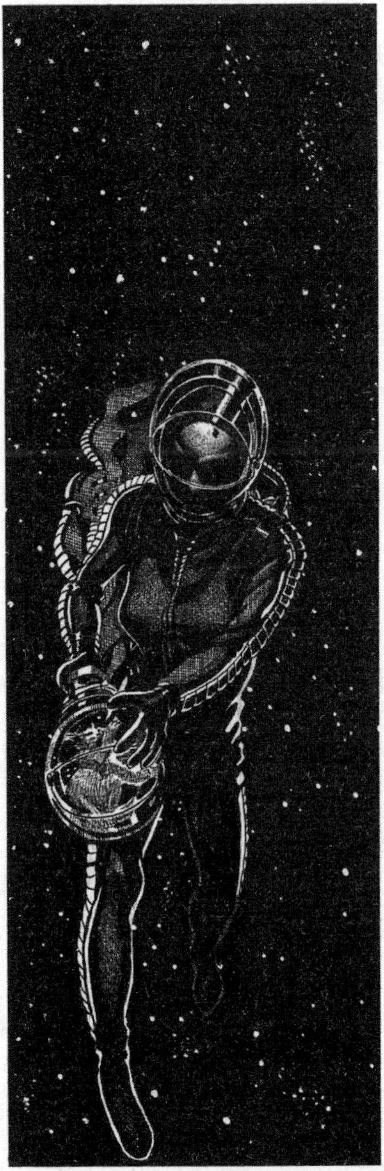

店烧出了一条路，又只靠几个喷气推进器飞过了几千米的宇宙空间，脚上还拖着一只装在充气过度的防护外肤里的猫咪。我还得甩掉从船坞附近的待命室里连滚带爬赶来的第一支警卫队，用激光喷枪麻痹第二支警卫队的真空雪橇，在这期间不停躲避他们的围捕，还拖着你的这只该死的猫。然后我又花了半个钟头在‘方舟号’外面挪动，像个脑损伤病人似的敲打飞船壳，看着我的港口陷入疯狂。我两次弄丢了猫，不得不在它飘回斯·乌斯兰星之前回头去找，当我错误估计了一场空中爆炸的范围时，我们飘得更远了。接着一艘见鬼的无畏战舰飞到了我的头顶上。我只好享受着猜测你会等到何时才他妈启动防御体系的焦虑感，并且在行星防卫舰队决定测试你的防护罩时欣赏一场刺激的烟花表演。我有好长一段时间在思索，他们到底有没有看见我像某种该死的动物身上的害虫似的挪动个不停，而‘浩劫’和我对‘要是他们派出一队装备了真空雪橇的警卫该怎么办’这个问题进行了一番深入的探讨。我们决定由我厉声呵斥他们，由它去挖出他们的眼珠子。然后你终于注意到了我们，在那该死的舰队开始发射电浆鱼雷的时候把我们拉了进来。你觉得我该不该疲倦？”

“用不着讥讽人嘛。”哈维兰·图夫说。

托莉·缪妮哼了一声。“你有没有真空雪橇？”

“你的喷丝头们在匆忙离开的过程中丢下了四架。”

“很好。我要拿一架飞回去。”她扫视一眼仪表，明白图夫已经发动了这艘播种舰。“外面发生了什么？”

“舰队在继续追捕我，”图夫说，“‘双重螺旋号’和‘查尔斯·达尔文号’无畏战舰在追捕我，守卫者级战舰在接近船尾的地方为它们护航，一群制造噪声的指挥官对我大声嚷嚷、粗暴威胁，还发表严厉的军事声明和虚伪的恳求。他们的努力毫无意义，因为我的防护罩足以对抗斯·乌斯兰星的军火库里的任何武器，你的喷丝头们已经出色地恢复了防护罩的全部性能。”

“省省吧你，”托莉·缪妮不快地说，“等我一走，你就转进超光速航道，离开这个鬼地方。”

“听起来很有道理。”哈维兰·图夫赞同道。

托莉·缪妮看着这间狭长的通信室。如今它已被改装为图夫的主控制室，两侧的墙壁上挂着一排排显示屏。她瘫坐在椅子上，在重力状态下显得身心俱疲。她突然看到也感觉到了自己的年纪。

“这件事会给你带来什么后果？”图夫问道。

她看着他。“哦，真是个再好不过的问题。丢脸、被捕、被解除公职，没准还得因为严重通敌罪受审。别担心，他们不会判我死刑的，死刑是反生命行为。我会被流放到肉仓星去种地吧，我猜。”她叹了口气。

“我明白了，”哈维兰·图夫说，“或许你会重新考虑我把你送出斯·乌斯兰星的提议。我很乐意把你带去斯凯瑞弥尔星或是亨利世界星。如果你想去远到足以摆脱恶名的地方，我想漂泊星漫长的春季是相当宜人的。”

“你这是在给我宣判重力下的无期徒刑，”她答道，“不用了，谢谢。这里才是我的世界，图夫，那些该死的家伙是我的同胞。我要回去承受一切。此外，你也别想这么轻易脱身，”她指出，“你欠我的，图夫。”

“三千四百万标准币，如果我没记错的话。”图夫说。

她露齿而笑。

“女士，”图夫说道，“容我斗胆问——”

“我这么做不是为了你。”她飞快地说。

哈维兰·图夫眨眨眼睛。“如果我看起来想要刺探你的动机，请原谅，这并非我的意图。恐怕好奇心早晚会导致我的败局，可在眼下，我必须问你——你这么做是为了什么？”

星港总督托莉·缪妮耸耸肩。“信不信由你，我这么做是为了乔森·莱尔。”

“首席议员？”图夫又眨起了眼睛。

“为了他，也为了其他人。我从乔森刚上任的时候就认识他，他不是个坏人，图夫。他并不邪恶，他们全都算不上邪恶，他们是正直且工作勤奋的男人和女人，他们想要的只是喂饱他们的孩子。”

“我不明白你的逻辑。”哈维兰·图夫说道。

“我参加了那次会议，图夫。我坐在那里，听着他们讨论，也听到了‘方舟号’对他们所做的一切。他们曾经是诚实、高尚、正直的人，是‘方舟号’让他们开始欺骗和说谎。他们信仰和平，却在讨论为了留下你的这艘破飞船而不得不打的战争。他们全部的信条都建立在人类生命的圣洁上，却在讨论有必要杀戮多少生命——从你的命开始。你学过历史吧，图夫？”

“我不敢自称专家，可我并非对过去发生的事一无所知。”

“有一句来自古地球的古老谚语，图夫。‘力量会带来腐化，绝对的力量会带来绝对的腐化。’”

哈维兰·图夫什么都没说。“浩劫”跳上他的膝盖，安坐下来。他用苍白的大手抚摸起猫来。

“光是梦想着拥有‘方舟号’，就已经让我的世界开始腐化，”托莉·缪妮告诉他，“而真正拥有它的时候，我们又会变成什么鬼样子？我一点也不想知道。”

“确实，”图夫说道，“又一个问题出现了。”

“什么问题？”

“我如今控制着‘方舟号’，”图夫说，“也因此操纵着近乎绝对的力量。”

“哦，是的。”托莉·缪妮说。

图夫等待着，一言不发。

她摇摇头。“我不知道，”她说，“没准是我没想清楚，没准这些都是我自己虚构出来的，没准我是你在方圆几光年里能找到的最大的傻瓜。”

“你肯定不是认真的吧。”图夫说。

“没准我只是觉得，与其让我的同胞遭到腐化，还不如让你遭殃。没准我觉得你又幼稚又无害。又没准，这是一种本能，”她叹了口气，“我不知道世界上有没有不受腐化的人，可如果真的有这样的人，那就是你，图夫。你是最后一个该死的正派人，你愿意为了它失去一切。”她指了指“浩劫”。“为了一只猫，为了该死的臭害虫。”她说这句话的时候笑了起来。

“我明白了。”哈维兰·图夫说道。

星港总督疲惫地站直身子。“是时候回去向一群不那么有欣赏力的听众发表讲话了，”她说，“给我看看真空雪橇在哪里，告诉他们我要出去了。”

“很好。”图夫说。他抬起一根手指。“还有最后一点需要澄清。你的工人没有完成先前协议中的所有工作，因此我不认为自己应当承担三千四百万的全部费用。我建议做一些调整。你接受三千三百五十万标准币的价格吗？”

她凝视着他。“有什么区别？”她问，“你永远也不会回来了。”

“恕我不能同意。”哈维兰·图夫说道。

“我们想偷走你的飞船。”她说。

“没错。或许三千三百万标准币比较公平，余下部分用来赔偿我遭受的损失。”

“你真的打算回来？”托莉·缪妮说道。

“五年以内，”图夫说，“我将付清借款的第一部分。到了那个时候，我们可以评判一下，我那些小小的礼物对你们的食物危机造成了怎样的影响——如果有影响的话。或许你们到时候会需要更多的生态工程技术。”

“我简直不敢相信。”她目瞪口呆地说。

哈维兰·图夫把手伸向肩膀，挠了挠“混沌”的耳背。“为什么，”他责备地问道，“我们总要互相怀疑呢？”

猫没有答话。

守护者

哈维兰·图夫觉得这场“六星生物农业展”太令人失望了。

他长途跋涉来到布瑞兹劳恩星，跟随人群穿过巨大的展馆，偶尔停步对某种新型杂交稻谷或基因改造昆虫打量一番。尽管“方舟号”的细胞库里名副其实地存放着来自无数星球的数百万种动植物的克隆材料，哈维兰·图夫却时刻留意着任何扩张存货的机会。

可布瑞兹劳恩星的展品却鲜少令他满意，随着时间推移，图夫在被兴味索然的人群不断推挤的过程中逐渐感到厌烦和不适。到处都挤满了人：身着深栗色毛皮的漂泊星坑道农夫，佩戴着羽饰且喷着香薰的阿瑞尼星地主，来自新雅努斯星[1]的忧郁阴沉的“夜面”和衣着鲜亮的“恒午”，还有数之不尽的布瑞兹劳恩星本地人。这些人弄出巨大的噪声，每当图夫走进人群时，他都会引来好奇的目光。有几个人甚至跟他擦身而过，令他长脸上的眉头皱起。

终于，在寻找逃离人群之路的过程中，图夫确定自己饿了。他带着

1. 雅努斯是罗马神话中的两面神。

夸张的厌恶感在与会者中穿行，离开了这座共有五层且带有拱顶的普托兰星展馆。数百名小贩在馆外的高楼大厦之间摆开了摊位。附近生意最冷清的摊位似乎是卖爆洋葱馅饼的那个摊位，于是图夫决定，自己想吃的就是爆洋葱馅饼了。

“先生，”他对那小贩说，“我要一个馅饼。”

那名馅饼贩子身材丰满，面色红润，穿着一件沾满油污的围裙。他打开保温箱，把一只戴着手套的手伸进去，取出一块热馅饼。他把馅饼放到柜台上，推到图夫面前，瞪大了眼睛。“噢，”他说，“你块头真大。”

“的确，先生。”哈维兰·图夫说。他拿起那块馅饼，不动声色地咬下一口。

“你是个外乡人，”馅饼贩子评论道，“而且不是从附近来的。”

图夫优雅地三口吃光了他的馅饼，又用一块餐巾擦净他油腻的手指。“你唠叨的这些事太明显了，先生，”他抬起一根结着老茧的长手指，“再来一块。”

遭受冷遇的小贩一言不发地又拿出一块馅饼，让图夫在相对安静的环境中用餐。图夫一面品尝着薄薄的馅饼皮和辛辣的馅料，一面观察着熙熙攘攘的与会者、排列成行的贩售摊位和隐现于地平线处的那五座展馆。等他吃完，他转身面向馅饼贩子，冷漠的神情一如既往。“先生，劳驾问个问题。”

“什么问题？”对方粗声大气地说。

“我看了五座展馆，”哈维兰·图夫说，“我依次参观了它们，”他伸出手指了指，“布瑞兹劳恩星展馆、威尔·阿里恩星展馆、新雅努斯星展馆、漂泊星展馆和普托兰星展馆。”图夫交叠双手，将它们优雅地放在他圆鼓鼓的肚皮上。“五座，先生，五座展馆，五颗星球。毫无疑问，身为异乡人，我对某些微妙的地方习俗不太熟悉，因而深感困惑。就我迄今为止拜访过的地方而言，名为六星生物农业展的展会理当包括六个星球的展品。可这里显然不太一样。或许你能为我指点迷津？”

“纳摩星没人参展。”

“的确。”哈维兰·图夫说。

“他们遇上麻烦了。”小贩补充道。

“一切都清楚了，”图夫说，“就算不是一切，至少也是一部分。或许你愿意再给我一块馅饼，然后为我解释这些麻烦的内容。我的好奇心非常强烈，先生，恐怕这是我最大的缺陷。”

那馅饼贩子又套上手套，打开了保温箱。“俗话说得好，好奇心让人饥饿。”

“的确，”图夫说，“我必须承认，我从没听过这句话。”

那人皱了皱眉头。“不，我说错了。饥饿让人好奇，应该是这样才对。没关系，我的馅饼会把你喂饱的。”

“啊，”图夫拿起馅饼，“请继续说吧。”

随后，那馅饼贩子对纳摩星的麻烦高谈阔论了一番。“这下你明白了吧，”他最后总结道，“就是因为这些事，所以他们没来。他们没东西可以展示了。”

“当然，”哈维兰·图夫舔了舔嘴唇，“海怪可是非常让人头疼的。”

纳摩星是一颗深绿色的星球，它没有卫星，被一片片金色的云彩包裹在中间。“方舟号”颤抖着离开了超光速航道，驶入环绕星球的轨道。在狭长的通信室里，哈维兰·图夫在不同的座位之间穿梭，通过房间里的数百面显示屏观察着这颗行星。三只小小的灰色猫咪陪伴着他，在控制台上跳跃穿行，偶尔停下来打闹一阵。图夫没有理会它们。

纳摩星是一个布满水的星球，图夫从轨道上只能看到一块像样的大陆，而且这块大陆也算不上大。可放大影像之后，他便能看到由深绿色海洋上的数千座岛屿组成的新月状群岛，仿佛无数散落于整片海洋之中的陶制首饰。另一些屏幕上显示出夜色下数十座城市的灯火，还有阳光下的殖民地那里闪耀的光点。

图夫看着这一切，然后坐了下来，打开另一座控制台，和电脑玩起了战争游戏。一只小猫跃上他的膝盖，很快睡着了。他小心地不去吵醒它。又过了一会儿，第二只小猫跳了上来，朝前一只猛扑过去，两只猫扭打起来。图夫把它们拂到了地板上。

挑战来得比图夫预计的时间要晚，可它最后还是来了，正如他预料的那样。“轨道上的飞船，”询问的信号传来，“轨道上的飞船，这里是纳摩星管制处。说明你的名称和来意。说明你的名称和来意，我方已派遣拦截飞船。说明你的名称和来意。”

信号来自星球上最大的大陆。“方舟号”接通了线路。与此同时，“方舟号”也侦测到了正在接近的那艘飞船——只有一艘。飞船的影像出现在另一块屏幕上。

“这里是‘方舟号’。”哈维兰·图夫告诉纳摩星管制处。

和他对话的纳摩星管制员是一位圆脸的女性，她留着一头棕色短发，坐在一座控制台前，身穿镶有金边的深绿色制服。她皱起眉头，双眼扫向一侧，显然是在看另一座控制台前的管制员。“‘方舟号’，”她说，“说明你的母星。说明你的母星和来意。”

电脑告诉图夫，那艘飞船正在与行星通信。又有两面显示屏亮了起来。其中一面显示的是一位站在舰桥上的女性，她苗条而年轻，长着夸张的鹰钩鼻，另一面显示屏上出现了一个站在控制台前的年长男性。他们都穿着深绿色的制服，正在用加密信号激烈争论。电脑花了不到一分钟就破解了密码，让图夫能够偷听争论的内容。“……鬼才知道那是什么，”飞船上的女人说，“我们从没见过这么大的飞船。快瞧瞧吧。你们问明白了吗？那边有回音了没？”

“‘方舟号’，”那个圆脸女人说道，“请说明你的母星和来意。这里是纳摩星管制处。”

哈维兰·图夫切入另一边的谈话，同时和那三个人沟通。“这里是‘方舟号’，”他说，“我没有母星。我的来意完全是友好的——贸易和磋商。我听说了你们悲惨的困境，被你们的不幸打动，特来向你们伸出援手。”

飞船上的女人惊呆了。“你怎么……”她开口道。那个男人同样不知所措，可他什么都没说，只是张口结舌地看着图夫苍白而毫无表情的面孔。

“这里是纳摩星管制处，‘方舟号’，”那个圆脸女人说道，“我们已终止贸易活动。重复，我们已终止贸易活动。我们正在实行战争管制。”

这时候，飞船上的苗条女人平静了下来。“‘方舟号’，这里是守护者柯菲拉·奎，负责指挥‘阳刃号’。我们有武器，‘方舟号’，表明你的身份。这艘飞船比我见过的任何商船都大一千倍，‘方舟号’。表明你的身份，否则即行开火。”

“的确，”哈维兰·图夫说，“威胁帮不了你们什么，守护者。我感到非常愤怒。我长途跋涉从布瑞兹劳恩星来到这里，带来我的援助和慰问，可你们却用威胁和敌意来对待我。”一只猫咪跳上他的膝盖。图夫用一只苍白的大手抓起它，将它放在面前的控制台上，让这几位观众能够看见它。他悲哀地低头注视着这只猫咪。“人与人的信任早已荡然无存。”

“别开火，‘阳刃号’，”那个年长男人说，“‘方舟号’，如果你的来意确实友好，那就表明身份吧。这是一艘什么飞船？我们这里的情况很糟，‘方舟号’，而且纳摩星是个又小又不发达的星球。我们从没见过这样的飞船。表明身份吧。”

哈维兰·图夫抚摸着那只猫。“我总是得向猜疑低头，”他告诉猫咪，“我心肠太好，这是他们的运气，否则我早就直接离开，留下他们自己去面对命运。”他抬起头，直视着显示屏。“先生，”他说，“这里是‘方舟号’。我是哈维兰·图夫，是船长、船主和全体船员。我听说你们被海洋深处的巨大怪物所困扰，我会帮你们摆脱它们。”

“‘方舟号’，这里是‘阳刃号’。你打算怎么做？”

“‘方舟号’是生态工程兵团的一艘播种舰，”哈维兰·图夫一板一眼地说，“我是一名生态工程师，也是生物战方面的专家。”

“不可能，”那个年长男人说道，“生态工程兵团早在一千年前就和古地球帝国一起被消灭了，他们的播种舰一艘都没剩下。”

“真是不幸，”哈维兰·图夫说，“我竟坐在一团幻象里。既然你说我的飞船是不存在的，那么毫无疑问，我会径直穿过船身，一头栽进你们的大气层，在坠落过程中被烧成灰烬。”

“守护者，”柯菲拉·奎说道，“那些播种舰或许真的不存在了，可我正在飞快接近的那玩意在观测器上差不多有三十千米长。它看起来不像幻象。”

“我也没有坠落。”哈维兰·图夫承认道。

“你真的能帮我们？”纳摩星管制处的圆脸女人问道。

“为何我总会受人猜疑？”图夫问那只小灰猫。

“守护者，我们应该给他机会，让他证明自己所说的话。”纳摩星管制员坚持道。

图夫抬起头。“一如既往的威胁、侮辱和猜疑，可是对你们处境的同情迫使我坚持下去。这样说来，或许我该提议让‘阳刃号’停靠在我这里。守护者奎可以登上‘方舟号’，并在商谈期间与我共进晚餐。你们肯定不会对一场单纯的谈话有所猜疑吧，这可是人类的娱乐活动中最文明的一种。”

两位守护者匆忙地跟彼此或者画面外的某些人交换着意见，而哈维兰·图夫一面逗弄着那只小猫，一面静观其变。“我要给你取名叫‘猜疑’，”他对它说，“来纪念我在此地受到的款待。你的兄弟姐妹，就是‘质疑’‘敌意’‘忘恩’和‘愚蠢’。”

“我们接受你的提议，哈维兰·图夫，”舰桥上的守护者柯菲拉·奎说道，“准备接受‘阳刃号’登舰吧。”

“好的，”图夫说，“你爱吃蘑菇吗？”

“方舟号”上的登陆甲板和大型星港的降落场一样大，看起来就像是专门堆放废弃太空船的废品站。“方舟号”自己的太空梭整齐地排列在发射泊位上。那是五艘一模一样的黑色飞船，有着流线型外壳和后折式的三角形粗短机翼，专为大气层飞行而设计，维护状况良好。其他飞船就没那么显眼了。一艘来自阿瓦隆星的泪滴形商船用三条展开的着陆肢懒洋洋地蹲伏在登陆甲板上，它身边是一艘身经百战、伤痕累累的多挡变速信使船，旁边还有一艘来自卡拉里奥星的狮艇，艇身的华丽装饰大多已不见踪影。停靠在别处的飞船则显得更为陌生，设计也更加怪异。

上方那片巨大的穹顶裂成了上百块三角形的扇面，扇面逐渐收回，露出穹顶外被众星围绕的金黄色太阳，还有一艘和图夫的太空梭几乎相同大小的暗绿色毯状飞船。“阳刃号”停入泊位，穹顶开始合拢。当星辰再次被隐去时，空气便盘旋着返回登陆甲板，而哈维兰·图夫也在不久后赶来。

柯菲拉·奎从飞船中走出，双唇在硕大的鹰钩鼻下紧抿着，可无论她如何努力控制自己，她都无法完全掩饰眼中的敬畏。两个手持武器的男人跟在她身后，身穿镶了绿边的金色罩袍。

哈维兰·图夫驾驶着一辆敞篷三轮机车来到他们面前。“恐怕我只邀请了一个人来用餐，守护者奎，”看到她的护卫时，他说，“我很抱歉让你产生了这样的误会，可我必须坚持这一点。”

“好吧，”她转身面向护卫们，“等在这里，这是命令。”她坐到图夫身边，对他说：“如果我在两个标准时之内没有安全回来，‘阳刃号’就会把你的飞船撕成碎片。”

哈维兰·图夫对她眨眨眼。“真可怕，”他说，“不管在哪里，我的热情和善意都会遭受曲解和怀疑。”他发动了机车。

他们闷声不响地驶过如迷宫般交互连接的房间和走廊，最终来到阴暗且巨大的中轴舱，它朝两端不断延展，仿佛和整艘飞船的长度相当。几百只大小各异的透明容器在目力所及的范围内遮蔽了墙壁和天花板，这些容器大多空空如也，积满灰尘，有些容器里装有彩色的液体，若隐若现的形体在其中无力地转动。这些容器里没有任何声音，只有后方某处传来微弱的滴水声。他们沿着庞大的中轴舱开了至少三千米，接着图夫转向一面在他们面前分开的空白墙壁。不久后，图夫把机车停在一旁，两人下了车。

丰盛的筵席已在图夫和守护者柯菲拉·奎前往的那间简朴小巧的用餐室内摆开。第一道菜是甘甜辛辣、黑如煤块的冰镇汤，接着端上的是以姜汁作浇头的新生草沙拉。主菜是一只抹上面包粉后烹制的菇帽，其大小正好装满整个碟子，十几种配有不同酱汁的蔬菜被放置在主菜周围。守护者食欲大开地吃着。

“看起来，我粗陋的食物正对你的胃口。”哈维兰·图夫评论道。

“我吃不上好饭的日子久到我都记不清了，”柯菲拉·奎回答道，“在纳摩星上，我们一直靠海洋来维持生计。它通常是很慷慨的，可自从我们的麻烦出现……”她从一碗棕黄色的酱汁里叉起一大块奇形怪状的黑色蔬菜。“我在吃的是什么？它的味道很可口。”

“莱安农星的罪人之根，配芥末酱汁。”哈维兰·图夫说。

奎咽下嘴里的食物，放下叉子。“可莱安农星那么远，你是怎么……”她截住了话头。

“当然。”图夫说着，将十指交扣成塔，贴着下巴，看着她的脸。“这些食物都是‘方舟号’生产的，尽管它们的起源可以追溯到十几个不同的星球。你还想来点五香牛奶吗？”

“不了。”她含糊不清地说。她看着那些空盘子。“看来你没有说谎。你的确是你自称的生态工程师和生物战专家，而这是某种播种舰……你管他们叫什么来着？”

“生态工程兵团，隶属于早已灭亡的古地球帝国。他们的飞船数量很少，在无常的战火中几乎遭到全数摧毁。只有‘方舟号’幸存了下来，又被废弃了一千年。我无须用细节来叨扰你。我找到了它，让它恢复了运转，你知道这些就可以了。”

“你找到了它？”

“我想同样的话我已经说得够多了。请专心点听吧，我不喜欢重复自己说过的话。找到‘方舟号’之前，我依靠经商艰难谋生。我从前的飞船还停在登陆甲板上。或许你碰巧见过它了。”

“这么说你实际上只是个商人。”

“拜托！”图夫愤慨地说，“我是个生态工程师。‘方舟号’可以让整颗行星焕然一新，守护者。的确，我只有自己一个人，而这艘飞船从前有两百名船员。我确实缺乏几个世纪之前佩戴金色Θ徽章的那些人所接受的正式培训，而那个徽章是生态工程师的标志。不过，以我不值一提的方式，我设法学到了足够的技能。如果纳摩星愿意接受我的好意，毫无疑问，我是能帮助你们的。”

“为什么？”苗条的守护者警惕地问道，“为什么你如此渴望帮助我们？”

哈维兰·图夫无助地摊开他苍白的大手。“我明白，也许我看起来很傻。我控制不了自己。我打心眼里是个人道主义者，困境和痛苦深深地触动了我。我不会伤害我的猫，更无法抛弃像你们这样遭遇不幸的人。恐怕生态工程师们的心肠应该更硬一些，可我无力改变自己感情用事的本性。所以现在我坐在你面前，准备全力以赴。”

“你什么都不要？”

“我的劳动不需要报酬，”图夫说，“当然了，运作过程中会产生开销。我必须要求一笔小数目作为弥补，比如三百万标准币。你觉得这价格够不够好？”

“好，”她讽刺道，“好贵啊，我得说。像你这样的人已经来过了，图夫——全副武装的商人和雇佣兵，靠我们的不幸大发其财。”

“守护者，”图夫责备地说，“你完全看错我了。我并不是在为自己谋求利益。‘方舟号’很大，所以开销也高。或许两百万标准币就足够了？我相信你们不会连这样菲薄的薪金都吝于支付吧。难道你们的星球还不值这个价？”

柯菲拉·奎叹了口气，疲惫的表情在她瘦长的脸颊上浮现。“当然值，”她承认，“要是你能达成所有承诺的话。当然了，我们并不富有。我必须得去跟守护者领主们商量才行。我自己没法做出决定。”她突然站起身。“你的通信设备在哪？”

“穿过房门，沿着蓝色走廊往左走，右手边的第五扇门。”等她走后，图夫笨拙而高贵地站起身，开始清理餐桌。

当守护者归来时，图夫打开了一瓶鲜红色液体的盖子，抚摸着一只安坐在餐桌上的黑白色猫咪。“你被雇用了，图夫，”柯菲拉·奎说着，在桌边坐下，“两百万标准币。等你打赢这场仗之后我们再付款。”

“我接受，”图夫说，“让我们一边品尝这种可口的饮料，一边谈论你们的处境。”

“这种饮料含酒精吗？”

“含少量麻醉成分。”

“守护者不能使用任何兴奋剂和镇静剂。我们隶属于战斗行会，这些东西只会污染身体，减缓我们的反应速度。守护者必须时刻警醒，我们守卫并保护纳摩星。”

“令人钦佩。”哈维兰·图夫说。他把自己的杯子斟满。

“我把‘阳刃号’停在这里太浪费资源了。纳摩星管制处希望召回这艘飞船。下面的人需要它的作战能力。”

“这样的话，我会尽快让它离开。你呢？”

“我接受了派遣，”她说着，脸上愁容浮现，“我和其他守护者要根据下面的情形随时待命。我负责向你介绍大致状况，并担任你的联络官。”

海面平静无波，仿佛地平线与地平线之间的一块恒久不变的碧绿明镜。

天气很热，明亮的金色阳光穿透了镶着金边的稀薄云层，倾泻下来。那艘船静静地停泊在水中，金属的船身闪烁着银蓝色的光芒，其露天甲板是这片寂静海洋上的一座生机勃勃的小岛。微如虫蚁的男人和女人在掘泥爪和渔网旁劳作，在酷暑中袒胸露腹。一大爪淤泥和海草自水中浮现，滴落着海水，随即被倒入一扇开启的舱口。在另一边，一箱箱巨大的奶白色水母正在阳光中被烘烤。

骤然间，骚乱纷起。人们为未知的理由开始奔逃。其他人停下了手中的工作，困惑地四处张望。一无所知的那些人继续劳作。此时倒空的巨大铁爪再次张开，摆回水面上方，重新浸入水中，而另一只铁爪已从船的另一端升起。更多人开始奔跑。有两个人撞到了一起，随即倒下。

第一根触手从船底卷了上来。

它不断上升，比掘泥爪更长。它在碧绿色海面之上的那部分触手就像高个子男人的身躯一样粗壮。那根触手从下自上逐渐变细，直至人臂粗细，它整体呈白色，一种柔软黏稠的白色。触手的内侧有着大如餐碟、色彩鲜明的粉红色吸盘，当触手蜷曲着绕过那艘巨大的种植船时，内侧的那些吸盘也在不断扭曲律动。触手末端分裂成众多细小的黑色触须，如蛇群般悸动不休。

它继续向上卷去，越过船身，转向下方，将船体围拢。有东西在船身的另一侧移动，那是一个在碧绿的海面下翻搅的苍白物体，第二根触手随即浮现。接着出现的是第三根触手和第四根触手。一根触手在和掘泥爪角力，另一根触手上挂满了渔网的碎屑，就像披上了一层面纱，但这些碎屑似乎完全没有给它的行动带来阻碍。此时除了那些被触手抓住的人，其余的人都在逃跑。一根触手卷住了一个拿着斧子的女人。她疯狂地劈砍它，在苍白的环抱中奋力挣扎，直到脊背弯折，身体突然间失去了生机。那根触手抛下了她，任凭白色的液体从她的伤口中缓缓渗出，随后它又抓住了另一个人。

二十根触手互相交缠，这时船身开始向右倾斜。幸存者滑过甲板，落入海中。船只倾斜的角度不断加大。有东西在用力翻转船身。海水泼上船侧，涌入那扇开启的舱口。船身随即迸裂。

哈维兰·图夫停止了放映，把那块大显示屏上的图像定格：碧绿的海洋，金色的太阳，被粉碎的海船，还有环抱其上的苍白触手。“这就是第一次袭击？”他问。

“是，也不是，”柯菲拉·奎回答，“在这次事件发生之前，另有一艘渔船和两艘客用水翼艇离奇失踪。我们做了调查，但没找到原因。至于这次事件，有一个新闻工作组正好在现场拍摄用于教育节目的录像。他们拍到的画面远远超出原本的期望。”

“的确。”图夫说。

“他们在空中，坐着一架水上飞机。当晚播出的内容几乎引起了恐慌。直到下一条船被那种东西弄沉，人们才开始认真看待这件事。也是在那时，守护者们真正意识到了问题的严重性。”

哈维兰·图夫抬头看着显示屏，他的面色阴沉淡漠，毫无表情，他的双手安放在控制台上。一只黑白色的小猫企图拍打他的手指。“走开，‘愚蠢’。”他温柔地把那只猫咪放到地板上。

“把触手的一部分放大看看。”他身边的守护者建议道。

图夫一声不吭地照她的话做了。第二块屏幕亮起，显示出一张纹理粗糙的特写画面：一根卷向甲板上方、苍白而巨大的生物组织。

“仔细看看吸盘，”奎说，“粉红色的区域。在那里，瞧见没？”

“从末端算起的第三个吸盘内部是黑色的。而且它好像有牙齿。”

“是的，”柯菲拉·奎说，“它们全都有牙齿。这些吸盘的外唇是一种坚硬的肉质凸出物。它们会在拍击下延展开来，造成某种几乎无法扯脱的真空密封效果。每个吸盘都是一张嘴。凸出物的内部是一块柔软的粉红色组织，等它收缩时，藏于其中的牙齿就会滑出——共有三排，呈锯齿状，比你想象的样子更加锋利。现在，劳驾你把画面转到触须的末端。”

图夫在控制台上按了几下，把另一张放大图显示在第三面屏幕上，让那些扭动的“蛇群”显得更为清晰。

“眼睛，”柯菲拉·奎说，“每根触须的末端都是眼睛。二十只眼睛。触手用不着盲目摸索，它们能看见自己在做什么。”

“真了不起，”哈维兰·图夫说，“水底下又是什么？那些可怕触手的源头？”

“在那之后，我们对死去的样本进行了截面观测、摄像和数次电脑模拟。我们采集的大多数样本都遭到了严重损毁。这东西的主躯干就像个倒扣的杯子，或者说像个没充满气的球胆，被一大圈触手围绕在中央，触手内部则是用于支撑的骨骼和肌肉。主躯干吞吐着海水，让这种生物能够浮上水面或潜入海底，这也是潜水艇的原理。它的身体并不沉重，却强壮得惊人。它所做的就是清空主躯干，浮上水面，抓住一样东西，随后开始吸水。主躯干的容量大得可怕，而且你也看到了，这种生物很大。如果有必要，它甚至能从触手和嘴里挤出海水，以便更快地淹没船只。所以说，这些触手是手臂，是嘴，是眼睛，也随时能变成活的水管。”

“而你们在受到袭击前对这种生物一无所知？”

“没错。这种生物的表亲，即战舰水母，在早期的殖民活动中广为人知。它是水母和章鱼的混合体，拥有二十根触手。许多本地物种的身体构造都与它相似——中央有一个球胆、躯干或者甲壳，各式各样的东西，二十条腿、触须或者触手呈环状围绕着它。战舰水母是食肉动物，这一点和那种怪物很像，不过它们的眼睛在身体中央，而非触须末端。它们的触手也无法像水管那样运作。而且它们要小得多——差不多和人一样大。它们群居在大陆架上方的水面上，特别是泥壶蚌的栖息地附近，那里的鱼群最为密集。鱼类是它们通常的猎物，不过也有些粗心的泳者在它们的环抱中迎来血腥而可怖的死亡。”

“我能否询问它们的下场？”图夫问道。

“它们是一种祸害。它们的狩猎场正是我们需要的地方——富含鱼类、海草和水生果实的浅滩，满是变色蛤和摇摆弗雷迪的泥壶蚌栖息地，以及翻泥蟹的洄游地。我们要花费大量的精力来清理这些战舰水母，才能安全地捕捉鱼类并种植作物。我们的确这么干了。噢，确实还有人找到过几只战舰水母，不过它们现在已经很稀有了。”

“我明白了，”哈维兰·图夫说，“而这种无比强大的生物，这种令你们如此困扰的活潜艇和食船怪，它有没有名字？”

“无畏战舰水母，”柯菲拉·奎说，“在它首次出现时，我们推测它是某种深海水族，不知怎么游荡到了海面上。毕竟，纳摩星居民的移民历史还不到一百标准年。我们才刚刚开始探索深海区域，对可能居住在海下的生物几乎一无所知。随着越来越多的船只遇袭和沉没，我们需要面对的明显是一支由无畏战舰水母组成的军队。”

“一支海军[1]。”哈维兰·图夫纠正道。

柯菲拉·奎皱起眉头。“管它呢。它们数量很多，不是单单一个不为人知的样本。那时候，有人推论说海底发生了某种无法想象的大灾难，把所有生物统统赶到了海面上。”

“你一点也不相信这种推论。”图夫说。

“没人相信。这个推论的谬误已经得到了证实，无畏战舰水母无法承受那种深度的压力。这么一来，我们就不知道它们来自哪里了，”她做了个鬼脸，“只知道它们目前在哪里。”

“的确，”哈维兰·图夫说，“你们无疑进行了反击。”

“当然，那是一场起初势均力敌却日渐对我们不利的搏斗。纳摩星还很年轻，它的人口和资源都无力承担我们所陷入的这种缠斗。三百万名纳摩星人分布在散落于海面的超过七万座海岛上。另外一百万人在新亚特兰蒂斯上面挤成一团，那是我们仅有的一小块陆地。大多数纳摩星人都是渔民或海农。刚开始的时候，守护者的数目还不到五万人。我们行会最初的成员都是船员——坐着殖民飞船，从古波塞冬星和水瓶座星前往纳摩星的船员。我们一直在保护他们，在那些无畏战舰水母到来之前，我们的任务很简单。我们的世界很和平，少有真正的冲突。古波塞冬星人和水瓶座星人之间出现过几次种族对立，可他们采取的手段都非常温和。守护者们负责行星层面的防御，拥有‘阳刃号’和另外两艘

1. 上文的“军队”一词原文为army，也可以指陆军。

类似的飞船，不过我们做的大部分是灭火、防洪、救灾和治安维持之类的事。我们拥有大约一百艘配备武装的水翼巡逻艇，用它们做过一阵子护航队，也消灭了一些对手，可它们真的没法跟无畏战舰水母对抗。总之，我们很快就发现，无畏战舰水母的数量比水翼巡逻艇的数量还要多。”

“水翼巡逻艇不会繁殖，我相信无畏战舰水母是会繁殖的。”图夫说。“愚蠢”和“质疑”在他膝盖上扭打起来。

“正是如此。我们努力过了。发现它们在海底的时候，我们就投放深水炸弹，等它们来到海面，我们就发射鱼雷。我们杀死了好几百只无畏战舰水母，可它们还有好几百只，而我们损失的每艘水翼巡逻艇都无可替代。纳摩星根本没有科技基础可言。情况较好的时候，我们会从布瑞兹劳恩星和威尔·阿里恩星运来所需的物资。我们崇尚简约生活。说到底，这颗行星无法支撑工业的发展。在这里，重金属是稀缺资源，而且我们几乎没有矿物燃料。”

“你们还剩下多少艘水翼巡逻艇？”哈维兰·图夫问道。

“大约三十艘。我们不敢再用它们了。在无畏战舰水母第一次发动袭击后的一年内，它们已经控制了我们的所有航道。我们损失了所有的大型渔船，数百位海农坠海或是被杀，半数渔民身亡，另一半渔民惊恐地挤在港口里。没人再敢来往于纳摩星的海洋。”

“你们的岛屿之间相隔很远？”

“没多远，”柯菲拉·奎回答，“守护者拥有二十架武装水上飞机，民间还有一百来架水上飞机和飞车。在这里，维护水上飞机和飞车很麻烦，而且代价高昂。我们很难取得零件，受过培训的技师也不多，因此在麻烦开始前，大部分空运都是通过飞艇进行的——使用太阳能并且以氮气充填的大型飞艇。飞艇舰队的规模相当大，足有一千艘。它们把食物带往那些饥荒问题严重的小岛。另一些飞艇和武装水上飞机负责继续作战。我们从安全的空中倾倒化学品、毒药和爆破物，摧毁了数以千计的无畏战舰水母，可代价也非常惊人。它们聚集在我们最好的渔区和泥壶蚌的栖息地附近，所以我们被迫炸毁和污染的是我们最需要的区域，可我们别无选择。我们一度以为自己能够打赢这场仗。在一架武装水上飞机的空中护送下，甚至有几条出海的渔船安全返航。”

“很明显，这并非冲突的最终结果，”哈维兰·图夫说道，“否则我们就不会坐在这里说这些话了。”就在这时，“质疑”和“愚蠢”大声打闹起来，体形较小的“愚蠢”从图夫的膝盖上掉到了地板上。图夫弯腰抓起了它。“拿着，”他说着，把它交给了柯菲拉·奎，“劳驾抓住它。它们小小的战争分散了我对你们这场大战的注意力。”

“我——噢，当然。”守护者小心翼翼地接过这只黑白花纹的小猫，她的手掌正好能握住它。“这是什么？”她问道。

“猫，”图夫说，“如果你继续用捏住烂水果的方式捏着它，它会从你手里跳出去的。轻轻地把它放在你的膝盖上。我向你保证，它是不会伤人的。”

显得迟疑不定的柯菲拉·奎松开手，让那只小猫落到了她的膝盖上。“愚蠢”委屈地叫了一声，险些再次滚落到地板上，它的小爪子深陷进她的制服里。“噢，”柯菲拉·奎说，“它有利爪。”

“只是脚爪而已，”图夫纠正道，“小巧而无害。”

“它们没有毒，对吧？”

“我想没有，”图夫说，“摸摸它，从前到后。这会减轻它的不安。”

柯菲拉·奎犹犹豫豫地碰了碰小猫的脑袋。

“拜托，”图夫说，“我说的是摸，不是拍。”

守护者开始抚摸那只小猫。“愚蠢”立刻发出了呼噜声。她停下手，惊恐地抬起头。“它在发抖，”她说，“还发出一种怪声。”

“这种反应表示它很满意，”图夫向她保证道，“我请求你继续安抚它，并且讲述纳摩星的情况。”

“当然。”奎说。她重新抚摸起“愚蠢”来，它舒舒服服地躺在了她的膝盖上。“麻烦继续播放下一部录像。”她提醒道。

图夫把遇袭的船只和无畏战舰水母从主显示屏上抹去，取而代之的是另一幕场景——某个寒风凛冽的冬日，下方黑暗的海面不断起伏，在风的吹拂下泛起阵阵浮沫。一只无畏战舰水母漂浮在桀骜不驯的海上，它巨大的白色触手探向四面八方，就像随波涛起伏的某种大得出奇的花朵。他们从上方经过时，两根触手和扭动的“蛇群”懒洋洋地从水中抬起，可他们离海面远到不会有任何危险。他们坐在一艘银蓝色长飞艇的客舱里，透过玻璃材质的底面向下望去。就在图夫观看之时，视角发生了变化。画面上出现了由三艘庞大飞艇组成的护航队，其成员正气度庄严地在这片饱经战事的水域上空巡航。

“‘水瓶座之灵号’‘莱尔D号’和‘天影号’，”柯菲拉·奎说道，“这三艘飞艇前往北方的一小片发生饥荒的群岛执行救援任务，准备疏散幸存者，将他们带往新亚特兰蒂斯。”她的语气十分阴郁。“这部录像是由‘天影号’上的一名新船员拍摄的，‘天影号’是唯一幸存的飞艇。看好了。”

飞艇不断前行，显得高高在上，无懈可击。接着，在银蓝色的“水瓶座之灵号”的正前方，水中一阵翻涌，某种东西在那张碧绿色的面纱下悸动——某种庞大的东西，但不是无畏战舰水母。它通体漆黑，而非苍白。海水在一阵翻腾的浪涛中越来越黑，随即向上暴涨。一个黑檀色的热气球状巨物浮上海面，逐渐升高，就像一座自深海中涌现的岛屿。它黑暗坚韧，硕大无朋，周身围绕着二十根长长的黑色触手。每过一秒，它都涨得更大，升得更高，直到完全冲出水面。它升起时将触手垂在身下，海水不断滴落。接着它浮向空中，展开身体。那东西的大小和冲向它的飞艇的大小不相上下。它们就像两只准备交配的飞行鳄鱼那样撞在了一起。巨大的黑色身体停在了银蓝色长飞艇的顶部，接着氦气舱四分五裂。“水瓶座之灵号”就像活物那样扭曲着身体，在爱人的黑色拥抱中逐渐死去。最后，那只黑色生物把它的残躯丢进了海里。

图夫将画面定格，严肃地看着那些从注定被毁的客舱中跃出的渺小形体。

“在返航途中，另一只热气球水母毁掉了‘莱尔D号’，”柯菲拉·奎说道，“幸免于难的‘天影号’向我们讲述了一切，可它在下一次执行任务时一去不回。在这些热气球水母出现后的首周内，我们就损失了超过一百艘飞艇和十二架水上飞机。”

“热气球水母？”哈维兰·图夫询问道。他摸了摸坐在控制台上的“质疑”。“我没看到点火装置啊。”

“第一次消灭了这种该死的生物以后，我们给它取了这个名字。一架武装水上飞机对它发射了一轮爆破弹，然后它就像颗炸弹那样爆开，坠落，燃烧着落进海里。它们非常易燃。我们一发射激光，它们就会熊熊燃烧。”

“氢气。”哈维兰·图夫说。

“完全正确，”守护者说道，“我们从没抓到过一整只的热气球水母，可我们从碎片和残骸中拼凑出了它们的样子。这种生物能够从体内产生电流。它们吸入海水，然后进行某种生物电解。分解出的氧气排入海水或是空中，帮助它们移动。它们就像一架喷气式飞机，分解出的氢气充入囊袋，赋予它们上浮力。它们想退回水里的时候，就会打开头顶的一块薄皮——瞧，就在那里——然后排出所有气体，落回海中。它们的外肤是皮质的，非常坚硬。它们行动迟缓，却很聪明，有时会躲藏在云层后面，然后突然抓住从下方飞过且不够警惕的水上飞机。我们很快发现了令人恐慌的事实：它们的繁殖速度和无畏战舰水母的繁殖速度一样快。”

“真是太有趣了，”哈维兰·图夫说，“那么，容我做个假设，在这些热气球水母出现之后，你们就像失去海洋那样失去了天空。”

“差不多吧，”柯菲拉·奎说道，“我们的飞艇速度太慢，不能去冒这个险。我们曾试图让这些飞艇继续执行任务，由隶属于守护者的武装水上飞机和飞车负责护航，可就连这种手段也失败了。在烈焰黎明那天的早上……我也在现场，负责指挥一架配备了九门激光炮的武装水上飞机……太可怕了……”

“继续。”图夫说。

“烈焰黎明，”她阴郁地说，“我们……我们有三十艘飞艇，三十艘，一支庞大的飞艇舰队，由十二架武装水上飞机护航。一次长途飞行，从新亚特兰蒂斯前往名叫破碎之手的大型群岛。在第二天接近黎明的时候，正当东方泛起红色之时，我们下方的海水开始……沸腾，就像刚刚烧开的一锅汤。热气球水母正在排出氧气和海水，向上飞来。上千只，图夫，上千只热气球水母。当它们升起时，海水疯狂地搅动，那些巨大的黑色影子朝我们扑来，眼睛能看到的地方全部都是它们的身影。我们用激光，用爆破弹，用手边的一切武器进行攻击。天空也仿佛着了火。这些东西充满了氢气，而周围的空气也因为它们排出的氧气而浓烈得让人头晕。我们把那个黎明叫作烈焰黎明。可怕的一天。到处都是尖叫声，热气球水母在燃烧，飞艇在我们身边被击碎，随即坠落，飞艇上都着了火。下面还有无畏战舰水母在等待着我们。我看到它们抓住那些从飞艇上落下后在水中游动的人，苍白的触手卷住人的身体，把他们猛然拉向海底。四架武装水上飞机逃离了这场战斗，四架。我们损失了全部飞艇和所有人手。”

“可怕的故事。”图夫说。

柯菲拉·奎的眼神活像是见了鬼。她以不自觉的节奏抚摸着“愚蠢”，双唇紧抿，两眼紧盯着屏幕，盯着第一只热气球水母飘浮在“水瓶座之灵号”翻滚的残躯上方的画面。“从那以后，”最后她开口道，“生活就成了无尽的梦魇。我们失去了海洋。在纳摩星四分之三的地方，饥饿甚至饥荒在蔓延，只有新亚特兰蒂斯仍然有多余的食物，因为只有那里在进行大面积的陆地种植。守护者们继续作战。‘阳刃号’和另外的两艘太空船也被临时征用——投放炸弹，倾倒毒药，疏散某些小岛的居民。在水上飞机和飞车的协助下，我们和外部的岛屿维持着不太稳固的联系。当然了，我们有无线电，可我们基本上不能指望它。过去的一年里，超过二十座岛屿跟我们失去了联系。我们派出巡逻队调查了其中的六座，得到的报告全都一样：到处都是在阳光中慢慢腐朽的尸体，房屋遭到损毁和破坏，翻泥蟹和爬行玛吉在尸体上大快朵颐。在另一座岛上，他们找到了另外的东西，一些更可怕的东西。那座岛名叫海星岛，上面住着将近四万人，在贸易活动中断前，它还是一座大型星港。海星岛信号的突然中断令人异常震惊。换下一段演示，图夫，继续吧。”

图夫在控制台上按下几个发光的按钮。

一只死物躺在沙滩上，在靛青色的沙砾上逐渐腐朽。

这只是一张静态图片，并非录像。哈维兰·图夫和守护者柯菲拉·奎花了很长时间去辨认那只肢体摊开的腐朽而巨大的死物。它身边是层层叠叠的人类尸体，相形之下它显得更大了。那只死物状如倒扣的碗，大如房屋。它的皮质肌肉早已开裂流脓，呈现出一种斑驳的灰绿色。它的肢体——十根扭曲的绿色触手——在周围的沙地上摊开，末端收拢在粉白色的大嘴周围，就像车轮上的轮轴，另有十根显得僵直、坚硬和黝黑的触手明显拥有关节。

“那是腿，”柯菲拉·奎用苦涩的语气说道，“在我们干掉它之前，它能走路，图夫，所以我们称其为步行者。我们只找到了这一个样本，可这已经够了。现在我们知道这些岛屿为何会失去联络了。它们来自海中，图夫，类似这样的东西。它们或大或小，像蜘蛛那样用十根触手行走，用另外十根触手抓取和进食。它们的甲壳非常厚实，一发爆破弹或是激光的攻击没法像杀死热气球水母那样杀死它们。你明白了吧，先是海洋，再是天空，而现在是陆地。它们数以千计，从水中涌出，在沙滩上大步向前，就像一股可怕的潮水。光是上周就有两座岛屿遭到践踏。它们想把我们从这颗星球上抹去。毫无疑问，有些人可以在新亚特兰蒂斯继续存活下去，待在内陆的高山上，可那将是痛苦而短暂的一生。等到纳摩星抛出某种新生物——某种比梦魇更可怕的新生物——来攻击我们，一切就都结束了。”她的语气已经接近歇斯底里的边缘。

哈维兰·图夫关掉了控制台，显示屏全部暗淡下来。“冷静一点，守护者，”他说着转身看向她，“你的恐惧可以理解，却毫无必要。如今我对你们的困境有了更充分的了解。这一切的确是场悲剧，但并非毫无希望。”

“你还觉得你能帮上忙？”她说，“凭你自己？凭你和这艘飞船？噢，不管怎么说，我可不想让你泄气。我们得抓住每一根救命稻草。可是……”

“可是你并不相信。”图夫不自觉地轻叹一声。“‘质疑’，”他一面对那只灰猫说着，一面用他白色的大手把它抓了起来，“我给你取了个好名字。”他把目光转向柯菲拉·奎。“我是个宽宏大量的人，而你们又经历了许多困苦，因此我不会在意你对我的能力和我本人的轻视。现在，如果你不介意的话，我还有工作要做。你的人发来了许许多多关于这些生物的详细报告和对纳摩星生态系统的综述。我必须仔细阅读这些文件，以便理解和分析眼下的状况。感谢你的介绍。”

柯菲拉·奎皱起眉头，把“愚蠢”从自己膝盖上抱起，放到地上，然后站起身。“很好，”她说，“你要多久才能准备好？”

“我无法对此做出任何明确的保证，”图夫回答，“在有机会运行一些模拟演算之前都不行。或许一天后我们就可以开始模拟演算，或许我需要一个月，或许更久。”

“如果你花了太长时间，你会发现自己很难拿到那两百万酬劳，”她厉声道，“我们的人会死光的。”

“的确，”图夫说，“我会尽力避免这种状况。现在，劳驾让我工作吧。我们等晚饭的时候再谈。我会做些埃里温风味的炖菜，另有几碟钍星火菇作为开胃菜。”

奎用力地叹了口气。“又是蘑菇？”她抱怨道，“我们午饭吃的是爆炒蘑菇配胡椒粉，早饭是松脆蘑菇配苦乳酪。”

“我喜欢蘑菇。”哈维兰·图夫说。

“我吃厌蘑菇了。”柯菲拉·奎说道。“愚蠢”在她的腿上一阵摩挲，而她皱起眉头，低头看着它。“我能否提议来点肉或者海鲜？”她露出渴望的神情，“我上次吃泥壶蚌已经是很多年前的事了。我有时还会梦到它，梦到我敲开它的壳，把黄油倒进去，再舀出里面柔软的肉……你想象不出那有多美味。吃剑鳍鱼也可以。啊，为了一条有海草配料的剑鳍鱼，叫我去杀人都可以！”

哈维兰·图夫神情肃穆。“我们这里不吃动物。”他说。他没再理睬她，开始工作，而柯菲拉·奎随即离开。“愚蠢”蹦蹦跳跳地跟在她身后。“的确，”图夫咕哝道，“再合适不过。”

四天和十二顿蘑菇之后，柯菲拉·奎开始向哈维兰·图夫追问结果。“你在做什么？”吃晚饭的时候，她询问道，“你什么时候才会行动？每天你都关起门来不让人看见你，每天纳摩星的状况都会变得更糟。一小时之前我和守护者领主哈尔万通过话，那时候你带着你的电脑不见人影。你和我在纳摩星上空瑟瑟发抖的时候，我们已经失去了小水瓶座岛和起舞姐妹岛，图夫。”

“发抖？”哈维兰·图夫说，“守护者，我没有发抖。我从不发抖，现在也不打算开始发抖。我得工作，有一大堆资料需要消化。”

柯菲拉·奎哼了一声。“你说的是有一大堆蘑菇要消化吧。”她说。她站起身，轻轻地把“愚蠢”从她膝上拍下。这只小猫最近和她成了一对好伙伴。“小水瓶座岛上住着一万两千人，”她说，“起舞姐妹岛上也差不多。你消化的时候想想这些吧，图夫。”她转过身，大步走出房间。

“的确。”哈维兰·图夫说道。他把注意力转回自己的甘花馅饼上。

一周之后，两人冲突再起。“怎样了？”那一天，当图夫在走廊里迈着庄严而笨重的步子走向他的作战室时，守护者挡在他面前询问道。

“噢，”他回答，“早上好，守护者奎。”

“一点都不好，”她愤愤不平地说，“纳摩星管制处告诉我日升群岛没了，被侵占了。我们在防守中损失了十二架水上飞机和停泊在码头的所有船只。你怎么说？”

“太悲惨了，”图夫回答，“可悲可叹。”

“你什么时候才能准备好？”

他用力耸了耸肩。“我说不清，你交托给我的任务并不简单。我需要解决一个非常复杂的问题。复杂。是的，的确，就是这个词，我甚至可以用‘不解之谜’来形容它。我向你保证，纳摩星悲惨的困境已经占据了我的全部同情心，可这个问题同样占据了我的全部思考能力。”

“这就是全部了，图夫，是吗？一个问题？”

哈维兰·图夫略微皱了皱眉，随后在身前交叠双手，将它们放在他圆滚滚的肚皮上。“这的确是一个问题。”他说。

“不，这不仅仅是一个问题。我们不是在玩游戏，下面真的有人在死去，因为守护者们的不称职而死去，也因为你的无所作为而死去。无所作为。”

“冷静一点。我可以向你保证，我一直在为了你们的利益而操劳。你肯定明白，我的任务不像你们的任务那么简单。在无畏战舰水母头上丢炸弹，或者朝热气球水母开火再看着它燃烧，这些都非常容易。可这些简单而怪异的方式对你们毫无益处，守护者。生态工程学要费神得多。我仔细研究了你们的领袖、海洋生物学家和历史学家的报告。我思索和分析。我设计出各种方法，用‘方舟号’的巨型计算机进行模拟演算。迟早有一天，我会为你们找到答案。”

“早点吧，”柯菲拉·奎冷冷地说，“我也同意你的看法，纳摩星需要结果。守护者议会已经不耐烦了。早一点，图夫。别再迟了。我警告你。”她走向一旁，为他让出道来。

接下来一周半的时间里，柯菲拉·奎尽可能对图夫避而不见。她不吃晚餐，每次在走廊里看到他都会板起面孔。每天她都会去通信室，和星球上的守护者领主们长谈，关注每一条消息。情况很糟，每一条消息都很糟。

最后，事态的严重程度到达了顶点。她脸色苍白，气势汹汹地走进那个被图夫称为“作战室”的昏暗房间，发现他坐在一排电脑屏幕前，看着一张图表上的红色和蓝色线条互相追逐。“图夫！”她咆哮道。他关掉屏幕，转身面对着她，把“忘恩”赶到一旁。坐在阴影中的他面无表情地朝她望去。“守护者议会向我下达了命令。”她说。

“你真幸运啊，”图夫回答，“我知道你最近因为无事可做，正坐立不安呢。”

“守护者议会要求立即行动，图夫。立即，就今天。你明白吗？”

图夫交扣十指，让它们贴着下巴，那姿势几乎像在祈祷。“难道除了敌意和不耐烦之外，我还得容忍你们对我智商的蔑视不成？我向你保证，我已经了解你们守护者想要我了解的一切，但纳摩星独特而反常的生态系统令我不解。在我更加理解现状之前，我无法做出行动。”

“你会行动的。”柯菲拉·奎说道。她的手里突然出现了一把激光枪，对准了图夫丰满的大肚皮。“你现在就会行动。”

哈维兰·图夫完全没有反应。“暴力，”他用略带责备的语气说道，“或许，在你给我身上烧个洞出来，也因此注定毁灭你和你们星球的命运之前，你能给我一个解释的机会？”

“说啊，”她说，“我会听的，但不会听很久。”

“好极了，”哈维兰·图夫说道，“守护者，在纳摩星上，一些非常古怪的事正在发生。”

“你发现了啊。”她干巴巴地说。她手中的激光枪一动不动。

“的确。在一群必须被统称为海怪的生物的横行下，你们濒临灭亡。我暂时没有更恰当的词来形容这些生物。在不超过六个标准年的时间里，纳摩星上出现了三个物种。每个物种看上去都是新生物种，或者至少是未知物种。这让我难以置信。你们这群人已经在纳摩星住了差不多一百年，却直到最近才对这些被你们称为无畏战舰水母、热气球水母和步行者的生物有所了解。这简直就像是‘方舟号’的黑暗对立面对你们发动了生物战一样，可事实明显并非如此。不管这些海怪是不是新生物种，它们都居住在纳摩星，是本地生物演化的产物。它们的近亲生活在你们的海域，泥壶蚌、摇摆弗雷迪、舞蹈水母和战舰水母，诸如此类。我还漏了些什么？”

“我不知道。”柯菲拉·奎说道。

“我也一样，”图夫说，“仔细想想。这些海怪大量繁殖，它们充塞海洋，布满空中，侵占人口稠密的岛屿。它们杀戮纳摩星人，可它们并不杀戮彼此，似乎也没有任何天敌。正常生态系统中物竞天择的原理在它们身上并不适用。我以极大的兴趣研究了你们那些科学家的报告。大多数海怪都让人兴趣浓厚，可最引人遐思的事实却是这一点：除了它们的完全成熟体之外，你们对它们一无所知。巨大的无畏战舰水母漫游于海中，令船只沉没，庞大的热气球水母盘旋于天际。可我要问，那些小无畏战舰水母和小热气球水母在哪里？的确，它们在哪里呢？”

“在海底深处。”

“也许吧，守护者，也许。你无法肯定，我也一样。这些怪物极为强大，可我在其他星球也见过同样强大的掠食者，它们从不会有成百上千的数量。为什么？啊，因为那些幼体，或者说蛋，或者说鱼苗，它们没有它们的父母那样强大，大多数幼体会在接近可怕的成熟期之前死去。然而，纳摩星上似乎没有这样的迹象，一点都没有。这一切意味着什么？的确，意味着什么呢？”图夫耸耸肩，“我不知道，可我会继续研究。我认为，我会努力解开围绕着这片生物过剩的海域的谜题。”

柯菲拉·奎面露苦相。“在此期间，我们就会死掉。我们会死，而你根本不在乎。”

“我抗议！”图夫说。

“安静！”她说着晃了晃激光枪，“你说完了，现在换我说了。今天我们和破碎之手群岛失去了联络。四十三座岛屿，图夫，我都不敢去想有多少人在那里生活。他们全都死了，就在一天之内。有几次模糊的无线电通信传到我们这边来，我们听到了一些歇斯底里的话语，然后就是一片沉默，而你还坐在这里谈什么谜题。再也别想了，你现在就得行动，我坚持如此，或者说我威胁你照做，随你怎么想都行。之后我们再来解决这些‘为什么’和‘怎么会’的问题。眼下，我们要干掉它们，不去停下来思考什么谜题。”

“曾经，”哈维兰·图夫说，“有一个田园牧歌般的星球，它有一个缺点——一种尘埃大小的昆虫。它是一种无害的生物，但它到处都是，以飘浮真菌的极其微小的孢子为食。那个星球的人痛恨这种小昆虫，它们有时会在云层周围群集，其厚度足以遮蔽太阳。每当人们出门时，就会有数以千计的这种昆虫落在他们身上，像一块活生生的裹尸布裹住他们的身体。因此，有一个自称生态工程师的人提议由他来解决问题。他从一颗遥远的星球引进了另一种体形更大的昆虫，以捕食那种'活尘埃'。计划进展得很顺利。在生态系统中没有天敌的这种新昆虫不断繁殖，最后完全消灭了那种本地昆虫。一场伟大的胜利。不幸的是，这一计划带有未曾预料的副作用。这些新昆虫在消灭了一种生物之后转向了另一种更加有益的生物。许多本地昆虫都灭绝了。随后，当地的鸟类失去了它们通常的食物，也无法消化那种外星虫子，只能遭受悲惨的结局。植物没有了以往的授粉媒介，大片的森林和丛林枯萎。而飘浮真菌的孢子——那种无害昆虫的食物——失去了控制。那种真菌长得到处都是，它们出现在房屋和食用谷物上，甚至出现在活着的动物身上。简而言之，这个星球的生态系统遭到了彻底的破坏。到了今天，如果你前去探访，你只会找到一颗因为可怕的飘浮真菌而死的行星。这就是未经仔细研究就草率行动的后果。这就是在缺乏了解时行动需要担负的可怕风险。"

"可要是一个人什么都不做，就必然会遭受灭亡，"柯菲拉·奎顽固地说，"不，图夫。你说的故事很吓人，可我们已经濒临绝望了。守护者们接受任何可能存在的风险，而我得执行命令。要是你不按我所说的去做，我就开枪。"她对着那把激光枪点点头。

哈维兰·图夫交叠双臂。"你开枪的话，"他说，"就实在太蠢了。毫无疑问，你能学会操作'方舟号'的方法，这要花上你好几年的时间，而你也承认你没有时间。我会继续为你们谋取利益，并且原谅你粗鲁的恫吓和威胁，可我只在确信自己做好准备之后才会行动。我是一名生态工程师，我有个人道德和职业道德。我必须指出，没有我的帮助，你们完全没有希望，完全没有。所以，既然你和我都清楚这一点，就别再继续演戏了吧。你不会开枪的。"

片刻之间，柯菲拉·奎的脸上露出挫败的神情。“你……”她困惑地说。她手中的那把激光枪抖动了一下，接着她的表情再度冷酷起来。“你错了，图夫，”她说，“我会开枪的。”

哈维兰·图夫什么都没说。

“不是对你，”她说，“是对你的猫。我会每天杀掉一只猫，直到你采取行动为止。”她的手腕略微动了动，那把激光枪瞄准的不再是图夫，而是“忘恩”的小小身体，后者正在房间里四下游荡，在阴影中翻找着什么。“我会从这只猫开始杀，”守护者说，“等我数到三的时候。”

图夫的脸上毫无表情。他凝视着她。

“一。”柯菲拉·奎说。

图夫坐着一动不动。

“二。”她说。

图夫皱起眉头，他那白垩色的眉间浮现出皱纹。

“三。”奎脱口而出。

“不，”图夫飞快地说，“别开枪，我会按照你的要求去做。一小时之内我就开始克隆。”

守护者仍旧举着激光枪。

哈维兰·图夫不情不愿地开始了作战。

第一天，他坐在作战室里巨大的控制台前，双唇紧抿，一言不发。他转动控制盘，按下发光的按钮和虚幻的全息按键。在“方舟号”上的另一个地方，色彩各异的浑浊液体潺潺流入阴暗的中轴舱里的那些空桶中，与此同时，如同外科专家的双手那般灵敏的微型沃尔多机械臂在移动着喷洒和处理庞大细胞库中的样本。图夫什么都没看到。他坐在座位上，凝视着一个又一个克隆体。

第二天依然如故。

到了第三天，他站起身，缓步走向那长达若干千米的中轴舱，他的造物就在那里成长。在装满半透明液体的桶中，模糊的形体无力地转动，又或者一动不动。有些桶和“方舟号”的登陆甲板一样大，有些桶小得就像手指甲。哈维兰·图夫在每个桶前停步，从容地观察着刻度、仪表和闪闪发光的观察镜，有时他会做些细微的调整。到第三天结束时，在这条回音阵阵的漫长道路上，他才刚刚走到半程。

第四天他走完了全程。

到了第五天，他启动了时间翘曲装置。“时间是‘方舟号’的奴仆，”柯菲拉·奎问他的时候，他说，“‘方舟号’能减缓时间的速度，或是令其加快脚步。我们要让时间迈步飞奔，这样我培育的那些斗士就能以超乎寻常的速度进入成熟期。”

第六天他一直在登陆甲板上忙碌，对他的两艘太空梭进行改造，以便运送他正在制造的那些生物。他加装了大大小小的桶，往里面装满了水。

第七天的早上，他和柯菲拉·奎共进早餐。他说：“守护者，我们已经准备好了。”

她吃了一惊。“这么快？”

“那些野兽并未全部进入成熟期，可这正合我的意图。有些野兽特别大，必须在进入成熟期之前进行运输。当然，克隆过程还会继续。我们必须确保生物的数量多到足以让它们存活下来。不过，我们目前已经可以向纳摩星的海洋播种了。

“你的策略是什么？”柯菲拉·奎问道。

哈维兰·图夫把盘子推到一边，撇了撇嘴。“我拥有的策略拙劣而不成熟，守护者，而且这个策略还建立在并不充足的信息上。胜败与否，我概不负责。你粗鲁的威胁迫使我不合时宜地加快了进度。”

“就算是这样吧，”她呵斥道，“你的策略是什么？”

图夫交叠双手，将它们放在肚皮上。“和其他军事武器一样，生物武器的大小和外形各不相同。杀死人类敌人最好的方法就是往他的额头正中打上一发激光。对应到生物领域，我们可以使用合适的天敌、掠食者和针对该物种的疾病。我缺乏时间，没有机会设计出这几种高效的手段。

“其他方法不太令人满意。例如，我可以引进一种疾病，它能够清除你们星球上的无畏战舰水母、热气球水母和步行者。合适的候选疾病有好几种，可你们的那些海怪和多种海洋生物都是近亲，所以这些海洋生物也会患病。根据我的预测，整整四分之三的纳摩星海洋生物都将遭受疾病的侵袭。另一个选择是往海中放入某些能够快速繁殖的真菌和微生物，它们能名副其实地填满你们的海洋，驱逐其他的海洋生物。这个选项同样有所不足，它最终会使纳摩星完全不适合人类居住。这些手段就像是为了杀死一名人类敌人，而在他居住的城市里引爆一台低当量[1]热核装置。因此我必须将这些方法排除在外。

“作为替代，我选择了某种可以被称为‘散射攻击’的战略，将许多新物种引入纳摩星的生态系统，希望一些和海怪相对应的物种能成为它们真正的天敌。我的斗士中有些是巨大而致命的野兽，强大到足以捕食那些可怕的无畏战舰水母；有些是小巧迅捷、半集群型的猎手，繁殖速度很快；还有一些斗士的体形极其微小。我希望它们能找到那些梦魇般的生物的幼体，并以之为食，借此减少它们的数量。所以你看到了，我在同时推进许多种战略，我没有只打一张牌，而是把整副牌全部摊开。在你们令人不快的最后通牒下，这也是唯一一种可行的办法。”图夫对她点点头，“我相信你们会满意的，守护者奎。”

---

1. 核武器的当量是指其核爆炸时可以释放的能量。——编者注

她皱起眉头，什么都没说。

“等你吃完那份可口的甜菇粥，”图夫说，“我们就可以开始了。我可不想让你觉得我办事拖拉。你一定接受过飞行训练吧？”

“对。”她没好气地说。

“好极了！”图夫高声道，“这样的话，我要向你介绍我那些太空梭的独特之处。用不了一个小时，那些太空梭上就会装满足够第一次行动的货物。我们得在你们的海面上进行低空长途飞行，把我的货物倒进困扰你们的那些水域。我会驾驶‘蛇蜥号’在你们的北半球上空飞行。你可以乘坐‘蝎尾狮号’前往南方。如果你接受这个计划，我们就开始研究我设计的路线吧。”他无比庄严地站起身来。

在接下来的二十天里，哈维兰·图夫和柯菲拉·奎穿梭于纳摩星危险的天空中，以烦琐的网格状线路飞行，向海面播撒种子。守护者满腔热忱地执行着计划。能再次参与行动让她感觉好极了，而且她的心里充满了希望。无畏战舰水母、热气球水母和步行者如今将与它们自己的梦魇相对抗——来自五十个各不相邻的星球的梦魇。

其中有来自古波塞冬星的吸血鳗和尼斯水怪，还有飘浮在空中的一团团网丝草——它们形体透明，如剃刀般锋利而致命。

其中有来自水瓶座星，由图夫克隆而成的黑色掠食者，有身手更为敏捷的猩红掠食者，有身带剧毒的喷烟幼犬，还有气味芬芳的食肉动物“女士祸根”。

其中有来自贾弥逊世界星，从桶中被唤出的砂龙、恶灵和十几种色彩鲜亮且大小各异的水蛇。

其中有来自古地球，由细胞库提供的巨型大白鲨、梭子鱼、巨型乌贼，以及狡猾而近乎智慧生物的逆鳍鲸。

他们在纳摩星上播下多种多样的生物：丽萨朵星的巨大的灰海妖和

安斯星的体形较小的蓝海妖；诺伯恩星的水膏鱼、达隆星的飞旋鞭和卡萨戴星的血带鱼；庞大之物如达姆·图里安星的要塞鱼、格列佛星的伪鲸和赫鲁恩二号星的格林·达；渺小之物如阿瓦隆星的疱鳍鱼、阿难陀星的寄生凯斯尼鱼和可怕的既筑巢又产卵的迪尔德兰星水生黄蜂。为了捕猎浮游于空中的热气球水母，他们带去了数之不尽的飞行生物：鞭尾蝠鲼、鲜红色的刃翼鸟、大群的嘲鸟、半水生的吼鸟，还有一种浅蓝色的可怕物种——它半是植物半是动物，却几乎完全没有重量。它会随风飘浮，潜伏在云层中，就像一张饥肠辘辘的活蛛网。图夫把它叫作“哭泣与低语之草”，并建议柯菲拉·奎飞行时不要穿过云层。

它们是植物或动物，有时两者皆是，有时两者皆否。它们是掠食者或寄生虫，或漆黑如夜，或鲜亮耀眼，又或毫无色彩。这些生物或古怪而美丽，难以言表；或丑陋可憎，不堪想象。它们来自的星球或在人类历史上辉煌一时，又或无人得知。还有更多，更多。“蛇蜥号”和“蝎尾狮号”日复一日地从纳摩星的海面上空飞驰而过，他们的行动迅捷而精准，令那些热气球水母来不及浮上空中加以袭击，因此他们投放着那些活生生的武器，自身却丝毫无损。

在每天的播种结束后，他们都会前往“方舟号”，哈维兰·图夫会在那里和他的猫相处，而柯菲拉·奎则照常带着“愚蠢”前往通信室，以便聆听报告。

守护者斯米特报告说他在橙黄海峡目击了陌生物种，没有无畏战舰水母的迹象。

“有人在棉鹭岛附近看到了一只无畏战舰水母，它在跟某种有它两倍大、长着触手的东西缠斗。你说那是一只灰海妖？非常好。我们得记住这些名字才行，守护者奎。”

“根据我们收到的报告，一窝鞭尾蝠鲼在缪利朵海滨的岩石间住了下来。守护者奥尔恩说它们就像活生生的匕首那样切开了热气球水母，接着那些热气球水母就摇摆着瘪掉，然后无助地坠落了下来。棒极了！”

“今天我们收到了靛青海岸的消息，守护者奎。那里发生了一桩怪事。三只步行者冲出水面，可它们没有攻击任何人。它们发了疯，身体摇晃不停，好像非常痛苦，一条条泡沫似的苍白物质悬挂在它们身体的每个关节和开口上。那是什么？”

“一只死掉的无畏战舰水母今天被海水冲上了新亚特兰蒂斯。‘阳刃号’在西部巡逻时目击了另一只无畏战舰水母的尸体，它正在水面上腐烂。好几种奇怪的鱼类把它撕成了碎片。”

“‘星辰之剑号’昨天前往烈焰之巅，目击到的热气球水母的数量不到半打。守护者议会正考虑恢复前往泥壶珍珠岛的短途飞艇航线，你觉得呢，守护者奎？你会建议我们冒这个险吗，还是说你认为时机尚未成熟？”

每天报告都蜂拥而来，每天柯菲拉·奎在驾驶“蝎尾狮号”时都会笑得更欢。可哈维兰·图夫仍旧面无表情，一言不发。

在战争打响的第三十五天，守护者领主莱杉告诉她：“噢，今天我们又找到一只死掉的无畏战舰水母。它肯定打过了一场恶仗。我们的科学家分析了它胃里的成分，它似乎只吃逆鳍鲸和蓝海妖。”柯菲拉·奎微微皱起了眉头，接着耸耸肩，没把它当回事。

“今天有一只灰海妖被海水冲上了伯里恩岛，”几天后，守护者领主穆恩告诉她，“当地居民一直在抱怨它的臭味。他们报告说灰海妖的身上有许多巨大的圆形咬痕，显然是一只无畏战舰水母干的，但它的体形比普通的无畏战舰水母的体形要大。”守护者奎不安地动了动身体。

“琥珀洋里的鲨鱼似乎全部消失了。生物学家无法做出解释。你怎么想？去问问图夫，好吗？”她听完这条消息，感到一阵轻微的恐慌。

“有一件怪事要告诉你和图夫。有人看到某种东西正在考赫莱尼海来回游动。我们同时收到了来自‘阳刃号’和‘天匕号’的报告，还收到了水上飞机巡逻队发来的多份确认报告。他们说那是个大家伙，一座名副其实的活岛，正把它面前的一切清扫一空。那东西是你们做出来的？如果是的话，你们肯定计算失误了。他们说它正在吞噬数以千计的梭子鱼、疱鳍鱼和陆行针鱼。”柯菲拉·奎眉头紧锁。

“又有人目击到热气球水母离开缪利朵海滨了——好几百只热气球水母。虽然我不太相信这些报告，可他们说那些热气球水母的身体现在能把鞭尾蝠鲼弹开。你是否……”

“无畏战舰水母又回来了，你能相信吗？我们还以为它们几乎全都消失了。它们的数量太多了，而且它们正旁若无人地吞食着图夫的那些小鱼。你必须……”

“无畏战舰水母喷出水箭，将吼鸟从空中击落……”

“新东西来了，守护者奎，一种飞行生物，或者更确切地说，一种滑翔生物。它们大群大群地从那些热气球水母的顶端冒出来，已经干掉了三架水上飞机，鞭尾蝠鲼根本挡不住它们……”

“全完了，我得说，那些躲在云层里的东西……热气球水母把它们扯了下来，那种酸液已经伤不了热气球水母了，热气球水母把它们从高空中扔下来……”

“又是死掉的水生黄蜂，成百只，上千只，它们都在……”

“步行者又来了。堡黎岛失去了联络，肯定已遭侵占。我们不明白。这座岛屿周围聚居着大量的血带鱼和水膏鱼，它本该是安全的，除非……”

“靛青海岸已有一周没有发来消息了……”

“有人看到三四十只热气球水母在卡本岛附近出现。守护者议会担心……”

“隆巴顿岛失去联络……”

“死掉的要塞鱼足有岛的一半大。”

“无畏战舰水母冲进了海港……”

“步行者……”

“守护者奎，我们损失了‘星辰之剑号’，它在极地海那边坠毁了。最后一段通信很混乱，可我们认为……”

柯菲拉·奎强迫自己站直身体。她颤抖着，转身想要冲出通信室，这里的每块屏幕上都在不断传来死亡、破坏和战败的消息。哈维兰·图夫就站在她身后，他苍白的脸庞上毫无表情，“忘恩”平静地坐在他宽阔的左肩上。

“怎么回事？”守护者问道。

“我想这很明显，守护者，对任何拥有正常智商的人来说都很明显。我们濒临战败，或许我们已经战败了。”

柯菲拉·奎勉力不让自己尖叫出声。“你难道什么都不准备做？你不打算还击？这都是你的错，图夫，你根本不是个生态工程师，你是个不知道自己在做什么的商人。这就是为什么……”

哈维兰·图夫竖起一根手指，示意她安静。“劳驾，”他说，“你已经让我相当恼火，别再侮辱我了。我是个有教养的人，有和蔼仁慈的天性，可就算是我也会被激怒。眼下的局面出自你们的逼迫，守护者，我对这项事务不幸的进展不负任何责任。我们发动的这场草率的生物战并非我的意图，你野蛮的最后通牒迫使我采取了轻率的行动作为妥协。幸运的是，当你每晚都在为短暂而虚假的胜利沾沾自喜的时候，我仍在继续我的研究。我在电脑上绘制了你们星球的地图，看着不同时期的战争进程中的每个细节。我在一只大桶里复制了你们的生物圈，用死去生物的样本——一小块触手，一片甲壳——克隆出纳摩星的生物。我不断观测和分析，直到最后得出结论。当然，这只是个假设，但纳摩星近日的状况有证实这一假设的迹象。所以别再诽谤我了，守护者。在一晚提神的睡眠之后，我就会降落在纳摩星，结束你们的这场战争。”

柯菲拉·奎紧盯着他，几乎不敢相信自己听到的话，她的恐惧重新变成了希望。“这么说，你找到答案了？”

“的确。我刚才说得还不够多吗？”

“答案是什么？”她问道，“一些新生物？就是这样吧——你克隆了些新东西，对吧？几种瘟疫？一群怪物？”

哈维兰·图夫抬起手。“耐心点。有一点我必须首先确认。你如此不屈不挠地讥笑并蔑视我，令我犹豫是否该向你吐露计划，从而招来又一番奚落。我要先去证明这个计划的可行性。好了，让我们明天再讨论吧。你别再乘‘蝎尾狮号’去参战了，我希望你驾驶着它去新亚特兰蒂斯，并在守护者议会中召开一场全体会议。请带上那些待在偏僻岛屿的需要搭乘太空梭的守护者领主。”

“那你呢？”柯菲拉·奎问道。

“等到时机成熟，我就会去和守护者议会的人碰面。在此之前，我要带着我的计划和某些生物前往纳摩星，执行我自己的任务。我想，我可以乘坐‘凤凰号’降落。没错。我认为‘凤凰号’最适合用来纪念你们的世界从灰烬中重生的这一天——这里的灰烬有点潮湿，不过毕竟还是灰烬。”

在启航之前，柯菲拉·奎和哈维兰·图夫在登陆甲板上碰了面。在散落四处的废弃太空船中间，“蝎尾狮号”和“凤凰号”在发射泊位上准备就绪。哈维兰·图夫在一块绑在他手腕内侧的迷你电脑上按了几个数字。他穿着一件宽大的灰色聚乙烯大衣，上面有许许多多的口袋和引人注目的肩章。他把一顶棕绿相间的鸭舌帽随意地戴在光头上，上面饰有代表生态工程师的金色字母Θ。

“我已经知会了纳摩星管制处和守护者议会，”奎说，“守护者领主们正在赶来。我会负责运送六位偏远地区的守护者领主，这样所有人都会到场。你怎么样，图夫？准备好了吗？你的那种神秘生物在飞船上了吗？”

“快了。”哈维兰·图夫对她眨了眨眼。

可柯菲拉·奎没在看他的脸，她把视线放低了。“图夫，”她说，“你口袋里有东西。它在动。”她充满疑惑地看着那件聚乙烯大衣下泛起的阵阵涟漪。

“啊，”图夫说，“的确。”他的口袋里随即冒出一个脑袋。那是一只黑色的小猫，它好奇地四下窥视，黄色的眼睛闪闪发亮。

“一只猫。”柯菲拉·奎闷闷不乐地咕哝道。

“你的观察力真是不可思议。”哈维兰·图夫说。他温柔地把那只小猫从口袋里拿出来，用一只白色的大手托住它，用另一只手的手指挠着它的耳背。“这是达克斯。”他严肃地说。达克斯只有那些在“方舟号”上活蹦乱跳的猫咪的一半大。它看起来就像是个黑色的毛球，显得出奇地柔弱和懒散。

“妙极了，”守护者回答，“达克斯，嗯？它是从哪里来的？不，别回答，我能猜到。图夫，难道我们除了跟猫玩耍之外，就没有更重要的事可以做了吗？”

“我可不这么想，”哈维兰·图夫说，“你对猫的重视程度还不够，守护者。它们是最文明的生物。缺了猫，没有哪个星球算得上真正的文明之地。你是否想过，从远古时期开始，猫咪们就都拥有心灵感应能力？你知不知道古地球的某些远古族群把猫当作神灵来崇拜？这都是真的。”

“劳驾，”柯菲拉·奎暴躁地说，“我们没时间就猫的问题来一番演说了。你准备带着这只可怜的小东西一起去纳摩星？”

图夫眨眨眼。“的确。可怜的小东西。你对它的称呼如此轻蔑，可它却是纳摩星的救星。给它一些相应的敬意吧。”

她盯着他，就好像他发了疯。“什么？这个东西？它？我是说，达克斯？你不会是认真的吧。你在说什么？你在说笑，对吧？这真是个荒唐的笑话。你已经把某种东西装上了'凤凰号'，某种巨大的怪物，它能够扫清海里的无畏战舰水母——某种东西，任何东西，随便什么都行。你不会是说……你不能……纳摩星的救星不可能是这只猫。"

"就是它，"哈维兰·图夫说道，"守护者，你要我讲述显而易见的事，不是讲一次，而是反反复复地讲——这实在令人厌倦。在你们的坚持下，我已经提供了掠食者、海妖和鞭尾蝠鲼。它们没有效果。据此，我更努力地思考，然后克隆了达克斯。"

"一只小猫，"她说，"你准备用一只小猫咪来对抗无畏战舰水母、热气球水母和步行者。一只小猫。"

"的确。"哈维兰·图夫说。他皱着眉，低头看着她，把达克斯放回他宽敞的大口袋里。随后他敏捷地转过身，走向整装待发的"凤凰号"。

柯菲拉·奎越来越紧张了。在新亚特兰蒂斯的断水塔高处的守护者议会室里，负责指挥整个纳摩星防御体系的二十五名守护者领主显得焦躁不安。他们至少等待了好几个钟头，有些人已经来了整整一天。在长长的会议桌上，个人通信器、电脑、打印纸和空空的玻璃杯堆得到处都是。侍者们已经端上又撤下了两顿饭。在位于远端墙壁中央的那扇宽敞的曲面窗边，魁梧的守护者领主阿利斯正以低沉急促的语调和瘦削而严肃的守护者领主莱杉交谈，两人时不时朝柯菲拉·奎投去意味深长的一瞥。在他们身后，夕阳正在下沉，巨大的港湾转变为一片鲜红色的秀丽阴影。这幕景色如此美丽，令人难以察觉其中细小的亮点，那是正在进行空中巡逻的武装水上飞机。

暮色渐渐降临，守护者领主们不耐烦地连声抱怨，在他们宽大的软垫椅里扭动身体，可哈维兰·图夫依然没有露面。"他先前说他什么时候到？"守护者领主肯第五次发问。

“他没说过准确时间，守护者领主。”柯菲拉·奎第五次不安地回答道。

守护者领主肯皱起眉头，清了清嗓子。

一台通信器响了起来，守护者领主莱杉轻快地踏步向前，将它抄起。“喂？”他说，“知道了。很好。送他进来。”他把通信器放下，用它的边敲了敲桌子，示意众人恢复秩序。其他人或是慢吞吞地回到座位上，或是停止了交谈，或是坐直了身体。守护者议会室安静下来。“是巡逻队。他们看到了图夫的太空梭。我很高兴地告诉各位，他来了，”守护者领主莱杉瞥了柯菲拉·奎一眼，“终于来了。”

这么一来，柯菲拉·奎更加心神不定了。图夫让他们等待已经够糟糕的了，可她更害怕的是他笨重地走进门来，达克斯从他的口袋里往外窥视的那一刻。她没法找到合适的字眼对她的上级们说出实情，没法告诉他们图夫打算用一只小黑猫来拯救纳摩星。她在椅子上无法安坐，摸着自己的鹰钩鼻。她担心情况会很糟糕。

可情况比她所能想象的更加糟糕。

全体守护者领主都在等待，他们显得拘谨、沉默而专注。大门打开，哈维兰·图夫走了进来，四名身着金色罩袍的武装护卫在旁护送。他身上脏得要命，走路的时候靴子发出嘎吱嘎吱的响声，他的大衣上沾满了泥巴，达克斯在他的左口袋里清晰可见。它的爪子勾住袋口，大大的眼睛专注地看着眼前的一切，可守护者领主们并没有在看那只小猫。哈维兰·图夫的右臂下方夹着一颗人头大小的泥泞石块，上面覆盖着一层棕绿色的黏液。那颗石块正在往长毛绒地毯上滴落水珠。

图夫没有多说一句话，而是径直朝着会议桌走去，把石块放在桌子中央。这时柯菲拉·奎看到了苍白而纤细的触须，随即意识到它根本不是石块。“泥壶蚌。”她惊讶地高声说道。她先前没能认出它来，这不足为奇。她这辈子见过很多泥壶蚌，但它们全都经过了清洗和烹煮，触须也被修剪干净。一般来说，这道菜会搭配锤子和凿子，用来敲开它的骨质甲壳，另配一碟热黄油和调味料。

守护者领主们惊讶地看着这只泥壶蚌，随即开始议论，守护者议会室里的谈话声顿时交织成一片。

“这是一只泥壶蚌，我不明白……”

“这是什么意思？”

“他让我们等了一整天，到守护者议会室来的时候却脏得像个挖泥工。守护者议会的尊严……”

“我上次吃到泥壶蚌，恐怕是两三……”

“我们该不会指望他来拯救……”

“真是荒唐，我们为什么要看着……”

“他口袋里的那个东西是什么？瞧啊，它动了！它是活的，我得说，我看到它……”

“安静！”守护者领主莱杉的声音就像一把匕首，刺穿了这阵喧闹。守护者议会室安静下来，守护者领主们一个接一个转过身，面对着他。“我们遵从你的意愿聚集在此，”守护者领主莱杉对图夫讽刺地说，“我们指望你带给我们答案。可你似乎给我们带来了晚餐。”

有人窃笑起来。

哈维兰·图夫皱起眉头，低头看着他那双沾满泥巴的手，一本正经地把手在大衣上揩干净。他把达克斯从口袋里拿出来放在桌上。这只昏昏欲睡的黑猫打了个呵欠，伸展身体，缓步走向最近的那位守护者领主，后者惊恐地盯着它，慌忙将椅子挪向后方。图夫脱下他潮湿泥泞的大衣，四下寻找能放的地方，最后把它挂到了其中一名护卫的激光来复枪上。他转过身，面向守护者领主们。“尊敬的守护者领主们，”他说，“你们面前的泥壶蚌不是晚餐。这种态度正是你们所有问题的根源。它是与你们分享纳摩星的种族派遣的大使，而它的名字，很遗憾，我低微的能力难以说明。如果你们吃掉它，它的同胞们会很不高兴的。”

终于，有人给守护者领主莱杉拿来了一把木槌。他响亮的敲击声吸引了所有人的注意力，骚乱渐渐消退。哈维兰·图夫自始至终漠然以对，他的脸上毫无表情，他的双臂交叠抱胸。直到寂静再次到来，他才开了口：“或许我应该解释一下。”

“你疯了，”守护者领主哈尔万的目光从图夫转向泥壶蚌，又转回图夫，“彻底疯了。”

哈维兰·图夫从桌上抓起达克斯，用一条手臂环抱着它，抚摸起它来。“即使在胜利的时刻，我们还是得遭受嘲笑和侮辱。”他对小猫说。

“图夫，”位于长桌首席的守护者领主莱杉说道，“你所说的事情根本不可能发生。在到达纳摩星后的一个世纪里，我们已经相当充分地探索了这颗星球，足以肯定星球上没有任何智慧种族居住。这里没有城市，没有街道，没有任何早期文明和科技的迹象，没有废墟和人造物——什么都没有，不管是在空中还是海底。”

“此外，”另一名守护者领主说道，她是个脸蛋红润的粗壮女人，“泥壶蚌绝不可能是智慧生物。我同意，它们的大脑和人类的大脑同样大小，可那就是它们的全部了。它们没有眼睛，没有鼻子，除了触觉之外几乎没有任何感官能力。它们全部的操控器官只有那些软弱无力的触须，其力道还不足以举起一块鹅卵石。实际上，那些触须只起到了将它们固定在海底的作用。它们雌雄同体，而且原始至极，只在生命的头一个月里才能移动，之后它们的甲壳就会变得坚硬且沉重。它们一旦在海底扎根，用泥巴盖住身体，就再也不会动了。它们会在那里待上几千年。”

“几千年，”哈维兰·图夫说，“它们是长寿得惊人的生物。你所说的一切无疑都是正确的。然而，你的结论错了。你的好战心和恐惧蒙蔽了你的眼睛。如果你能从这种状态中抽身出来，并且像我一样用足够

久的时间进行深入的思考，答案就算对你的军事头脑而言也显而易见：你们的困境根本不是自然界的灾变，只有敌对智慧生物的诡计才足以解释纳摩星上这一系列悲惨的事件。”

“你该不会以为我们会相信……”有人开口道。

“先生，”哈维兰·图夫说道，“我希望你能听好。如果你能克制自己不来打断我说话，我就会把一切都解释清楚。在此之后，你可以自行选择相信与否，随你怎么奇思妙想都行。我只会拿上我的酬劳然后离开。”图夫看着达克斯。“白痴，达克斯。不管到哪里，我们都会被白痴困扰。”他把注意力转回守护者领主们身上，继续说道：“正如我所陈述的那样，这一切显然是智慧生物的诡计。困难在于如何找到智慧生物。我仔细阅读了纳摩星上健在的和已故的生物学家的著作，查阅了许多本植物志和动物志，在‘方舟号’上重制出很多种本地生物。可信的候选智慧生物并未立即出现。智慧生物的传统标志包括一颗大脑、复杂精密的生物感官、移动能力，以及某种操控器官，例如对生拇指[1]。我在纳摩星上找不到拥有全部特征的生物。然而，我的假设仍然是正确的。由于没有可信的候选生物，我只好把目标转向不太可信的那些候选生物了。

“最后，我研究了你们这场困境的全过程，然后立刻想到了一些事。你们相信那些海怪涌现于黑暗的深海，可它们最早出现在哪里？在近海的浅滩——你们进行捕鱼和海洋种植的地方。这些地方的共同点是什么？当然，是拥有数量丰富的生物，我必须承认这一点。但栖息在这些地方的生物各不相同。新亚特兰蒂斯附近海域的鱼类很少在破碎之手群岛附近的海域出现。可我发现了两个有趣的例外，两个近乎无处不在的物种——静静地躺在庞大而柔软的海床上，度过漫长的一个个世纪的泥壶蚌，以及原先被你们称作战舰水母的生物。古老的本地种族对这些

1. 生物学名词，指可以和手掌上其他手指相抵的拇指。拥有对生拇指的手才能握持物品。

战舰水母有另一种称呼：守护者。

“当我想到这一点的时候，剩下的就只是查明细节和证实猜想的工作了。要不是联络官奎粗鲁地干涉我的工作，接连不断地让我难以集中注意力，极为残暴地逼迫我把时间浪费在派遣灰海妖、刃翼鸟和各式各样的其他物种上，我得出结论的时间会早很多。往后我就不会被这种联络所打扰了。

“不过，从某种角度来说，这项实验也算得上有益，因为它证实了我对纳摩星真实状况的推测。我据此加紧了研究。根据一些地理学专著，每一处海怪密集的地方都在泥壶蚌的栖息地附近。战火最旺盛的地方也在那里，守护者领主大人们。显然，你们觉得异常可口的泥壶蚌正是你们神秘的敌人。这怎么可能呢？固然，这些生物拥有大脑，可正如我们所知，它们缺乏与智慧生物相关的其他特性。但这正是重点所在！很明显，它们拥有智慧，而我们对此并不清楚。怎样的智慧生物会居住在深海的底部，静止不动，又瞎又聋，缺乏任何接收信息的能力？我对这个问题深思良久。先生们，答案非常明显。这种智慧生物肯定能以我们做不到的方式和星球进行互动，肯定有它们独特的感觉与沟通的模式。这种智慧生物肯定拥有心灵感应能力。的确，我越是思考，这一点就越发明显。

“因此剩下的工作就是检验我的结论了。为此，我带上了达克斯。所有猫咪都拥有些许心灵感应能力，守护者领主大人们。在许多个世纪前的大战期间，古地球帝国军和哈兰甘智者以及吉斯洋基吸魂者陷入了苦战，这两种敌人拥有可怕的心灵力量。为了和这样的强敌对抗，生态工程师以猫科动物作为实验对象，极大地提升和强化了它们的心灵感应能力，这样它们就能和人类交流了。达克斯就是这么一只特别的动物。”

“你是说这东西能读懂我们的思想？”守护者领主莱杉尖声说道。

“如果你有思想可读的话，”哈维兰·图夫说道，“是的。可更重要的是，通过达克斯，我就能够和这种被你们极其可耻地称为泥壶蚌的古老种族对话了。你们要知道，它们完全是一种心灵感应生物。

“在难以准确计数的千年岁月里，它们安宁而平静地居住在星球的海底。它们是一种迟钝的、喜好深思和哲学的种族，数以亿计地群居在一起，彼此相连。它们是独立的个体，又是巨大族群的一部分。从某种意义上说，它们是不死的，因为族群分享着所有个体的经验，某个个体的死亡不具意义。它们把漫长生命的大多数时间都花在抽象思考、哲学，以及我们无法真正理解的古怪的绿色梦境上。或许有人会说它们是无声的音乐家，它们能够一起谱写出庞大的梦境乐章，而那些歌曲将被永恒传唱。

“在人类来到纳摩星之前，它们已有数百万年没有遇见过真正的敌人了，但情况并不总是如此。在这颗潮湿的星球刚刚诞生之时，海洋里有很多和你们一样嗜食这些梦想家的生物。就是在那个时候，这个种族理解了基因，学会了进化。借助巨大而交织的思维之网，它们能够操控自己的生命形态，它们的技艺比任何生态工程师都要纯熟。因此它们进化出了守护者，也就是那些强大的掠食者，那些守护者的生理本能会驱使它们保护被你们称为‘泥壶蚌’的生物。从那时起，当梦想家们继续谱写思维乐章的时候，守护者们就会守护这些梦想家的栖息地。

“然后你们来了，从水瓶座星和古波塞冬星来了。的确，你们来了。在你们种植、捕鱼、发现泥壶蚌的美味的许多年里，这些迷失在幻梦中的梦想家几乎对现状毫无察觉。想一想你们给它们造成的震撼吧，守护者领主大人们。每当你们把其中一只泥壶蚌丢进沸水中，每一只泥壶蚌都会分享同样的感受。对这些梦想家来说，它们不感兴趣的陆地上似乎演化出了某种可怕的全新食肉动物。它们对你们或许是智慧生物这一点毫无概念，因为它们接收不到非心灵感应生物的任何信息，就和你们无法理解一种又瞎又聋、动弹不得且可以食用的生物一样。对它们来说，那些会动的、有肢体的、吃肉的生物就是野兽，绝不可能是智慧生物。

“剩下的故事你们都知道，或者说能够推测出来了。梦想家们是迷失在庞大歌谣中的迟缓种族，而且它们的反应也很慢。起先它们没把你们放在心上，深信生态系统很快就会阻止你们的暴行。可情况并非如此。对它们来说，你们似乎没有天敌。你们不断繁殖和扩张，而它们和许多同类在思维上失去了联络。终于，它们回归了那种久远到几乎忘却的状态，苏醒过来进行自卫。它们加快了守护者的繁殖速度，直到栖息地上方的海域布满它们的护卫，可这些曾经足以对抗其他敌人的生物被证明无法与你们匹敌。它们被迫采取了新的措施。它们的思维不再演奏庞大的乐章，而是探向外界，开始了解，开始感受。最终，它们开始制造新种守护者，强大到足以帮它们对抗这场全新而巨大的危机的守护者。然后这些新的守护者就来了。等我乘坐‘方舟号’抵达纳摩星，而柯菲拉·奎逼迫我向它们和平的领土释放出众多新威胁的时候，这些梦想家起初恐慌不已。

“可斗争让如今的它们更加敏锐，反应的速度也更快，在极短的时间里，它们就塑造出了新的守护者，并且派它们前去与我放出的那些生物对抗。正当我和你们在这座最为壮丽的高塔中交谈的时候，许多可怕的新物种也在波涛下悸动。它们很快就将现身，把你们烦扰得夜不能寐——除非你们达成和解。当然，这完全取决于你们，我只是个卑微的生态工程师，我不会妄想着命令你们做任何事。不过，我全心全意地建议你们和解。这位就是我从海底请来的大使——顺带一提，这让我本人异常不适。梦想家们如今陷入了骚乱，因为它们感觉到了达克斯，又通过它接触到了我，它们的世界从而成百万倍地增长。它们今天知道了星辰，也知道它们在宇宙中并不孤独，我相信它们会相当通情达理，因为它们拿陆地毫无用处，又对鱼肉不感兴趣。达克斯就在这里，我也在这里。或许我们可以开始谈话了？”

等到哈维兰·图夫终于安静下来的时候，很长一段时间都没有人说话。守护者领主们面如死灰，神情麻木。他们一个接一个把目光从图夫毫无表情的脸上转开，投向桌上那个沾满泥巴的甲壳。

最后柯菲拉·奎恢复了语言能力。“它们想要什么？”她紧张地发问。

“首先，”哈维兰·图夫说，“它们要你们停止食用它们。这项提议在我看来非常合理。你们的回答是什么呢？”

“两百万标准币是不够的。”不久之后，哈维兰·图夫坐在“方舟号”的通信室里说道。达克斯平静地坐在他的膝盖上，完全没有其他猫咪那样疯狂的活力。在房间里的另一处，“猜疑”和“敌意”正互相追逐不休。

屏幕上，柯菲拉·奎的脸上出现了疑惑且愤怒的表情。“你是什么意思？这是我们先前商量好的价格，图夫。如果你打算欺骗我们……”

“欺骗？”图夫叹了口气，“你听到她的话了吗，达克斯？在我们做了这一切之后，依然有不由分说的指责加在我们身上。是的，的确是不由分说。一个古怪的词，只要稍有停顿，词意就会混淆。”他把目光转回显示屏。“守护者奎，我很清楚约定的价码。为了两百万标准币，我解决了你们的困难。我分析并思考，将你们所需的知识和翻译者提供给你们。我留给你们二十五只心灵感应猫，每一只猫的心灵都跟一位守护者领主的心灵相连，以便你们在我离开后和那些梦想家进一步联络。这些都被包括在我们先前达成的协议的条款里，因为它们是解决你们问题的必备条件。另外，由于我骨子里比起商人来更像个慈善家，而且非常感情用事，我甚至允许你留下‘愚蠢’，因为它出于某种我完全无法了解的理由喜欢上了你。而它同样是免费的。”

“那你为什么要那额外的三百万标准币？”柯菲拉·奎问道。

“因为我在残忍的强迫下所做的那些工作，”图夫回答，“你能否逐条进行记录？”

“哦，好吧。”她说。

“很好。鲨鱼、梭子鱼、巨型乌贼、逆鳍鲸、灰海妖、蓝海妖、血带鱼、水膏鱼，以上每项两万标准币。要塞鱼，五万标准币。哭泣与低语之草，八万……”他说了很长一段时间。

等他说完，柯菲拉·奎用力抿了抿嘴唇。“我会把账单提交给守护者议会，”她说，“可我坦白告诉你，你的要求既不公平又高过了头，而且我们的贸易差额不足以担负如此巨额的标准币外流。你可以在轨道上等待一百年，图夫，可你得不到五百万标准币。”

哈维兰·图夫举起双手表示投降。“啊，”他说，“所以，由于轻信他人的个性，我得蒙受损失了。这么说，我拿不到酬劳了？”

“两百万标准币，”守护者说，“正如我们约定的那样。”

“我猜我会接受这残酷且不道德的结果，并从中学习人生的严酷。那好吧。就这样吧，”他抚摸着达克斯，“有人说过，那些从不学习历史的人必将重演历史。对这样不幸的事态变化，我只能责怪自己。曾有人驾驶着一艘类似的播种舰帮助一颗小星球摆脱了害虫的侵扰，可不领情的行星政府却拒绝支付酬劳。如果我更明智一些，就该学会要求预付酬劳了，”他叹了口气，“可我不够明智，因此不得不承受损失。”图夫顿了顿，又摸了摸达克斯。“或许你们的守护者议会有兴趣看看这盘特别的录像带，以此消遣一番。这是一部全息影片，高潮迭起，表演精彩，除此之外，它还能让人对‘方舟号’这样的飞船的运作方式和能力有非常直观的印象。影片的标题是《哈梅林的播种舰》[1]。”

不用说，他们付了酬金。

---

1. 此处暗指欧洲民间传说“哈梅林的花衣魔笛手”。

第二份食物

与其说这是一种兴趣，倒不如说这是一种习惯，而且当然不是那种需要思前想后、深思熟虑才会养成的习惯。可不管怎么说，他已经养成了这种习惯：哈维兰·图夫收集太空船。

或者说得更确切点：他堆积太空船。他当然有地方放。初次踏足“方舟号”的时候，图夫在那里找到了五艘流线型的、具备黑色三角翼的太空梭，一片来自大肚皮的莱安农商船的空空荡荡的飞船壳，还有三艘外星太空船——一艘配备重火力的赫鲁恩歼击舰和两艘古怪的飞行器，它们的历史和建造者早已成谜。这支鱼龙混杂的舰队还包括图夫自己的那艘受损的商船——“价廉物美量又足号”。

而这只是个开始。在旅途中，图夫发现聚集在他的登陆甲板上的飞船多得就像控制台下的灰尘和官僚桌上的文件。

在自由港湾星突破封锁线时，一名谈判代表的单人用多航道信使船被敌军火力严重破坏，图夫不得不驾驶着“蝎尾狮号”太空梭送他回去——当然，这是在敲定合同之后。就这样，图夫得到了一艘单人用多航道信使船。

在高尼许星，那些象教祭司从没见过真正的大象。图夫为他们克隆了一些，包括一对乳齿象、一头毛茸茸的猛犸象和一头绿色的泰奇安号齿象。那些不希望和其他人类进行贸易活动的高尼许星人拿出他们的殖民者先祖到来时乘坐的那支老朽的太空舰队，将其当作酬金付给了图夫。图夫成功地把其中两艘飞船卖给了博物馆，心血来潮地留下了一艘，然后把剩下的飞船卖给了废品回收站。

在卡拉里奥星，图夫在一次斗酒中击败了铿金傲骨家族的领主，得到了作为赌注的豪华狮艇，尽管那个输家在转交飞船之前不太体面地取走了飞船上大部分的纯金装饰品。

那些对自己的手艺异常自豪的缪尔星工匠非常中意图夫送来解决翼鼠灾害的那种生性狡猾的幼生龙，于是赠给他一艘用铁和银制成的有着巨大蝙蝠翼的龙船。

在巨大飞行蜥蜴的袭击之下，度假胜地圣克里斯托弗星的迷人魅力深受影响。该星的骑士们将这些蜥蜴称为“龙群”，一部分是由于外形的相似性，另一部分则要归因于他们缺乏想象力。他们对图夫带来解决这些蜥蜴的“圣乔治”[1]非常满意，那是一种无毛的猿猴，它们最喜欢的就是蜥蜴蛋大餐。所以骑士们也送了他一艘飞船。那艘飞船长得就像一只蛋——用石料和木材做成的蛋。“蛋黄”的深处安置着用浸过油的龙革制成的软椅和一百根稀奇古怪的黄铜控制杆，还有一块应该是显示屏的彩色嵌花玻璃。木制的舱壁上挂着富丽堂皇的手制织锦，上面描绘着骑士团的种种伟大事迹。当然了，这艘飞船没法开动——显示屏无法显示东西，黄铜控制杆不能控制飞船，维生系统也根本无法维生。可图夫还是收下了它。

就这样，这里一艘，那里一艘，到了最后，哈维兰·图夫的登陆甲

1. 英国传说中杀死恶龙的英雄。

板看起来就像一座星际垃圾场。正因如此，等他决定返回斯·乌斯兰星的时候，他拥有的各种太空船已经颇具规模了。

图夫在很久以前就得出了结论：乘坐“方舟号”返回斯·乌斯兰星是很不明智的行为。毕竟，当他离开斯·乌斯兰星的时候，行星防卫舰队正在后头穷追不舍，一心想将这艘播种舰收归公有。斯·乌斯兰星人智力出众而且精通科技，无疑会在图夫离开后的这五个标准年里把他们的战舰改造得速度更快也更具威胁性。因此，一次侦察行动势在必行。幸运的是，哈维兰·图夫自认是乔装打扮方面的大师。

他让“方舟号”离开超光速航道，停留在距斯·乌斯兰星一光年处的冰冷、空旷而黑暗的星际空间里，接着他驱车前往登陆甲板，检阅他的舰队。他最后决定乘坐那艘狮艇。它够大也够快，其星际飞行引擎和维生系统运转良好，而且卡拉里奥星离斯·乌斯兰星非常远，两颗星球之间不太可能有所交流，因此斯·乌斯兰星人应该不会发现他伪装中的任何瑕疵。在临行之际，哈维兰·图夫把奶白色的皮肤染成了古铜色，用假发盖住了他没有毛发的脑袋，经过一番安排，他有了一把可怕的金红色大胡子、一头乱糟糟的密实长发和一对用胶水粘上的凶悍眉毛。此后他又用形形色色的彩色毛皮（都是人造的）和金链子（事实上不是真金）裹住他魁梧丰满的身体，到了最后，他看起来很有几分卡拉里奥星贵族的模样。他的大多数猫都安全地待在“方舟号”上，除了达克斯——那只长着闪闪发光的金色双眼，擅长心灵感应的黑色小猫。达克斯与他同行，舒舒服服地窝在他宽敞的口袋里。图夫给这艘狮艇起了个非常贴切的名字，装上冷冻好的炖蘑菇和两桶浓稠的圣克里斯托弗星的棕麦芽酒，往飞船电脑里加进几种他喜欢的游戏，随后启程出发。

图夫离开超光速航道，飞向斯·乌斯兰星，当他飞到那庞大的船坞附近时，有人立刻跟他打起了招呼。主控制室里那块巨型屏幕的形状就像一只大眼睛，这是卡拉里奥星人的另一种有趣而做作的习俗。屏幕上出现了一个矮瘦男人的脸，他的眼神看上去很疲惫。“这里是斯·乌斯兰星港，蜘蛛乡管制处，”他自我介绍道，“我们发现你了，‘苍蝇’。请表明身份。”

哈维兰·图夫伸出手，启动了他的通信设备。“这里是‘凶蛮草原咆哮者号’，”他用一种冷静平和的语气说道，“我要求安全停靠的许可。”

“好一个惊喜，”管制员用恼人的讽刺语气说道，“4-30-7号泊位，靠外。”他的面孔被指定泊位在船坞上的位置示意图所取代，接着，通信被切断了。

飞船入港后，一组海关检查员上了飞船。有一个女人检查完他空荡荡的货舱，草草做完了安检，确定这艘古怪又不可靠的飞船不会爆炸、熔化或是以别的方式让星网受损，又在整艘飞船里清查了一通害虫，她的同事则一面不厌其烦地询问图夫的出身、目的地、来斯·乌斯兰星要办的事务和行程中的其他细节，一面将他编造的回答输入一台掌上电脑。

就在询问快要结束的时候，达克斯睡眼惺忪地从图夫的口袋里钻了出来，朝她看去。“这是……”她大惊失色地说。她起身的速度如此之快，就连掌上电脑都险些摔落在地。

那只小猫——噢，它现在已经差不多成年了，可它仍旧是图夫的宠物中最年幼的一只。它有一身黝黑如深邃宇宙的柔滑长毛，有一对明亮的金色双瞳，还有懒得出奇的习性。“这是达克斯。”图夫说。斯·乌斯兰星人有一种令人窘迫的习惯，那就是他们把所有动物都当作害虫来看待，因此他一心想阻止这位海关检查员任何可能的鲁莽行为。“它是一只宠物，女士，而且完全不会伤人。”

“我知道它是什么，”那个女人尖声说道，“把它拿远点。要是它朝我的喉咙扑过来，你就有麻烦了，‘苍蝇’。”

“的确，”哈维兰·图夫说，“我会尽我所能控制它的兽性。”

她看起来松了口气。“它只是一只小猫，对吗？该怎么说来着，幼猫？”

“你的动物学知识非常惊人。”图夫回答。

“我才不懂什么动物学，”海关检查员说着又坐回椅子里，“可我有时会看网络电视。”

“这么说来，你恰好看过一部富有教育意义的纪录片。”图夫说。

“才不是呢，‘苍蝇’，”那个女人说，“我更喜欢爱情剧和冒险剧。”

“我明白了，”哈维兰·图夫说，“我猜某部此类电视剧中出现过一只猫。”

她点点头，就在这时，她的同事从货舱里走了出来。“检查完毕。”另一个女人说。她看到了窝在图夫臂弯里的达克斯，露出微笑。“一只猫害虫，”她欢快地说，“它怪可爱的，对吧？”

“别给它们骗着了，”前一位检查员警告道，“它们柔软又讨人喜欢，可它们一眨眼的工夫就能把你的肺给扯出来。”

“它看起来没有大到那种程度。”她的搭档说。

“哈！还记得《图夫和缪妮》里的那只猫吧。”

“《图夫和缪妮》。”哈维兰·图夫重复道。他的语气毫无起伏。

第二位检查员在第一位检查员旁边坐下。“海盗和总督。”她说。

“他是无情的生与死之王，他的飞船像太阳般宽广。她是蜘蛛老妈，在爱情与忠诚之间挣扎。他们两人一起改变了世界。”前一位检查员说。

“如果你喜欢这种剧，可以在蜘蛛乡租一份来看，”后一位检查员告诉他，“这部剧里就有一只猫。”

“的确。”哈维兰·图夫眨着眼说。达克斯发出一阵呼噜呼噜的声音。

哈维兰·图夫的泊位在港外五千米处，因此他坐上一辆管道列车，来到了星港中心。

他被挤得东倒西歪。管道列车上没有座位，他被迫忍受戳着自己肋骨的陌生人的手肘、离他的脸仅有一毫米的电子人的那张冷冰冰的塑钢面具，以及每当管道列车减速时就会擦过他后背的某个外星人的甲壳。当他到站时，那辆管道列车就像是下定决心要把先前吃多了的人类全部吐出来似的。月台上充斥着无序、噪声与混乱，还有不断与他擦身而过的路人。一个矮小的年轻女人把一只令人不快的手放在他的毛皮大衣上，邀请他一起消磨时间。她的神情像刀刃般锐利。图夫刚脱身不久，就撞上一个配有“第三眼”相机和谄媚笑容的新闻偷窥客，后者声称自己正在做一份关于陌生“苍蝇”的特别报道，并要求采访他。

图夫从偷窥客身边挤过，走向售货摊，购买了一台私人屏蔽器，将它别在了腰带上。这为他提供了少许帮助。每当斯·乌斯兰星人看到它的时候，他们都会把目光移开，以尊重他保持低调的意愿，因此他算得上无人打扰地穿过了这片人群。

他的第一站是影视中心。他要了个配有躺椅的包间，点了一份斯·乌斯兰星啤酒，然后租了一份《图夫和缪妮》的影碟。

他的第二站是星港总督办公室。“先生，”他对控制台后面的那个男人说道，“劳驾，我有一个问题。托莉·缪妮是否还在担任斯·乌斯兰星的星港总督？”

那名秘书上下打量了他一番，然后叹了口气。“‘苍蝇’，”他叹息着说，“当然了。还能有谁？”

“的确没有，”哈维兰·图夫说，“我必须立刻与她会面。”

“是吗？像你这么说的“苍蝇”起码有一千个。你叫什么名字？”

“我名叫威莫威特，是一名来自卡拉里奥星的旅客，也是‘凶蛮草原咆哮者号’的船主。”

那名秘书做了个鬼脸，把资料输入控制台，然后懒洋洋地靠回浮游椅的椅背，等待着搜索结果。最后他摇了摇头。“抱歉，威莫威特，”他说，“老妈很忙，而且她的电脑从没听说过你的名字，也没听说过你的飞船和星球的名字。”

“这真是太令人不满了。我有私人事务在身，希望能立刻见到星港总督。”

那名秘书耸耸肩。“你要么说得清楚些，要么就走吧，‘苍蝇’。我们已经尽力了。”

哈维兰·图夫思忖半晌。接着他伸出手，抓住了那丛茂密的假发，用力一拉。假发从他头顶脱落时发出一阵撕裂声。“仔细看！”他说，“我其实不是威莫威特。我是乔装打扮的哈维兰·图夫。”他把假发和假胡子挂在控制台上。

“哈维兰·图夫？”那名秘书说。

“没错。”

那人笑了。“我看过那部电视剧，‘苍蝇’。你要是图夫，我就是‘北斗星’斯蒂芬·科博尔特啦。”

“‘北斗星’斯蒂芬·科博尔特已经死了超过一千年了，可我的确是哈维兰·图夫。”

“你看起来一点也不像他。”那名秘书说。

“我隐瞒了身份，伪装成一名卡拉里奥星贵族。”

“哦，对。我忘了。”

“你的记性真差。你能否告诉缪妮总督，哈维兰·图夫回到了斯·乌斯兰星，并且想要立刻与她谈话？”

“不，”那名秘书坦率地说，“不过我肯定会在今晚的狂欢酒会上

告诉我的每一位朋友。”

“我手里有一笔一千六百五十万标准币的钱款准备付给她。”图夫说。

“一千六百五十万标准币？”那名秘书吃了一惊，“这可是一大笔钱啊。”

“你对显而易见的事倒是很有洞察力嘛，”图夫不紧不慢地说，“我发现生态工程师是个收入相当丰厚的行当。”

“那可真不错，”那人把身体靠向前来，“噢，不管你是图夫、威莫威特还是别的什么人，你的表演很逗趣，可我还有工作要做。要是几秒钟后你还没有捡起头发并且离开我的视线，我就要叫警卫了。”他正准备继续说下去，可这时控制台对着他嗡鸣起来。“喂？”他对耳机说道，皱起了眉头，“啊，没错。当然，老妈。噢，大块头，非常壮，两米半高，肚子大得简直让人恶心。不，头发不少，至少在他扯掉头发再丢到我的控制台上之前，他的头发不算少。不。他说他乔装打扮过了。对，他说有好几百万标准币要给你。”

“一千六百五十万。”图夫一板一眼地说。

那名秘书吞了一下口水。“当然。马上，老妈。”他结束了通话，满脸惊讶地抬起头，望向图夫。“她想见你，”他指了指办公室，“穿过那道门。小心点，她的办公室是零重力的。”

“我很清楚星港总督对重力的厌恶。”哈维兰·图夫说道。他捡起先前丢下的假发，塞到一条手臂下面，以他笨拙而庄严的气度走向指定的那道门，后者在他接近时随即开启。

她正在办公室里等他，飘浮在大堆杂物中央，交叉着双腿，白银和钢铁之色的长发在她那张瘦削、坦率而朴实的脸孔周围懒洋洋地飘舞着，像一道烟圈。“这么说，你回来了。”当图夫游入视野之时，她说。

在零重力环境中，哈维兰·图夫感觉不太舒服。他奋力游到她的访客用椅边上，把它牢牢固定在应该是地板的地方，又把自己捆了上去。他优雅地交叠双手，将它们放在他肚皮凸起的曲线上。他丢下的假发随着气流来回飘舞。“你的秘书拒绝替我传话，”他说，“你怎么猜到是我的？”

她露齿而笑。“还有谁会给自己的飞船取名叫‘凶蛮草原咆哮者号’？”她说，“另外，距离你上次离开这里，差不多五年过去了。我觉得你是特别守时的那种人，图夫。”

“我明白了。”哈维兰·图夫说。他带着谨慎而庄严的气质，把手探进人造毛皮的内侧，扯断口袋上的缝合线，取出一只聚乙烯皮夹。皮夹里的许多小袋中装着一枚枚晶体芯片。“拿着吧，女士，我非常愉快地将这笔一千六百五十万标准币的钱款支付给你，用以偿还在你们修复和改造‘方舟号’的过程中，我对斯·乌斯兰星所欠下的前半部分债务。”

“谢谢。”她说。她拿过皮夹，翻开，略微瞥了一眼，把它丢到一旁。它朝着那顶假发飘了过去。“不知道为什么，我一直相信你能赚到这笔钱，图夫。”

“你对我生意头脑的信任令我振奋，”哈维兰·图夫说，“现在，来谈谈那部剧吧。”

“《图夫和缪妮》？这么说你已经看过了？”

“的确。”图夫说。

“该死的，”托莉·缪妮坏笑着说，“你觉得怎么样，图夫？”

“我不得不承认，它对我而言颇有几分反常的吸引力，原因很明显。这样一部电视剧无可否认地满足了我的虚荣心，不过其内容实在无法令我满意。”

托莉·缪妮大笑起来。“你最不喜欢哪个部分？”

图夫抬起一根长长的手指。“一言以蔽之，它不够精确。”

她点点头。“噢，那部电视剧啊。那个图夫的块头只有你的一半，我得说，他的表情丰富得多，他的谈吐不够做作，而且他有喷丝头的肌肉和杂技演员的平衡感。不过他们的确对真实性毫无兴趣。”

“他有一把大胡子，”哈维兰·图夫说，“我可没有。”

“他们觉得这样才有无赖相。还有，瞧瞧他们对我的形象做了什么改动。我不介意年轻五十岁，也不介意他们美化我的脸，让我看上去像是凡迪恩星的梦境公主，可瞧瞧那该死的胸部！”

“毫无疑问，他们是想强调你的哺乳动物特征进化的可能性，”图夫说，“他们或许认为，为了给大众带来更有美感的娱乐，这些改动根本微不足道，但以我的哲学观点来看，我认为这种肆无忌惮的越轨行为比他们想的要严重得多。我尤其要驳斥最后那段台词——剧里的我认为人类的进化天赋能够解决所有问题，也一定会解决所有问题，而生态工程学能让斯·乌斯兰星人毫无顾虑也不受限制地繁衍生息，从而进化出伟大而至高无上的神性。这与我当时想要表达给你的真正观点完全矛盾，缪妮总督。如果你还记得谈话的内容，我是清楚地告诉过你的：如果你们的人民继续无尽无休地繁殖下去，任何能解决你们的食物问题的手段，无论它们在本质上借助了科技还是生态工程学，都只能算是权宜之计。”

“你可是这部电视剧的主角，”托莉·缪妮说，“把你拍成反生命主义者可不大好，对吧？”

“剧情同样存在着其他瑕疵。对那些不幸观看了这部虚构作品的人来说，他们对五年前那次事件的看法会遭受严重曲解。‘浩劫’是一只精力充沛且无害的猫科动物，其祖先早已被驯化。根据我的记忆，当你用合法的罪名背信弃义地抓住它，并以此阴谋间接迫使我交出‘方舟号’的时候，我和它都毫无抵抗地投降了。它从没用爪子撕碎过哪怕一个警卫，更别说六个了。”

“它的确抓伤过我的手背，”托莉·缪妮说，“还有什么瑕疵？”

“我只是想赞赏这部电视剧对乔森·莱尔和斯·乌斯兰星高阶议会的描绘，”图夫说，“他们的行为，特别是首席议员莱尔的行为，的确道德败坏而肆无忌惮。可我得为他们说句公道话：乔森·莱尔根本没有拷打过我，也没有杀死我的任何猫来迫使我屈服于他的意志。”

“他也从没出过那么多汗，”托莉·缪妮说，“而且他从不流口水。他真的是个体面人。”她叹了一口气。“可怜的乔森。”

“我终于要说到这部电视剧的症结所在了。症结，的确——一个发音古怪的词，不过它很适合被用来描述我们需要讨论的内容。缪妮总督，这个症结便是我们赌约的具体内容，在过去和现在皆是如此。当我带着刚刚抢救回来的‘方舟号’进港整修时，你们的高阶议会就决定要得到这艘飞船。我拒绝出售它，而你们没有合法的托词来抢夺我的飞船，便将‘浩劫’作为害虫收缴，并威胁我签署转让协议，否则就杀死我的猫。大体上没错吧？”

“我想没错。”托莉·缪妮和颜悦色地说。

“我们用一场赌约解决了僵局。我通过生态工程学来解决斯·乌斯兰星的食物危机，以此规避威胁你们的那场大饥荒，如果我失败了，‘方舟号’就送给你们。如果我成功了，你们就得归还‘浩劫’，并且完成我所需要的改装和维修工作，再给我十年的时间来支付相应的费用。”

“没错。”她说。

“根据我的记忆，我开出的条款中不包括任何与你发生肉体关系的内容，缪妮总督。我不会贬低你在逆境中表现出的勇气——那时候高阶议会关闭了管道，封锁了所有船坞。你冒着失去生命与前途的风险砸碎了一扇塑钢窗，只穿着防护外肤，由喷气推进器驱动，飞过好几千米毫无遮蔽的外太空，一路躲避着警卫队的追踪，最后还险些被那些前来攻击我的行星防卫舰队杀死。任何一个坦率直白的人——包括我在内——都得承认，这样的行为展现出一种英勇甚至是浪漫的气质，在古时足以成为传说故事的素材。然而，这样一段大胆而戏剧性十足的旅程是为了将‘浩劫’归还给我，是为了协议中的条款，而不是为了把你的身体送来满足我，”图夫眨了眨眼，“不是为了性欲。此外，你非常清楚，你当时的行为受到了荣誉感的驱使，而且你担心‘方舟号’会腐化你的同事们。根据我的回忆，肉体的激情和浪漫的爱情都不在你的考虑范围之内。”

星港总督托莉·缪妮咧嘴笑了。“瞧瞧我们，图夫。鬼才觉得我们像一对星际恋人。可你必须得承认，这个故事要好过原来的故事。”

图夫的长脸依旧平静而毫无表情。“你肯定不是在维护这部极其荒谬的电视剧吧。”他平静地说。

星港总督再次大笑起来。“维护？真见鬼，这部剧就是我写的！”

哈维兰·图夫眨了六次眼。

在他答话之前，外门滑开，新闻偷窥客们蜂拥而入，二十多个人大声呼喊着无礼的问题。每个人的前额中央都有一只“第三眼”相机在嗡鸣，在闪光。

“看这边，图夫。笑一个。”

“你带着猫吗？”

“你们准备去签结婚协议书吗，星港总督？”

“‘方舟号’在哪里？”

“我们来拥抱一下吧，嘿！”

“你是什么时候晒黑的，商人？”

“你的大胡子去哪里啦？”

“公民图夫，你对《图夫和缪妮》有什么看法？”

“‘浩劫’近来可好？”

被绑在椅子上动弹不得的哈维兰·图夫迅速而精准地摆动头部，将这些人上下打量了一番。他眨眨眼，什么都没说。问题的洪流源源不绝，直到星港总督托莉·缪妮毫不费力地游过人群，两只手交替着推开那些偷窥客，在图夫身边坐了下来。她把手臂伸进他的臂弯里，轻轻地吻了一下他的脸颊。“真见鬼，”她说，“给我注意点，他才刚来呢。”她抬起一只手。“抱歉，别问了。我们需要隐私。毕竟都过去五年了，给我们点时间叙叙旧吧。”

“你们准备一起去‘方舟号’那里吗？”其中一名较为大胆的偷窥客问道。她正飘浮在图夫面前半米的位置，她的“第三眼”相机正嗡嗡作响。

“当然，”托莉·缪妮说，“我们还能去哪里？”

等到“凶蛮草原咆哮者号”飞出星网，朝着“方舟号”的方向前进时，哈维兰·图夫才屈尊走向他分配给托莉·缪妮的舱室。他刚刚沐浴完毕，洗掉了所有伪装的痕迹，无毛的长脸就像白纸般空无一物。他穿着一件朴素的灰色大衣，但依然难以掩盖他惊人的大肚皮。一顶绿色鸭舌帽盖在他光秃秃的脑袋上，帽子上面饰有代表生态工程师的金色字母Θ。达克斯坐在他宽阔的肩膀上。

托莉·缪妮斜靠着椅背，啜饮着圣克里斯托弗星的棕麦芽酒，图夫进门时，她咧嘴笑了起来。“这酒可真棒，”她说，“好了，那是谁？它不是‘浩劫’。”

“‘浩劫’正安全地待在‘方舟号’上，跟它的伴侣和小猫们在一起。不过说实话，它们已经不能算是小猫了。在我上次拜访斯·乌斯兰星之后，我飞船上的猫咪数量有了些许增长，只是远比不上斯·乌斯兰星人口的正常增长速度。”他动作僵硬地弯腰就座，“它是达克斯。虽说每只猫无疑都是特别的，可确切地说，达克斯是独一无二的。所有的猫都拥有少许的心灵感应能力，这一点尽人皆知。我在纳摩星上遭遇了一系列不寻常的状况，因此我启动了一项程序，来增强猫咪的这种与生俱来的能力。达克斯就是最终的成果，女士。我和达克斯相处得很友好，而它也获得了远超过一般程度的心灵感应能力。”

“简单地说，”托莉·缪妮说，“你给自己克隆了一只能够读心的猫。”

“你的洞察力还是这么敏锐，星港总督，”图夫双手交叠，“我们有很多事情需要谈。或许你愿意解释一下你要求我把‘方舟号’带回斯·乌斯兰星的原因，以及你坚持要陪同我前来的原因，还有最重要的，你让我卷入这场古怪但有趣的诡计，甚至需要对我本人做出放肆举动的原因。”

托莉·缪妮叹了口气。“图夫，你还记得五年前我们分别时的情况吗？”

“我的记忆力没有受损。”哈维兰·图夫说。

“很好。那你该记得你给我留下了一个大得要命的烂摊子。”

“你估计自己会立即被免除星港总督的职务，以严重通敌罪遭受审讯，并且被判在肉仓星从事苦役，”图夫说，“尽管如此，你仍然拒绝了我将你免费送往你所选择的星系的提议，宁愿回去面对拘禁和羞辱。”

“不管怎样，我都是斯·乌斯兰星人，”她说，“那些人是我的同胞，图夫。有时候他们的确蠢得要命，可见鬼，同胞就是同胞。”

“你的忠诚无疑值得褒奖。由于你依然是星港总督，我猜上述的状况发生了改变。”

“我改变了状况。”托莉·缪妮说。

“的确。”

“要是我不想下半辈子都在新生草田里开除草车，直到被重力撕碎为止，我就必须这么做，”她做了个鬼脸，“我刚回到港口，警卫就抓住了我。我违抗高阶议会、触犯法律、破坏公共财产，并且帮助你带着那艘他们想要充公的飞船逃离。这些做法真够戏剧性的，对不对？”

“我的看法影响不了事实本身。”

“我的做法非常具有戏剧性。事实上，这要么是滔天的罪行，要么就是伟大的英雄事迹。乔森觉得很内疚。我和他认识很久了，他真的不是个坏人，我告诉过你的。可他是首席议员，而且他知道哪些事是非做不可的。他必须以通敌罪起诉我，可我没蠢到那种程度，图夫。我知道什么事是非做不可的，”她倾身向前，“我也不满意手里的牌，可我要是不把牌亮出来，就必须承认自己的失败。要救我这条小命，我必须毁掉乔森，抹黑他和大多数高阶议员的名声。我必须把自己说成女英雄，把他说成恶棍，这样才能让地底城里每一个该死的传谣者完全听懂。”

“我明白了。”图夫说。达克斯发出呼噜声，意为“星港总督说的话全都是真的”。“因此就有了那部名为《图夫和缪妮》的浮夸电视剧。”

“我需要卡路里来付诉讼费，”她说，“这倒是真话，该死的，不过我将这一点作为借口，把我描述的那个版本的故事卖给了一家大型网络电视台。这么说吧，我给故事加了点趣味性。他们兴奋得要命，决定继续独家发布这个故事的电视剧版本。我喜出望外地提供了剧本。当然啦，我有一个合作人，是我告诉他剧本该怎么写的，而乔森根本没弄清楚状况。他可不是他自以为的那种‘精明的政客’，而且他根本就没把这件事放在心上。另外，我还得到了帮助。”

“谁的帮助？”图夫询问道。

“大部分帮助来自一个名叫克雷果·布拉克勋的年轻人。”

“我没听过这个名字。”

“他是高阶议会的一员，是农业议员。这是个非常重要的职位，图夫，而且在所有担任过农业议员的人里，布拉克勋是最年轻的一个。在高阶议会里他也是最年轻的议员。你觉得他应该很满足了，对吧？”

“请不要擅自假设我在想什么，除非你在我离开的这段时间得到了心灵感应能力。我不这样认为，女士。我早就发现，对任何人会永远满足的假设，永远都是错误的。”

“克雷果·布拉克勋一直是个很有野心的人，”托莉·缪妮说，“他是乔森政府的一员。他们两人都隶属于技术专家党，可布拉克勋渴望坐上首席议员的宝座，也就是乔森·莱尔正坐着不肯挪窝的地方。”

“我明白他的动机了。”

“布拉克勋成了我的盟友。说到底，他对你给我们的那些东西印象深刻——全能稻谷、鱼类、那种软泥生物和那些该死的蘑菇。而且他明白状况，他不遗余力地缩短生物测试的时间，把你提供的那些东西种进地里。他取得了惊人的优势，在任何见鬼的蠢货开始拖后腿之前先行一步。乔森·莱尔对这些作物太过着迷，根本没察觉到状况。”

“聪明而有效率的政客在整个银河系里都是罕见的物种，”哈维兰·图夫说，“或许我应该从克雷果·布拉克勋身上弄下一小块皮肤，保存在‘方舟号’的细胞库里。”

“你又在抢我的话说了。”

“故事的结局显而易见。尽管这么猜测会表现出我的虚荣心，可我还是要冒昧猜测：我在生态工程方面所做的小小努力大获成功，而克雷果·布拉克勋积极实施我的方案，进而赢得了赞誉。”

“布拉克勋把这场丰收叫作‘图夫式绽放’，”托莉·缪妮带着些许讽刺撇了撇嘴，“新闻报道沿用了这个词。图夫式绽放，斯·乌斯兰星崭新的黄金时代。很快我们就顺着排水系统的墙壁种起了可食用真菌，并且在每座地底城中建起了蘑菇农场。厚厚的‘海神披肩’覆盖了我们的海面，而在海底，你的鱼群以惊人的速度繁衍。我们用你的全能稻谷取代了新生草和毫微麦，第一次收成便让我们得到了将近三倍的卡路里。你用生态工程学为我们做出了巨大的贡献，图夫。”

“我对这份赞誉致以相应的感激。”图夫说。

“我运气很好，《图夫和缪妮》公映的时候，‘图夫式绽放’的成果已初露端倪，而我受审的日子还远远没到。克雷果每天都在新闻报道上对你的才华大肆吹捧，而且告诉几十亿人我们的食物危机已经终止，结束，消失不见。”星港总督耸了耸肩，“所以他为了自己把你塑造成英雄，只要他想取代乔森，这就是免不了的。而且这也让我成了一位女英雄。一切都被这个漂亮得要命的大绳结绑在了一起，漂亮的程度真他妈前所未见。我就不说细节了。结果是托莉·缪妮被宣判无罪，胜利复职。乔森·莱尔名誉扫地，而他的武断行为遭受谴责，他本人被迫辞职。半数高阶议员都跟他一起辞了职。克雷果·布拉克勋成了技术专家党的新党魁，并在接下来的选举中获胜。克雷果现在是首席议员了，而可怜的乔森在两年前死了。你和我成了传奇的素材，图夫，成了有史以来最著名的一对恋人，噢，见鬼，古代那些有名的浪漫情侣除外——你知道的，罗密欧和朱丽叶，参孙和大利拉，所多玛和蛾摩拉。”

达克斯在图夫的肩膀上发出一阵低沉而惊恐的咆哮，它小小的爪子抓穿了图夫所穿的跳跃服的布料，陷进了他的肌肉里。哈维兰·图夫眨了眨眼，然后伸出手，安抚地摸了摸它。“缪妮总督，你笑得很欢快，你的消息似乎只是在暗示那种老套却无疑永远流行的大团圆结局，可达克斯的惊恐却加重了，就好像你平静外表下的内心正暗流涌动。或许，你省略了故事中某些至关重要的内容。”

“只是个无足轻重的注脚，图夫。”星港总督说道。

“的确。什么注脚？”

“二十七年，图夫。这个词有没有在你的脑袋里拉响警笛？”

“的确。在我着手设立生态工程学的计划前，你们曾预测过，由于惊人的人口增长速度和食物资源的衰退，斯·乌斯兰星将会在二十七个标准年后迎来大饥荒。”

“那是五年前的事了。”托莉·缪妮说。

“的确。”

“二十七减去五。”

“等于二十二，”图夫说，“我猜这番简单的数学计算蕴含着深意。”

“我们只剩二十二年了，”星港总督托莉·缪妮说，“啊，可那是在‘方舟号’到来之前，是在天才生态工程师图夫和大胆的喷丝头缪妮解决问题之前，是在面包和鱼的奇迹出现之前，是在富有勇气的年轻人克雷果·布拉克勋开创‘图夫式绽放’之前。”

哈维兰·图夫转过头，看着肩膀上的那只猫。“我在她的语气中察觉到了一丝讽刺。”他对达克斯说。

托莉·缪妮叹了口气，把手伸进一只口袋，拿出一盒晶体芯片。“拿去吧，我的爱人。”她把它丢了过去。

图夫用白色的大手抓住了在空中打转的盒子，什么都没说。

“你需要的一切都在里面了，我直接从高阶议会资料馆里弄来的。当然，这些都是高度机密文件。所有的报告，所有的预测，所有的分析，只给你一个人看。你明白吗？这就是为什么我要搞得这么神秘兮兮，为什么我们要回到‘方舟号’上面。克雷果和高阶议会认为我们的罗曼史能很好地掩饰一切。就让几十亿观众认定我们正在翻云覆雨吧。只要他们的脑袋里装满了海盗和星港总督一次次高潮的画面，他们就不会停下来思考我们究竟要做什么，这样一来，我们就能安安静静地解决所有问题了。我们需要面包和鱼，图夫，但这次餐盘上需要加个盖子，你明白吗？这就是我的建议。”

“最近的预测报告怎么说？”哈维兰·图夫说。他的声音平淡，毫无起伏。

达克斯站起身，因警觉和突如其来的恐惧而叫起来。

托莉·缪妮啜饮了一口啤酒，接着又倒回座椅里。她闭上了眼睛。“十八年。”她说。她看上去就像是个真正的百岁老人，而不是平时那个六十来岁的人，而她的声音也显得疲惫至极。“十八年，”她重复道，“而且越来越短。”

托莉·缪妮远远算不上见识浅薄。她在斯·乌斯兰星生活了一辈子，见过横跨大陆的都市、数十亿的繁多人口、耸入天际的十开高楼、远在地表之下的纵深通路，以及巨大的升降梯。她可不是容易被事物的大小震撼的人，可她觉得“方舟号”有某种能触动她的东西。

她在抵达“方舟号”之后就有了这种感觉，这时登陆甲板的巨大穹顶在飞船下方开启，图夫驾驶着“凶蛮草原咆哮者号”飞入黑暗，在他的太空梭和那些破烂太空船之间降下，落在一块散发着微弱蓝光以示欢迎的圆形着陆台上。穹顶在他们头顶合拢，空气重新注入。为了迅速填满如此巨大的空间，这股空气仿佛狂风般在他们身边怒号与呼啸。图夫打开了空气闸门，从狮艇的口部放下一架装饰华丽的台阶，其形状就像一根镀金的舌头。在台阶下方，一辆小型三轮机车正等待着他们。图夫从那些闲置和废弃的飞船边驶过，有些飞船的怪异程度是托莉·缪妮前所未见的。他一言不发地开着车，目光不偏不倚，达克斯缩成柔若无骨、呼噜连连的毛团，趴在他的膝上。

图夫分配给她一整层甲板，包括数百张床铺、计算机站、实验室、通道、卫生间、娱乐厅和厨房，而且没有其他的房客。在斯·乌斯兰星上，同样大小的城市中通常有上千人住在比“方舟号”的储藏室还小的公寓里。图夫关闭了那层甲板的重力格栅，因为他知道她更喜欢零重力。

“如果你要找我，可以在我位于顶层甲板的个人房间里找到我，那里具有完全重力，”他告诉她，“我打算全神贯注地研究斯·乌斯兰星的问题。我不会请求你的忠告或协助。没有冒犯之意，星港总督，可根据我不堪回首的经验，这样的联络行为带来的麻烦远超其价值，而且还会让我分心。如果你们这令人恼怒不堪的困境真有答案存在，我会在无人干扰的情况下，凭借自身的努力尽快把它找出来。我会设计程序，让飞船匀速前往斯·乌斯兰星和星网。我希望等我们抵达之时，我已经有能力解决你们的问题。”

“如果你解决不了，”她尖锐地提醒他，“你的飞船就归我们了。赌约如此。”

“我完全意识到了这一点，”哈维兰·图夫说道，“如果你感到焦躁，‘方舟号’上有各种各样消遣解闷和打发时间的玩意。你也可以随意使用自动食品制造机。它做出的食物无法与我个人所做的饭食相提并论，但它与典型的斯·乌斯兰星食品相比颇具优势，这一点我毫不怀疑。白天你想吃多少就吃多少，我希望在飞船时间晚上六点的时候，你能和我共进晚餐。烦请准时。”他说完就走了。

控制着这艘巨大飞船的电脑系统观测着光与暗的循环，并以此模拟白昼和黑夜的交替。托莉·缪妮每晚都坐在一面全息显示屏前，观赏着数千年前在那些近乎传说的星球上录制的戏剧。她把白天的时间用来游览这座飞船——先游览图夫让给她的那层甲板，再游览飞船的其他部分。托莉·缪妮看到的和明白的东西越多，她就越是感到敬畏和不安。

因为操作不便，图夫将舰桥弃置不用。她在舰桥上面那张老旧的船长椅上坐了好几天，看着在巨大的显示屏上滚动的古老航行日志的随机选段。

她穿过甲板与走廊构成的迷宫，发现三具骸骨分散在“方舟号”的几个区域内（其中只有两具骸骨属于人类）。她吃惊地停步于某两条走廊的相交处，那里的耐久合金舱壁龟裂起泡，仿佛经过了高热的烧灼。

她在她发现的一间图书馆里待了好几个小时，抚摸着那些古旧的书。有些书由纤薄的金属或塑料叶片印制而成，另一些则使用了真正的纸张。

她返回登陆甲板，攀上被图夫废弃的几艘太空船。她站在军械库里凝视着数量骇人的武器，其中的一些已经过时，一些无法辨认，另一些则被禁止使用。

她沿着位于飞船中央的昏暗而庞大的中轴舱信步前行，走完了它三十开的全长，她的脚步声在头顶回响，她的呼吸在每天的艰难跋涉结束后都会变得沉重。她身边到处都是克隆容器、培养桶、显微手术设备和数量惊人的工作站。百分之九十的容器都是空的，可这位星港总督总能发现正在成长的生命。她透过覆满灰尘的玻璃和半透明的浓稠流质窥视着模糊不清的生物，有些生物小如她的手掌，有些生物则大如管道列车。这让她不寒而栗。

事实上，整艘飞船都让托莉·缪妮心生寒意。一种不知从何而来的恐惧席卷了她。

唯一真实的慰藉便是顶层甲板上哈维兰·图夫从不离开的那片狭小的区域。被他改装为主控制室的狭长通信室舒适而惬意。他的房间里装满了破破烂烂、塞满软垫的家具，以及他在航行过程中收集的种类丰富的小摆设。房间里弥漫着食物和啤酒的气息，在这里，脚步的回音没那么响亮。这里有光芒、喧闹和生命，还有猫。

图夫的猫能自由往来于飞船的大部分区域，不过大多数猫似乎宁愿待在图夫身边。他现在有七只猫了。“混沌”是一只长毛的灰色公猫，生就一双傲慢的眼睛和懒惰专横的脾气，所有它看到的地方都是它的领土。它最常坐在主控制室里图夫的主控制台顶端，毛茸茸的尾巴像节拍器那样摇晃不已。“浩劫”的活力在这五年里有所减少，而它的重量有所增长。它起初似乎没认出星港总督，可过了几天之后，从前的熟悉感又回来了。“浩劫”想起了这位被它遗忘的伙伴，有时甚至会陪伴缪妮一同信步出游。

接着是“忘恩”“质疑”“敌意”和“猜疑”。“这些小猫，”图夫如此称呼道，尽管它们现在已经不那么小了，“是‘混沌’和‘浩劫’所生，女士。它们这一窝原先有五只，我把‘愚蠢’留在了纳摩星上。”

“抛开愚蠢肯定是好事，”她说，“不过，我从没想过你会放弃任何一只猫。”

“‘愚蠢’对纳摩星当地的一个令人恼火且性情莫测的年轻女人产生了无法解释的好感，”他说，“既然我有很多只猫，而她一只都没有，这似乎是在当时的情况下最合适的做法。尽管猫是一种优秀而美丽的生物，可它们现存的数量在可悲的当代银河系却相对稀少。因此我与生俱来的慷慨和对人类同胞抱有的责任心敦促我把猫送给像纳摩星这样的星球。拥有猫的文明要比缺乏与它们的独特友谊的那些文明更加丰富多彩，也更具人性。”

“没错。”托莉·缪妮微笑着说。“敌意”在附近转悠。她小心地将它抓起，抚摸起来。它的毛非常柔软。“你给这群猫取的名字真怪。”

“或许比起对猫的称呼，这些名字更符合人类的本性，”图夫承认道，“我给它们起这些名字纯粹是一时兴起。”

“忘恩”“质疑”和“猜疑”的毛发是灰色的，就像它们的父亲，

“敌意”的毛发则黑白相间，就像“浩劫”。“质疑”又吵又胖，“敌意”好斗而粗野，“猜疑”很害羞，喜欢躲在图夫的椅子下面。它们喜欢一起玩，组成了吵吵闹闹的一群猫，而且似乎觉得托莉·缪妮拥有无穷无尽的魅力。每当她来见图夫的时候，它们都会在她的身上爬来爬去。有时它们会从不可思议的地方出现。有一天，当她搭乘自动扶梯上楼的时候，“敌意”落在了她的背上，吓得她一时之间呼吸困难。她也逐渐习惯了吃饭时坐在她腿上，向她乞讨小块食物的“质疑”。

然后是第七只猫：达克斯。

达克斯，皮毛漆黑如夜，双眼明亮如灯。达克斯，她所见过的最没精打采的害虫，宁愿被人抱着而不是走路。达克斯，从图夫的口袋里或者帽子底下往外窥视，坐在他的膝盖上或者趴在他的肩膀上。达克斯从不跟那些大猫玩，它很少发出声音，金色的眼睛能让体形庞大、不可一世的“混沌”在它俩同样觊觎的椅子面前让步。这只小黑猫总是跟着图夫。“它是你的守护灵。”在登舰将近二十天之后，托莉·缪妮在有次吃饭的时候对他说。她用餐刀比画了一下。“这会让你成为……那个词怎么说来着？”

“有好几个词，”图夫说，“术士、巫师、邪术师。依我看，这些术语起源于古地球的神话故事。”

“这些术语很适合你，”托莉·缪妮说，“有时候我觉得这艘飞船闹鬼。”

“这就让我想到，为什么明智的人会信赖理性而非感觉，星港总督。请接受我的保证，这里真的不存在鬼魂或是其他超自然生物，否则它们的细胞样本将会被存放在‘方舟号’上，以便进行克隆。我从未见过此类样本。我的存货中的确包括分别被称为兜帽德古拉、风灵、狼人、吸血鬼、暴眼食尸鬼、女巫草的物种和其他类似的物种，可它们恐怕不是真正意义上的神话生物。”

托莉·缪妮笑了。“好家伙。”

“再来点酒怎样？这是上好的莱安农星葡萄酒。”

“真是个好主意。”她往玻璃杯里倒了一些酒。她还是更喜欢用液压球。未经密封的液体狡猾得很，总是等着溢出来的时机。“反正我的喉咙很干。你不需要怪物，图夫，你的这艘飞船现在就能毁掉整个星球。”

“这很明显，”图夫说，“同样明显的事实是它能够拯救星球。”

“比如我们的星球？你把第二个奇迹藏在袖子里了吗，图夫？”

“唉，奇迹就像鬼魂和地精那样神秘，而我的袖子里除了手臂之外什么都没有。然而，人类的智慧依旧有能力找到略逊于奇迹的突破口。”他缓缓地站直身体，“假使你已经吃完了你的爆洋葱馅饼，也喝完了酒，或许你愿意陪同我前往计算机室。我一直在坚持不懈地钻研你们的问题，最后得出了一些结论。”托莉·缪妮飞快地起身。“带路吧。”她说。

“注意。”哈维兰·图夫说。他按下一个控制钮，一份预测报告在其中一块屏幕上闪现。

“这是什么？”托莉·缪妮说。

“我在五年前做的预测报告。”他说。达克斯跳上他的膝盖，图夫伸出手，抚摸起这只小黑猫来。“我使用的是当时的最新数据，包括斯·乌斯兰星当时的人口数据和预计人口增长量。根据我的预测，借助克雷果·布拉克勋不吝冠以‘图夫式绽放’之名的方法，你们引入这些额外的食物资源之后，理应再有至少九十四个标准年的时间，全球饥荒的幽灵才会再次威胁斯·乌斯兰星。”

“噢，这个鬼预测连一锅害虫都不值。”托莉·缪妮直言不讳地说。

图夫抬起一根手指。“脾气比我暴躁的人也许会因为你对预测中含有缺陷的暗示而心生不忿。幸运的是，我生来冷静而宽容。可你大错特错了，缪妮总督，我的预测准确到无可挑剔的程度。”

“所以你是说未来的十八年里不会有饥饿和崩溃对我们虎视眈眈？而我们有多少时间呢？差不多一个世纪？”她摇摇头，“我很想相信你，可——”

“我没说过这种话，星港总督。在限定的误差范围之内，斯·乌斯兰星最新的预测报告也完全符合我过去的判断。”

“总不可能两份报告都对吧，”她说，“这是不可能的，图夫。”

“你错了，女士。在这五年间，参数发生了变化。注意看。”他伸手按下另一个按钮。一条新的指数急速上升，呈弧形滑过屏幕。“这代表斯·乌斯兰星现在的人口增长曲线。注意它攀升的方式，星港总督。惊人的上升速度。要是我有诗人的性情，我甚至会说它在翱翔。幸运的是，我没这么恼人。我是个直率的人，说话向来直言不讳。”他抬起一根手指，“在我挽救你们的困局之前，我必须理解这场困局本身，以及它从何而来。现在一切都清楚了。五年前，我动用了‘方舟号’的资源，异常高效地为你们提供了服务——请容我把往常的谦虚抛到一边。斯·乌斯兰星人在抹消我的努力方面半点都没有迟疑。让我们简单点说吧，星港总督。可以说，‘图夫式绽放’才初见成效，你们的人民就冲回他们的私人住所，释放他们的肉体欲望和繁衍后代的渴望，并且开始以前所未有的速度生育。平均家庭人口比五年前增加了零点零零七二人，而你们的公民的平均生育年龄提早了零点零一零二年。你也许会抗议说，这些改变很小，可若是参照你们星球庞大的人口基数，再根据其他相关参数进行修正，就会出现戏剧性的差异。这个差异，准确地说，就是九十四年和十八年之间的差别。”

托莉·缪妮盯着横跨屏幕的那条曲线。“见鬼，”她嘀咕道，“我早该想到的，真该死。这类数据是机密——理由很明显——可我早该知道的。”她的双手握成了拳头。“见鬼去吧，”她说，“克雷果为那该死的‘图夫式绽放’办了好大一场新闻发布狂欢会，发生这种事也就难怪了。谁还有理由节育呢——食物问题都解决了，对吧？那该死的首席议员就是这么说的。好日子来了，对吧？所有该死的零点党人都又一次变成了见鬼的反生命谣言传播者，技术专家党又一次创造了奇迹。谁还会怀疑他们不能一次又一次地创造奇迹？噢，是啊。所以做个好教徒，多生些孩子，帮助人类朝神性演化吧。嘿，为什么不呢？”她厌恶地哼了一声。“图夫，为什么人类都是这种见鬼的傻瓜？”

“这样进退两难的局面比斯·乌斯兰星从前的困境还要复杂，”图夫说，“恐怕我没有准备好解决这个问题的手段。你在指责别人的同时，自己最好也承担起一部分罪责来，星港总督。无论首席议员克雷果·布拉克勋怎样误导大众，让他们印象深刻的始终是我的扮演者在《图夫和缪妮》里发表的那段不幸的最终致辞。”

“好吧，该死的。我有罪，我把事情搞砸了，可这些都过去了。问题在于，我们还能做什么？”

“恐怕你做不了什么。”哈维兰·图夫说。他的脸上毫无表情。

“那你呢？你曾经创造过面包和鱼的奇迹。我们能得到第二份食物吗，图夫？”

哈维兰·图夫眨眨眼。“与当初试图解决斯·乌斯兰星的困境时相比，此时我的生态工程学经验更加丰富了。我更加熟悉‘方舟号’的细胞库里贮藏的全部物种样本，以及每个独立生态系统的功用。我甚至在来往各星球的旅途中增加了相当数量的存货。事实上，我能够解决问题，”他关掉屏幕，交叠双手，将它们放到肚皮上，“但这需要代价。”

“代价？我们已经付过你那该死的代价了，记得吗？我的喷丝头们修好了你那艘该死的飞船。”

“他们的确这么做了，而我也修复了你们的生态系统。这次我并未要求你们对‘方舟号’进行修理或是改装。然而，你们似乎再次破坏了生态系统，因此再度需要我的服务。我突然想到，我的努力应当有所回报，这才算得上公平。我有许多运作开销，其中最大的一笔就是我欠斯·乌斯兰星港的那笔数额依旧惊人的债务。通过在众多遥远的星球上疲惫不堪地持续劳作，我攒够了我们商定的三千三百万标准币的前半部分，即一千六百五十万，可我还有同样的数目需要支付，而我只剩下五年的时间去赚取这笔钱。这怎么可能？说不定我接下来拜访的十几个星球的生态系统都毫无瑕疵，说不定这些星球贫穷到让我被迫在价码上大打折扣——如果我还打算提供服务的话。每天每夜我的债务都困扰着我，这时常会影响我思维的清晰和准确程度，从而降低我工作的效率。的确，我突然有种预感，当我与斯·乌斯兰星所面临的巨大挑战奋力抗衡之时，如果我能保持头脑清晰而且没有顾虑，我的表现就会出色得多。”

托莉·缪妮对这种情况早有预料。她跟克雷果说过这些事，而他也给了她有限的预算决定权。但她还是故意皱了皱眉头。“你要多少，图夫？”

“我脑子里冒出了一千万标准币这个数字，”他说，“这是一个整数，你很容易就能把它从我的账单上扣除，而不用进行任何棘手的数学计算。”

“太他妈多了，”她说，“也许我可以让高阶议会答应减去两百万的数目，不能更多了。”

“我们折中一下吧，九百万。”图夫说。他用一根长长的手指挠着达克斯黑色的小耳朵，那只猫不声不响地把它金色的双眼转向了托莉·缪妮。

“九百万可不是一千万和两百万的折中数字。”她干巴巴地说。

“我擅长的学科是生态工程学，不是数学，”图夫说，“那么八百万呢？”

“四百万。不能再多了，克雷果会杀了我的。”

图夫目不转睛地盯着她，什么也没说。他看上去冷静、安宁而淡漠。

“四百五十万。”在他目光的重压下，她开口说道。她也能感觉到达克斯的注视，她猜这只该死的猫在读她的心。她指了指它。“见鬼，”她说，“这只黑毛小杂种知道我有资格出多少钱，是不是？”

“有趣的观点，”图夫说，“我可以接受七百万这个价位。我现在正善心大发呢。”

“五百五十万。”她突然闭上了嘴。这能有什么用？

达克斯发出响亮的呼噜声。

“还剩下一千一百万标准币的本金，五年内还清，”图夫说，“我接受，缪妮总督，但要附加一个条件。”

“什么条件？”她满腹狐疑地说。

“我会在公开会议上向你和首席议员克雷果·布拉克勋提出我的解决手段，所有网络电视台的新闻偷窥客都必须出席，并且向整个斯·乌斯兰星进行实况转播。”

托莉·缪妮高声大笑起来。“你的想法真是令人惊讶，”她说，“克雷果绝不会同意的。你还是放弃这个主意吧。”

哈维兰·图夫抚摸着达克斯，什么都没说。

“图夫，你不明白这件事有多麻烦。眼下的状况太他妈敏感了，这件事你非让步不可。”

寂静逗留不去。

“见鬼，”她咒骂道，“好吧，把你想说的东西写下来，然后让我们检查。如果你能避免提起那些会恶化事态的话题，我想我们能给你这项许可。”

“我更喜欢临场发挥。”图夫说。

“或许我们可以录下会议的内容，在修订后再向大众播放。”她说。

哈维兰·图夫保持沉默。达克斯毫不动摇地盯着她。

托莉·缪妮看着那双金色的眼睛，叹了口气。“你赢了，”她说，“克雷果肯定会勃然大怒的，可我是个见鬼的女英雄，而你是个归来的征服者，我猜他到时候会敢怒不敢言。可你为什么要这样做，图夫？”

“我只是一时兴起而已，”哈维兰·图夫说，“我常常屈服于这些突发奇想。或许我是想体验万众瞩目和身为救世主的感觉，或许我是想让斯·乌斯兰星的几百亿人民知道我没有大胡子。”

“要我相信这通鬼话，还不如让我相信地精和食尸鬼是存在的呢，”托莉·缪妮说，“图夫，你要知道，我们对人口规模和食物危机的严重性保密是有原因的。政策原因。噢，你该不会是想，呃，打开那个装害虫的盒子吧？”

“有趣的想法。”图夫眨着眼说。他的脸上看不出表情。

达克斯呼噜起来。

“尽管我不习惯在公共场合发言，也不习惯公众无礼的注视，”哈维兰·图夫开口道，“可我认为自己有责任站出来，向你们解释某些事。”

图夫站在蜘蛛乡的最大会场里的一块四米见方的显示屏前，这里几乎能容纳一千名来宾。会场里塞满了人，新闻偷窥客在前方蜂拥成群，足足占了二十排，每个人的前额中央都有一架小巧的微型照相机在忙不迭地记录着这幕场景。再后面是出于好奇前来看热闹的人——年龄、性别和职业都各不相同的喷丝头，从电子技师和官僚到性爱学家和诗人，从为了观摩会议而特意搭乘升降梯前来的富有“地虫”到来自遥远星系且恰好路过星网的“苍蝇”。星港总督托莉·缪妮和首席议员克雷果·布拉克勋陪着图夫站在讲台后，布拉克勋的笑容显得很勉强。或许他是在回想那个漫长而尴尬的时刻：图夫眨眼看着他伸出的手，而偷窥客们则拍个没完。也正因如此，托莉·缪妮看起来有些不安。

然而，哈维兰·图夫让人印象深刻。他扫视着会场里的每一个男人和女人，他灰色的聚乙烯大衣拂过地板，他的绿色鸭舌帽上饰有代表生态工程师的字母Θ。

“首先，”他说，“请允许我指出，我没有留胡子。”这项陈述引起了哄堂大笑。“而你们可敬的星港总督和我也从未有过身体上的交流——虽然剧里不是这么演的。不过我没有任何理由怀疑她并非一名技艺娴熟的情色艺术工作者。也许每一个喜好此类娱乐的人都对她趋之若鹜。”那群偷窥客就像一只喧闹的百首异兽，转过脑袋，把他们的“第三眼”相机对准了托莉·缪妮。星港总督在座椅里陷得更深了，她用一只手揉搓着鬓角，她的叹息声连第四排座位上的人都能听见。

“这些信息本质上并不重要，”图夫说，“而我提到它们，完全是为了表达真相。我坚持召开此次会议是为了探讨严肃的问题，而不是为了解释个人私事。我毫不怀疑每个看过新闻报道的人都对被你们的高阶议会称为‘图夫式绽放’的事件有所了解。”

克雷果·布拉克勋微笑着点点头。

“然而，恕我冒昧，我认为你们并没有意识到那场被我斗胆称作‘斯·乌斯兰星凋零’的危机。”

首席议员的笑意也凋零了，星港总督托莉·缪妮缩了缩身体。偷窥客们的镜头不约而同地转回图夫身上。

“你们非常幸运，因为我向来推崇义务与职责，而我及时回到斯·乌斯兰星的举动也让我能够再次保障你们的利益，向你们伸出援手。你们的领袖对你们不够坦白。我之所以打算援助你们，是因为你们的星球将在不到十八个标准年的时间里迎来一场大饥荒。”

片刻间，全场来宾在震惊中缄默不语。接着，会场后方出现了一阵小规模骚乱。好几个人被赶了出去。图夫丝毫未加理会。

“上次来访时，我发起的生态工程计划让你们的食品供应量有了幅度惊人的增长，但我采取的是相对传统的手段，也就是在不会严重影响生态环境的前提下引入全新的动植物，让你们的农业产量实现最大化。在这方面再下一番功夫无疑是可能的，但恐怕收益递减的临界点早已过去，这些手段对你们已经没有多少益处。因此我认为，这次我的确有必要从根本上改变你们的生态系统和食物链。有些人或许会觉得我的提议令人不快，但我向你们保证，你们所面临的另一个选择——饥荒、瘟疫和战争——要讨厌得多。

“当然了，选择的权力在你们手中，我可不敢替你们妄加安排。”

会场里的气氛十分冰冷，就像是这里变成了低温储藏室，全场死一般寂静，只有无数只“第三眼”相机在发出嗡嗡声。哈维兰·图夫抬起一根手指。“首先。”他说。他身后是一面填满了整块屏幕的影像，直接从“方舟号”的电脑上发送而来。那是一只大如山丘的臃肿怪物的影像，它的皮肤油光锃亮，它巨大的形体就像不透明的粉红色凝胶那样闪烁着微光。“这是肉兽，”哈维兰·图夫说，“你们现有的很大一部分农地都被用于饲养各种各样的可食用动物，它们的血肉是斯·乌斯兰星人中极少数能负担这种奢侈品且喜爱食用烹制肉类的富人的最爱。这是一种效率极其低下的行为，这些牲畜生前消耗的卡路里比它们被宰杀后所提供的卡路里要多得多，更不用说作为自然演化的产物，它们的大部分身体都是不可食用的。因此我建议你们立即将这些物种从星球的生态系统中剔除出去。

“而我先前提到的肉兽，正是基因改造领域中较为突出的成就之一：这些生物会永无休止地复制出无数完全相同的细胞——那些微小的细胞核除外。它们也不会把任何身体组织浪费在感觉器官、神经系统、便于移动的手脚等毫无意义的部分上。如果要比喻的话，我可以说它们就像巨大的可食癌细胞。肉兽的肉含有人类必需的所有营养成分，例如蛋白质、维生素和矿物质。一只在斯·乌斯兰星的高塔公寓的地下室里长大的成年肉兽，它在一年内产出的可食用肉量就和你们现有的两群牲畜具备的可食用肉量一样多，而如今用于饲养那些牲畜的新生草也可用于农耕。”

“这鬼玩意的味道怎么样？”会场后排有人高声喊道。

哈维兰·图夫略微偏过脑袋，径直望向发话人。“由于本人从不食用肉类，我无法以个人经验来回答这个问题。然而我猜想，对每个饿着肚子的人来说，肉兽都是很美味的，”他抬起一只手，掌心向外，“我们继续吧。”他说。他身后的画面变了，如今显示屏上的画面是两个太阳照耀下的一片无边无际的平原。两道地平线之间的土地上种满了庄稼，那是一种跟图夫本人一样高大的丑陋植物，主梗和叶片是油腻的黑色，植株被鼓胀的白色豆荚压弯了腰，某种苍白浓稠的流质正在从豆荚上不断滴落。

“这些植物，因为某些我不清楚的理由，被称为泽希豆，”图夫说，“五年前，我给了你们全能稻谷，每平方米全能稻谷的卡路里产量远远超过每平方米毫微麦、新生草和你们从前种植的其他谷物的卡路里产量。我发现你们大面积地种植了全能稻谷，并且从中获益。我同样注意到你们还在继续种植毫微麦、新生草、辛香豆、脆菜，以及其他种类繁多的水果和蔬菜，其目的无疑是维持食材的多样性和烹饪的乐趣。你们必须停止这种做法。食谱多样化是斯·乌斯兰星人负担不起的奢侈行为。从今以后，你们应当将‘有效利用卡路里’作为你们的格言。

斯·乌斯兰星的每一平方米农地和被你们称为‘肉仓星’的小行星必须立刻全部改种泽希豆。”

“那滴下来的黏糊糊的东西是什么？”有人喊道。

“那东西是水果还是蔬菜？”一个偷窥客询问道。

“我们能用它做面包吗？”另一个人问道。

“泽希豆，”图夫说，“不可食用。”

一阵突如其来的喧嚣席卷了整个会场，一百个人高声大喊，挥舞手臂，出声提问。

哈维兰·图夫平静地等待着，最后会场再次安静下来。“正如你们的首席议员想要告诉你们却没有说的那样，”他说，“每一年，你们的农地产量在斯·乌斯兰星日益增长的全民所需卡路里中所占的百分比都在持续降低，缺少的卡路里则由食品工厂通过提升产量来弥补，在那里，石化产品被加工成营养薄饼、面糊和其他的人工食品。唉，然而石油是一种不可再生的资源，而且即将被耗尽，虽然该种资源被耗尽的时间可以延后，但这一结果的到来却无法避免。毫无疑问，你们还有部分食物是从其他星球进口的，但星际渠道能提供给你们的食物就这么多了。五年前，我将一种名叫‘海神披肩’的浮游生物引入了你们的海洋，它的生物群如今已经蔓延到你们的海滨，浮游于你们的大陆架上方的波涛之中。等这种生物死去并腐朽之后，它就可以作为食品工厂里的石化产品的替代物。

“泽希豆可以被看作陆生的‘海神披肩’。这种豆子会产生一种在生化性质方面类似原油的流体。它们和‘海神披肩’颇为相似，足以让食品工厂在经历最低程度的设备改造之后利用它们进行高效的食品加工。你们拥有真正的技术专家，对食品工厂进行这种改造很简单，可我必须强调这一点：你们不能把这些豆子当作现有谷物的附带品来种植。为了将收益最大化，你们必须全面种植泽希豆，用它们完全取代全能稻谷、新生草和你们从前作为食物的其他植物。”

后排的一个苗条女人站了起来，以便让图夫在这一大群人里看到她。“图夫，你有什么资格要我们放弃真正的食物？”她尖叫着，语气中充满怒意。

“我吗，女士？我只是个卑微的生态工程师，正在做我的本职工作。我没有资格替你们做决定。我正在完成这件明显吃力不讨好的任务，包括向你们陈述事实和给出某些难以入口却可能有效的良药。在这之后，斯·乌斯兰星的政府和人民需要做出最终的决定，选择你们要走的路。”听众再次骚动起来。图夫抬起一根手指。“请安静。我就快要结束陈述了。”

显示屏上的画面再次变换。“我在五年前引进的某些物种和生态策略可以也应当维持原貌，那时我初次受雇于斯·乌斯兰星。你们应当维持地下城市里的蘑菇田地和真菌田地，并继续开垦新的田地。我有一些新品种的真菌要向你们展示。更高效的海洋种植手段当然存在，包括利用海底和它富含水分的天花板，这样一来，你们就可以激发并促进‘海神披肩’的生长速度，最终让它盖满斯·乌斯兰星每平方米的盐水水面。你们现有的雪燕麦和坑道块茎仍旧是极寒地带的最佳食粮。你们的沙漠如今鲜花盛开，你们的沼泽地被排干了水，变得肥沃多产。在陆地和海洋上，一切该做的都已经做过了，剩下的只有天空。因此，我提议将一整个生态系统引入你们的上层大气。

“在我身后的屏幕上，你们会看到我为你们打造的新食物链的最后一环。这种长有黑色的三角形翅膀的巨型黑色生物是克莱尔蒙特星的驭风者，又名奥罗罗，它们是那些知名度较高的物种的远亲，例如卡瓦娜高原星的黑猖女和赫玛多星的鞭尾蝠鲼。它们是上层大气的掠食者、滑翔者和猎捕者，生来便高高在上。它们是属于风的生物，在飞翔中诞生与死亡，从不会涉足陆地和海洋。事实上，这种驭风者一旦着陆就会迅速死去，因为它们再也无法飞上高空。在克莱尔蒙特星，这种生物又小又轻，据说它们的肉质粗糙而坚韧。它们会吞食任何不幸闯入它的狩猎地带的鸟类，也会吞食数种在空气中存活的微生物、飞行真菌和风生黏菌，我同样要把这些生物引入你们的上层大气。我通过基因改造手段为斯·乌斯兰星制造了一种驭风者，其翼展接近二十米，能够降落到接近树梢的高度，且体形有原种的近六倍大。这种野兽的感觉器官后方有一个小型的氢气囊，能够确保它们在身体更重的情况下继续飞翔。借由飞车和飞船，你们能够毫无困难地狩猎并杀戮这种驭风者，然后你们会发现它们是绝佳的蛋白质来源。

“为了彻底展现我开诚布公的态度，我必须补充一句：对生态系统的这种改动并非毫无代价。没有天敌的那些微生物、飞行真菌和风生黏菌将会非常迅速地在你们的天空中繁殖。那些较高的高塔公寓将会盖满飞行真菌和风生黏菌，从而需要更加频繁清扫。斯·乌斯兰星的大多数本地鸟类和你们从塔拉星与古地球带来的物种都会灭绝，被全新的空中生态系统所取代。到最后，天空会变得暗淡，你们接收到的阳光将显著减少，而你们的气候也将发生永久的改变。然而，我不认为这一切会在三百年之内发生。在什么都不做的情况下，你们的灾难只会来得更快，因此我仍然建议实施上述的计划。”

新闻偷窥客们纷纷跳脚，开始大声提问。托莉·缪妮深陷椅中，眉头深锁。首席议员克雷果·布拉克勋坐得笔直，凝视着正前方，在那张棱角分明的瘦削脸庞上，他的笑容定了格，双眼也失去了神采。

“劳驾再等一下，”哈维兰·图夫对乱成一团的人群说道，“我正准备总结呢。你们听到了我的建议，也看到了我打算用来修改生态系统的那些物种。现在留神听好了。假设你们的高阶议会真的选择以我先前所述的方式部署肉兽、泽希豆和驭风者，根据‘方舟号’的电脑所做的预测，这将显著改善你们的食品危机状况。注意了。”

所有的眼睛都转向了显示屏，甚至连托莉·缪妮也伸长脖子，转头回望，而首席议员克雷果·布拉克勋站起身来，大胆地望向屏幕，他的拇指勾在口袋边缘，他的笑容坚定地徘徊不去。显示屏上闪现出一张图表，红线追逐着绿线从屏幕上横跨而过，日期在一条轴上排列成行，人口数字则出现在另一条轴上。

噪声消逝。

寂静留存。

就连远在后排的人，都能听到清完嗓子的克雷果·布拉克勋的话声。“呃，图夫，”布拉克勋说，“这个结果肯定错了。”

“先生，”哈维兰·图夫说，“我向你保证，结果没错。”

“这，呃，这是之前的图表，不是吗？这不是经你改善之后的结果，”他指了指图表，“你瞧，我们会完成这些生态工程，除了这些豆子什么都不种，让我们的海面被‘海神披肩’盖满，让太空在会飞的食物的遮蔽下变得昏暗，并且在每个地下室里培育肉山。”

“是肉兽，”图夫纠正道，“尽管我承认‘肉山’这个名字颇有创意。你在创造幽默好记的术语方面很有天赋，首席议员。”

“你的所有手段，”布拉克勋顽固地说，“都相当彻底，图夫。我得说，我们有权期待改善的程度同样彻底。”

几个支持者开始朝他欢呼。

“可这个结果，”首席议员总结道，“这张预测图显示，呃，或许我看错了。”

“首席议员，”哈维兰·图夫说道，“以及斯·乌斯兰星的人民，你们没有看错。如果你们采纳了我的所有建议，你们的确可以推迟灾难到来的日期。推迟日期，先生，而非阻止灾难。以现在的状况来看，你们会在十八年内遭受大饥荒，依照这张图表的预测，你们会在一百零九年内遭受大饥荒，可你们一定会遭受大饥荒。”他抬起一根手指。“唯一可靠而永久的解决手段不在我的‘方舟号’上，而是在每位斯·乌斯兰星公民的脑内和腰间。你们必须立即停止这种毫无节制的生育行为！”

“噢，不。”托莉·缪妮呻吟道，但她早已有所预料。此时她已经站起身，一面朝图夫走去，一面高声呼唤警卫，正好赶在事态一片混乱之前。

“见鬼，救你的命都快变成我的习惯了。”许久之后，当两人沿着六号管道安全返回图夫停在泊位里的“凤凰号”太空梭的时候，托莉·缪妮说。整整两班配备神经枪和混乱枪的警卫守在飞船外，阻挡着不断增多且不受控制的人群。“你有没有啤酒？”她问道，“我得来一口。见鬼。”尽管有警卫围在他们身侧，返回飞船的那段路也可谓痛苦至极。图夫奔跑的步伐笨拙得出奇，可她不得不承认他速度惊人。“还有，你没事吧？”她问道。

“经过彻底的擦拭，我已经清除了我身上的绝大多数唾沫。”哈维兰·图夫说道。他气度庄严地弯下腰，坐进座椅中。“你可以在游戏桌底下的冷藏格里找到啤酒。别客气，随便喝。”达克斯爬上图夫的腿，小小的爪子陷入他刚换上的淡蓝色跳跃服的衣料里。图夫垂下一只大手，帮它爬了上来。“往后，”他对猫说，“你要一直陪伴着我，这样我就能在此类事态萌芽时得到足够的预警。”

“如果你提前告诉我，你打算谴责我们的信仰、我们的教会和我们全部的生活方式，”托莉·缪妮说着拿出啤酒，“我就会给你提供足够的预警的。你难道还期待他们会给你颁发奖章不成？”

“一阵热烈的鼓掌就足够了。”

“我很久以前就警告过你，图夫。在斯·乌斯兰星，反生命主义可不流行。”

“我拒绝被贴上这样的标签，”图夫说，“我完全赞同生命。的确，我每天都会用我的克隆容器创造生命，我坚定地厌恶死亡，假使有人邀请我去目睹宇宙的热寂，我肯定会另作打算。”他抬起一根手指。“尽管如此，缪妮总督，那些话我非说不可。除了你和你的那些零点党同伴，你们的生命演化教会教导大多数斯·乌斯兰星人实施无限繁殖的行为，这种做法既缺乏责任感又过于愚蠢，由此造成的指数级别的人口增长必将摧毁你们引以为傲的文明。”

“哈维兰·图夫，末日先知，”星港总督说着叹息一声，“他们更喜欢你作为无赖的生态工程师和大众情人的样子。”

“我发现，无论在哪个星球，英雄都是濒危物种。或许在充斥着虚假乐观和性交后的自鸣得意的电视剧里粘着一把大胡子空谈谎言的我更有美感吧。这是伟大的斯·乌斯兰星所受病痛的症状之一：你们盲目地相信事物在自己心目中的样子，却不管真实情况是怎样的。是时候让你们的世界直面毫无掩饰的真相了，无论是我没有胡子的脸，还是必将到来的饥荒。”

托莉·缪妮咽下一口啤酒，凝视着他。“图夫，”她说，“你还记得我在五年前说过的话吗？”

“如果我没记错，你说过很多很多话。”

“在最后，”她不耐烦地说，“当我决定帮助你驾驶着‘方舟号’逃跑，而不是协助乔森·莱尔抓住你的时候。你问我为什么这样做，而我解释了我的理由。”

“的确，”图夫陈述道，“你说力量会带来腐化，绝对的力量会带来绝对的腐化。你说‘方舟号’已经腐化了首席议员乔森·莱尔和他的同事，而我更有资格拥有这艘播种舰，因为我是个无法被腐化的人。”

她给了他一个无力的笑容。“不太对，图夫。我当时说我不知道世界上有没有不受腐化的人，可如果真的有这样的人，那就是你。”

“的确，”图夫说着摸了摸达克斯，“我记错了。”

“而现在你让我惊讶，”她说，“你真的知道自己刚才做了什么吗？首先，你又颠覆了一个政府。克雷果撑不下去了，你已经告诉了全世界他是个骗子。或许这很公平，成就他的是你，现在毁掉他的也是你。你每次到来，首席议员就离下台不远了，对吧？可这没关系。生命演化教会拥有差不多三百亿名教徒，而你声称他们深信不移的宗教信仰根本一钱不值。技术专家党主导了高阶议会好几个世纪，而你说他们的哲学体系的基础错到了骨子里。如果下一次该死的选举没让扩张主义党重新执政，那就是我们运气好，否则这就意味着战争。凡迪恩星、贾兹伯星和其他同盟星球不会容忍又一个扩张主义政府出现。你或许又一次毁了我，除非我跑得比上一次更快。我现在不再是你的星际恋人，而是那种喜欢掩饰出轨行为的又老又丑的官僚，而且我还帮助了一个反生命主义者。”她叹了口气。“你好像一心想看我丢脸啊。可这没关系，图夫，我能照顾好自己。重要的是，你居然将政策口述给根本搞不清因果关系的四百多亿人民。你有什么资格这样做？谁给你的权利？”

“我坚持认为任何人都有说出真相的权利。”

“那么，对全世界的媒体说出真相的权利呢？你到底从哪里得来的这个鬼权利？”她说，“斯·乌斯兰星有好几百万名零点党人，包括我在内。你说的是我们说了很多年的东西，你只是说得比较大声而已。”

“我意识到了这一点。我希望我今晚所说的话，无论听起来多么令人不快，能够在未来对斯·乌斯兰星的政局和社会有所助益。或许克雷果·布拉克勋和他所属的技术专家党能明白过来，在被称作‘图夫式绽放’的现象和你曾提起的‘面包和鱼的奇迹’之中，他们找不到真正的救赎之途。或许从此以后这里的政策和观点将会发生变化。或许零点党甚至能赢得下一次竞选。”

托莉·缪妮皱起眉头。“这他妈不可能，而且你肯定也清楚。就算零点党获胜，问题就变成了‘他们能他妈做什么’。”她倾身向前，“我们有权强行实施人口控制吗？我表示怀疑。可是别管这个了，我的重点在于你对真相没有他妈的任何专利权。任何零点党人都能发表这番该死的演讲。见鬼，该死的技术专家党里有一半人都对事实一清二楚。克雷果不是傻子，他也不是可怜的乔森。允许你这么做的是力量，图夫，‘方舟号’的力量。你可以向我们伸出援手，也可以袖手旁观。”

“的确，”图夫眨眨眼，“我无法反驳你的观点。历史的可悲之处便在于无知的大众总是会追随强权，而非智者。”

“那你是哪一种，图夫？”

“我只是个卑微的——”

“好了，好了，”她打断道，“我知道，一个该死的卑微的生态工程师，一个能够随便预测未来的卑微的生态工程师。一个这辈子只来过斯·乌斯兰星两次，总计待了大概一百天，却觉得自己有能力推翻我们的政府，羞辱我们的宗教，教导四百多亿陌生人该他妈生多少个孩子的卑微的生态工程师。我的同胞也许愚蠢无知，也许目光短浅，也许盲目轻率，可他们始终是我的同胞，图夫。我不觉得自己完全赞同你试图用高明的价值观重塑我们的认知的这种行为。”

“我否认这一指控，女士。无论我的个人标准是什么，我都没想过将其强加在斯·乌斯兰星人身上。我只是壮起胆子向他们阐述了某些事实，让他们认识到某些冰冷严酷的等式，而未来是确凿无疑的灾难，不会被信仰、祈祷或是网络上的浪漫电视剧所改变。”

“我们付你的酬金——”托莉·缪妮开口道。

“不够多。”图夫打断道。

她忍不住笑了起来。“我们付你的酬金是用在生态工程上的，图夫，不是用于宗教指导或者政治指导的，谢谢。”

“你真是太客气了，缪妮总督，”图夫把双手交扣成塔，“生态工程学，”他说，“劳驾，仔细想想这个词，思考它的含义。或许我们可以把生态系统比作一台巨大的生物机器。以此类推，人类也可以被看作是机器的零件之一。毫无疑问，人类是重要的零件，是引擎，是关键回路，可人类却不能脱离机器本身，尽管时常有人做出这种错误的假设。因而，当有人——比如我——重新设计生态系统的时候，这个人就必须对其中的人类做出同样的改动。”

“这回你吓着我了，图夫。你一个人在飞船上待得太久了。”

“这个观点我无法赞同。”图夫说。

“要知道，人可不是需要校准的老旧脉冲环或者送风管。”

“人是比任何简单的机械产品、电子零件和生化材料都更复杂、更执拗的存在。”

“我指的不是这个。”

“斯·乌斯兰星人特别复杂。”图夫说。

托莉·缪妮摇摇头。“记住我说的话，图夫。力量会带来腐化。”

“的确。”他说。而她思前想后，也没能明白这句回答的含义。

哈维兰·图夫站起身。“我在这里的逗留很快就会结束，”他说，“就在此刻，‘方舟号’的时间翘曲装置正在加快克隆容器里的生物的生长速度。‘蛇蜥号’和‘蝎尾狮号’随时准备运送货物，克雷果·布拉克勋或是他的继任者也许会接受我的劝告。我估计十天之内斯·乌斯兰星就能得到肉兽、泽希豆、驭风者和其他生物。到那时我就得离开了，缪妮总督。”

“而我将再一次被我的星际恋人抛弃，”托莉·缪妮闷闷不乐地说，“没准我可以用这件事写点什么。”

图夫看着达克斯。“轻浮，”他说，“总有辛酸作为调料。”他再次抬起头，眨了眨眼。“我相信我已经为斯·乌斯兰星做了很多，”他说，“如果我的做法给你个人带来了任何不幸，我在此致歉。这并非我的本意。请允许我做一些小小的补偿。”

她抬起头，严肃地看着他。“你打算怎么补偿，图夫？”

“一份微薄的礼物，”图夫说，“在‘方舟号’上，我无法忽视你对猫咪们的喜爱，而这份喜爱我并非完全无法回报。我会将其中两只猫送给你，以示敬意。”

托莉·缪妮哼了一声。“然后希望它们能吓得那些准备逮捕我的警卫转身逃跑吗？不，图夫，感谢你的提议。我很想接受，真的，可是在星网上养害虫是违法的，记得吗？我不能养它们。”

“作为斯·乌斯兰星的星港总督，你有权改变相关的条例。”

“哦，对啊，这样不是很棒吗？既反生命又腐化。我肯定会大受欢迎的。”

“讽刺。”图夫告诉达克斯。

“而且要是他们不让我继续当星港总督怎么办？”她说。

“我完全相信你有能力在这次的政治动荡中生存下来，毕竟你已经撑过了上一次。”图夫说。

托莉·缪妮粗声大笑起来。“谢谢你的信任，可你错了，真的，这次我不行了。”

哈维兰·图夫一言不发，他的脸上毫无表情。最后，他抬起一根手指。“我想到了解决的方法，”他说，“除了我的两只小猫之外，我会再给你一艘太空船。如你所知，我已经有太多太空船了。你可以把小猫放在里面，放在飞船上，从理论上说，那里在斯·乌斯兰星港的管辖范围之外。我甚至会留给你足够吃五年的猫食，这样就不会有人说你把饥饿的人类所需的卡路里喂给这些害虫了。为了重振你的公众形象，你还可以告诉那些新闻偷窥客，这两只猫科动物是你为了逼迫我在五年后返回斯·乌斯兰星所扣押的生物。”

托莉·缪妮粗朴的面孔上掠过一丝勉强的笑意。“也许行吧，该死的，你都让我不好意思拒绝了。再加一艘太空船，对吧？”

“的确。”

她露齿而笑。“你可真会说服人。好吧。那么，是哪两只猫？”

“‘质疑’，”哈维兰·图夫说，“还有‘忘恩’。”

“我能肯定你话里有话，”托莉·缪妮说，“可是我才懒得管呢。你会留下足够这两只猫吃五年的食物？”

“足够它们吃到五年之后，我来清偿剩余债务的那一天。”

托莉·缪妮看着他，看着他那张平静苍白的长脸，那双优雅地交叠后放在鼓鼓的大肚皮上的手，看着他的光头上戴着的鸭舌帽，以及趴在他膝盖上的那只小黑猫。她用严肃的目光看了他很久，接着，因为某种难以形容的理由，她的手略微颤抖了一下，而啤酒从敞开的玻璃杯口洒落到她的袖子上。她感觉到冰冷的液滴浸透了衬衫，顺着她的手腕流下。“噢，真妙，”她说，“图夫，又是图夫。我都快等不及了。”

诺恩家族的野兽

当那个瘦子找到哈维兰·图夫的时候，图夫正在坦伯星麦酒屋最阴暗的角落里自斟自饮。他的胳膊肘倚在桌子上，光秃秃的脑袋几乎擦到了头顶低矮的木质横梁，他面前放着四个空空如也的酒杯，杯中残留着一圈泡沫，而他苍白的大手握着半满的第五杯酒。

就算图夫察觉到了其他顾客不时投来的好奇目光，他也没有表现出来。他只是不紧不慢、面无表情地品尝着麦酒，形单影只地坐在隔间里。

当然，他其实并不孤独——达克斯蜷缩成一个黑色的毛团，趴在他面前的桌子上呼呼大睡。图夫偶尔会放下那杯麦酒，懒洋洋地抚摸这位安静的伙伴。达克斯才不会从那些空杯子间的舒适位置里钻出来呢。这只猫跟别的猫相比要大上许多，就像哈维兰·图夫和其他人的体形差别一样。

那个瘦子走进隔间时，图夫什么都没说。他只是抬起头，眨眨眼睛，等着对方开口。

“你就是动物贩子哈维兰·图夫。”瘦子说。他的确瘦得吓人，一身袍子、纯黑的皮衣和灰色的毛皮外套松松垮垮地挂在他身上，晃来荡去。可他显然是个颇有资产的人，因为在蓬乱的黑发之下，他的额头上绕着一顶细细的黄铜宝冠，而他的手指上戴着许多戒指。

图夫挠着达克斯的一只黑耳朵。“这不足以成为打扰我们休息的理由。”他对那只猫说。他的声音异常低沉，只伴有轻微的音调变化。“这不能够作为干扰我们哀悼的借口。看起来，我们非得同时承受诽谤和侮辱不可了。”他抬头看着瘦子。“先生，”他说，“我的确是哈维兰·图夫，或许你可以说我在进行某些合法的动物买卖。可我不认为自己是个动物贩子，或者说，我认为自己是一名生态工程师。”

瘦子恼火地摆摆手，自顾自地坐进图夫对面的座位。“我知道你有一艘古董飞船，一艘生态工程兵团的播种舰，可它不足以让你变成生态工程师，图夫。那些生态工程师全死了，而且已经死了好几个世纪，可你要是喜欢被人叫作生态工程师也没关系。总而言之，我需要你的服务。我要从你这里买一只怪物，一只又大又凶狠的野兽。”

“啊，”图夫再次对着那只猫开了口，“这个不请自来坐在我桌边的陌生人，他想买一只怪物。”图夫眨眨眼。“我不得不遗憾地通知你：你将一无所获。怪物全都是人类虚构出来的传说，先生，幽灵、狼人、称职的官老爷等说法也是一样。除此以外，我现下并不从事动物买卖或其他方面的工作。我只想一边喝着这杯绝妙的坦伯星麦酒，一边哀悼。”

“哀悼？”瘦子问，“哀悼什么？”他看起来根本没有要离开的意思。

“一只猫，”哈维兰·图夫说，“它名叫‘浩劫’，是我多年的好伙伴。先生，它才死去不久，在一颗名叫厄里萨星的星球上，死在一个异常令人厌恶的蛮族王公手里。我不幸拜访了那颗星球。”图夫看了一眼瘦子的黄铜宝冠。“你不会恰好是个蛮族王公吧，先生？”

“当然不是。”

“那你运气不错。”图夫说。

“哦，我同情你，图夫。我理解你的感受，是的是的，我本人体验过上千回了。”

“上千回，”图夫干巴巴地重复，“你大概觉得照看宠物是一件特别费力的事吧。”

瘦子耸耸肩。“你知道，动物都会死，没人帮得上忙。它们会死在獠牙下，死在利爪下，是的是的，这是它们的命。我被迫养成了看着我最好的动物遭受屠杀的习惯，而这正是我来找你商量的原因，图夫。”

“的确。”哈维兰·图夫说。

“我叫赫罗尔德·诺恩，是诺恩家族的驯兽长，而诺恩家族是莱戎尼卡星的十二大家族之一。”

“莱戎尼卡星，”图夫重复，“这个名字对我来说并不完全陌生。我记得它好像是一颗人烟稀少的小行星，那里的人有一种相当野蛮的爱好。或许这能解释你失礼的举止。”

“野蛮？”诺恩说，“胡扯！图夫，这都是坦伯星人的胡说八道，这帮该死的农民。莱戎尼卡星是本星系的珍宝。你一定听说过我们的斗兽场，对吧？

哈维兰·图夫又挠了挠达克斯的耳背，他的动作奇特而富有韵律，那只公猫缓缓地舒展身体，打了个哈欠，接着抬起头，用又大又亮的金色双眸打量着瘦子，发出轻微的呼噜声。

“在我的旅程中，确实有一些零散的信息传到我的耳中，”图夫说，“或许你可以详细阐述一番，赫罗尔德·诺恩，这样达克斯和我可能会考虑你的提议。”

赫罗尔德·诺恩揉搓着他瘦削的双手，连连点头。“达克斯？”诺恩说，“哦，当然，它是一只漂亮的动物，尽管就我个人而言，我不喜欢无法搏斗的野兽。真正的美存在于杀戮之中，我总是这么说。”

“很不寻常的看法。”图夫评论道。

“不，不，”诺恩说，“这很正常。我希望你没感染上坦伯星人吹毛求疵的毛病。”

图夫在沉默中喝光了酒，示意酒吧老板再来两杯，后者很快端上了酒。

“谢谢。”当一杯盛满金黄色酒液和浮沫的酒杯出现在诺恩面前时，他对图夫说道。

“继续，先生。”

“好的。是这样，莱戎尼卡星的十二大家族在斗兽场中竞争。这开始于——噢，几个世纪以前吧。更早的时候，这些家族之间互相攻伐。相比之下，斗兽的方式要好很多，既能让我们维持家族荣誉并赚取财富，又没人会因此受伤。你瞧，每个家族都掌管着辽阔的领地，这些领地横跨整个行星。陆地上人烟稀少，因此动物就显得为数众多。从许多年前的和平时期起，各大家族的驯兽长们就开始举办斗兽比赛。这是一种愉悦的娱乐活动，具有深厚的历史基础。你或许能联想到古老的斗鸡习俗，还有被称为‘古罗马人’的古地球民族在大斗兽场里安排各种奇特的野兽互相搏斗，对吧？”

诺恩顿了顿，喝了几口麦酒，等待着回答，可图夫只是抚摸着达克斯，一言不发。

“没关系。”瘦削的莱戎尼卡星人最后说。他用手背抹去嘴边的酒沫。“你瞧，那就是这项运动的开端。每个家族拥有不同的领地，因此也拥有独特的动物。瓦寇尔家族的领地散布在炎热多沼的南方，他们最喜欢派巨大的蜥狮来参加斗兽比赛；费瑞底安家族占据山地，他们培育出一种高山猿猴来参与竞赛，我们管它们叫‘费瑞底安兽’。我自己身属的诺恩家族位于北方大陆的草原地带。我们派出过几百种不同的野兽参加斗兽比赛，可最出名的野兽是‘铁牙’。”

“‘铁牙’，”图夫说，“这个名字真是引人遐思。”

诺恩狡黠地一笑。“是的，”他骄傲地说，“身为驯兽长，我训练过上千只‘铁牙’。噢，它们真是可爱的动物！它们跟你一样高，长着十分漂亮的深蓝色皮毛，凶猛而残忍。”

“我能否假设你的‘铁牙’拥有犬科血统？”

“对对，它们是犬科动物。”诺恩说。

“可你却来找我要一只怪物。”

诺恩又喝了几口酒。“没错，没错。十几个邻近星球的人都会坐飞船去莱戎尼卡星观看斗兽比赛并下注，他们主要聚集在众族之城中那座拥有六百年历史的青铜斗兽场里。最伟大的斗兽比赛会在那里举行，而我们的家族荣耀和我们星球的财富都取决于此。没有了它，莱戎尼卡星的富人就会变得跟坦伯星的农民一样贫穷。”

“是啊。”图夫说。

“但你要明白，这些财富只属于那些赢得胜利并获得荣耀的家族。阿尔内特家族就是因为自家地形复杂的领土上有多种致命的野兽，从而成为最显赫也最强大的家族。其他家族根据在青铜斗兽场中的表现排列座次。”

图夫眨眨眼。“诺恩家族在莱戎尼卡星的十二大家族中排行末尾。”他说。达克斯的呼噜声更响了。

“你知道？”

“先生，这不是显而易见的事吗？可我想到了一个问题：根据你们的青铜斗兽场的规则，你购买并引入一种不属于你们那个奇妙世界的物种，这种做法是否合情合理？”

“这种事情有过先例。七十多年前，一个来自古地球的赌徒带来一只由他训练的叫作灰狼的动物。出于一时冲动，科林家族资助他参赛，结果他那只可怜的野兽对上一只诺恩家族的‘铁牙’，落得个可悲的下场。此外，还有些别的例子。

“不幸的是，近些年来，我们的‘铁牙’培育得不够好。野生‘铁牙’几乎在草原上绝了种，残存的那些野生‘铁牙’变得身手更为敏捷，善于逃窜，令仆人们难以捕捉。而在培育场里，无论我和那些驯兽师如何努力，培育出的‘铁牙’都丝毫不见起色。诺恩家族近来鲜有胜绩，要是我不能想出点什么计策的话，我的位子也坐不久了。我们最近变得很穷，所以当我听说你驾驶着‘方舟号’来到了坦伯星的时候，我就决心要把你找出来。有了你的帮助，我将为诺恩家族开创一个光荣的新时代。”

哈维兰·图夫一动不动地坐着。“我明白你的两难处境。可我必须告诉你，我通常没有贩卖怪物的习惯。‘方舟号’是一艘古老的播种舰，由古地球帝国在几千年前设计而成，设计目的是通过生物战屠杀哈兰甘人。我可以降下名副其实的大型疾病和瘟疫，而我的细胞库中储存着来自几千个星球的无数物种的克隆材料，可据我推测，你所要求的那种真正的怪物目前缺货。”

赫罗尔德·诺恩看起来沮丧极了。“这么说，你连一种怪物都没有？”

“我可没这么说，”哈维兰·图夫说，“那些离世的生态工程兵团的成员有时候会克隆一些生物，无知者和迷信者会给这些生物贴上‘怪物’的标签，用作心理学与生态工程学研究。从这个角度而言，我的确拥有少许这类动物的库存——微不足道的数量，或许几千种吧，肯定不超过一万种。如果你想要更准确的数字，我就得咨询我的电脑了。”

“几千种怪物！”诺恩又兴奋起来，“我简直选不过来了！当然，从这些怪物之中，我们可以找到一只属于诺恩家族的野兽！”

“我们或许能找到，”图夫说，“或许不能。两种可能性都是存在的。”他打量着诺恩，一张长脸显得冷漠无情。“莱戎尼卡星稍微勾起了我的兴趣。我已经给了坦伯星人一种鸟类，以制止大量滋生的食根虫，眼下我并无事务缠身，因此我打算仔细研究你的星球的相关情况。回去吧，先生，我会带着‘方舟号’来到莱戎尼卡星，亲眼瞧瞧你们的斗兽场，然后我们再决定该如何着手工作。”

诺恩笑了。“非常好，”他说，“这顿酒我来付账。”

达克斯的呼噜声就像正在降落的太空梭发出的声音那样响亮。

青铜斗兽场坐落于众族之城的正中央，仿佛一整块巨大馅饼的中心部位，而状如十二张馅饼薄片的十二个家族领地在此交会。这座绵延不断的石城的每一片领土之间都有高墙相隔，每片领土上插着独特的旗帜，拥有各自的建筑格调和样式，但这些样式却在青铜斗兽场中交融为一。

说到底，这座斗兽场的主要建造材料并非青铜，而是黑色石材和磨光的木料。它巍峨耸立，只比散布于城中的几座塔楼和尖塔略低。它的顶端是华丽的青铜拱顶，落日的橙色余晖为拱顶添上了一层光亮。以石材雕刻或用青铜和熟铁锻造的滴水嘴兽[1]透过狭窄的窗棂向外窥视。黑色石墙上的那些巨大门扇同样镶嵌着金属，门扇共十二道，每一道都面向众族之城的不同领地，其色彩和蚀刻花纹也带着所属家族的特色。

莱戎尼卡星的太阳仿佛通红的火焰巨拳，将西方的地平线击得粉碎。赫罗尔德·诺恩正领着哈维兰·图夫前往斗兽场。仆人们刚刚点燃了瓦斯火炬，金属方尖碑矗立在青铜斗兽场周围，就像排列成环的细长獠牙。还有那些笨拙的古代建筑，它们周围环绕的立柱上燃烧着闪烁不定的橙蓝色火焰。图夫跟着赫罗尔德·诺恩前进，周围是大群赌徒和投机客。他们自诺恩区的贫民窟中半废弃的街道走上一条由碎石铺就的道

1. 在建筑中装在水管口的雕塑，一般会做成动物或鬼怪的模样，有着辟邪和排水的双重功能。——编者注

路，再从道路两边那十二座永远摆着咆哮和流涎姿势的青铜“铁牙”雕像间走过，随后穿过宽大的诺恩门。那扇门由乌木和黄铜制成，上面雕刻着错综复杂的图案，整齐划一的守卫们穿着和赫罗尔德·诺恩相同的黑色皮衣和灰色毛皮外套，他们认出了驯兽长，便放他们进门。其他行人必须停下脚步，交出一把金币和铁币来支付门票的费用。

青铜斗兽场是这个星球上的所有斗兽场之中最大的一座。它确确实实是个深坑，覆满沙石的搏斗场地比地平面低许多，围绕着场地的是四米高的石墙。排列成环的座位从墙顶节节上升，一直排列到入口大门处。“这些座位足以容纳三万人！”诺恩夸耀道。但图夫发现在后排座位附近只能勉强看到比赛场地，很多座位前方还有阻碍观众视线的铁制立柱。下注的摊位则散布于整座建筑之中。

赫罗尔德·诺恩领着图夫往斗兽场中最好的那些座位走去，那些座位在诺恩区的前排，只有一道石制胸墙防止他们从四米高处坠入斗兽场的沙地。后面的那些座椅是摇摇欲坠的木椅和铁椅，而这里的座椅是由皮革制成的，大到足以轻易容纳图夫的块头，而且颇为舒适。“每张座椅都是用一只光荣战死的野兽的毛皮缝制而成的。”等他们坐定之后，赫罗尔德·诺恩告诉图夫。

在他们下方，一队身穿蓝罩衫的仆人正拖着某种瘦骨嶙峋且有羽毛的动物的残躯走向出口。“那是维莱家族的斗鸟，”诺恩向图夫解释道，“维莱家族的驯兽师派它去对付瓦寇尔家族的蜥狮，算不上最合适的选择。”

哈维兰·图夫什么也没说。他的坐姿拘谨而僵硬，灰色的聚乙烯大衣直垂到脚踝，大衣的肩部配有闪闪发光的肩章，他还戴了饰有金色字母Θ的绿色鸭舌帽，这个字母是生态工程师的标志。他苍白的大手交扣，放在凸起的大肚皮上。赫罗尔德·诺恩的谈兴正浓，他滔滔不绝地向图夫介绍着。

忽然，斗兽场的报幕员那经过放大的声音在所有人的耳边响起。“第五场比赛开始，”他宣布，“一只来自诺恩家族的雄性‘铁牙’，两周岁，体重为两百六十千克，受训于初级驯兽师谢尔斯·诺恩。它今天首次踏上青铜斗兽场。”下方传来剧烈的金属摩擦声，一只梦魇般的生物随即跃入场中。这只“铁牙”是毛发蓬松的庞然巨物，长着一对凹陷的红眼和两排弯曲的利齿，涎水自齿上不断滴落——看起来，它是发育过头的狼和剑齿虎的混合体。它的双腿像小树那样粗壮，而那身遮蔽了肌肉动作的深蓝色皮毛掩盖不住它的速度和致命的优雅。这只“铁牙”咆哮一声，回音响彻整座斗兽场，零落的喝彩声随即响起。

赫罗尔德·诺恩笑了。“谢尔斯是我的表亲，也是所有初级驯兽师里最有前途的一个。他告诉我这只野兽会让我们骄傲的。是的是的，我喜欢它的样子，你呢？”

“我刚刚来到莱戎尼卡星，正在参观你们的青铜斗兽场，目前这里没有任何可供比较的标准。”图夫用平淡的语气说。

报幕员再次开口：“一只来自金漆实木的阿尔内特家族的勒颈猿，六周岁，体重为三百一十千克，受训于驯兽长达内尔·利·阿尔内特。它曾三次参与斗兽比赛，三次获胜。”

场地对面的另一道入口——那扇以金色与深红色装饰的大门——向内滑开，第二只野兽迈出粗短的双腿，一边扫视四周，一边气势磅礴地走进场内。这只勒颈猿并不高，但它的身体很宽，有倒三角形的躯干和子弹似的头颅，双眼深陷于厚实的眉骨之下。它那对关节柔韧、肌肉发达的手臂拖在斗兽场的沙地里，它的腋下有深黑色的软毛，除此之外它全身上下没有半根毛发。它的皮肤是肮脏的灰白色，它还散发出一股气味。在场地的另一头，哈维兰·图夫仍旧能闻到那股麝香般的气味。

“它在出汗，”诺恩解释道，“达内尔·利·阿尔内特在派它出场前挑起了它对杀戮的狂热。他这只野兽的优势在于经验丰富。你瞧，勒颈猿是种野蛮的生物，不同于它的表亲，也就是山上的那些费瑞底安兽，它天生就是食肉动物，几乎不需要训练。不过谢尔斯的‘铁牙’更年轻。这场角力应该会很有趣。”驯兽长诺恩倾身向前，图夫却冷静地坐着，一动不动。

那只勒颈猿转过身，自喉咙深处发出低吼，“铁牙”则连声怒吼着朝它奔去，在斗兽场飞溅的沙砾中化作一团深蓝色的光影。勒颈猿等待着，张开粗壮的双臂，而图夫模糊地看到巨大的“铁牙”朝它飞跃而去。这两只动物随即纠缠在一起，在凶狠的扭打中翻滚着身躯，这场斗兽比赛变成了一首尖叫的交响曲。“喉咙，”诺恩大喊，“撕开它的喉咙！撕开它的喉咙！”

两只野兽分开的势头一如先前交会般迅疾。那只“铁牙”滚向一旁，缓缓绕起了圈子，图夫看到它的一条前肢已然弯折。它用剩下的三条肢体蹒跚而行，绕着对手打转。勒颈猿没有露出任何破绽，不断地转动身躯面对它。勒颈猿宽阔的胸膛上出现了一条又长又深的伤口，那是被“铁牙”的剑齿划开的，可这只野兽的力量似乎丝毫未损。赫罗尔德·诺恩轻声嘟囔起来。

青铜斗兽场中对这阵间歇感到不耐烦的观众发出一阵富有节奏感的呼喊，那是一种低沉的喊叫，随着更多人的应和显得愈加响亮。图夫立刻发现了这种声音对下面那两只动物的影响。它们开始凶狠地咆哮吼叫，勒颈猿交替移动着双腿，来来回回，跳起一场令人毛骨悚然的快步舞，而“铁牙”的嘴巴上下开合，滴落着血红的涎水。

赞美杀戮的呼喊声此起彼伏，愈加嘹亮，直到连上方的圆形拱顶都嗡嗡作响。下方的野兽陷入了癫狂。“铁牙”突然发动又一次冲锋，而勒颈猿伸出长臂，迎上这次疯狂的扑击。飞跃的冲击力令勒颈猿退后几步，可图夫看到“铁牙”的利齿在空中咬合，而勒颈猿用双手裹住了对方深蓝色的咽喉。犬科动物疯狂地摆动，和那只勒颈猿在沙地上不断翻滚。接着，尖锐而骇人的噼啪声传来，那只狼似的生物沦为一堆破烂的毛皮，它的脑袋诡异地歪向侧面。

观众们停止了哀号般的呼喊，转而发出阵阵喝彩声和口哨声。随后，那扇金红相间的大门再次开启，勒颈猿返回原处。四个身着诺恩家族的灰黑色服饰的人出现在场中，把“铁牙”的尸体搬走。

赫罗尔德·诺恩显得闷闷不乐。“又一场失败。我得去找谢尔斯谈谈，他训练的野兽没能找到对手的喉咙。”

“它的残骸该如何处理？”图夫询问道。

“它会被剥去毛皮，开膛破肚，”赫罗尔德·诺恩咕哝道，“阿尔内特家族会用毛皮来装潢他们那边的座位，还会把它的肉分给那道金红色大门后面的那些吵闹不休的乞丐。各大家族都得摆出慷慨大度的姿态。”

“的确。”哈维兰·图夫说。他从席间站起来，那慢吞吞的高傲气度丝毫未变。“我已经看过你们的青铜斗兽场了。”

“你要走了？”诺恩焦急地问，“别这么着急走！还有五场比赛呢。下一场，一只巨大的费瑞底安兽将对抗阿马尔家族的水蝎！”

“我只是想来确认一下关于莱戎尼卡星声名远播的青铜斗兽场的那些传闻，既然我已求得确证，我就没必要再留在这里了。一个人用不着喝完整瓶蘑菇酒，就能判断本年份的藏酒是否美味。”

赫罗尔德·诺恩也站起身来。“好吧，”他说，“那就跟我到诺恩家族去看看吧。我会指引你参观培育场和训练场，我们还会为你举办一场前所未有的筵席！”

“不必了，”哈维兰·图夫说，“见识了你们的青铜斗兽场之后，我相信自己有能力想象或推测出你们的培育场和训练场的样子。我要立即返回‘方舟号’。”

诺恩慌忙伸手抓向图夫的手臂，想要阻止他。“你会卖怪物给我们吧？你已经看到我们的困境了。”

图夫用跟他的大块头不相称的灵巧动作避开了驯兽长抓来的手。“先生，控制好你自己，我不喜欢被人无礼地触碰。”等那只手放下之后，图夫低下头，看着诺恩的眼睛。“我对莱戎尼卡星存在问题这一点毫不怀疑。或许比我更实际的人会认为这些事情与己无关，可我打心眼里是个利他主义者，我既然发现了你们的窘境，就不会坐视不理。我会根据你们的情况，努力想出合适的改进方法。三天以后，你可以来‘方舟号’找我。或许到那时，我会有一两个想法与你分享。”

接着，哈维兰·图夫不慌不忙地转过身，踱出青铜斗兽场，一路返回众族之城的太空港，他的“蛇蜥号”太空梭停在那里。

赫罗尔德·诺恩对“方舟号”的规模显然没有任何心理准备。他从狭小破旧的灰黑色太空梭里走出来，张口结舌地站在辽阔的登陆甲板上，脑袋转来转去。他窥视着头顶那激荡着回声的黑暗空间，窥视着若隐若现的外星船舰，窥视着远方的阴影中如同钢铁巨龙般的物体。当哈维兰·图夫开着一辆敞篷三轮机车来到登陆甲板上与他会面的时候，驯兽长丝毫没有掩饰自己的惊讶。“我本该知道的，”他不停地重复着，“这艘飞船的规模，规模！我当然应该知道的。”

哈维兰·图夫无动于衷地坐着，一条手臂环着达克斯，缓缓抚摸着它。“有人会觉得‘方舟号’大过了头，甚至会在它面前畏缩，可我觉得它很舒适，”他冷冷地说，“这艘来自生态工程兵团的远古播种舰曾经有两百名船员，我只能猜测他们和我一样厌恶狭窄的船舱。”

赫罗尔德·诺恩在图夫旁边坐下。“你有多少名船员？”在图夫发动机车时，他不经意地问道。

“一个或者五个，取决于你是否把猫科动物也算作船员。”

“这艘飞船上只有你一个人？”诺恩问道。

达克斯在图夫的膝盖上站了起来，黑色的长毛根根竖立。“‘方舟号’的住户包括我自己、达克斯和另外三只猫，它们的名字分别是‘混沌’‘敌意’和‘猜疑’。别被这些名字吓着，驯兽长诺恩，它们都是温和无害的生物。”图夫答道。

“一个人和四只猫，”赫罗尔德·诺恩迟疑不定地说，“大飞船上的小队伍，好吧好吧。”

达克斯不断嘶叫。图夫用一只苍白的大手控制着机车，另一只手则抚摸着它以示安抚。“既然你对‘方舟号’上的各位住户表现出如此强烈的好奇心，或许我该提一提那些沉睡者。”

“沉睡者？”赫罗尔德·诺恩问，“那是什么？”

“它们是活着的有机体，大小从显微镜下可见到庞然巨物不等，它们都是昏睡中的完全克隆体，被禁锢在静滞场中的克隆容器内部。尽管我对所有种类的动物都颇为喜爱，可面对这些沉睡者时，我审慎地让理智控制了情感，没有采取任何手段去打扰它们无梦的沉眠。我在很早以前研究过这些特殊物种的本质，当时我便明白，作为旅伴，它们无疑不如我的猫咪们讨人喜欢。我还必须承认，我有好几次觉得这些沉睡者真是确凿无疑的祸害，我必须对‘方舟号’的电脑频繁下达烦琐的指令，以使它们继续维持长眠的状态。我异常担忧某天出于一些原因，我会忘记输入指令，然后我的飞船上就会充斥着各种各样的瘟疫和流着口水的食肉动物，要我耗费巨大的时间和精力去清理，甚至会让我和我的猫受到伤害。”

赫罗尔德·诺恩盯着图夫毫无表情的脸庞，又看了看那只充满敌意的大猫。“呃，”他说，“是的是的，它们听起来很危险，图夫。或许你应该，呃，毁掉所有沉睡者。然后你就，呃，安全了。”

达克斯又朝他嘶叫了起来。

“有趣的想法，”图夫评论道，“难以捉摸的战况无疑是生态工程兵团的成员产生偏执念头的元凶，迫使他们设计出这些可怕的生态防御武器。作为一个更诚实也更正直的人，我常常考虑除掉这些沉睡者，但事实上，我发现自己无法单方面废止这项已延续一千多年的防御措施。因此，我让沉睡者们继续沉睡，并且尽力记住那些不为人知的长眠指令。”

赫罗尔德·诺恩皱起眉头。“是的是的。”他说。

达克斯在图夫的膝盖上坐下，发出一阵呼噜声。

“你弄出点头绪了没？”诺恩问。

“我的努力并非毫无成果。”等车子驶出宽阔的走廊，进入“方舟号”巨大的中轴舱时，图夫干巴巴地说。赫罗尔德·诺恩的嘴巴又一次张大了。他环视四周，看到了颇为壮观的景象：大小和形状各异的容器排成无穷无尽的队列，在昏暗的中轴舱中若隐若现。黑色的形体在某些中等大小的半透明桶中不时翻搅一阵。“那就是沉睡者。”诺恩咕哝道。

“的确。”哈维兰·图夫说。他驾驶时正视前方，达克斯蜷缩在他的膝盖上，诺恩则好奇地东张西望。

他们最后离开了充满回声且昏暗的中轴舱，驶过一段狭窄的走廊，下了车，走进一间白色的大房间。四把宽大且有软垫的椅子占据着房间的四个角落，那些厚实华丽的扶手上装有面板，还有一块圆形的蓝钢面板被牢牢固定在房间中央的地板上。哈维兰·图夫把达克斯放在其中一把椅子上，自己在另一把椅子上坐了下来。诺恩四下张望，然后坐在了图夫对面的椅子上。

“我必须首先知会你几件事。”图夫开口道。

“是的是的。”诺恩说。

“怪物的价格十分昂贵，”图夫说，“我要十万标准币。”

“什么！你简直是道德败坏！我告诉过你，诺恩家族可是个穷家族。”

“这样啊。或许更富有的家族出得起这笔钱。生态工程兵团已经消失几个世纪了，先生，而在他们曾经拥有的那些飞船里，也只剩下‘方舟号’尚可正常运转。他们的大部分科技早已被遗忘，他们的克隆技术和生态工程学如今只存在于偏远的普罗米修斯星上，或许还得加上古地球本身，可是古地球已被封闭，而普罗米修斯星人保护生态工程学机密的警惕心称得上登峰造极，”图夫看着一旁的达克斯，“赫罗尔德·诺恩觉得我的要价太高了。”

“五万标准币，”诺恩说，“我们只出得起这个价。”

哈维兰·图夫一言不发。

“八万标准币行了吧！我拿不出更多了。诺恩家族会破产的！他们会拆掉我们的青铜‘铁牙’雕像，封闭诺恩门！”

哈维兰·图夫什么都没说。

“我诅咒你！好吧好吧，十万标准币，可你的怪物必须符合我们的需要。”

“你们收到货之后付全额酬金。”

“不可能！”

图夫再次陷入沉默。

赫罗尔德·诺恩试图静观其变。他摆出一副漠不关心的样子朝四周张望，而图夫笔直地望向前方。他用手指梳理头发，图夫仍然笔直地望向前方。他在椅子上局促不安地扭来扭去，图夫还是笔直地望向前方。

“噢，好吧。”诺恩满心受挫地说。

“说到怪物，”图夫说，“我仔细研究过你们的要求，并就此咨询了电脑。‘方舟号’的细胞库里有来自无数个星球的成千上万种食肉动物的样本，其中甚至包括生物组织的化石样本，那些在自己的家乡早已灭绝的传奇生物的基因就深藏其间。我能够复制出这些物种，可选的范围很广。为了简化挑选过程，我在起码的凶猛特性之外，还将若干项指标列入了考虑范围。例如，我将目标缩小到只呼吸氧气的生物，随后又加上必须对某种气候具有的适应力，例如在诺恩家族的领地里的多风草原上盛行的气候。”

“了不起的想法，”赫罗尔德·诺恩说，“我们曾经尝试过几次，试着培育蜥狮、费瑞底安兽和十二大家族的其他野兽，但成果欠佳。气候和植被……”他比了个厌恶的手势。

“完全正确，”哈维兰·图夫说，“我想你能理解我在研究中遭遇的种种无法回避的困难。”

“是的是的，说重点吧。你找到了什么？那种符合成百上千条指标的怪物是什么？”

“我会给你一些选项，”图夫说，“共计三十个物种。注意了！”

他按下椅子扶手上的一枚发光按钮，骤然间，一只呈蹲伏姿势的野兽的全息影像出现在他们中间的蓝钢面板上方。这种生物足有两米高，富有弹性的灰红色皮肤上长着纤细的白毛，它还有窄小的额头和猪似的口鼻，外加一整排骇人的弯曲长角。它的脚爪锋利如刀。

“我不会用学名之类的问题来烦扰你，因为我见识了青铜斗兽场中那种杂乱无章的命名方式，”哈维兰·图夫说，“这是海德星上的围猎猪，生活在森林和平原中。它主要以腐肉为食，同样喜爱鲜肉，在发动进攻时异常凶狠。此外，根据可靠的测算，它相当聪明，只是无法被驯化。这种围猎猪具有出众的繁殖能力，格列佛星的殖民者就是因为它们而最终遗弃了在海德星的殖民地。那差不多是一千两百年前的事了。”

赫罗尔德·诺恩抓了抓他的黑发与黄铜宝冠之下的头皮。“不。它太瘦也太轻了。瞧瞧那脖子！想想费瑞底安兽会怎么对付它吧，”他用力摇头，“还有，它太丑了。我对你给出食腐动物的行为表示愤怒，不管它有多凶恶，诺恩家族只培育光荣的斗士，那些能亲自捕猎的野兽！”

“的确。”图夫说。他按下按钮，围猎猪的影像消失不见，一具大到蓝钢面板无法完全容纳的躯体的全息影像出现在围猎猪原先占据的位置。那是一团被甲壳包裹的灰色血肉，像一套作战用的盔甲，看不出形体。

“这种生物的贫瘠家乡既没有名字，也无人定居。某支来自古波塞冬星的探险小队曾为该星绘制过地图，宣布了对它的主权，并取得了这种生物的细胞样本。该样本短暂存活了一阵，但未能继续生长。这种生物别名滚轧弹，成兽重约六吨。在它们家乡的平原上，滚轧弹可以用每小时超过五十千米的速度将猎物压得粉碎。从某种意义上说，这种野兽全身都是嘴。它皮肤的任何部位都能渗出消化酶，它只需要停在它的大餐上面，直至将食物完全吸收。我可以担保该物种拥有盲目的敌意。有一回，这艘飞船上出现了一系列毫无必要的反常状况，某只滚轧弹因此被放了出来。它滚到飞船的某层甲板上，对舱壁和仪器造成了惊人的破坏，最后，由于它一无所获，它撞毁了自己，毫无意义地死去了。是的，它一旦发动攻击，就难以平静下来。每次我来到它的活动区域给它提供食物的时候，它都会试图用巨大的身躯将我碾碎。”

赫罗尔德·诺恩专注地盯着那抹巍然耸立的全息影像，他开口说话的声音证明他颇受震撼。“呃，不错，好多了，好很多了。一只令人敬畏的生物……但它还是不行，”他的语气突然改变，“不，不，这肯定不行。一只重达六吨而且滚动速度这么快的生物肯定能一路撞出青铜斗兽场，杀死我们的上百位主顾。此外，谁会付哪怕一个硬币来看这玩意碾碎一只蜥狮或者勒颈猿？不。别开玩笑了。你的滚轧弹太大了，图夫。”

对此无动于衷的图夫再次按下按钮，巨大的灰色形体的全息影像让道给一只体态柔滑、咆哮不停的猫科动物的全息影像。它几乎和“铁牙”一般大小，有一对细长的黄色眼睛，有力的肌肉藏在暗蓝色的皮毛之下。它的皮毛上有着道道斑纹，又长又粗的银色斑纹也在它光洁的侧腹上排列成行。

“噢，”诺恩说，“它太美了，真的，真的。”

“这是西莉亚世界星的钴蓝豹，”图夫说，“也被称为钴蓝猫。它是大型猫科动物以及类似物种中最大也最致命的一个物种，是名副其实的猎手。它的存在本身就是生态工程学的奇迹。它在夜间活动时可以看见红外线，那对耳朵也极其敏感——注意耳朵的大小和伸展性，驯兽长。作为猫科动物，钴蓝猫拥有心灵感应能力，而且它的能力比一般猫科动物的能力强大得多。恐惧、饥饿和对鲜血的渴望都能催发这种能力，钴蓝猫的潜能不亚于人类读心者。”

诺恩吃惊地抬起头。“什么？”

“心灵感应，先生，你肯定知道心灵感应吧。钴蓝猫异常致命，只因它在对手行动之前就能知道对手的意图。你明白了吗？”

“明白了。”诺恩很兴奋。哈维兰·图夫望向达克斯，那只大公猫丝毫没把那堆忽隐忽现、毫无气息的幻影当回事，它眨眨眼，懒洋洋地舒展起身体来。“完美，太完美了！哎呀，容我冒昧问一句，我们能像训练‘铁牙’一样训练这种野兽，对吧？它还能够读心！简直太完美了，它连颜色都恰到好处，它是暗蓝色的，你知道我们的‘铁牙’是深蓝色的。所以这只大猫再合适不过了，是的是的！”

图夫碰碰扶手，钴蓝猫的全息影像消失了。“的确。因此我猜我们没必要再看下去了，我会在你离开后立即着手克隆钴蓝猫。如果你没有意见的话，我将在三个标准周内运送成品。根据你支付的费用，我会提供给你六只钴蓝猫，其中两对是幼体，你们应该将其放养在野外，充作繁殖储备。另有一对成年体可以立即派往青铜斗兽场。”

“真快啊，”诺恩说，“很好，可这……”

“我会使用时间翘曲装置，驯兽长。没错，它会消耗巨大的能源，可它也拥有加快时间的能力，足以在桶内产生时间翘曲，加快克隆体的成熟过程。或许我这么补充显得有点谨慎过头了——我提供给诺恩家族的是六只动物，但实际上只有三种个体。‘方舟号’上刚好存有三个钴蓝猫的细胞，我会将每个细胞克隆两次，雌雄对应，并期望它们在莱戎尼卡星杂交时，双方的基因组能够正常融合。”

“很好，这些都很好，”诺恩说，“我会准时派飞船来接走这些动物。然后我们就会把钱付给你。”

达克斯轻轻地叫了一声。

“先生，”图夫说，“我想到个更好的主意。你应该在野兽转手之前付我全额酬金。”

“你说过这次交易是货到付款！”

“这我承认。可现在有一股冲动控制了我，这股冲动告诉我先拿钱，不要一手交钱，一手交货。”

“唉，好吧，”诺恩说，“尽管你既专横又过分，但有了这些钴蓝猫，我们很快就能把钱赚回来。”他站起身来。

哈维兰·图夫抬起一根手指。“等等，你还没向我仔细说明莱戎尼卡星的生态系统，特别是诺恩家族的领地的生态系统。或许可用作食物的物种是有的。我必须提醒你，你的钴蓝猫是猎手，因此需要合适的猎物种族。”

“是的是的，那当然。”

“幸运的是，我准备好向你伸出援手了。再加五千标准币，我能为你克隆一群西莉亚蹦跳兽。它们是一种可爱的长毛食草动物，以其鲜嫩多汁的肉在十几个偏好肉类的星球中有口皆碑。”

赫罗尔德·诺恩皱起眉头。“呸，你应该把这种动物免费提供给我们。你从我这里勒索的钱财够多了，图夫。”

图夫站起身，笨拙地耸耸肩。“这人指责我，达克斯，”他对他的猫说，“我该怎么做？我只想诚实地谋生，可我走到哪里都会被人占便宜。”他看了看诺恩。“我又有了一股冲动。不知为什么，我觉得如果我不肯给你一些优惠，你的情绪是不会缓和的。好吧，我让步，西莉亚蹦跳兽是你的了，完全免费。”

“很好，好极了，”诺恩转身走向门口，“我们会同时把它们都带走，然后在宅邸周围把它们放掉。”

哈维兰·图夫和达克斯跟着他走出房间，他们在沉默中驱车返回诺恩家族的飞船。

交货日前一天，诺恩家族汇来了酬金。次日下午，十几位灰黑装束的人登上“方舟号”，把六只打过镇静剂的钴蓝猫从哈维兰·图夫的储藏槽中取出，放进太空梭上准备好的笼子里。图夫毫无热情地跟他们道别。赫罗尔德·诺恩没再联络过他，可图夫还是把“方舟号”停在了莱戎尼卡星的轨道上。

短暂的三天过去之后，图夫发现他的主顾把一只钴蓝猫列入了青铜斗兽场的参赛名单。

比赛当晚，图夫乔装打扮了一番，粘上假胡子，戴上齐肩的红色假发，穿上一身俗气的亮黄色宽袖套装，配上毛皮头巾，乘坐太空梭降落在众族之城，满心希望没人会注意到他。比赛开始时，他坐进斗兽场的后排，他的肩膀紧靠着粗糙的石墙，狭窄的木椅努力承担着他的重量。他花几个铁币付了门票，小心翼翼地绕过了那些下注的摊位。

“第三场比赛。”报幕员叫道，此时仆人们正在清理第二场比赛的输家那散落一地的残骸。“一只来自瓦寇尔家族的雌性蜥狮，九个月大，体重为一百四十千克，受训于初级驯兽师安曼·伊·瓦寇尔·奥塞尼。它参与过一次斗兽比赛，获胜一次。”图夫身边的主顾们开始欢呼，疯狂地挥动着双手，这正如图夫的预期。他选择从瓦寇尔门进入，走过一条绿色的混凝土道路，从张着血盆大口的巨大金色蜥狮中穿过，因此他周围全是瓦寇尔家族的支持者。在下方的远处，一扇涂有金绿色珐琅的大门向上升起。图夫把租来的双目镜放到眼前，看到那只蜥狮飞快地向前爬行。那是一只躯干有两米长、身披绿鳞的爬行动物，长着一条足有三个躯干那么长的鞭尾，还拥有古地球鳄鱼那样的长长的口鼻。它的大嘴无声地开开合合，展示出一口骇人的獠牙。

“一只来自诺恩家族的雌性钴蓝猫，为愉悦诸位来宾，特意从异星进口，三——”报幕员停了口，“三，呃，它三岁大，”他终于继续说道，“体重为两百三十千克，受训于驯兽长赫罗尔德·诺恩，初次参与斗兽比赛。”上方的青铜拱顶在诺恩区传来的杂乱喝彩声中嗡嗡作响。赫罗尔德·诺恩跟他的仆人们早已入场，他们身着诺恩家族的服饰，把赌注都下在了插着灰黑色旗帜的一方。

钴蓝猫以谨慎、流畅而优雅的姿态从黑暗中缓步走出，金色的大眼睛扫视着这座斗兽场。它跟图夫承诺的样子半点不差，拥有致命的肌肉与惊人的速度，暗蓝色的皮毛上覆有银色的斑纹。在这么远的地方，它的咆哮声几乎难以耳闻，可图夫透过双目镜看得到它张开的大嘴。

那只蜥狮也看到了它，随即摆动身躯迎上前去，粗短且覆有鳞片的双腿踢打着沙面，那条长得不可思议的尾巴则在空中弯成弓形，仿佛某种爬行蝎类的毒刺。当钴蓝猫那明亮的双眼转向它的敌人时，蜥狮将尾巴狠狠甩下，随着一声骨裂般的脆响，那条鞭尾抽中了什么，可钴蓝猫早已流畅地闪向一旁，被击中的只是空气和沙子而已。

钴蓝猫环绕对手，连声咆哮。蜥狮不依不饶地转过身，再次抬起尾巴，张开大口，冲了过去。钴蓝猫躲开利齿，又避开鞭尾。脆响再次传来，然后又是一声脆响——然而钴蓝猫实在是太快了。有的观众吟唱起杀戮之歌，其他人也随声应和。图夫转了转双目镜，看见诺恩家族的成员开始骚动。那蜥狮的大口疯狂地上下开合，鞭尾甩向最近的入口，不

断抽打着。

察觉到破绽的钴蓝猫优雅地一跃，跳到敌人的身后，用一只蓝色的巨爪牢牢扣住了那只奋力挣扎的蜥狮，将它柔软的绿色侧腹和肚皮撕得皮开肉绽。那根鞭尾的数次甩打只起到了分散钴蓝猫注意力的作用，过了一会儿，蜥狮便躺在原地不动了。

诺恩家族的喝彩声格外嘹亮。哈维兰·图夫从他狭窄的座位上起身离开，他苍白的面孔隐藏在那副假胡须后面。

几周过去了，“方舟号”仍然停靠在莱戎尼卡星上空的轨道上。哈维兰·图夫密切关注着青铜斗兽场的比赛结果，发现诺恩家族的钴蓝猫连战连捷。当赫罗尔德·诺恩迫于满足斗兽场的需求而派“铁牙”出赛的时候，他输了一两场，可这几场失败根本无法和他众多的胜绩相提并论。

图夫和达克斯促膝长谈，跟其余几只猫玩耍，观看新买来的全息戏剧聊作消遣，并用电脑调出数量惊人且内容详细的生态工程学预测报告。他喝掉许多杯坦伯星麦酒和陈年蘑菇酒，静静地等待着。

从钴蓝猫初次登场算起，大约三个标准周之后，他等来了预料中的访客。

那艘船首尖锐的细长太空梭被漆成绿色和金色，来人身穿涂有绿色珐琅的镀金鳞甲。其中三人动作僵硬地原地立正，等待着图夫驱车前来。第四个人是个脸色红润、身材肥胖的男人，头戴饰有鲜绿色羽毛的金色头盔，头盔遮住了他那和图夫一样的秃顶。他走上前，伸出一只肉乎乎的手。

“我已经明白了你的善意，”图夫的双手坚定地放在达克斯身上，“我也察觉了你并未手持武器的事实。请问你叫什么名字，先生？”

“莫霍·伊·瓦寇尔·奥塞尼。”领头的那人开口道。

图夫抬起一只手。“噢，这么说，你就是瓦寇尔家族的驯兽长，想来这里购买怪物。我必须承认，我对这样的事态变化并非全无预料。”

肥胖的驯兽长的嘴巴张成了圆形。

“你的仆人们得待在这里，”图夫说，“你可以坐在我身边，我们继续前进。”

哈维兰·图夫一路上没跟莫霍·伊·瓦寇尔·奥塞尼说半句话，最后两人来到图夫带赫罗尔德·诺恩来过的那个房间，各自在房间内的一角就座。“你从诺恩家族那边听说了我的事，”图夫说，“这很明显。”

瓦寇尔露齿而笑。“的确是这样。我们说服诺恩家族的一个仆人揭露了钴蓝猫的来源。令我们欣喜的是，你的‘方舟号’还在轨道上。你大概觉得莱戎尼卡星很有趣吧？”

“有趣与否并非事情的关键，”图夫说，“只要问题存在，无论它是大是小，我的职业自尊都会迫使我出面解决。莱戎尼卡星上有很多问题，唉，比如你个人遭遇的困境。瓦寇尔家族如今很可能在十二大家族中排行末尾。比我挑剔的人或许会说你的蜥狮是最差劲最可悲的怪物。我明白你们的领地大多是沼泽地，因此你们对野兽的选择也受到了某些限制。我对你们困境的判断是否正确？”

“是啊，的确如此。你完全看透我了，先生，你说得很对。我们过去还能勉力支撑，直到你的介入影响了事态。从那以后，噢，我们再也没从诺恩家族手中拿下过一场比赛，而他们从前是我们主要的胜绩来源。对维莱家族和阿马尔家族的几场微不足道的胜利，对费瑞底安家族的一场险胜，对阿尔内特家族和辛·顿家族的两场双亡平局，这就是我们上个月的全部好运了。呸。我们活不下去了，要是我不做点什么，他们就该让我去当看兽人，把我赶回庄园那边了。”

图夫抚摸着达克斯，又抬起一只手示意瓦寇尔安静。“没必要再对这些事喋喋不休了，我已经注意到了你的不幸。在我和赫罗尔德·诺恩的交易结束后，我幸运地得到了大量的闲暇时间，于是我对各大家族的问题依次进行了研究，以此作为脑力锻炼。现在，我们不用再浪费宝贵的时间了，我可以解决你目前的问题，但价格不菲。”

瓦寇尔露齿而笑。“我是有备而来的。我听说过这些怪物的价钱了。你要价很高，这毋庸置疑，可我们准备好了酬金，只要你……”

“先生，”图夫说，“我一向乐善好施。诺恩家族是个穷家族，那些驯兽师简直就是乞丐。出于同情，我给了他低价，但瓦寇尔家族的领地更为富有，旗帜更为鲜亮，你们的胜利也将被广为传唱。对你们，我开价二十七万五千标准币，来填补我对诺恩家族施以慷慨时的亏空。”

瓦寇尔发出惊讶的叫声，他的鳞甲在他起身时叮当作响。“太贵了，太贵了，”他抗议道，“我恳求你。的确，与诺恩家族相比，我们的声名更为显赫，可我们绝对没有你想象的那么富有。要付出这样一份酬金，我们就得挨饿。蜥狮会逃出我们的城垛。我们的城市会失去支柱，开始下沉，直到沼泽的淤泥将城市淹没，让孩童们全数溺亡。”

达克斯从图夫的膝盖上站起，发出轻微的喵呜声。“如果是这样的话，”图夫说，“想到是我造成了这些苦难，我会不安的。或许二十万标准币的价格比较合理。”

莫霍·伊·瓦寇尔·奥塞尼又开始抗议和恳求，可这次图夫只是静静地坐在那里，双臂放在扶手上，直到驯兽长面红耳赤，大汗淋漓，最后泄了气，答应了他的开价。

图夫按下扶手上的一个按钮，一只肌肉发达的巨大蜥蜴的全息影像随即出现在他和瓦寇尔之间的蓝钢面板上。它有两米高，浑身覆有灰绿色的鳞片，用四只粗壮如树桩的腿蹲伏在地。它的脑袋很大，覆盖其上的黄色厚骨片向前凸出，犹如远古战船的撞角，它的头颅上方另有两根弯曲的长角。这种生物长着粗短的脖颈，暗黄色的双眼从它突起的眉脊下向外窥视。在两眼之间，头颅正中的地方，一个黑色的圆形大洞深深陷入了它厚厚的颅骨。

瓦寇尔咽了一口口水。“噢，”他说，“很好。它非常，呃，非常大。可它看起来——中间那里原先是不是有它的第三根角？你现在好像，呃，给它弄没了。我们要的品种必须是完整无缺的，图夫。”

“这是缆末星的崔斯·纳瑞伊，”图夫说，“总之费迪星人是这么叫它们的，这些殖民者在缆末星上已将人类文明延续了几千年。‘崔斯·纳瑞伊’这个词翻译过来的字面意思是‘活匕首’。没什么失踪的角，先生。”他长长的手指做出轻微而准确的动作，输入一道控制指令。崔斯·纳瑞伊将它巨大的头颅转向这位瓦寇尔家族的驯兽长，而这位大块头的驯兽长笨拙地探身向前，以观察那道影像。

当他朝那道幻影伸出手的时候，那个生物厚实脖颈上的肌腱开始鼓胀，一根锋利的骨矛以肉眼难辨的速度从那只野兽的头部刺出。这块骨矛粗如图夫的前臂，长度超过一米。莫霍·伊·瓦寇尔·奥塞尼发出一声空洞的尖叫，脸色发白地看着那根骨矛刺穿了他的身体，把他钉在了椅子上。一股难闻的气味顿时填满了整个房间。

图夫什么都没说。瓦寇尔哀号着低下头，看着那根尖角没入他大肚皮的位置，好像就要吐出来了。他花了漫长而可怕的一分钟，才发现自己身上没有血，也没有感觉到痛楚，那只怪物只是个全息影像。他的嘴又张成了圆形。他没能喊出声，而是吞了一口口水。“这非常有，呃，戏剧性。”他对图夫说。

这根细长无色的骨矛被一连串脉动不停的蓝黑色肌肉扣得牢牢的。它缓缓收缩，回到怪物的头颅之中。“我们姑且称呼这根骨矛为刺刀吧。这根刺刀被一层黏膜包裹在这只生物的脖颈上部和后部，其周围的肌肉组织能以大约七十千米每标准时的速度将它送出，并产生相应的力道。该物种的原产地与瓦寇尔家族在莱戎尼卡星上负责控制的那部分领地并非毫无相似之处。”

瓦寇尔探身向前，椅子在他的重压下嘎吱作响。达克斯发出响亮的呼噜声。“棒极了！”驯兽长说，“尽管这个名字有点，噢，外星味太重了。我就叫它，让我想想，呃，枪兽！没错！枪兽！”

“随便你叫它什么，”图夫说，“我不关心。很明显，这种野兽有许多适合瓦寇尔家族的优点，如果你选择了这种野兽，我还会给你一种卡萨戴恩星的树生蛞蝓作为饲料。你会发现它……”

图夫持续关注着来自青铜斗兽场的消息，尽管他再也没有踏上莱戎尼卡星的土地。钴蓝猫继续横扫面前的一切对手。根据最近的重大新闻，诺恩家族的钴蓝猫在一场特殊的三方混战赛中摧毁了阿尔内特家族的一只状态绝佳的勒颈猿和阿马尔家族的一只血肉蛙。

瓦寇尔家族的运势也在不断上扬，他们新引进的枪兽用低沉的怒吼、沉重的步伐、巨大骨矛的迅疾突刺与对手随之到来的无情死亡在青铜斗兽场引起了轰动。在近期的三场比赛中，一只巨型费瑞底安兽、一只水蝎和一只吉尼辛蛛猫都无法和瓦寇尔家族的这只枪兽对抗。莫霍·伊·瓦寇尔·奥塞尼高兴得几乎发了狂。下周，钴蓝猫和枪兽将一较高下，可想而知，届时斗兽场将座无虚席。

赫罗尔德·诺恩呼叫过图夫一次，就在枪兽赢下第一场胜利之后不久。“图夫！”他严厉地说，“你没经过我们批准就卖了一只怪物给瓦寇尔家族。”

“我没想到我还需要你们的批准，”图夫说，“我一向以为自己的工作不受任何人约束，就像莱戎尼卡星的各大家族的驯兽长和驯兽师们一样。”

“好吧好吧，”赫罗尔德·诺恩厉声道，“可我们不想被人欺骗，你听到没有？”

哈维兰·图夫冷静地坐着，一面抚摸达克斯，一面看着诺恩的眉毛拧成一团。“我的买卖是否公平，这一点我非常关心，”他说，“你要求过莱戎尼卡星上只能有一种外星怪物吗？或许我们讨论过这种可能性，可就我的记忆而言，你根本没提出任何方案。显然，除非价码合适，否则我不太可能给诺恩家族独家待遇，因为这种做法无疑会令我失去相当可观的收入。无论如何，再说这些恐怕没有意义了，既然我和瓦寇尔家族之间的交易已经完成，要我再去取消交易会显得非常不道德，更别提我是否能成功地取消交易了。”

“我不喜欢这样，图夫。”诺恩说。

“我看不出你的抱怨有任何合理的缘由。你自己的怪物的表现一如预期，你要是只因为别的家族分享了诺恩家族的好运就怀恨在心，未免显得太没有度量了。”

“你说得也对。不对，那是——哦，别管了。我想我阻止不了你，可要是别的家族弄到了能打败我们的钴蓝猫的动物，那不管你卖了什么给他们，你都得给我们能打败它的东西。你明白了没？”

“你的话不难理解，”他低头看着达克斯，“瞧啊，我给诺恩家族带来了史无前例的胜果，可赫罗尔德·诺恩依然对我的诚实和理解力妄加诽谤。对此，恐怕我们无法赞同。”

赫罗尔德·诺恩皱起眉头。“好吧好吧。等我们需要更多怪物的时候，我们的胜果应该早就堆积如山了，无论你开出多惊人的价码，我们都会有能力负担。”

“我想一切都进展顺利？”图夫问道。

“噢，顺利，也不顺利。在斗兽场里，我们当然赢得很顺利了。可从其他方面来看，噢，这是我呼叫你的主要原因。出于某些原因，那四只年轻的钴蓝猫似乎没兴趣交配。我们的看兽人抱怨它们日益消瘦，觉得它们不够健康。目前我无法给出个人看法，因为我在城里，而那些动物在诺恩家族的草原上，可情况确实令人担忧。当然了，那些钴蓝猫没受禁锢，我们专门派人负责追踪它们，以便……”

图夫将十指交叉。“毫无疑问，它们的交配季节终究会到来的。我劝你耐心一点。活着的生物都会繁衍后代，有些生物甚至会过量繁殖，我可以向你保证，等到雌性钴蓝猫进入发情期，一切都会进展飞快。”

“呃，这就说得通了。我猜这只是时间问题。我的另一个问题与西莉亚蹦跳兽有关。要知道，我们把它们放养在野外，而它们在繁殖方面的表现实在是有点过分了。历史悠久的诺恩草原被它们啃得一干二净，这让人很恼火。到处都有它们跳来跳去。我们该怎么办？”

“等钴蓝猫开始繁殖，这个问题自然会消失，”图夫说，“钴蓝猫是一种贪婪而且效率出众的捕食者，最适合对付泛滥成灾的西莉亚蹦跳兽。”

赫罗尔德·诺恩显得颇为困惑，还伴有些许担忧。“是的，是的，”他说，“可是……”

图夫站起身。“恐怕我必须结束这次谈话了，”他说，“一艘太空梭刚刚进入‘方舟号’的停靠轨道。也许你能认出它。它有着蓝钢外壳和巨大的灰色三角形机翼。”

“维莱家族的太空梭！”诺恩说。

“猜得真准，”图夫说，“日安。”

名为泽尼斯·隆·维莱的驯兽师花了二十三万标准币买下怪物。那是一头强壮的红毛巨熊，来自漂泊星的丘陵地带，哈维兰·图夫附赠了一窝疾奔树懒的蛋。

下周，四位身穿橙色绸服和火红斗篷的人拜访了“方舟号”。他们给费瑞底安家族带回二十五万标准币的债务，签下了购买六只巨型装甲毒麋鹿的合同。图夫附送了他们一群哈兰甘食草猪。

辛·顿家族的驯兽师购买了一条巨型毒蛇。来自阿马尔岛的使者对他买到的哥斯拉非常满意。十二名丹特家族的长老身着饰有白银带扣的乳白色长袍前来拜访，由他们组成的委员会对哈维兰·图夫提供的流涎不止的暴眼食尸鬼赞不绝口，图夫还附送他们一份微不足道的礼物。就这样，莱戎尼卡星的十一大家族轮流前来拜访，他们分别得到了怪物，也分别付出了水涨船高的酬劳。

诺恩家族的两只钴蓝猫都已死去，第一只被枪兽的刺刀捅穿，第二只在红毛巨熊那庞大的熊掌下粉身碎骨（尽管在下一场赛事中，这头红毛巨熊也随即战死）。这些钴蓝猫无疑预料到了自己的命运，可在青铜斗兽场有限的边界中，它们无法加以规避。赫罗尔德·诺恩每天都在呼叫“方舟号”，可图夫命令电脑将这些呼叫全数屏蔽。

最后，等十一大家族都已来访，买好东西，带上赠品并且离开后，哈维兰·图夫等来了达内尔·利·阿尔内特——金漆实木的阿尔内特家族的驯兽长。阿尔内特家族曾是莱戎尼卡星的十二大家族中最伟大最高傲的家族，如今排行末尾。阿尔内特非常高大，他的身高与图夫的身高齐平，但在肥胖的程度上他远远不及图夫。他的皮肤是坚实乌木的颜色。他肌肉发达，他的脸像一把长了鹰钩鼻的斧头，他的一头短发呈铁灰色。这位驯兽长穿着金色衣物，系着一条深红的腰带，脚蹬一双深红的靴子，头上歪戴着一顶小小的红色贝雷帽。他带着一根拐杖似的驯兽痛感棒。

当达内尔·利·阿尔内特从飞船中出现时，达克斯的毛发根根竖起，在那人坐上图夫身边的车座时，它嘶叫个不停。于是，哈维兰·图夫立刻开始了有关沉睡者的那番漫无边际的演讲。阿尔内特睁大眼睛听着，而达克斯终于平静下来。

“金漆实木的阿尔内特家族之所以强大，是因为我们的政策向来灵活，”达内尔·利·阿尔内特声明，“当莱戎尼卡星上的其他家族把命运纷纷寄托在一种野兽身上时，我们的父辈和祖父辈已经用几十种野兽参赛了。对付他们那些动物，我们总是有最合适的选择，总是能采取最合适的战略。这曾是我们的优势和骄傲，可我们没法对抗你那些恶魔般的野兽，商人，无论我们从上百种野兽中选择哪种送上沙地，它都会丧命。是你强迫我们来这里跟你做生意的。”

“我必须提出异议，”图夫说，“一个小小的动物贩子如何能强迫莱戎尼卡星上最伟大的驯兽长去做他不想做的事？如果你不需要我的服务，请相信，我不会有丝毫不快。我们可以一起吃顿饭，谈天说地，把生意丢到一边去。”

“别跟我玩文字游戏，商人，”阿尔内特厉声道，“我是为了谈生意才来的。我可不跟你这样可憎的家伙做伴。”

哈维兰·图夫眨眨眼。“那我就长话短说吧，”他用平静的语气说道，“我是不会赶走任何主顾的，无论他对我的个人看法如何。请随意看看我的存货，某些拙劣的物种可能会稍许引起你的兴趣，但我相信，命运最终能把战略主动权交还给你。”他在椅子的扶手上输入控制指令，谱写出一首光与影的交响曲。怪物的大军在驯兽长阿尔内特的眼前来来去去：长着皮毛、鳞片、翎毛和盔甲的各种生物，来自山丘、丛林、湖泊和平原的各种野兽，还有体形各异的掠食者、食腐者和致命的食草动物。

达内尔·利·阿尔内特抿紧嘴唇，最后从十来种最大和最致命的生物中要了四种，共计花费一百万标准币。

像缔结其他交易时那样，图夫附送了一些无害的小型动物。这场交易的缔结丝毫无助于平息阿尔内特的坏脾气。“图夫，”交易完成后，他说，“你很狡猾，又爱搞歪门邪道，可你别想愚弄我。”

哈维兰·图夫什么都没说。

“你赚取了庞大的财富，你也欺骗了所有向你购买怪物并且希望能从中获利的人。比如诺恩家族，他们的钴蓝猫根本一钱不值。他们曾是个穷家族，你的价码把他们逼到了破产的边缘，就像你对我们星球上的所有人做的那样。他们想要用胜利来弥补损失，呸！现在诺恩家族再也别想得胜了！每个来找你的家族都会比先前购买怪物的家族更具优势。因此，阿尔内特家族作为最后购买怪物的家族，依然会保持最高的地位。我们的怪物将会带去毁灭。青铜斗兽场的沙地将被那些弱小野兽的鲜血染成黑色。”

图夫十指交叉，放在凸起的肚皮上。他一脸平静。

“你什么都没改变！强大的家族依然强大——阿尔内特家族最强，而诺恩家族最弱。你这样的奸商所做的只是榨取我们的血汗，直到每个莱戎尼卡星的驯兽长都必须过上捉襟见肘的日子。我们的对手如今将会等待着胜利，祈祷着胜利，寄望于胜利，可所有胜利都将归于阿尔内特家族。只有我们没有遭受欺骗，我们最后赶来，因此买到的怪物最好。”

“你的远见卓识值得赞扬，”哈维兰·图夫说，“事实显而易见，我无法与你这样睿智精明的人相提并论，而在你面前掩饰、抵赖或瞒骗都毫无益处。你这样谨小慎微，很容易就可以看透我拙劣的把戏。或许我什么都不说才是最好的。”

“你可以做得更好，图夫，”阿尔内特说，“你可以什么都不再说，什么都不再做。这将是你在莱戎尼卡星的最后一笔生意。”

“也许是吧，”图夫说，“也许不是。或许某些新的情况会出现，让其他家族的驯兽师再次来此光顾，那样的话，恐怕我没法把他们赶走。”

“你不能这么做，”达内尔·利·阿尔内特冷冷地说，“阿尔内特家族做了最后一笔交易，不会有人胜过我们。克隆好我们的动物，给我们送货之后立即离开，从此以后，你不会再跟任何家族做生意了。我猜那个愚蠢的赫罗尔德·诺恩负担不起你的要价，就算他从什么地方凑到了钱，你也不会卖怪物给他。你明白了没？我们不会再被你这无聊的游戏要得团团转，不会再节衣缩食去买你的怪物，输掉钱，再买更多怪物，最后落得个两手空空的下场。我相信你会一直卖下去，直到莱戎尼卡星一贫如洗为止，可阿尔内特家族禁止你这么做。如果你忽略这个警告，你将付出生命的代价，商人。我可不会宽宏大量。”

“我完全明白你的意思，”图夫说着挠了挠达克斯的耳背，“尽管我对你的表达方式颇感不快。你如此强烈地要求我答应你的安排，而这样的安排无疑会让金漆实木的阿尔内特家族从中获益，并让莱戎尼卡星的其他家族蒙受损失，当然，我自己也会牺牲进一步的利润。或许我不太明白你提议的全部内容，我很容易分心，或许我没能听清你所说的如何让我不再与莱戎尼卡星的其他家族做生意的那番话。”

“我已经准备好再给你一百万标准币，”阿尔内特怒视着他，“说实话，我宁愿把它塞进你的喉咙里，可说到底，这比再跟你玩一回合这种该死的游戏的代价要低。”

“我明白了，”图夫说，“决定权在我这边。我可以拿上一百万标准币然后离开，也可以在此逗留，面对你的怒火和可怕的威胁。我承认，我面临过更艰难的抉择，不管怎么说，我不是那种明知自己不受欢迎还会继续在此逗留的人。我还要向你坦白，近来我又产生了漫游宇宙的冲动。很好，我接受你的要求。”

达内尔·利·阿尔内特恶狠狠地露齿而笑，达克斯的呼噜声随即响起。

十二艘饰有闪闪发光的金色斑纹的太空梭带着达内尔·利·阿尔内特的货物离开了“方舟号”，前往莱戎尼卡星的青铜斗兽场。不久之后，哈维兰·图夫终于屈尊接通了赫罗尔德·诺恩的呼叫。

瘦削的驯兽长如今瘦得皮包骨头了。“图夫！”他大喊，“一切都乱套了。”

“的确。”图夫无动于衷地说。

诺恩的五官扭成一团。“不，听着，钴蓝猫不是死了就是病了，四只死在了青铜斗兽场——我们也知道另外两只还太小，可你明白，损失了前两只以后，我们没了办法，要么继续用钴蓝猫，要么重新启用‘铁牙’。现在我们只剩下两只钴蓝猫了。它们不肯吃东西，就抓过几只西莉亚蹦跳兽，没别的了。我们也没法训练它们。一名驯兽师拿着痛感棒到训练场里去，可那两只该死的猫知道他想做什么。它们总是能领先一步，你明白吧？在斗兽场里，它们对杀戮之歌完全没有反应，这太糟糕了。最糟糕的是它们根本不愿意繁殖。我们需要更多钴蓝猫，不然我们拿什么去参加斗兽比赛？”

“现在还没到钴蓝猫的交配季节，”图夫说，“我们已经讨论过这一点了，你或许还记得。”

“是的是的，可它们的交配季节是什么时候？”

“这是个非常有趣的问题，”图夫说，“可惜你没有早点提出来。根据我的理解，雌性钴蓝猫在每年春天，西莉亚世界星的雪簇花盛开的时节就会发情。我认为这个时节触发了它体内的某种生态开关。”

赫罗尔德·诺恩抓挠着黄铜宝冠下的头皮。“可是，”他说，“可是莱戎尼卡星上没有那种名叫雪什么的东西。我猜你是打算让我们出钱买下那些花吧。”

“先生，你这是在中伤我，我根本没想利用你们的困境。如果我有选择的话，我很乐意将必要的雪簇花免费赠送给诺恩家族。然而，就在刚才，我和达内尔·利·阿尔内特达成了协议，从此再也不和莱戎尼卡星的十二大家族做生意了。”他笨拙地耸了耸肩。

“我们用你的钴蓝猫赢了很多场，”诺恩说，他的语气几近绝望，

"我们赚了很多钱——我们现在有差不多四万标准币。它们是你的了，把那些花卖给我们吧。或者再好点，卖给我们一种新动物吧，一种更大、更凶残的动物。我见过丹特家族的暴眼食尸鬼了，卖给我们那样的东西吧。我们已经没有能参与斗兽比赛的野兽了！"

"没有？你们的'铁牙'呢？你曾经说过，它们是诺恩家族的骄傲。"

赫罗尔德·诺恩不耐烦地摆摆手。"我们遇到了一点问题，你知道的，我们遇到了很多问题。你的那些西莉亚蹦跳兽吃光了一切，一切！它们不受控制了。我们现在有成千上万只西莉亚蹦跳兽，甚至可能有几百万只。它们到处都是，啃光了所有的草地和所有的庄稼。它们对农田干的那些事——钴蓝猫爱吃它们，这一点没错，可我们没有足够的钴蓝猫，而野生的'铁牙'根本碰都不碰它们，我猜'铁牙'们不喜欢那种味道。真的，我不明白，可……可你看，别的猎物全都不见了，都被你的那些西莉亚蹦跳兽赶跑了，'铁牙'们也跟它们一起跑了，至于去了哪里，我不知道。反正它们不见了，离开了诺恩家族的领地，大概去了无主的土地。那边有几个村庄，村里有一些农民，可他们痛恨各大家族，那边甚至连斗犬比赛都没有。他们或许会尝试着驯化'铁牙'，信不信由你！他们就是这种人。"

"真惊人，"图夫不动声色地说，"不过，你们的培育场里还是有'铁牙'的，对吧？"

"已经没有了，"诺恩的声音饱含疲惫，"这是我下的命令。'铁牙'们屡战屡败，特别是在你把货卖给其他家族以后。我们费心去养一群累赘显得很蠢。另外，开销也是个大问题。我们需要每一个铜币，因为你把我们榨干了。我们要付参赛费，当然还得下注，最近我们又要从坦伯星购买食物来填饱我们的仆人和驯兽师的肚皮。我说，你绝不会相信那些西莉亚蹦跳兽都对我们的庄稼做了些什么。"

“先生，”图夫说，“稍微给我点信心吧。我是一名生态工程师，对西莉亚蹦跳兽和它们的习性非常了解。这么说，我能否理解为你已经没有‘铁牙’了？”

“是啊是啊。我们放了那些废物，它们就全跑了。我们该怎么办呢？西莉亚蹦跳兽在平原上泛滥，钴蓝猫不肯交配，如果我们继续进口食物，继续支付昂贵的参赛费，又没有任何胜利的希望的话，我们的钱很快就会花光的。”

图夫将十指交叉起来。“你的确面临着一系列棘手的问题，而我恰好是能帮你解决问题的人。不幸的是，我向达内尔·利·阿尔内特发过誓，并且收下了他的钱以示诚意。”

“就是说，我没希望了？图夫，我乞求你——我，诺恩家族的驯兽长乞求你。很快我们就将彻底输掉斗兽比赛，不会再有钱去付参赛费并下注，不会再有野兽可以参赛。我们倒霉透了，从没有哪个家族碰到过野兽不足的问题——就连费瑞底安家族在十二年的干旱期中也没有遇到过这个问题。我们将蒙受耻辱，诺恩家族将玷污一向引以为豪的家族史，把品质不佳的野兽和吃谷物的牲畜送到斗兽场上，再看着它们被你卖给其他家族的巨大怪物可耻地撕成碎片。”

“先生，”图夫说，“请容许我在你发表预言时插嘴说一句：我觉得，或许诺恩家族并非唯一遭遇困境的家族。我有种预感——预感，是的，这个词很合适，而且够严谨。我有一种预感，你所担心的那些怪物同样会在接下来的几周或几个月里出现短缺的情况。举例来说，青春期的红毛巨熊会很快进入冬眠期。你明白的，它们还不到一岁大。我希望维莱家族的驯兽师们不至于被这件事吓坏，哦，但是恐怕他们会的。我想你已经明白了，漂泊星围绕恒星旋转的轨道极不规则，因此星球上的漫长冬季会延续将近二十个标准年。红毛巨熊们和这种周期完全合拍，很快它们的生理机能会降到相当低的程度，没有经验的人会觉得它们已经死了。恐怕它们没那么容易被弄醒。另一方面，从那些疾奔树懒无穷无尽的胃口来看，我倾向于猜测维莱家族会把绝大部分的精力和资金花在喂饱自己的子民身上。

“瓦寇尔家族的情况也颇为相似，他们将被迫去应付一度在卡萨戴恩星大量增殖的树生蛞蝓。树生蛞蝓是一种非常迷人的生物，它们会在生命周期的某个阶段变成名副其实的海绵，尺寸增为原本尺寸的两倍。足够多的树生蛞蝓完全可以吸干一大片沼泽地。”图夫顿了顿，他粗壮的手指在肚皮上敲打出富有韵律的声音，“恐怕我离题太远，你已经听厌了。你明白我的意思了没？你是否听懂了我话里的重点？”

赫罗尔德·诺恩看上去就像个死人。“你疯了。你毁了我们。我们的经济，我们的生态系统……不出五年，我们都会死于饥荒。”

“不太可能，”图夫说，“根据我的经验，莱戎尼卡星的生态系统的确会经受一段不稳定和艰难的时期，可这样的状态只会持续很短的时间。我可以肯定，莱戎尼卡星上最后会出现一种全新的生态系统，而这一系统不太可能给大型食肉动物留下生存空间。啊，我对莱戎尼卡星人的生活质量不会遭受其他损害这一点深表乐观。”

“没有食肉动物？不……野兽，斗兽场……没有人愿意花钱去看西莉亚蹦跳兽对抗树生蛞蝓！比赛该怎么继续下去？没人能派出野兽参与斗兽比赛了！”

哈维兰·图夫眨眨眼睛。“的确，”他说，“真是引人遐思的见解。我得仔细琢磨一番。”

他关掉显示屏，开始陪达克斯聊天。

叫他摩西

哈维兰·图夫很少关心谣言。首先，他很少听到谣言。图夫并不反对在他到访的大多数星球上扮演游客，可就算他身处公共场所的人群之中，他也显得孤立而难以接近。他白垩色的皮肤和光洁无毛的脑袋与身体总是让他在来往贸易所到的行星上格外惹眼，即便出现无人留意他的肤色这种罕见状况，他的个头也会让他鹤立鸡群。虽然图夫无论到哪里都会引起他人的注意，为这些人带来新的话题，但是很少有人会跟他说话——除非这个人跟他有生意要做。

再参考哈维兰·图夫的性格，那么直到他在凯·西迪恩星的某间餐馆里被热姆·克里恩袭击的那天晚上，他才听说那个叫作摩西的人，也就不足为奇了。

那是星港外的一家狭小破旧的餐馆。图夫吃完了一碟熏根和新生草，正悠闲地喝着第三升蘑菇酒，这时趴在桌上的达克斯突然抬起了头。图夫的身体略微一颤，把少许酒液洒到了袖子上，接着他飞快地偏过脑袋，恰好让克里恩手里抓着的那个本应敲中图夫后脑的瓶子砸在了椅背上。

玻璃碎裂，而瓶中难闻的本地酒液四下飞溅，浸湿了座椅、餐桌、猫和他们两人。热姆·克里恩是个瘦削的金发青年，一双蓝眼里满是醉意，他恍惚地站在原地，眨着眼，那只流血的拳头里兀自握着破碎的酒瓶。

哈维兰·图夫笨拙地站起身，白皙的长脸冷漠得异乎寻常。他看着这名袭击者，眨眨眼，接着伸手抓起被人弄湿了皮毛，正在满心不快的达克斯。“你明白了吗，达克斯？”他用低沉的语气说道，“我们遇上了一个谜题，尽管这个谜题有些不合时宜。我很好奇，这古怪的陌生人为何袭击我们？你想到什么没有？”他用手臂环抱着达克斯，缓缓地抚摸着它，直到猫发出呼噜声，他才再次把目光转向热姆·克里恩。“先生，”他说，“如果你够聪明的话，就该扔掉瓶子的碎片。在我看来，你的手里满是玻璃和鲜血，还有那种极其有害的酒液，我不太相信这样的组合会对你的健康有所助益。”

愣愣地站在原地的克里恩似乎活了过来。他薄薄的嘴唇在愤怒中抿紧，他把瓶子扔得远远的。“你在嘲笑我吗，罪犯？”他的嗓音含糊不清，充满威胁的意味。

“先生。”哈维兰·图夫说。餐馆里安静极了，其他顾客都默默打量着他们，店主则不见人影。图夫低沉的话语传到了房间的每个角落。“冒昧说一句，‘罪犯’这个头衔更适合你而不是我，可这不是关键。不，我没有嘲笑你。你似乎满心烦忧，在这种情况下，我再去嘲笑你可就太蠢了，何况我从不向愚行屈服。”他把达克斯放回桌子上，挠了挠这只公猫的耳背。

“你确实在嘲笑我，”热姆·克里恩说，“我要让你吃点苦头！”

哈维兰·图夫没有露出任何表情。“你不会这么做的，先生，虽然我相信你确实打算再次攻击我。我并不赞同暴力，然而，你粗野的行径让我别无选择。”说着，他飞快地走上前去，在热姆·克里恩有所反应之前便把这个年轻人高高举离了地面。接着，他小心翼翼地折断了克里恩的两条胳膊。

克里恩走出墓穴般黑暗的凯·西迪恩星监狱，来到明亮的街道上，他脸色苍白，眼睛眨个不停。他的双臂挂上了吊带，他看上去困惑而疲惫。

哈维兰·图夫站在路边，一条胳膊环抱着达克斯，另一只手抚摸着它。他抬起头，看着走上前来的克里恩。“你的情绪似乎平复了少许，”图夫评论道，“此外，你现在清醒了。”

“你！”克里恩显得前所未有地困惑。他的脸扭曲变形，这让他看上去随时有自行崩溃的风险。“真的是你替我买来了自由？”

“你提出了一个有趣的观点，”哈维兰·图夫说，“我的确付过一笔钱款——实际上，我付了两百个标准币，如果你想务求准确的话——而你据此被转交到我的手里。因此说我买来了你的自由是不正确的，问题的症结在于你并不自由。根据凯·西迪恩星的法律，你属于我，是受我控制的奴仆，在还清债务之前都得听从我的吩咐。”

“债务？”

“我的计算如下，”哈维兰·图夫说，“两百标准币是我付给本地政府的用来让你出狱的赎金。一百标准币用来赔偿我的衣物，那是一件道地的兰伯恩星棉衣，却被你彻底毁了。四十标准币用来赔偿餐馆的损失，我支付了这笔钱，以平息店主对你的指控。七个标准币用来赔偿那瓶你让我没有机会喝完的蘑菇酒。蘑菇酒是凯·西迪恩星的知名特产，而那一瓶蘑菇酒是特选佳酿。实际损失的总数是三百四十七标准币。此外，你无缘无故的袭击让达克斯和我在异常难堪的一幕中成为焦点，严重破坏了我们的平和心境。就此项损失，我向你收取额外的五十三标准币作为赔偿，一笔非常小的数目，因此你的债务总额为四百标准币整。”

热姆·克里恩发出恶毒的轻笑声。“你费尽力气也别想从我身上弄到这笔钱的十分之一，动物贩子，”他说，“我没钱，而且也不适合工作。要知道，我的双手手臂都骨折了。”

“先生，”哈维兰·图夫说，“假如你拥有可观的资金，你就能自己付清罚金，那样我也就没有协助你的必要了。另外，是我本人折断了你的双臂，我同样很清楚这一点。请别再没完没了地对明显的事实发表毫无意义的声明了。尽管你身体不便，我还是准备把你带回我的飞船，并让你工作到还清债务为止。来吧。”

哈维兰·图夫转过身，沿着街道走了两步，克里恩没有跟上来。图夫停下脚步，走回他面前。克里恩笑了。“如果你想让我去哪里，你就背着我走吧。”

图夫面无表情地摸了摸达克斯。“我不准备背你，”他不紧不慢地说，“你强迫我碰过你一次，而那种感受不适到足以让我打消任何再碰你的想法。如果你拒绝跟着我，我就回到政府那里，雇用两名守卫按我的意愿架着你走路，他们的工资记在你的账上。你自己选吧。”图夫再次转身离开，走向星港。

热姆·克里恩突然变听话了，他跟随在后，用细若蚊鸣的声音嘀咕个没完。

在克里恩看来，在凯·西迪恩星港等待着他们的飞船已经足够让人印象深刻了。那是一艘外观骇人的古老飞船，有坑坑洼洼的黑色金属外壳和小巧的流线型机翼，其隐现的机身高度足有周围的现代巨腹商船高度的一点五倍。和所有初次到访的客人一样，克里恩满心敬畏地（尽管他并不承认）发现“狮鹫号”只是一艘太空梭，而“方舟号”则等待在高高的轨道上。

“方舟号”的登陆甲板有凯·西迪恩星港的登陆甲板的两倍大，而且上面停满了飞船。这里有四艘和“狮鹫号”式样相同的太空梭，除此之外，这里还放置着很多艘飞船：一艘典型的来自阿瓦隆星的泪滴形旧商船，它以三条着陆肢安坐在登陆甲板上；一架外观可憎的军用飞行物；一艘可笑的金制驳船，船身镶有巴洛克式的装饰，船顶装着一把原始的鱼叉枪；两艘看起来奇形怪状而且隐约给人不可靠之感的飞船；一艘像极了一块四四方方的巨大钢板的飞船，飞船中央竖着一根长杆。

“你收集太空船？”在图夫停好“狮鹫号”，两人走上登陆甲板之后，热姆·克里恩问道。

“有趣的想法，”图夫回答，“但你错了。这五艘登陆用太空梭是‘方舟号’的一部分，而我保留那艘旧商船是出于感情原因，因为那是我的第一艘飞船。其余飞船是我在旅途中得到的。或许我确实该略微清理一下登陆甲板，但由于其中的某些飞船可能拥有某种程度的商业价值，所以我把这件事拖延到了今天。我会重新考量的。现在跟我来吧。”

他们从一长串接待室旁走过，穿过几条走廊，来到一间车辆调配室，里面并排停放着好几辆小型三轮机车。哈维兰·图夫领着克里恩坐进其中一辆三轮机车，把达克斯放在两人之间，驶入一条回音阵阵、长度似乎有好几千米的通道。通道的两边排列着许多大小与形状各异的玻璃容器，各自装着流体和半固体物质。在某些容器里，被包裹在半透明气囊中的黑暗形体在扭动，仿佛还在窥视从旁经过的他们。不知为何，克里恩觉得这种带有暗示意味的动作非常可怕。哈维兰·图夫根本没发觉这些事，他驾驶时向来目不斜视。

图夫在一个和刚才的车辆调配室一模一样的房间里停下了车，抱起达克斯，带着他的囚犯走进一间满是灰尘的狭窄休息室，里面塞满了垫有软垫的家具。他示意克里恩就座，自己也坐进一把椅子里，再把达克斯放到第三把椅子上，因为图夫坐下之后就没有明显的膝盖可言了。

“现在，”哈维兰·图夫说，“我们得谈谈。”

图夫飞船的尺寸让热姆·克里恩的气焰减弱了不少，可这时他的脸上恢复了少许神采。“我们没什么可谈的。”他说。

“没什么可谈？”哈维兰·图夫说，“我不同意。我把你从被囚禁的羞辱中拯救出来，不仅仅是出于我慷慨的本性。你给我带来了一道谜题，在你初次袭击我时，我就和达克斯说过了。谜题令我困扰，我需要有人指点迷津。”

热姆·克里恩瘦削的脸上出现了机敏的神情。“我为什么要帮你？你虚假的指控把我投入了监狱，现在你又把我当奴隶买了下来。而且你还弄断了我的手臂！我不欠你任何东西。”

“先生。”哈维兰·图夫说。他把两只大手交扣，放在他宽广的肚皮上。“我们已经确认过你欠我四百标准币这一点了。我现在准备对你通情达理一些。我会问你问题，你会给我答案。你每给出一个答案，我都会从你的欠款总额中扣除一个标准币。”

“一个标准币！荒谬。你想知道的任何事情都比一个标准币的价值高！每个答案十标准币！不能再少了！”

“我向你保证，”哈维兰·图夫说，“你拥有的任何信息或许都一钱不值。我只是好奇而已，我是好奇心的奴仆。这是我的缺陷，是我无力弥补的不足，也是你如今正在利用的缺点。可你不能太过分了，我拒绝被你愚弄。两标准币。”

“九标准币。”克里恩说。

“三标准币，而且我不会再提价。我开始不耐烦了。”图夫的脸上毫无表情。

“八标准币，”克里恩说，“别想唬我。”

哈维兰·图夫沉默不语。他一动不动地坐在那里，唯有双眼在达克斯身上来回扫视。这只黑色的大公猫打了个呵欠，自顾自挠起痒来。

五分钟的沉默过后，克里恩开了口。“六标准币，这个价格够便宜了。我知道很多重要的事，重要到连那个摩西都想知道的事。六标准币。”

哈维兰·图夫一言不发。几分钟过去了。

“五标准币。”克里恩骂骂咧咧地说。

哈维兰·图夫一言不发。

“好吧，”克里恩最后说道，“三标准币。你不但是个罪犯，还是个骗子兼无赖。你道德败坏。”

“我不会在意你空洞的言辞，”哈维兰·图夫说，“就三个标准币吧。我突然有种预感，你可能会给出模棱两可、含糊不清的答案，让我提出很多问题才能得到一丁点信息。我警告你，我不会容忍这种胡闹，也不会忍受任何诡计。每次你试图向我说谎，我就会在你的债务中加上额外的十个标准币。”

克里恩大笑起来。“我没打算说谎，图夫。可就算我说谎了，你又怎么会知道？我可不是透明人。”

哈维兰·图夫准许自己露出一丝笑意，他紧抿双唇，一抹淡淡的微笑从他脸上飞掠而过，随后消失无踪。“先生，”他说，“我向你保证，我立刻就会知道。达克斯会告诉我，正因如此，我才能知晓你荒谬的十标准币的开价能够压到的底线，才能躲开你在凯·西迪恩星对我的卑鄙袭击。达克斯警告过我。达克斯是只猫，先生，这一点肯定连你都看出来了。所有的猫都至少拥有一部分的心灵感应能力，这一点自古以来就为人所知。在数代人的培育和基因操作下，达克斯的这项特性得到了大幅加强。如果你能够给出完整且坦率的答案，我们就都能节约大量的时间和精力。尽管达克斯的天赋还没有精巧到能从你脑中读出复杂且抽象的概念的那种程度，可我向你保证，它能轻易看出你在撒谎，或是隐瞒了真相。记住这一点之后，我们可以开始了吧？”

热姆·克里恩以怨毒的眼神盯着那只大公猫。达克斯又打了个呵欠。“继续吧。”克里恩阴郁地说。

“首先，”图夫说，“是你袭击我们的这个谜题。我不认识你，先生，你对我来说完全是个陌生人。我只是个商人，而我的每位主顾都认可我的服务。我绝不可能冒犯过你，但你却攻击我。这引发了好几个问题。你为什么攻击我？你的动机是什么？你是否在哪里见过我？我是否用某种方式冒犯过你，而之后我却忘了？”

“这算一个还是四个问题？”克里恩说。

哈维兰·图夫再次交叠双手，将它们放在他的肚皮上。“有道理，先生。先从这个问题开始吧：你认识我吗？”

“不，”克里恩说，“可是我听说过你，听说过你的名声。你和你的‘方舟号’独一无二而且声名远播，图夫。我在那家恶心的凯·西迪恩星餐馆碰巧撞见你的时候，很容易就把你认出来了。要知道，又肥又白的秃头巨汉可算不上特别常见。”

“三标准币，”图夫说，“我不会计较你的侮辱和奉承。这么说，你不认识我。你为什么袭击我？”

“我喝醉了。”

“理由不够充分。你的确醉了，可餐馆里还有不少顾客，如果你只是想找人来打架，完全可以去找他们。但你没有这么做，你在所有人里唯独挑上了我。为什么？”

“我不喜欢你。以我的标准来看，你是个罪犯。”

“当然了，标准是会变的，”哈维兰·图夫回答道，“在某些星球上，光是我的个头就足以构成罪行。在另一些星球上，穿着牛皮靴子的人将被处以长期监禁。这么看来，我们都是罪犯。可我还是觉得，除非用一个人长期生活或者目前定居的城市的法律来界定他是否有罪，否则就算不上公平。因此，我不是罪犯，而你的回答不够充分。解释你厌恶我的原因。你指控我犯下了何种罪行？”

“我是个慈悲星人，”克里恩咳嗽了一声，“或者应该说，我曾经是个慈悲星人。事实上，我过去是个行政官，尽管只是第六级行政官。摩西毁了我的事业。我要指控你犯下协助摩西的罪行，这件事众所周知。别想抵赖，我不会信的。”

哈维兰·图夫看着达克斯。“你说的似乎是真话，而且你的回答包含了相当数量的信息，尽管它同样引出了好几个问题，并且令我困惑难明。不过，我就发发善心，把你的答复算作回答吧。那就是六个标准币了。我的下一个问题很简单：摩西是谁？慈悲星人又是什么？”

热姆·克里恩满脸怀疑。“你打算送我六个标准币不成？别装了，图夫，我才不信。你知道摩西是谁。”

“从某种意义上说，我的确知道，”图夫回答，“摩西是一个与正统基督教的许多教派有关的虚构人物，据说他在极其遥远的过去生活在古地球上。我相信他跟挪亚或多或少存在某种形式的关联或者关系，我的‘方舟号’正是因挪亚而得名。没准摩西和挪亚是兄弟，具体细节我记不清了。无论如何，这两人都跻身生态战的早期从业者之林，而这是我相当熟悉的领域。因此，从某种意义上说，我的确知道摩西是谁。然而，那位摩西过世的时间已经太久，足以让他不可能摧毁你的事业，更不可能关注你想要传达给我的任何信息。因此我认定你说的是另一位摩西，一位我不认识的摩西。而这，先生，就是我问题的核心，也是真正的重点。”

“好吧，”克里恩说，“如果你坚持要装出无知的样子，我就陪你玩这个愚蠢的游戏吧。慈悲星人就是慈悲星的公民，这你再清楚不过了。摩西，正如他所标榜的那样，是领导神圣利他主义教光复军的宗教煽动家。在你的协助下，他发动了一场破坏性的生态战，对抗希望之城——我们的那座巨型生态建筑，慈悲星人的主要聚集地。”

“现在你有十二标准币了，”图夫说，“详细解释一下。”

克里恩叹了口气，在椅子上挪了挪身体。“神圣利他主义教徒是在几个世纪前到达慈悲星的首批移民。因为敏感的宗教受到了进步科技的冒犯，他们离开了母星。神圣利他主义教会告诫他们，只有通过接近自然的简约生活，通过承受苦难和自我牺牲，他们才能得到救赎。因此神圣利他主义教徒们去了这颗荒无人烟的星球，兴高采烈地在那里受苦受难然后死掉，这种情况持续了一百年左右。接着，第二批移民来了，这对神圣利他主义教徒来说很不幸。新移民建起了名叫希望之城的生态建筑，用先进的机器人技术开垦土地，又开辟了一座星港，不用说，他们犯下了对抗神灵的罪孽。更糟的是，几年之后，神圣利他主义教徒的后代开始成群结队地逃向城市，只为了稍微享受一下生活。然后摩西出现了，发起了那场被他们叫作‘光复’的行动。他长驱直入，来到希望之城，与行政官议会对峙，要求我们释放他的人民。行政官解释说，‘他的人民’全都不愿意离开。摩西不为所动。他说除非我们释放他的人民，关闭星港，拆除希望之城，用更接近神灵的方式生活，否则他就会在我们身上降下灾祸。”

“有意思，”哈维兰·图夫说，“继续吧。”

“反正你得付钱，”热姆·克里恩说，“噢，行政官们把摩西丢了出去，让他一屁股摔在了地上，然后全场大笑了好一阵子。可为防万一，我们也做了番调查。当然，我们都听说过有关生态战的那些古老的恐怖故事，可我们觉得那些秘密早就不为人知了，我们的电脑也确认了这一点。古地球帝国使用过的克隆技术和基因操控技术如今只在几个星球存在，而且这些星球和慈悲星的距离十分遥远，从最近的那颗星球出发，就算走超光速航道，他们也得花上七年左右的时间才能来到慈悲星。”

“我明白了，”哈维兰·图夫说，“可你们肯定也听说过古地球帝国失踪的生态工程兵团的那些播种舰。”

“的确，”克里恩阴郁地笑着，“可那些播种舰全都没了，在几个世纪以前就被毁、下落不明或者无法使用了，所以我们没把它们当回事。直到有一天，降落在信念港的一艘商船的船长向我们讲述了那个例外。传闻传千里，图夫，甚至能来往于星球之间。你的名声让你广为人知，也让你受人唾弃。这位船长告诉了我们关于你的一切，你和你无意中发现的‘方舟号’，还有你用它大捞特捞，赚得盆满钵满的事。来自其他星球的船员也证实你这个人是存在的，而且你还操控着一艘机能正常且来自生态工程兵团的播种舰。然而，在灾祸开始前，我们根本没想到你和摩西结成了同盟。”

一道淡淡的皱纹出现在图夫宽大的白垩色额头上，它随即不见了踪影。“我有点明白你的愤恨来自何处了。”他说。他以潮汐般迟缓而笨拙的动作站起身，耸立于热姆·克里恩面前。“我会扣除你十五标准币的债务。”

克里恩粗鲁地哼了一声。“我说了这么多话，只换来三标准币。图夫，你——”

“那就二十标准币，只要这样能让你安静，让‘方舟号’恢复些许安宁。我本性仁慈。现在你的债务是三百八十标准币。我会再问你一个问题，给你把债务减少到三百七十七标准币的机会。”

“问吧。”

“你的星球，慈悲星的坐标是多少？”

慈悲星和凯·西迪恩星之间的星际航程算不上特别漫长，这次航行只花了三个标准周的时间。对热姆·克里恩而言，这是繁忙的几周。在“方舟号”拉近一个又一个光年的距离时，克里恩在工作。某些荒废最甚的走廊里积聚了好几个世纪的灰尘。哈维兰·图夫给了克里恩一把扫帚，让他去清扫干净。

克里恩苦苦哀求，举出他手臂断掉了这个再充足不过的理由。于是哈维兰·图夫给他服用了镇静剂，把他关在“方舟号”上用于时间翘曲的桶里。在那里，那种能够歪曲宇宙构造的巨大能量也能够歪曲时间本身。图夫声称这是古地球帝国最后也最伟大的秘密，而且这个秘密在别处早已无人知晓。图夫用这个桶让克隆体在几天内进入成熟期，而现在他用它来增加热姆·克里恩的年龄，顺便在几个钟头里治好他骨折的手臂。

有了刚刚治好的手臂，克里恩开始以每小时五标准币的价格清扫走廊。

他扫完了长度以千米计的走廊、多到数不清的房间和各式各样的空笼子，而那些笼子里积聚的可不仅仅是灰尘而已。他一直扫到双臂疼痛，当他手里不拿扫帚的时候，哈维兰·图夫会为他找别的事去做。在进餐时间，克里恩要扮演管家的角色，为图夫端来装在白镴酒杯里的麦酒和在浅盘里堆得满满的蒸蔬菜。图夫在装填着软垫的扶手椅上冷漠地接过食物，他习惯在这把扶手椅上休息和阅读。克里恩还需要给达克斯喂食，有时得喂上三到四次，因为这只大公猫是个挑剔的食客，而图夫坚持要纵容它的偏食行为。只有等到达克斯满意了，热姆·克里恩才能去弄自己的那份食物。

有一次，图夫要求克里恩小规模地维修某个地方，这是“方舟号”的修理系统出于某些原因疏于维修的位置。而他干得实在太糟，让哈维兰·图夫迅速打消了再给他分配此类工作的念头。“全部的过失都应该归因于我，先生，”当时图夫是这么说的，“我忘记了你是一位训练有素的官僚，也就是说，你什么都干不好。”

尽管热姆·克里恩辛苦劳作，他的债务减少的速度却缓慢得令他苦恼，有时甚至根本不见减少。克里恩很快发现，哈维兰·图夫根本就是个一毛不拔的人。作为治好他骨折的手臂的花费，图夫往克里恩的债务里增加了一百标准币的“医疗服务费”。他还每天收取一标准币的空气费，每升水收费十分之一标准币，每杯麦酒收费半个标准币。饭费相当便宜：如果克里恩吃的是基础伙食，那他吃每顿饭只需要花两个标准币。可基础伙食是一种难以入口的营养浆，因此克里恩有一半的时间都得花更多钱去买图夫本人爱吃的那种可口的炖蔬菜。克里恩很乐意为肉食掏出更多钱，可图夫拒绝供应。有一次他要图夫为他克隆一顿牛排，而这个商人只是盯着他说：“我们这里不吃动物的血肉。”接着他就走了，带着一如既往的泰然自若的神情。

登上“方舟号”的第一天，热姆·克里恩向哈维兰·图夫询问卫生间的位置。图夫向他收取了三个标准币的咨询费，还有另外十分之一标准币的设施使用费。

时不时地，克里恩会有谋杀图夫的念头。可即便在他杀人的欲望最为强烈的时刻，在他喝得醉醺醺的时候，这个念头也显得毫无可行性。达克斯总是待在图夫身边，跟着这个巨人游荡于走廊之间，或是安详地伏在他的手臂上，而且克里恩很肯定他的房东还有其他盟友，他在飞船上行走的过程中看到过它们的一鳞半爪。在那些巨穴似的房间里，黑色的有翼形体在他的头顶盘旋，阴影中的诡秘生物在遭到惊吓时会从机器的空隙间爬走不见。他从未看清过它们，一次都没有，可不知为什么，他认定自己在袭击哈维兰·图夫的时刻就会将它们看得清清楚楚。

他希望以更快的速度减少债务，于是开始了赌博。

这或许并非最明智的举动，可热姆·克里恩颇为喜爱赌博，因此每晚他们都会花上几个小时，玩着图夫喜爱的那种荒谬的游戏，掷下骰子，移动某个虚构的星群旁边的棋子，购买或贩卖行星，建造城市和生态建筑，向星际旅客收取形形色色的费用和税款。不幸的是，图夫比克里恩更擅长这种游戏，而游戏时常以图夫赢回白天付给克里恩的很大一部分工资而告终。

在游戏桌之外，哈维兰·图夫很少和克里恩说话，除非图夫要给他分配任务，或是跟他在报酬方面讨价还价。无论图夫去慈悲星有什么目的，他显然都没有透露的意愿，而克里恩也不打算问，因为每个问题都会在他的债务中增加三个标准币。图夫也没有再问任何能让克里恩捞到好处的问题，他只是继续过着与世隔绝的生活，在“方舟号”上各种各样的克隆室和实验室里独自工作，阅读积满灰尘、用克里恩无法理解的语言写就的古代书，或是和达克斯促膝长谈。就这样，光阴流转。他们进入慈悲星轨道的那天，哈维兰·图夫把克里恩叫进了通信室。

通信室又长又窄，墙壁上挂满了暗淡的显示屏，室内还有许多闪烁着柔光的控制台。克里恩进门时，哈维兰·图夫正坐在其中一面暗淡的显示屏前，达克斯趴在他的膝上。他转头看着传来门板合拢声的地方。“我尝试着和希望之城进行通信，”他说，“看着。”他按下控制台上的回放按钮。

热姆·克里恩坐进一把空椅子，与此同时，图夫面前的显示屏上闪起了光芒，这些光点随即结合成摩西的脸的影像。他是个略显苍老的中年男人，五官匀称，几乎算得上英俊，有着稀疏的棕灰色头发和一双狡诈的淡褐色眼睛。“离开吧，太空船。”这位神圣利他主义教的领袖在画面中说道。他的语气低沉而浑厚，尽管他的用词听来颇为刺耳。“信念港已被封锁，慈悲星也有了新政府。这颗星球的人民不想和罪人们打交道，也不需要你带来的奢侈品。别来打扰我们的安宁。”他抬起一只手，做了个可能表示祝福也可能代表停下的手势，随后屏幕一片空白。

“这么说他赢了。”热姆·克里恩用疲惫的语气说道。

“看起来是这样。”哈维兰·图夫说。他挠了挠达克斯的耳背，接着开始抚摸它的毛发。“你现在还欠我两百八十四标准币，先生。”

“对，”克里恩满腹怀疑地说，“那又怎么样？”

“我希望你为我办一件事。你要秘密降落到慈悲星的表面，确定行政官议会的前任领袖们的位置，并把他们带到这里来协商相关事宜。作为回报，我会在你有待偿还的债务中减去五十个标准币。”

热姆·克里恩大笑起来。“这太荒谬了，图夫。对这么危险的任务而言，这笔数目实在小得可笑。就算你愿意给我开出更公道的价码我也不会去做，何况我能肯定你不会愿意的——比如取消我的全部债务，另付我两百标准币。”

哈维兰·图夫抚摸着达克斯。“这个人，名叫热姆·克里恩的这个人，把我们俩当成了彻头彻尾的傻瓜，”他对那只猫说，“我猜他下一次就该问我要‘方舟号’本身了，或许我还得附送他一两颗小行星。他根本不懂什么叫合理的要求。”达克斯发出一阵轻微的、或许具有某种意义又或许没有的呼噜声。图夫再次抬起头，看着热姆·克里恩。“我此刻慷慨的程度异乎寻常，因此我允许你利用我的缺点一次，下不为例。一百标准币，先生，这已经是这项小小任务的价值的两倍了。”

“呸，”克里恩回答，“我知道达克斯正在跟你说我对这个提议的看法。你的计划毫无意义。我根本不知道那些行政官是生是死，是在希望之城还是在别处，是行动自由还是遭人囚禁。我也不能指望他们会跟我合作，因为我传达的是你的召唤，而众所周知，你是摩西的盟友。如果摩西俘虏了我，我就得把下半辈子花在挖芜菁上了。不管你信不信，我肯定会被俘虏。你打算让我降落在哪里？或许摩西是在用录像来答复接近慈悲星的太空船，可他肯定会在信念港周围安排守卫进行封锁。想想这有多危险吧，图夫！除非你减免我的全部债务，否则我根本不可能去做这件事！全部债务！一个标准币也不能少，你听见没有！”他顽固地交叠双臂，抵住胸膛。“告诉他，达克斯。你知道我有多坚定。”

哈维兰·图夫骨白色的面孔冷漠如常，可一声轻微的叹息滑过了他的唇际。“你真的很残忍，先生。你让我后悔自己当初轻率地告诉你达克斯不是普通猫的行为。你从一个老人手里剥夺了一件对他有用的交涉工具，又毫无慈悲地用这种顽固不化的态度讹诈他的钱财。可我别无选择，只能屈服。那就两百八十四标准币吧，敲定了。”

“你总算通情达理一次了。很好。我会乘‘狮鹫号’过去。”热姆·克里恩说。

“先生，”哈维兰·图夫说道，“你不会这样做的。你得乘坐你在登陆甲板上见过的那艘商船，‘价廉物美量又足号’，多年以前，我就是用那艘飞船开创我的事业的。”

“那艘飞船！绝对不行，图夫，那艘飞船显然需要修理。我需要在荒野地区进行一次困难的着陆，因此我坚持要一艘稍微结实点的飞船。我愿意乘坐‘狮鹫号’或者别的太空梭前往慈悲星。”

“达克斯，”哈维兰·图夫对那只安安静静的公猫说道，“我为我们担忧。我们把自己跟一个天生的白痴，一个毫无道德、不通礼数更缺乏理解力的人封闭在这狭小的地方了。我必须向他解释这简单至极的任务，解释每一个显而易见的衍生后果。”

“什么？”

“先生，”哈维兰·图夫说，“‘狮鹫号’是一艘太空梭。它的式样独一无二，而且它没有星际航行引擎。要是别人发现你坐着这么一艘飞船着陆，就算是智力水平比你还低的人也能推断出高处还有一艘像‘方舟号’这样的更大的飞船，因为太空梭通常是从什么地方飞出来的，它很少会从深层太空的虚无中自行出现。与之相反，‘价廉物美量又足号’是一艘来自阿瓦隆星的普通太空船，引擎完备，尽管有些机能不良。你明白问题的关键了吗，先生？你弄清这两艘飞船之间的本质区别了吗？”

“是啊，图夫。可既然我不准备被俘虏，这种差别就只是空泛的理论而已。不过，我还是迁就你好了。在撤销我的债务之外再给我五十标准币，我就同意用你的‘价廉物美量又足号’。”

哈维兰·图夫一言不发。

热姆·克里恩烦躁起来。“达克斯跟你说如果你等下去我就会放弃，是不是？噢，我不会放弃的。你别想再用这办法来欺骗我了，明白了没？”他交叠的手臂在胸口上抵得更紧了，“我是石头，我是钢铁，我对这件事的决心不可动摇。”

哈维兰·图夫摸了摸达克斯，依然一言不发。

“你想等就等吧，图夫，”克里恩说，“这次我一定要胜过你。我也能等。我们就一起等着吧，我绝不让步。绝不。绝不。绝不。”

一周半的时间过去了，当“价廉物美量又足号”从慈悲星表面返回时，热姆·克里恩带上了三个人，他们全都是希望之城的顶级行政官。雷伊·莱托尔是个上了年纪、脸颊瘦削的女人，她有一头铁灰色的头发，是行政官议会从前的主席。由于摩西接管了行政官议会，她不得不忍受作为纺纱工的再就业训练。陪伴她的是一个稍显年轻的女人和一个从前似乎很胖的大个子男人，但现在他松弛的皮肤挂在脸上，呈黄色的褶皱。

哈维兰·图夫在一间会议室里接待了他们。当克里恩领着这些慈悲星人进门时，图夫端坐首席，双手优雅地交叠，放在身前，达克斯则慵懒地在光洁的金属桌面上蜷缩成团。

“你们能来真是太好了，”行政官们就座后，图夫说道，“不过你们似乎对我怀有敌意。我对此表示遗憾。首先，请允许我向你们保证，你们地位的变迁与我毫无关联。”

雷伊·莱托尔对此嗤之以鼻。“克里恩找到我的时候我就审问过他了，图夫，而他也提过你的无罪声明。我和他一样，根本不相信你的说辞。我们的城市和生活方式都被生态战和摩西对我们释放的灾害给毁了。我们的电脑告诉我们，只有你和这艘飞船才有能耐发动这样的战争。”

“的确，”哈维兰·图夫说，“或许我应当提议让你们重新编写电脑程序，因为它们犯错的频率实在太高。”

“我们已经没有电脑了，”那个男人悲伤地说，“但我是主程序师，我对这番认为我不称职的推论表示愤怒。”

“你确实不称职，瑞肯，否则那些虱子就不会在生态建筑里大肆滋生了，”雷伊·莱托尔说道，“可这不会减少图夫的一丁点罪孽。那些虱子都是他放出来的。”

“我对虱子可没有专利权。”哈维兰·图夫简洁地说。接着，他抬起一只手。“我们应当终止这样的争论，这样做毫无益处。让我们换个话题，来讨论可悲的历史、希望之城的困境，以及摩西和他的灾祸吧。或许你很熟悉那位原版摩西，古地球的摩西，也就是你们的敌人模仿的那位摩西。那位古老的摩西没有播种舰，没有发动生物战的正规工具，可他有信仰的神灵，而事实证明两者同样有效。那位神灵的人民遭到了囚禁。为了释放他们，神灵借由摩西释放了十场灾害来对付他的敌人。你们的摩西的行为模式是否与原版摩西的行为模式完全相同？”

“别免费回答他。”斜倚在门上的热姆·克里恩说道。

雷伊·莱托尔盯着他看了一眼，就好像他疯了似的。“我们查阅过原先那位摩西的故事，”她转头看着图夫，然后说道，“灾害开始的时候，我们想要尽可能了解情况。我们这位摩西降下的灾害和原版那位摩西降下的灾害相同，可他打乱了顺序，而且我们只遭受了六次灾害。那时行政官议会屈服于神圣利他主义教会的要求，关闭了信念港，并从希望之城撤离。”她抬高双手。“仔细看——看看这些水泡，看看这些老茧。摩西把我们分散开来，赶到神圣利他主义教会的那些破败的村庄里，让我们像原始人一样生活，而且我们还吃不饱。他疯了。”

“起初摩西将河流之水转化为血。”哈维兰·图夫说。

“这太恶心了，”那个年轻女人说道，“他转化了生态建筑里的所有水，喷泉、游泳池和水龙头里的水。你打开水龙头，或者走进淋浴间，然后突然发现自己满身是血，就连卫生间里也全是血。”

“那不是真的血，”热姆·克里恩补充道，“我们化验过了。城市的供水系统中被添加了某种有机毒素。可无论如何，它让水变得黏稠、鲜红而且无法饮用。你究竟是怎么做到的，图夫？”

哈维兰·图夫没有回答这个问题。“其次为蛙灾。”

“它们出现在我们的发酵桶和整个溶液培养区里，”克里恩说，“我是负责管理的人。这件事把我给毁了。那些青蛙钻进所有机器里，接着它们死掉并腐烂，把食物也给毁了。我没能除掉它们，所以莱托尔让我承担全责——好像那是我的错似的！”他冲着前任上司做了个鬼脸。“好吧，至少我没被摩西抓去做奴隶。趁还能离开的时候，我去了凯·西迪恩星。”

“其三，”哈维兰·图夫说，“为虱灾。”

“它们到处都是，”那个男人咕哝道，“到处都是。当然了，它们没法在生态建筑里生存，所以它们死在了里面，但这就够糟的了。生态建筑分崩离析，虱子前仆后继，每个人身上都长了虱子。我们没法让身体干净到不长虱子。”

“其四为蝇灾。”

慈悲星人全都面色阴沉。没人说话。

“其五，”哈维兰·图夫继续说道，“摩西释放畜疫，尽屠其敌之牛群。”

“他跳过了畜疫，”雷伊·莱托尔说，“我们在大草原地区放牧，但在附近安排了守卫。地下室的肉兽周围也有我们安排的守卫。我们以为他会来，可什么都没发生。他也跳过了脓疮和冰雹的那部分，谢天谢地。我倒是很想看他在生态建筑内部下一场冰雹。他直接跳到了蝗灾。”

“的确，”哈维兰·图夫说，“第八灾。那些蝗虫把你们的农田都啃光了？”

“蝗虫根本没碰我们的农田。它们在城市里，在密封的谷物储藏室里。三年的盈余一夜之间就全没了。”

“其九，”哈维兰·图夫说，“即黑暗本身。”

“还好我错过了这个。”热姆·克里恩由衷地说。

“城里的所有灯光都消失了，”雷伊·莱托尔说，“我们的维修队不得不在成堆的死苍蝇和活蝗虫里杀出一条血路，而且自始至终抓挠着身上的虱子。我们都感到绝望了，已经有好几千人离开了城市。等到第二发电站里也塞满虫子的时候，我下令废弃了城市。一周之后，我住到了诚实劳作山丘的一间冷冰冰的屋子里，学习如何使用纺纱机。”她气急败坏地说。

“你的命运可悲可叹，”哈维兰·图夫用平静的语气赞同道，“但你们不用绝望。从热姆·克里恩那里听闻你们的困境时，我就决心立即前来帮助你们。所以我就来了。”

雷伊·莱托尔看起来满腹狐疑。“帮助我们？”她说。

“我会为你们赢回希望之城，”哈维兰·图夫说道，“我会惩罚摩西和他的神圣利他主义教光复军。我会让你摆脱纺纱机，再次回到声码器[1]前。”

年轻女人和那个男人显得欢欣鼓舞，但雷伊·莱托尔的眉目仍未舒展。“为什么？”

“雷伊·莱托尔问我为什么，”哈维兰·图夫一面对达克斯说着，

---

1. 又称语言信号分析合成系统，主要用于合成人类语音。——编者注

一面轻柔地抚摸着这只猫，“我的动机总是受人质疑。在这个严酷的时代，人与人之间已经失去了信任，达克斯。”他看向这位顶级行政官。“我会帮助你，是因为慈悲星的状况打动了我，因为你的人民显然正遭受痛苦。摩西并非真正的利他主义者，这一点我们都知道，可这并不意味着人类已经丧失了自我牺牲和仁爱的本性。我谴责摩西和他的战术，谴责他不人道地利用无辜的昆虫和其他动物，并以此将自己的意愿强加在人类同胞身上的行为。这些动机对你来说够了吗，雷伊·莱托尔？如果不够，请说出来，我可以驾驶着我的‘方舟号’离开。”

“不，”她说，“不，别这样。我们接受。我接受，代表希望之城接受。如果你取得成功，我们会为你造一座雕像，安放在城市的最高处，让方圆几千米的人都能看见。”

“路过的鸟类会在这样一座雕像上歇脚，”哈维兰·图夫说，“风会磨损和腐蚀它，而且放的地方太高，没人能看清它的样子。这样一座雕像或许能满足我的虚荣心——别看我块头大，我的内心还住着个小孩子，很容易满足于这种事，但我宁愿让它竖立在你们最大的公共广场上，免于任何可能的损害。”

“当然，”莱托尔飞快地说，“怎么都行。”

“怎么都行。”哈维兰·图夫说。这不是一个问句。“除了雕像之外，我还需要五万标准币。”

莱托尔脸色发白，她的脸颊继而涨得通红。“你说过，”她用几近窒息的低声开口道，“你……仁爱……神圣利他主义教……我们的需要……纺纱机……”

“我必须填补亏空，”哈维兰·图夫说，“我当然愿意为这件事贡献我的时间，可我要是挥霍‘方舟号’的资源就太奢侈了。我得填饱肚皮。希望之城的资金肯定足以支付这笔小小的款项。”

雷伊·莱托尔发出一阵含糊不清的噪声。

“交给我吧。”热姆·克里恩插嘴道。他转身面向图夫。“一万标准币，不能再多了，绝对不能。就一万。”

“不可能，”哈维兰·图夫说，“我的成本肯定得超过四万标准币。或许我可以节食一段时间，只拿这笔数目，为自己损失不多而心满意足。你们的确遭受了很多苦难。”

“一万五千标准币。”克里恩说。

哈维兰·图夫一言不发。

“噢，见鬼，”热姆·克里恩说，“那就四万好了，我真希望那只该死的猫得痛风死掉。”

每晚沿着诚实劳作山丘的崎岖小径散步，观赏落日美景，并且独自思考白天遇到的疑难问题，这是那位摩西的习惯。他轻快的步伐就连年轻人也鲜少能够企及，他手中握着长长的曲杖，他的脸上挂着平和的神情，他的目光定格在远方的地平线上。在回家睡觉之前，他常常要走完十几千米的路程。

就在这样的散步过程中，他第一次看到了火柱。

那时他刚刚翻过一座小山，火柱随即映入他的眼帘。那是一团不断翻腾的漏斗状橘色火焰，边缘迸射出蓝色和黄色的光芒，它穿行于岩石与尘土之间，朝他径直而来。它起码有三十米高，顶部有一团灰云，不知为何和它同步前行。

摩西停在山顶，倚着曲杖，看着它的到来。

那根火柱在他面前五米处地势略低的地方停了下来。“摩西，”它用一种发自高空的、雷鸣般的低沉声音说道，“我就是上帝，而你犯下了违逆我的罪行。归还我的人民！”

摩西轻笑起来。“好极了，”他用他嘹亮的嗓音说道，“真的，好极了。”

火柱翻腾晃动。“让希望之城的人民摆脱你残暴的奴役，”它要求道，“否则我将在盛怒中向你降下灾害。”

摩西板起面孔，用曲杖指着那根火柱。“我才是在附近降下灾害的那个人，如果你能记住这一点，我将感激不尽。”他的语气中有些许讽刺的意味。

“你降下的不过是来自虚假先知的虚假灾害，这一点你我都心知肚明，”火柱高声说道，“我很清楚你那些雕虫小技和可笑的模仿之举，你已亵渎了上帝之名。交还我的人民，否则你将见证真正瘟疫的骇人面孔！”

“胡说八道。”摩西说。他走下山丘，朝着火柱前进。“你是谁？”

“我就是我，”火柱随着摩西的脚步连连后退，“我就是上帝。”

“你是个全息投影，”摩西说，“是从我们头顶的那团该死的云里投射出来的影像。我是个圣人，不是傻子。快走吧。”

火柱站在原地，发出颇具威胁意味的轰隆隆的声音。摩西径直穿过了它，朝山下快步走去。火柱停在原地，旋转翻腾，直到摩西的身影彻底消失。“的确。”它用雷鸣般的嗓音对着空寂的夜色高声说道。随后它一阵颤抖，不见了踪影。

那团小小的灰云飞快地掠过山丘，沿途前进一千米之后追上了摩西。火柱再次蜿蜒而下，周身洋溢着不祥的能量。摩西绕过了它。火柱跟在他身后。

“你们这些城里人开始考验我的耐心了，”摩西一边走一边说，“你们用罪恶而怠惰的生活方式诱惑我的人民，现在你们又来打扰我的晚间自省。这一整天的神圣劳作已经让我很累了。我警告你，你快要惹恼我了。我已经明令禁止一切利用科技的交通方式，在我向你的人民降下疮灾之前，带上你的全息投影，开着你的飞船离开这里吧。”

“你在说空话，先生，”火柱紧追不舍，“疮灾超出了你有限的能力范围。你以为你能像欺骗那群没见过世面的官僚那样欺骗我吗？”

摩西犹豫片刻，随即转过脸，疑虑重重地打量着火柱。“你在质疑主的力量？我想我展示的能力已经够多了。”

“的确，”火柱说，“可你展示的是你自己和对手的极限。显然你早有预谋，而且计划周详，可你的力量仅此而已。”

“你肯定以为席卷希望之城的灾害只是出于巧合和厄运吧？”

“你误会我了，先生。我对真相了然于心，而且其中没有半点超自然的成分。年轻而叛逆的神圣利他主义教徒迁入城市，这样的情形已经在好几代人之中持续出现。显然，要在其中安插你们的间谍、破坏分子和密探再容易不过了。等上一两年甚至五年，直到他们全部被希望之城完全接纳，再授以要职，你这么做实在狡猾得很。你可以培育青蛙和昆虫，先生，培育它们很容易，无论是在诚实劳作山丘的木屋里还是在城内的复式公寓中。把这些生物放到野外，它们就会逐渐死去。环境会杀死它们，天敌会追捕它们，它们会因缺乏食物而死，复杂而毫无怜悯的生态机制会把它们限制在符合它们天性的地方。可无论生态建筑有多么与众不同，真正的建筑生态学根本和生态系统无关，因为生态建筑只是人类的理想天地。生态建筑中的气候温和宜人，不存在竞争种族或者天敌，而且它们很容易找到适当的食物来源。在这样的情况下，你所造成的结果就是一场无可避免的灾害。但这是虚假的灾害，只在城市范围内大肆出现。到了外面，你那群小小的青蛙、虱子和苍蝇在狂风骤雨和荒野面前一钱不值。”

“我把他们的水变成了血。”摩西坚持道。

“的确，你的间谍把有机化学物质放进了城市的供水系统中。”

“我降下了黑暗之灾。”摩西说。他的语气里带着强烈的辩护意味。

“先生，”火柱说，“你用显而易见的事实来侮辱我的头脑。你只是关掉了光源。”

摩西转过身，面向火柱，挑衅地抬头望去，他的脸被火光映得通红。“我否认，我否认这一切。我是真正的先知。”

“真正的摩西为敌人带去了可怕的畜疫，”火柱用均匀的语调高声说道，听上去就像轰鸣的雷声，“你没有。真正的摩西让敌人体生脓疮，让人无法挡在他面前，你没有。你省略的这些灾害出卖了你，先生，真正的瘟疫超出了你的力量。真正的摩西用夜以继日的冰雹摧毁了敌人的土地，这种灾害同样超出了你有限的能力范围。可你的敌人被你的诡计迷惑，在第十次灾害——杀长子之灾——到来之前就交出了希望之城，这对你而言无比幸运，因为你已经把可用的灾害用得一干二净。”

摩西把曲杖用力砸向火柱，曲杖和火柱都没出现任何可见的变化。“离开，”他喊道，“不管你是谁，你不是我的神灵，我不会服从你。惩罚我们吧！你刚才说过，在生态建筑之外降下灾害要困难得多。我们居住在诚实劳作山丘，信奉接近吾主的简约生活。我们蒙主恩宠，你无法伤害我们。”

“你错了，摩西，”火柱高声道，“归还我的人民！”

摩西充耳不闻。他再次穿过火焰，怒气冲冲地大步返回村庄。

“你准备什么时候开始？”在哈维兰·图夫回到“方舟号”以后，热姆·克里恩急切地问道。克里恩把那些慈悲星人送回地表，随后留在了飞船上。正如他已经指出的那样，希望之城已经不能住人，而神圣利他主义教会的那些村庄和劳动营里也没有他的容身之地。“你为什么没在工作？你准备——”

“先生。”哈维兰·图夫说道。他端坐在他最爱的椅子上，吃着一碗奶油蘑菇和柠檬豌豆，身边放着一杯麦酒。“别以为你能给我下命令，除非你比起我来更喜欢摩西的款待，”他呷了口麦酒，“我已经做完了那些需要做的工作。我可不像你，在从凯·西迪恩星来到此地的航程中，我没有成天无所事事。”

“可那是在……”

“我来说得详细点，”哈维兰·图夫说，“大多数基本的克隆工作都已完成，克隆体也已准备就绪，培养桶已经装满了，”他冲着克里恩眨眨眼，“别打扰我吃饭了。”

“那些灾害，”克里恩说，“什么时候开始？”

“第一次灾害，”哈维兰·图夫说，“在几小时前就开始了。”

在诚实劳作山丘的山脚，一条流速缓慢的宽广河流穿行于神圣利他主义教会的六座村庄、满是石块的田地和杂乱无序的劳动营，那些劳动营是难民们的安居之地。神圣利他主义教徒将这条河称为神恩河，而慈悲星人管它叫汗水河。当曙光在遥远的地平线处升起时，那些前往河畔捕鱼、打水或是洗涤衣物的人惊叫连连地返回村庄和劳动营。“血，”他们喊道，“河里全是血，就像城里的水一样。”摩西被人请来，不情不愿地走向河边。已死亡的鱼群和濒死的鱼群散发着腥气，更不用说血液本身也散发出一阵阵恶臭。他皱起了鼻子。“希望之城的那些罪人的把戏，”他一边低头看着缓慢流淌的猩红河流，一边说道，“上帝会让河流重现原貌。我会祈祷，一天之内，河流就会洁净如初。”他站在泥泞里，脚边是一汪装满死鱼的血红色浅塘，他在受灾的水面上方伸出曲杖，开始祈祷。他祈祷了一天一夜，可河水并未变清。

等天色再次破晓，摩西回到他的木屋里发号施令，随后雷伊·莱托尔和另外五位顶级行政官被人从家中带走，接受了彻底的审问。那些审问者一无所获。几队武装教徒去了上游，搜寻向河流倾倒化学污染物的阴谋分子，他们什么都没找到。他们走了三天三夜，一直走到高耸之地的大瀑布那里，然而从瀑布中倾泻而下的也全是血。

摩西一刻不停地祈祷，夜以继日，直到最后力竭倒下。他的副手们把他带回了他的那间小木屋里。河流依然是浑浊的红色。

“他被打败了，”一周之后，当哈维兰·图夫坐着飞行驳船巡视归来的时候，热姆·克里恩说道，“他为什么还在等？”

“他在等待河流自我清洁，”哈维兰·图夫说，“要污染生态建筑这样的密闭系统里的供水很简单，他只需要数量有限的污染物就足以完成任务。河水所需的污染物的分量就要大上许多。无论你向水里倒进多少化学物质，它们迟早都会全部流走，而河流也会再次变得清澈。毫无疑问，摩西觉得我们很快就会用完所有化学物质。”

“那你是怎么做的？”

“我没有使用化学物质，而是选用了微生物，能自我增殖和自我再生的微生物，”哈维兰·图夫说，“根据生态工程兵团的古老记载，就连古地球的水体也遭受过所谓赤潮的影响。在一个名叫斯卡尼星的星球上，某种类似的生物极其致命，甚至永久污染了海洋本身，而其他生物不是适应了环境就是迎来了死亡的结局。‘方舟号’的建造者们探访了斯卡尼星，收集了克隆材料。”

那一晚，火柱出现在摩西的木屋外，吓退了守卫。“归还我的人民！”它咆哮道。

摩西蹒跚着走向门口，正视着它。“你是撒旦的幻象，”他尖叫道，“可你骗不了我。滚吧。我们不会再饮用河水了，骗子，我们可以从深井里取水，而且我们可以继续挖掘别的井。”

火柱翻腾闪耀。“毫无疑问，”它评论道，“可这只是在拖延时间。释放希望之城的人民，否则我将向你们降下蛙灾。”

“我会吃掉你的青蛙，”摩西喊道，“它们肯定美味又可口。”

“那些青蛙将从河流中诞生，”火柱说，“而它们的可怕程度将超出你们的想象。”

“没有东西能在那条毒水沟里生存，”摩西说，“你很清楚这一点。”他用力关上了房门，不愿再听火柱多说一个字。

摩西在黎明时分派去河边的守卫们回来时满身是血，满心恐惧。

“河里有东西，”其中一个守卫说，“它们在那些血池里动来动去。又小又红，扭个没完的东西，它们的身体就像人类的手指那么大，可它们的腿有人类手指的两倍长。它们就像红色的青蛙，接近它们的时候，我们能看到它们有牙齿，正在撕咬死鱼。河里已经不剩多少鱼了，而且那些鱼的周围全都有青蛙似的东西爬来爬去。达内尔想捡起一只青蛙，它咬了他，正好咬在他的手上，他尖叫了一声，然后突然间到处都是这种该死的东西，它们在我们周围跳啊跳啊，就好像会飞似的。它们咬人，一咬住人就开始撕扯。太可怕了。我们要怎么对付一只青蛙？刺它？对它开枪？我们该怎么做？”他浑身颤抖个不停。

摩西又派了一队守卫前往河边，还为他们配备了布袋、毒药和火炬。他们返回时已溃不成军，其中两人是被抬回来的。一个守卫在当天早上死去，他的喉咙被一只青蛙撕开了。几个小时之后，另一个守卫也死于咬伤引发的高烧。

黄昏时分，青蛙们吃完了鱼，它们离开河流，进入村庄。神圣利他主义教徒们挖了壕沟，往里面装满了水，而青蛙们跳过了壕沟。教徒们拿起匕首、木棒和火把，与青蛙搏斗，有些人甚至动用了从城里人手里弄来的现代化武器。到了第二天早上，摩西一方又死了六个人。摩西和他的追随者们退到了紧闭的房门之后。

“我们的人都待在开阔地带，”热姆·克里恩忧心忡忡地说，“那些青蛙会跑到营地里屠杀他们的。”

“不，”哈维兰·图夫说，“如果雷伊·莱托尔能让她的部下保持沉默和冷静，他们就没什么好怕的。斯卡尼血蛙的主食是腐肉。只有在遭受攻击或是受到惊吓的时候，它们才会攻击比它们更大的活物。”

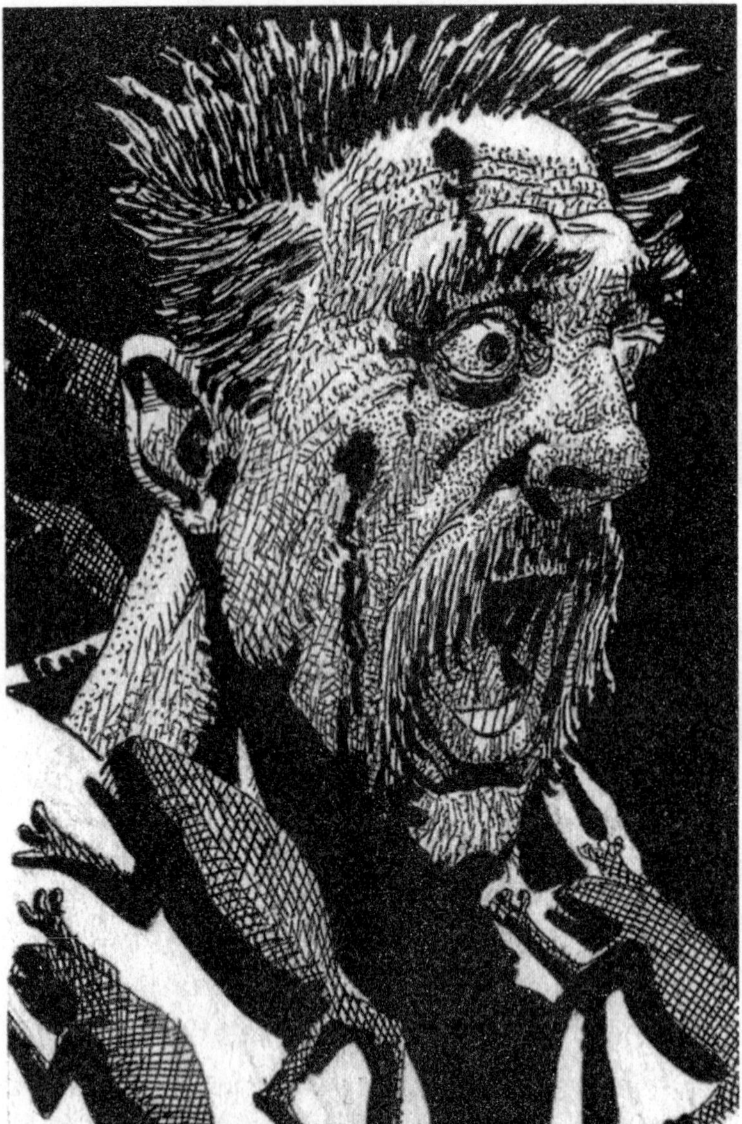

克里恩满脸疑惑，随即笑逐颜开。“而摩西吓得躲了起来！太高明了，图夫。”

“高明。”哈维兰·图夫说道。他的语调没有显露出半点赞同或嘲讽之意。达克斯趴在图夫的臂弯里，而克里恩突然发现那只猫显得安静而拘谨，它的毛发缓缓竖起。

当夜火柱去找的不是那个名叫摩西的人，而是希望之城的那些难民，他们在摇摇欲坠的营帐中害怕得缩成一团，看着那些游荡在栅栏外面，将他们和神圣利他主义教徒们分隔两地的青蛙。

“雷伊·莱托尔，”火柱说，“你的敌人已将自身囚禁在封闭的门扇之后，你自由了。走吧，带上你的人民，带领他们返回你们的生态建筑。慢些走，留心脚下，切勿仓促。只要你们遵从上述指示，蛙群便不会伤害你们。清扫并修复你们的希望之城吧，记得准备好我的四万标准币。”

被下级行政官围在中央的雷伊·莱托尔仰起头，看着那根翻腾的火柱。“等你离开之后，摩西很快就会再次攻击我们的，图夫，”她喊道，“把他解决掉。释放其他灾害吧。”

火柱一言不发。它又旋转闪耀了好几分钟，接着彻底消失不见。

希望之城的难民们疲惫地从营帐中走出，每走一步都带着万分的谨慎。

“发电机重新开始运转了，”两周后，热姆·克里恩报告说，“城市很快就能恢复以往的机能。可我们的生意刚完成一半，图夫。摩西和他的追随者正待在村庄里生着闷气。大部分血蛙都死了，因为它们除了彼此之外没有腐肉可以吃了。河流也出现了清澈的迹象。你什么时候才会释放虱群和苍蝇？他们活该浑身瘙痒，图夫。”

“坐上‘狮鹫号’，”哈维兰·图夫命令道，“把摩西带来见我，无论他愿不愿意。做完这件事，你们付我的酬劳里就有一百标准币属于你了。”

热姆·克里恩大惊失色。“摩西？为什么？摩西是我们的敌人。要是你现在想变卦去跟他做生意，为了更高的价码把我们卖作奴隶……”

“别胡猜了，”图夫一边抚摸着达克斯一边答道，“人们总是把我们往最坏的方向想，达克斯。或许永远蒙受猜疑就是我们可悲的命运。”他再次对克里恩开口：“我只是希望和摩西商谈一番。照我说的去做。”

“我已经不欠你什么了，图夫，”克里恩尖声说道，“我会协助你，只是因为我热爱我的母星。把你的动机告诉我，然后我或许会听你的。不然你就自己去找摩西吧。我拒绝。”他交叠双臂。

“先生，”哈维兰·图夫说，“你是否知道，自从我抹消了你的债务之后，你在‘方舟号’上吃了多少顿饭，喝了多少杯麦酒？你是否知道你呼吸的空气总量，还有你使用卫生间的次数？我对这些事全都一清二楚。你是否知道从凯·西迪恩星到慈悲星的旅费通常是三百七十九标准币？我完全可以把这些数目轻易地记在你的账上。然而，我忽略了这些费用，忽略了财政方面蒙受的巨大损失，只因为你的确帮了我一些小忙。我现在发现从前的忍耐完全是个错误。我要在账目中纠正这些错误。”

“别唬我了，图夫，”克里恩顽固地说，“我们谁也不欠谁，我们离凯·西迪恩星的监狱远得很，而且你根据他们荒谬的法律对我享有的任何控制权在慈悲星都毫无效力。”

“凯·西迪恩星和慈悲星的法律对我来说都毫无效力，除非它们能为我所用，”哈维兰·图夫心平气和地说，“我有我自己的法律，热姆·克里恩。如果我决定让你成为我的奴隶，直到你生命的最后时日为止，那么无论是雷伊·莱托尔、摩西还是你的虚张声势都没有半点作用。”图夫说出这些话的时候一如既往地语速均匀，神情冷静，声音低沉，平淡的语调中听不出半点情绪波动。

可热姆·克里恩忽然觉得冷极了。所以他服从了命令。

摩西是个又高又壮的男人，可图夫跟热姆·克里恩提过他在晚间自省的习惯，所以在某天晚上，克里恩来到村庄远处的丘陵之间，和另外三个人躲在灌木丛里，等摩西经过时制服了他——这确实简单得很。克里恩的一名助手提议当场干掉这位神圣利他主义教的领袖，可克里恩没有允许他这样做。他们带着不省人事的摩西回到“狮鹫号”上，克里恩在那里遣散了这三个人。

不久之后，克里恩把摩西押到了哈维兰·图夫面前，然后他转身想走。

“你也留下。”图夫说。他们待在一间克里恩从没见过的房间里，那是一间能听到回音的巨大房间，墙壁和天花板都是纯之又纯的白色。图夫坐在房间中央的一座马蹄铁形状的控制台前方。达克斯坐在台顶，显得格外警觉。

摩西依旧头昏脑涨。“我在哪里？”他问道。

“你在‘方舟号’上，这是生态工程兵团的最后一艘机能正常且用于生物战的播种舰。我是哈维兰·图夫。”

“你的声音。”摩西说。

“我就是上帝。”哈维兰·图夫说。

“是啊。”摩西说。他突然站起身来。站在他身后的热姆·克里恩抓住他的肩膀，粗鲁地把他按回座位里。摩西抗议了一声，但没有再试图站起来。“你是带来灾害的人，你是火柱之声，你是伪装成上帝的魔鬼。”

“的确，”哈维兰·图夫说，“可你误会了。你才是我们之中伪造身份的那个人，摩西。你企图将自己伪装成一位先知，假装自己拥有你其实并不具备的庞大的超自然力量。你使用诡计，发动了一场形式原始的生态战。和你相反，我没有伪装自己，我就是上帝。”

摩西吐了口唾沫。“你是一个坐着太空船的人，是机械的拥有者。你的这场灾害游戏玩得很好。可两场灾害没法让一个人成为神灵。”

“两场灾害，”哈维兰·图夫说，“你在怀疑我无法降下剩下的八场灾害？”他的大手挪到面前的仪表上方，房间暗淡下来，穹顶处光影流转，他们似乎进入了太空，正俯视着慈悲星。哈维兰·图夫又对仪表做了点什么，全息影像不断变化，而他们则在移动、下沉、翱翔，直到朦胧的影像逐渐清晰。他们飘浮于诚实劳作山丘之上，飘浮在神圣利他主义教徒的聚居地上空。“看着，”哈维兰·图夫命令道，“这是电脑的模拟程序。这些事不是真的，但可以变成真的。我相信你会觉得这一幕具有启迪心智的作用。”

在这半球形的房间里，在他们身旁，他们能看到村庄，看到面孔被阴影笼罩的人们在其中走动，把死蛙的残躯铲入坑中焚烧。他们也能看到虚弱的人们在木屋里面为热病所煎熬。“这是第二次灾害过后，”哈维兰·图夫宣称，“也就是现在。血蛙已经全军覆没。”他的双手动了动。“虱子。”他说。

虱子来了，灰尘铺天盖地，突然间到处都是虱子。那些被阴影笼罩的人全都在上下抓挠，而热姆·克里恩（他在动身前往凯·西迪恩星之前也曾大肆抓挠过一阵）笑出了声。他很快不笑了。这些虱子似乎不仅仅是虱子，人们长出了猩红色的皮疹，许多人爬上床铺，因那种可怕的瘙痒感而尖声呼号。有些人抓得太用力，甚至流出了血，在皮肤上留下了深深的抓痕。在疯狂的抓挠中，连他们的指甲也随之脱落。

“苍蝇。”哈维兰·图夫说。然后苍蝇蜂拥而至，各种各样的苍蝇——达姆·图里安星的那种肿大的蜇人蝇，携带着古老疾病的古地球苍蝇，格列佛星的黑灰相间的血肉蝇，会在活体组织中产卵的梦魇星的惰蝇。它们组成巨大的蝇团，朝着村庄和诚实劳作山丘下降，将其覆盖，就好像那只是个大得出奇的粪堆。画面上留下一片黑暗浓稠、臭气熏天的景象。

“畜疫。”哈维兰·图夫说。他们看着成千上万的牲畜死去。在希望之城的地下室里，臃肿而无法移动的肉兽溃烂腐朽。焚烧牲畜的遗体也无法阻止瘟疫蔓延的脚步。很快，一点肉都没有剩下，而那些仍然活着的人日渐消瘦，神情痛苦。哈维兰·图夫又说出了几个词——炭疽、赖尔森氏症、根腐病和卡列罗西症。

“脓疮。”哈维兰·图夫说。疾病再次肆虐，只不过这次它针对的是人类而非动物。当起泡之疮盖满了他们的脸、手和胸膛时，他们汗水淋漓，高声尖叫。那种脓疮不断鼓胀，直至破裂，而鲜血和脓液流淌不止。旧脓疮刚刚消失，新脓疮就迅速长出。男人和女人蹒跚着穿过村庄中荒芜的街道，双目失明，满脸疮疤，身上满是硬痂和伤口，皮肤上流淌的汗水就像油脂。他们倒向尘土，倒在死掉的苍蝇、虱子和牛之间，逐渐腐朽，无人掩埋。

“冰雹。”哈维兰·图夫说。一场惊天动地的大冰雹来了，大如拳头的冰雹持续坠落了一夜一昼，一夜一昼，又一夜又一昼。冰雹持续坠落，而火焰也交织在冰雹之中。那些走到屋外的人都死了，冰雹将他们砸倒在地，很多待在屋里的人也死了。等冰雹最终停止的时候，几乎没有一座木屋还能立在原地。

“蝗虫。”哈维兰·图夫说。它们遮天盖地，数量众多，比苍蝇更加可怕。它们落在各种地方，在生者和死物身上爬行，吃掉仅剩的一丁点食物，直到什么都不剩。

“黑暗。”哈维兰·图夫说。黑暗逼近。它是一团气体，一团浓稠的黑色气体，正随风飘动。它是一团液体，川流不息。它就像一条赏心悦目的喷气机尾烟。它泛动着微光，闪烁着光芒。它是寂静，它是黑夜，它是活物。它所到之处便再无生命留存，草木干枯死亡，而土壤也饱经蹂躏和破坏。它是比村庄、诚实劳作山丘和蝗群更大的云团。它笼罩了一切，在整整一天一夜的时间里，万物静滞，随后这片活生生的黑暗继续前进，身后唯留尘土与腐朽。

哈维兰·图夫按下仪器，那些影像便从他们身边消失了。灯光再度亮起，墙壁白皙如常。

“第十。”摩西缓缓地说。他的声音不再浑厚，也不再高亢。“杀长子之灾。”

“我承认我的失败，”哈维兰·图夫说，“我无法做出如此精细的区分。然而，我必须指出，在这些尚未发生的场景里，所有长子都已经死了，就连幼子也悉数死去。我是个粗俗而笨拙的上帝，我太笨了，所以必须把这个星球上的人全部杀光。”

摩西的脸色苍白而虚弱，可他的内心仍旧坚强而顽固。“你只是个人类而已。”他低声道。

“人类。”哈维兰·图夫说。他的声音不带任何情绪，他苍白的巨掌正在抚摸达克斯。“我生来是个人类，也这样生活了很多年，摩西。可我找到了‘方舟号’，在这之后我就不再是人类了。我拥有的力量比人类信仰过的许多神灵的力量更加强大。在我见过的人之中，没有我取不了性命的。在我去过的星球中，没有我不能毁灭或重建的。我就是上帝，或者说我是你和上帝永远不想对抗的存在。

“我宽厚、善良、有慈悲心，而且经常感到无聊，这对你们而言是巨大的幸运。你们对我而言不过是筹码，仅此而已。你们是游戏里的棋子和玩家，让我能够消磨几周的时光。这些灾害似乎是足够有趣的游戏，至少它们曾经很有趣。可它们很快就变得无趣了。在两场灾害之后，情况已经很明显了：我根本没有遭到真正的抵抗，也就是说，你，摩西，根本没有能力做出任何让我吃惊的举动。我的目标已经达成——

我带回了希望之城的人民，剩下的灾害成了毫无意义的例行公事。我宁愿选择就此结束。

“走吧，摩西，再也别制造什么灾害了。我不会再管你了。

“还有你，热姆·克里恩，保证你们慈悲星人不会复仇。你们的胜利已经足够。在一代人之内，摩西的文化、宗教和生活方式都将消亡。

“记住我是谁，也记住达克斯能看透你们的思想。如果‘方舟号’再次途经此地，而我发现你们违抗了我的命令，刚才那幕景象就会上演。灾害将降落在你们渺小的星球上，直到所有的生命都销声匿迹。”

热姆·克里恩驾驶着“狮鹫号”，带着摩西返回他的人民身边，接着，在图夫的指示下，他从雷伊·莱托尔那里拿来了四万标准币，将其带回了“方舟号”。哈维兰·图夫在登陆甲板上和他碰了面，图夫环抱着达克斯，接过酬劳，象征性地眨了眨眼。

“你在唬我，图夫，”热姆·克里恩说，“你不是上帝。你给我们看的那些画面只是模拟影像。你永远都别想真正做到这些事。但是你可以设计程序，让电脑去展示那些画面。”

“的确。”哈维兰·图夫说。

“的——确——”热姆·克里恩的语气变得更激烈了，“你把摩西吓破了胆，可你的那些演示画面根本骗不了我。冰雹出卖了你。细菌、疾病、瘟疫都在生态战的范围内，或许就连那种黑暗也是一种生物，尽管我觉得那是你伪造出来的。可冰雹是一种天气现象，它跟生物学或者生态工程学没有半点关系。你疏忽了，图夫，可你做得不错，让摩西忍气吞声。”

“忍气吞声，”哈维兰·图夫赞同道，“毫无疑问，在试图误导像你这样拥有洞察力和见识的人之前，我应当再三考虑，做出周详的计划。你总是能看穿我小小的阴谋。”

热姆·克里恩笑出了声。“我应当得到一百标准币，”他说，“作为带摩西登舰以及送他回到慈悲星的酬劳。”

“先生，”哈维兰·图夫说，“我从未忘记这么一笔债务。你没有必要催促我。”他打开了克里恩从慈悲星带来的盒子，拿出一百标准币。“你会在九号区找到一扇十分便利的个人用空气闸门，它就在标着‘气候控制’的那道门旁边。”

热姆·克里恩皱起眉头。“空气闸门？你这是什么意思？”

“先生，”哈维兰·图夫说，“我想我的意思很明显。空气闸门是一件可以让你离开‘方舟号’，而且不会让宝贵的空气随你一道流失的装置。由于你没有太空船，再去用那扇大型空气闸门就显得太蠢了。而小型的个人用空气闸门，正如我所说，就位于九号区。”

克里恩满脸惊恐。“你准备把我扔下去？”

“你的用词不太恰当，”哈维兰·图夫说，“听起来太刺耳了。我不能让你继续留在‘方舟号’上，而你要是乘坐我的太空梭离开，就没人能把它归还给我了。我可不能为了你的个人便利而牺牲一艘宝贵的工具。”

克里恩皱起眉头。“你的难题很容易解决。我们一起乘坐‘狮鹫号’前往慈悲星，你带着我在信念港着陆。然后你把这艘太空梭开回飞船上。”

哈维兰·图夫摸了摸达克斯。“有意思，”他说，“我想这个办法也许行得通。你肯定明白，当然了，这样一段旅途明显会让我感到不便。当然了，我会为这份不便收取一些费用。”

热姆·克里恩盯着哈维兰·图夫那苍白而平静的面孔看了足有一分钟。接着他叹了口气，把那一百标准币还了回去。

天赐的吗哪

斯·乌斯兰星的行星防卫舰队扫荡着星系外围，穿行于天鹅绒般的黑暗宇宙，如同庄严而优雅的巡行猛虎那样，执行着拦截“方舟号”的行动。

哈维兰·图夫坐在他的主控制台前，以轻微而细致的动作转动脑袋，扫视着一排排显示屏和电脑屏幕。每过一刻，处心积虑想与他会面的这支舰队似乎都显得更为强大。仪器显示其中有大约十四艘大型战舰和为数众多的小型战斗机。九个鳞茎状的银白色球体和像钢针般根根竖立的陌生武器组成了阵形的两翼。四艘长长的黑色无畏战舰是楔形队列两侧的护卫，它们黑色的飞船壳迸射出能量。位于中央的是一艘庞大的碟状飞船，其直径在图夫的传感器上显示为六千米。从十多年前初次目睹被遗弃的“方舟号”的那天算起，哈维兰·图夫见过的最大的飞船就是这艘碟状飞船了。战斗机蜂拥于碟状飞船周围，就像愤怒的蜇人昆虫。

图夫苍白的面孔平静莫测，可当他十指相抵之时，膝上的达克斯不安地低声叫了一声。

一道闪光显示有通信信号传来。哈维兰·图夫眨眨眼，冷静从容地伸出手，接通了呼叫。

他本以为面前的显示屏上会出现一张脸。他失望了。呼叫者的面孔被遮蔽在黑色塑钢面罩之后，而那个面罩嵌在一件光洁如镜的战斗服上。那人前额的面罩边缘装有象征着斯·乌斯兰星的球形徽章。在面罩后方，宽光谱传感器泛动着红色的光芒，就像两道灼人的目光。这让哈维兰·图夫想起了从前见过的一个令他不快的人。

“你没必要为了我穿得这么正式，”图夫语气平淡地说，“此外，虽然你们派来欢迎我的仪仗队的规模在某种程度上满足了我的虚荣心，但是更小也更不起眼的空军中队就完全足够了。如今的编队太大也太可怕，令人望而却步。比我多疑的人或许会误解其目的，并猜测其中含有威吓的意图。”

“我是瓦尔德·奥伯，斯·乌斯兰星的行星防卫舰队第七联队的指挥官。”屏幕上那个拥有骇人面孔的人用低沉走样的嗓音说道。

“第七联队，”图夫重复道，“的确。这暗示着至少存在六支同样可怕的部队。斯·乌斯兰星的行星防卫体系在我上次到访后似乎壮大了不少。”

瓦尔德·奥伯对他说的话丝毫不感兴趣。“立即投降，否则你只有死路一条。”他语气生硬地说。

图夫眨眨眼。“恐怕我们之间的误解很深。”

“斯·乌斯兰星机械控制共和国正在和凡迪恩星、贾兹伯星、亨利世界星、斯凯瑞弥尔星、洛甘多尔星、蔚蓝三体星组成的同盟交火。你进入了禁区。投降吧，不然你只有死路一条。”

“你误会我了，先生，”图夫说，“我在这场不幸的对抗中保持中立，因为我直到刚才都对上述状况一无所知。我不属于任何一个势力、集团或同盟，代表的也只有我自己，一名动机最为纯良的生态工程师。

请不要被我飞船的规模吓倒。在短短五标准年里，斯·乌斯兰星港上可敬的喷丝头和电子技师们不可能完全忘记我上次对你们引人入胜的星球的访问。我是哈维兰——”

“我们知道你是谁，图夫，”瓦尔德·奥伯说，“你刚离开超光速航道的时候，我们就认出了‘方舟号’。感谢生命，同盟可没有三十千米长的无畏战舰。高阶议会对我下达了特别命令，要我留意你的踪迹。”

“的确。”哈维兰·图夫说。

“不然你以为我们联队为什么要飞过来？”奥伯说。

“我曾希望这是诚挚欢迎的象征，”图夫说，“我以为你们作为友好的仪仗队，带着赞扬和致敬赶来，还带来作为礼物的一筐筐肥大、新鲜且香味浓郁的蘑菇。我现在明白这猜想完全缺乏依据。”

“这是第三次也是最后一次警告，图夫。再过四标准分钟，你就会进入我们的攻击范围。马上投降，否则你只有死路一条。”

“先生，”图夫说，“在你犯下可怕的错误之前，请与你的上级磋商。我很肯定其中有些令人不快的沟通问题。”

“你受到了缺席审判，并作为罪犯、异教徒和斯·乌斯兰星的人民公敌被判有罪。”

“我受到了严重的误解。”图夫抗议道。

“你在十年前从舰队手下逃走了，图夫，别以为你现在可以故技重施。斯·乌斯兰星的科技可没有停滞不前，我们的新武器将粉碎你那些过时的防护罩，我可以向你保证。我们的顶尖历史学家已经研究过你那艘笨重的生态工程兵团的废弃舰，我本人监督了模拟测试的全过程。对你的这场迎接，我们早有准备。”

“我不想显得没有教养，可你们没有必要做到这种程度。”图夫说。他扫视着这个狭长房间两侧的控制台上排列成行的屏幕，打量着快速接近“方舟号”的斯·乌斯兰星战舰方阵。“如果这种无缘无故的敌意来自我有待偿还给斯·乌斯兰星港的欠款，那请放心，我随时都可以全额支付。”

“倒计时两分钟。”瓦尔德·奥伯说。

“另外，如果斯·乌斯兰星需要更多的生态工程技术，我突然发现自己愿意以极低的价格向你们提供服务。”

“我们已经受够了你的解决手段。倒计时一分钟。”

“这样看来，只剩下一个可行的选项了。”哈维兰·图夫说。

“这么说你准备投降？”指挥官狐疑地说。

“我不这么想。”哈维兰·图夫说。他伸出手，长长的手指扫过一连串全息按钮，启动了“方舟号”古老的防护罩。

瓦尔德·奥伯虽然遮住了脸，却努力哼出一声冷笑。“第四代的帝国护罩，三倍冗余量，频率重叠，所有护罩相位由飞船电脑协调。飞船壳为耐久合金装甲。我告诉过你，我们研究过了。”

“你对知识的饥渴值得称道。”图夫说。

“你的下一句讽刺就会是你此生的最后一句话了，商人，所以你最好努力想句精彩的话。关键在于我们完全清楚你有什么，而且了解生态工程兵团的播种舰的防御系统，我们可以把它能够吸收的伤害的数据精确到小数点后第十四位。我们准备给你来点你应付不了的颜色看看。”他转过头，对图夫看不见的某个下属吼道：“准备开火。”当奥伯的那张黑色面罩转回来，重新面对图夫的时候，他补充了一句：“我们要‘方舟号’，而你没法阻止我们拿走它。倒计时三十秒。”

“恕我意见相左。”图夫冷静地说。

“只要我一声令下，他们就会开火，”奥伯说，“如果你坚持不投降，我就为你生命的最后时刻倒数吧。二十，十九，十八……”

“我很少能听见如此有力的倒数，”图夫说，“请别为这条让人烦恼的消息而分神。”

“十四，十三，十二……”

图夫交叠双手，将它们放在肚皮上。

“十一，十，九。”奥伯不安地望向一侧，接着又转回屏幕前。

“九，”图夫说，“这是一个好数字。它的后面通常是八，再往后是七。”

“六，”奥伯犹豫起来，“五。”

图夫静静等待着。

“四，三，”奥伯停了口，“什么让人烦恼的消息？”他对着屏幕咆哮道。

“先生，”图夫说，“你再怎么大叫，也只是在强迫我调低通信设备的音量而已。”他抬起一根手指。“这不幸的消息便是，虽然我毫不怀疑你们能轻易击穿‘方舟号’的防护罩，但此等行为将触发我先前藏匿在飞船细胞库内部的某个热核装置，随即立刻摧毁让‘方舟号’独一无二、无比贵重且备受觊觎的那些克隆材料。”

一阵漫长的沉默。在瓦尔德·奥伯面罩下的阴影中，那泛动着红色光芒的传感器仿佛闷燃的火堆。他盯着图夫没有表情的面孔。“你在唬我。”指挥官最后开了口。

“的确，”图夫说，“你揭穿了我。我真是太愚蠢了，竟然用这样无耻而幼稚的伎俩来蒙蔽像你这样的人物。现在我开始担心你们会朝我开火，撕碎我可怜而陈旧的防御系统，让我的谎言大白于天下了。请再给我一点时间，让我向猫咪们道别。”他优雅地交叠双手，将它们放在他丰满的肚皮上，等待着指挥官的回答。他的仪器显示斯·乌斯兰星舰队已经进入了射程。

“我这就开火，你这该死的畸形人！”瓦尔德·奥伯咒骂道。

“我俯首以待。”图夫不动声色地说。

“你还有二十秒。”奥伯说。

“恐怕我的消息把你弄糊涂了，你先前已经倒数到了三。可我会选择不知羞耻地利用你的错误，并享受这仅剩的时光。”

他们四目相对，脸对着脸，屏幕对着屏幕，就这样过了很长一段时间。达克斯舒服地躺在图夫膝上，呼噜连连。哈维兰·图夫垂下手，摸了摸它黑色的长毛。达克斯的呼噜声更加响亮了，它用爪子揉搓起图夫的膝盖来。

“噢，见你的鬼去吧，”瓦尔德·奥伯指着屏幕说，“你可以阻止我们一时，可我警告你，图夫，逃跑的事你想都别想。无论你死掉还是逃掉，我们都得不到细胞库。可要是让我选的话，我宁愿让你死掉。”

“我理解你的立场，”哈维兰·图夫说，“尽管我当然宁愿自己能逃掉。可我还有一份欠款要付给斯·乌斯兰星港，正因如此，我不会像你担心的那样不体面地逃离。请接受我的保证，当我们被困在这恼人的僵局中时，你有足够的机会打量我的外貌，而我也能琢磨你骇人的面具。”

瓦尔德·奥伯没有回答。他的战斗面具突然从屏幕上消失，被一个女人粗朴的五官所取代——弯弯的大嘴，断过不止一次的鼻梁，皮革般坚韧的皮肤上带着深蓝色的印痕，那是长期暴露在强辐射下和常年服用抗癌药物的后果。她苍白明亮的双眼栖息于歪斜的眼窝之中，一头粗糙的灰发环绕在她的头顶。“不用再强硬下去了，”她说，“你赢了，图夫。奥伯，你们现在是仪仗队。列好队形，把他送进星网来，该死的。”

“你太周到了，”哈维兰·图夫说，“我很愉快地通知你，我已经准备好向斯·乌斯兰星港偿付最后一笔修理‘方舟号’的费用了。”

“我希望你也能带些猫食来，”托莉·缪妮冷冷地说，“你留给我的所谓‘五年份贮备’差不多两年前就让猫咪们吃完了。”她叹了一口气。“我可不觉得你打算退休，然后把‘方舟号’卖给我们。”

“我的确没有这样的打算。”图夫说。

“我想也是。好吧，图夫，准备好啤酒，等你到了星网，我马上就来找你。”

“没有不敬之意，但我必须坦白，此刻我的心情不佳，不太适合招待像你这样尊贵的客人。指挥官奥伯刚刚对我说，我已经被宣判为罪犯和异教徒，这真是莫名其妙，因为我既不是斯·乌斯兰星的公民，也不是其主要宗教的信徒。但这没有丝毫减少我的不安，我的内心满是惶恐与担忧。”

“哦，那个，”她说，“只是走走形式。”

“的确。”图夫说。

“见鬼，图夫，如果我们想偷你的飞船，我们就需要一个合法的好借口，对不对？我们是他妈的政府。只要套上一件光彩的合法外衣，我们就拥有偷东西的许可。”

“在航程中，我很少遇见像你这样坦白的行政官员，我必须承认这一点。这份体验令我耳目一新。可是，就算我此刻神采奕奕，我又该如何确保你们再次登舰后不会放弃夺走‘方舟号’的企图？”

“谁会夺走‘方舟号’？我吗？”托莉·缪妮说，“这种事我怎么办得到？别担心，我会一个人来的。”她笑了。“噢，差不多是一个人。你不会反对我带只猫来，对吧？”

“当然不会，”图夫说，“我交给你保管的猫咪们能在我离开时茁壮成长，这真让我高兴。我会翘首盼望你的到来，缪妮总督。”

“你该叫我首席议员缪妮，图夫。”她粗声说道。她关掉了屏幕。

从没有人可以断言哈维兰·图夫行事过于轻率：在名为斯·乌斯兰星港的星轨社区，他在一根巨型停靠管道的尽头外十二千米的地方停了下来，并且在等待期间始终没有关掉防护罩。前来与图夫会面时，托莉·缪妮开着图夫五年前留给她的那艘小型太空船——那是在他上次到访斯·乌斯兰星期间的事了。

图夫打开防护罩，让她通过，又打开登陆甲板上方的巨型穹顶，以便让她降落。“方舟号”的仪器表明她的飞船上装满了生物，其中只有一个是人类，其余的都是猫类生物。图夫启程去与她会面，他开着一辆配有低压轮胎的三轮机车，穿着一身仿天鹅绒的深绿色服装，宽大的腰间束着一根皮带。他头上戴着一顶饱经磨损的绿色鸭舌帽，上面饰有代表生态工程师的金色字母Θ。达克斯在车上随行，它四肢摊开，在图夫宽阔的膝盖上趴成懒洋洋的黑色毛团。

等空气闸门打开，图夫便以不紧不慢的速度驶过由他这些年来堆积的破旧太空船组成的废品堆放场，径直开向托莉·缪妮——斯·乌斯兰星港的前任星港总督，而她正大步走下飞船的斜坡。

一只猫随行在她身侧。

达克斯瞬间站起身来，它黑色的长毛根根竖立，就好像它那根骚动的大尾巴刚刚被塞进了电源插座似的。它惯常的懒散骤然不见。它从图夫的膝盖跳上了机车的引擎盖，收缩耳朵，连声嘶叫。

“怎么啦，达克斯，”托莉·缪妮说，“该死的，这就是跟你的亲戚打招呼的方式？”她露齿而笑，接着蹲下身，摸了摸身边那只身形庞大的动物。

“我还以为你带来的不是‘忘恩’就是‘质疑’呢。”哈维兰·图夫说。

“噢，它们好得很，”她说，“它们那些该死的子孙也是一样。我现在足有好几代猫了，你给我那一对猫的时候我就该想到的。它们是一对高产的公猫和母猫。我已经有……”她皱起眉头，飞快地计算起来，她先是弯曲十指，继而伸开几根。“我想想，十六只猫，应该没错。我还有两只怀孕的猫，”她用拇指点了点身后的太空船，“我的飞船已经成了一座大大的猫屋。大部分猫咪都跟我一样不喜欢重力。它们都在零重力环境中出生和长大。我一直弄不明白，为什么它们前一秒还灵活优雅，后一秒就笨拙得可爱。”

“猫类的血统中充满了矛盾。”图夫说。

“这是黑杰克。”她用双手抱起那只猫，然后站直身体。“该死，它真沉。在零重力下我可感觉不到。”

达克斯凝视着另一只猫，嘶叫起来。

黑杰克蜷缩在托莉·缪妮胸口那老旧而散发异味的防护外肤前方。它低下头，以冷漠而傲慢的神态看着那只大公猫。

哈维兰·图夫有两米半高，还有与之相称的大块头，而达克斯和其他猫的差距就和图夫跟其他人的差距那样明显。

黑杰克比达克斯更大。

黑杰克的毛发细长而柔滑，外层的长毛呈银灰色，内层的短绒毛则是较为明亮的银色。它的双眼也是银灰色的，就像两汪深邃的池水，眼神平静，却带有莫名的怪异感。它是这不断扩张的宇宙有史以来最漂亮的生物，而且它也明白这一点。它的脾性就像一个享有天赐王权的小王子的脾性。

托莉·缪妮笨拙地坐进图夫身边的座位。“它也会心灵感应，”她欢快地说，“跟你这只猫一样。”

“的确。”哈维兰·图夫说。僵硬而愤怒的达克斯站在他的膝上，再次嘶叫起来。

“靠着这位黑杰克，我才保住了其他猫。”托莉·缪妮说。她粗朴的脸上带着责备的神情。“你说过你留给我的是五年份的猫食。”

“那是对两只猫而言，女士，”图夫说，“显然，十六只猫吃起东西来要比只有‘质疑’和‘忘恩’的时候更快。”达克斯又靠近了些，龇牙咧嘴，毛发竖起。

“猫粮吃光的时候，我感到很为难。因为食物短缺，我必须证明把卡路里浪费在害虫身上的正当性。”

“或许你该考虑采取手段限制猫咪们的繁殖，”图夫说，“此种做法无疑将卓有成效。这样一来，在斯·乌斯兰星的人口问题中，你的家也能成为审慎而富有教育意义的例证，成为大环境的缩影。解决手段就在其中。”

“绝育？”托莉·缪妮说，“这是反生命，图夫。别指望了，我的主意更好。我找了几个朋友——生物专家，电子技师，你知道的。我跟他们描述了一番达克斯，然后他们用‘忘恩’的细胞替我造了个我自己的守护灵。”

“合情合理。”图夫说。

她笑了。“黑杰克差不多两岁了。它的用处大到让我得到了喂养其他猫咪的许可。它也在政治事业上帮了我大忙。”

“我对此毫不怀疑，”图夫说，“我发现重力似乎没有让它感到不适。”

“黑杰克不会有这样的感受。他们要我去下头的次数多到让我受不了，不管我去哪里，黑杰克都跟我一起。”

达克斯再次嘶叫，威胁地发出一声短促的低吼。它猛冲向黑杰克，接着骤然退回，朝较大的那只猫轻蔑地吐了口唾沫。

“你最好管管它，图夫。”托莉·缪妮说。

“有时候，为了确立地位高低，猫咪们会表现出好战的生理冲动，”图夫说，“对公猫而言尤其如此。达克斯在经过强化的心灵感应能力的协助和怂恿下，在很久以前就确立了高于‘混沌’和其他猫的地位。毫无疑问，此刻它觉得地位受到了威胁。这并不是什么需要关注的大事，首席议员缪妮。”

“这是为了达克斯好。”当那只黑色公猫悄然接近之时，她说。在她膝上的黑杰克抬起头，极度厌烦地看着它的对手。

“我没能把握你话里的重点。”图夫说。

“黑杰克也拥有强化后的心灵感应能力，”托莉·缪妮说，“外加其他的，呃，能力。植入的耐久合金爪锋利得就像该死的剃刀，藏在它脚掌上的特殊肉垫里。它皮下的那张异源基因塑钢网让它特别不容易受伤。通过基因改造提升的反应力让它比普通的猫灵敏一倍。它还有非常高的痛觉感应下限。我不想把话说得这么直白，可如果达克斯扑过来，黑杰克会把它撕成碎片。”

哈维兰·图夫眨眨眼，把控制杆推到托莉·缪妮那边。“或许由你驾驶才最合适。”他伸出手，捏住他那只愤怒的黑色公猫的后颈，把它抓起来，再把不断尖叫、乱吐唾沫的它放在膝盖上，然后静静地按着它不放。“朝那个方向前进。”他说着伸出一根苍白的长指加以示意。

“看起来，”哈维兰·图夫将十指交抵成塔，坐在椅背呈翼状的大号扶手椅里注视着她，“从我上次拜访斯·乌斯兰星之后，情况发生了些许变化。”

托莉·缪妮仔细打量着他。他的肚皮比从前又大了些，而他的长脸依然吝于展露任何表情，可没了达克斯在膝上，哈维兰·图夫几乎给人以脆弱之感。图夫把那只黑色的大公猫放在下面一层甲板上，保证它远离黑杰克。由于这艘古代播种舰有三十千米长，而且很可能有好几只别的猫在甲板上游荡，达克斯几乎不可能缺乏空间或是伙伴，但它肯定会感到困惑和烦乱。毕竟，在那只公猫大到必须离开图夫的宽敞衣袋之后的许多年里，它都是图夫坚定而形影不离的伙伴。托莉·缪妮觉得有点悲哀。

可她也不算太悲哀。达克斯曾是图夫的王牌，而她已经胜过了他。

她微笑着用手指梳理着黑杰克浓密的银灰色毛发，引来又一阵雷鸣般的呼噜声。“改变的越多，不变的也越多。”她用这句话来回应图夫的评论。

“这是那种经不起逻辑推敲的箴言，”图夫说，“从字面上来看就明显自相矛盾。如果斯·乌斯兰星真的发生了改变，就显然不可能保持不变。对远道而来的我本人而言，改变似乎非常显著。我指的是这场战争，还有你坐上首席议员的位子这件事——一次出乎意料的重大晋升。”

“这是个糟糕得要命的工作，”托莉·缪妮扮了个鬼脸，说道，“要是可以，我马上就回去做我的星港总督。”

“你的工作满意度并非我们讨论的主题，”图夫继续说道，“你肯定也发现了，我在斯·乌斯兰星受欢迎的程度很明显不如我上次到访时的情况，这令我颇为懊恼。事实上，我曾两次替斯·乌斯兰星阻止了大饥荒、灾害、同类相食、瘟疫、社会崩溃和其他恼人且棘手的事务。此外，在那些带给他们一千一百万标准币的人面前，就连最为恶毒残暴的种族往往都会遵守基本的礼仪，而这笔数目，你应该想到了，就是我欠斯·乌斯兰星港的剩余债务。因此，我有充足的理由期待一场稍微不太一样的迎接。”

“你错了。”她说。

“的确，”图夫说，“我现在知道你是斯·乌斯兰星政府的最高官员，而非劳役农场里的卑贱仆役。说真的，我更不明白了，为什么行星防卫舰队觉得有必要用凶狠夸张的威胁、冷酷的警告和强烈的敌意来向我问候？”

托莉·缪妮挠着黑杰克的耳朵。“这是我的命令，图夫。”

图夫交叠双手，将它们放在他的肚皮上。“我等着你的解释。”

“有更多事发生了改变——”她开口道。

“我已经抨击过这种陈词滥调，也相信自己很清楚其中包含的少许讽刺之意，因此你没有必要没完没了地重复了，首席议员缪妮。如果你能直接谈到问题的本质，我将颇为感激。”

她叹了口气。“你清楚我们的处境。”

“我的确清楚大概的处境，”图夫承认道，“斯·乌斯兰星被人口过多而食物匮乏的问题所困扰。我两次运用了生态工程学方面的出色技艺，想为斯·乌斯兰星驱除无情的饥荒幽灵。你们食物危机的具体状况每年都在变化，可我相信核心问题仍然和我先前的叙述相同。”

“最近的预测报告是迄今为止最糟糕的一份。”

“的确，”图夫说，“根据我的记忆，如果你们完全采纳我的劝告和建议，斯·乌斯兰星当时离全球大饥荒和社会崩溃还有一百零九年。”

“他们努力过了，该死的，他们真的努力过了。肉兽、那种豆荚、驭风者、‘海神披肩’，一样不少，可生态系统的变化只能一步步来。太多有权力的人不愿放弃他们喜爱的奢侈食物，因此还是有大片专门用来畜养食用动物的农地，还是有种满了新生草、全能稻谷和毫微麦的农场，诸如此类。在此期间，人口曲线继续上扬，速度快到前所未见，而那见鬼的生命演化教会还在鼓吹生命的神圣，鼓吹繁衍后代在人类向超凡和神性的演化过程中扮演的重要角色。”

“最近的预测报告怎么说？”图夫直入主题。

“十二年。”托莉·缪妮说。

图夫抬起一根手指。“为了生动表现出你们的困境，或许你应该安排指挥官瓦尔德·奥伯在网络电视上对剩余时间进行倒数。这样的展示无疑将带来可怕的紧迫感，或许能促使斯·乌斯兰星人改过自新。”

托莉·缪妮缩了缩身子。“省省你的轻浮吧，图夫。我现在是首席议员了，该死的，而且我把大灾难那张长满疙瘩的丑脸看得很清楚。战争和食物短缺只是一部分困境。你根本想象不出我现在面临的问题。”

“或许我不能想象出细节，”图夫说，“可大致的状况很容易辨明。我不敢自称全知全能，但任何一个理智的人都能留意到某些事实，并从中得出某些推论。这么得来的推论或许是错误的，没了达克斯，我无法判明正确与否。可不知为什么，我认为这些推论没错。”

“见鬼，什么事实？什么推论？”

“首先，”图夫说，“斯·乌斯兰星正在和凡迪恩星及其盟友交战。我由此推断，曾经主导斯·乌斯兰星政局的技术专家党已经把权力交给了他们的对手，扩张主义党。”

“不全对，”托莉·缪妮说，“不过你分析的方向是对的。自从你离开后，扩张主义党的席位就随着每次选举而不断增多，可我们通过多党联合执政的办法阻止了他们掌权的意图。很多年前，凡迪恩星同盟就已经明白，一旦扩张主义党成为执政党，战争便必然会爆发。真见鬼，我们没让扩张主义党执政，可到底还是打响了这场该死的战争。”她摇了摇头。“在最近的五年内，我们有过九位首席议员。我是最新上任的一位，大概也不会是最后一位。”

“最新预测报告的严峻程度暗示着这场战争尚未真正影响到你们的民众。”

“感谢生命，没有，”托莉·缪妮说，“同盟舰队来的时候，我们已经准备就绪。新的飞船，新的武器系统，全都是秘密研制的。等同盟舰队看清面前的部队，他们就不战而退了。可他们会回来的，该死，这只是时间问题。我们收到报告说，他们正在准备一场大规模进攻。”

“我同样可以推断，”图夫说，“从你的大致态度和绝望感看来，斯·乌斯兰星本身的状况正在飞快恶化。”

“见鬼，你怎么知道的？”

“这很明显，”图夫说，“你的预测报告或许显示大饥荒和崩溃将在大约十二个标准年后到来，可斯·乌斯兰星人不太可能维持平和写意的生活，一直等到警钟敲响、世界分崩离析的时刻为止。这样的念头太荒谬了。根据你们危在旦夕的现状，我只能猜测文明瓦解的可悲迹象已经降临在你们身上。”

“问题是——见鬼，我该从哪里说起？”

“从开头说起通常是个好选择。”图夫说。

“他们是我的同胞，图夫，闹得天翻地覆的那颗星球是我的母星。它是颗好星球。可最近，要不是我没那么无知，我会以为精神错乱是可以传染的。从你上次来访之后，犯罪率上升了百分之两百。谋杀率上升了百分之五百，自杀率上升了百分之两千以上。公益设施的故障率越来越高——照明不足、系统故障、频繁罢工、恶意破坏。我们收到报告说，地底城市的深处发现了食人现象——这可不是个例，而是一整个该死的食人团伙，实际上，是各种各样的秘密社团。一个团伙占据了一座食品工厂，在那里支撑了两周，和星球警察局大干了一场。”

“另一群疯子绑架了怀孕的女人，然后……”托莉·缪妮皱起眉头，黑杰克嘶叫起来，“这很难启齿。对斯·乌斯兰星人来说，怀着小孩的女人一向是特别的存在，可这些……我都没法管他们叫人了，图夫。这些东西养成了品尝——”

哈维兰·图夫抬起一只手，掌心向外。“别说这个了，”他说，“我已经领会了你的暗示。继续。”

“还有很多独来独往的疯子，”她说，“十八个月前，有人把剧毒废料倒进了一家食品工厂的储料罐里。超过一千二百人死亡。就大众文化来说，斯·乌斯兰星人一向是善于忍耐的，可最近有太多东西需要忍耐了，你明白的。越来越多的畸形、死亡和暴力在困扰他们。我们试图根据你的建议重新设计生态系统，但遭遇了巨大的阻力。肉兽被下毒、被炸死，豆田遭到纵火。有组织的恐怖团伙用鱼叉枪和高空滑翔机狩猎那些该死的驭风者。这他妈根本没有半点意义。还有宗教——各种各样的诡异宗教都陆续现身。还有战争！只有生命本身知道会有多少人死掉，可它流行的程度——哦，见鬼，它比性还流行，我想。”

“的确，”图夫说，“我一点都不觉得奇怪。我想灾难迫近的消息仍旧和几年前一样，处于斯·乌斯兰星高阶议会的严格保密之下。”

“很不幸，你错了，”托莉·缪妮说，“一个小党派的成员觉得实在撑不下去了，所以叫来了见鬼的偷窥客，把这消息传遍了整个可视网络。我想她是打算多赢几百万张选票。真见鬼，她还真成功了。这也揭露出另一个该死的丑闻，迫使又一位首席议员下了台。那时候下头已经找不出新的牺牲品了。猜猜谁被选中了？我们最受喜爱的可视网络电视剧女英雄，备受争议的官僚和蜘蛛老妈，就是她了。”

“你所指的显然是你自己。”图夫说。

“那时候已经没人觉得我讨人厌了。我拥有办事高效的小小名声，还拥有打过点折扣的传奇公众形象，而且高阶议会的多数大党派都能勉强接受我。这是三个月以前的事了。迄今为止，这个任期难熬得要命，”她的笑容阴沉沉的，“凡迪恩星人也听到了我们的新闻报道。在我得到这次该死的晋升的同时，他们觉得斯·乌斯兰星已经——以下是原话——‘成为对本星系的和平与稳定的威胁’，然后召集起他们那些该死的盟友商量该拿我们怎么办。结果这伙人给我们下达了最后通牒：立即执行定量配给和义务节育，否则同盟将占据斯·乌斯兰星，强行让我们就范。”

“手段可行，但不够得体，”图夫评论道，“因此你们开战了。可这些全都无法解释你对我的态度。我先前已经解救过你们的星球两次了。你们该不会觉得到了第三次的时候我就会消极怠工吧。”

“我认为你会尽你所能，”她伸手指了指，“但你只会按照自己的方式来，图夫。你是帮过忙，没错，可你总是我行我素，而且很不幸，你所有的手段都被证明作用有限。”

“我警告过你们很多次，我的努力都只是权宜之计。”图夫回答。

“警告可不能当卡路里用，图夫。我很抱歉，可我们别无选择。这次我们不能允许你再往我们大出血的伤口上贴一张创可贴，然后装作伤口不存在了。等你下一次回来查看进展的时候，你就连这颗见鬼的星球都找不到了。我们需要‘方舟号’，图夫，而且我们要永久拥有它。我们做好使用它的准备了。十年前你说生物技术和生态工程学并非我们专精的领域，你说得没错，当时的确如此。可时代变了。我们是拥有人类文明的先进星球之一，十年来，我们把大部分教育资源都花在了生态工程师和生物技师的培训上。上一任首席议员从阿瓦隆星、新霍姆星和其他的十来个星球引进了许多顶尖理论家，他们都是些了不起的天才。我们甚至把普罗米修斯星的一些顶级基因技师也吸引了过来，”她抚摸着猫，露出微笑，“他们帮忙改造了黑杰克。多亏了他们。”

“的确。”图夫说。

“我们有能力使用‘方舟号’。不管你有多能干，图夫，你都只有自己一个人。我们想让你的播种舰永久停靠在斯·乌斯兰星的星轨上，再专门配备两百名顶尖科学家和基因技师的班子，这样我们每天都能研究食物危机问题。你应该明白，这艘飞船、它的细胞库和它的电脑里所有不为人知的数据就是我们最后和最大的希望。相信我，图夫，在下令让奥伯夺取你的飞船之前，我已经考虑过自己能想到的每一个该死的变通手段了。见鬼，我知道你绝不会卖掉它的，可我还有什么选择？我们不想欺骗你。你不会吃亏的，我强调这一点。”

“前提是我能在夺取飞船的行动中活下来，”图夫指出，“这个推断非常值得怀疑。”

“你现在就活得好好的，而且我还是准备买这艘该死的飞船。你可以待在飞船上，和我们的人共事。我准备提供给你一份期限为终生的合同——薪水你自己定，多少钱都没问题。你想留下那一千一百万标准币？它是你的了。你想要我们把这颗见鬼的星球改成你的名字？只要你一句话，我们就去改。”

“无论这颗星球叫斯·乌斯兰星、图夫星或者别的什么名字，这里的人口都不会减少，”哈维兰·图夫回答道，“假设我接受你购买‘方舟号’的提议，那你们无疑会试图用‘方舟号’来增加卡路里的产量，并以此喂饱你们饥肠辘辘的同胞。”

“当然。”托莉·缪妮说。

图夫的神情平静而空洞。“听到你和你在高阶议会的同事从未想过‘方舟号’作为生物武器的原本用途，这让我很高兴。可悲的是，我早已不再单纯天真，而我发现自己正困扰于这样一幕情景：‘方舟号’被用来向凡迪恩星、斯凯瑞弥尔星、贾兹伯星和其他同盟星球降下生态浩劫，灭绝全体住民，而你们随即将这些行星作为大型殖民地。据我回忆，这正是你们那恼人的扩张主义党所鼓吹的人口政策。”

“你这暗示真该死，”托莉·缪妮吼道，“生命对斯·乌斯兰星人来说是神圣的，图夫。”

“的确。可对我这样恶毒的愤世嫉俗者来说，我忍不住猜测斯·乌斯兰星人终究会得出某些生命更加神圣的结论。”

“你了解我，图夫，”她的语气简洁而冷漠，“我绝不会允许这种事发生。”

“如果这样的计划在你的反对下依然得以实行，我毫不怀疑你会严守诺言，递交辞呈，”图夫语气平淡地说，“我发现这不足以打消我的疑虑，而且我有种预感，是的，预感，我认为同盟军与我在这一点上看法相同。”

托莉·缪妮抚弄着黑杰克的下巴。这只猫从喉咙深处发出低吼声。她和猫一起看着图夫。“图夫，”她说，“几百万条人命，甚至是几十亿条人命，正危在旦夕。有些东西你看了之后肯定会怒发冲冠，如果你有头发的话。”

“而我并没有头发，所以这明显是一种夸张的修辞手法。”图夫说。

“如果你愿意乘坐太空梭去蜘蛛乡，我们可以搭升降梯下到斯·乌斯兰星地表——”

“不了。在我看来，留下空无一人且毫无防备的‘方舟号’显然是不够明智的做法，这种观点的依据便是如今洋溢在斯·乌斯兰星的好战与猜疑的气氛。此外，尽管你或许会觉得我太过武断又过于挑剔，可随着岁月流逝，我发现自己失去了对拥挤的人群、刺耳的声音、粗鲁的注视、恼人的触碰、掺水的啤酒和淡而无味而又寥寥无几的食物的些许忍耐力。根据我的回忆，这些就是斯·乌斯兰星地表上的主要乐趣。”

“我不想威胁你，图夫——”

“可你的确有这样的打算。”

“恐怕我们不能允许你离开本星系。别想用对付奥伯的方法来欺骗我，那热核装置的事完全是你虚构出来的，我们都清楚这一点。”

“你把我看穿了。”图夫面无表情地说。

黑杰克冲他嘶叫起来。

托莉·缪妮低头看着那只大猫，震惊不已。“那是真的？”她惊恐地说，“噢，真他妈见鬼。”

图夫和那只银灰色猫咪面面相觑，一言不发。他和猫的眼睛全都一眨不眨。

“没关系，”托莉·缪妮说，“你得待在这里，图夫，放弃吧。我们的新飞船能够摧毁你。如果你想逃，他们会说到做到。”

“的确，”图夫说，“对我而言，如果你们试图登上‘方舟号’，我就会摧毁细胞库。如此看来，我们陷入了僵局。幸运的是，这样的处境不会持续很久。在我航行于繁星之间的时候，斯·乌斯兰星从未远离我的脑海，而在我没有被事务缠身的时候，我便投身于系统化的研究，以便设计出一种合理可靠且一劳永逸的办法来解决你们的问题。”

黑杰克坐了下来，发出呼噜声。“你成功了？”托莉·缪妮狐疑地说。

“斯·乌斯兰星人两度指望我能把他们从过量繁衍的愚行与僵化的宗教信仰中奇迹般地拯救出来，”图夫说，“而我两次到访，只为增加面包和鱼的数量。可在最近，当我埋首于那本囊括绝大部分远古神话的书时，我才明白你们要我展示的是错误的奇迹。书中也有对此等逸事的记载。纯粹的增殖无法跟上指数级别的增长，至于面包和鱼，虽然它们数量充足且味道可口，可最后的预测报告却证明，它们不足以满足你们的需要。”

“你他妈到底在说什么？”托莉·缪妮质问道。

“这一次，”图夫说，“我会给你们永久的答案。”

“什么答案？”

“吗哪。”图夫说。

“吗哪？”托莉·缪妮说。

“一种真正的奇迹食物，”哈维兰·图夫说，“细节无须劳你费心。待时机成熟，我自会展露一切。”

首席议员和她的猫狐疑地看着他。“时机成熟？这见鬼的时机究竟什么时候才会成熟？”

“等我的条件得到满足。”图夫说。

“什么条件？”

“首先，”图夫说，“由于在斯·乌斯兰星的星轨上度过余生的前景令我不甚满意，你们必须答应我，一旦我完成这里的工作，就可以自由离开。”

“我不能答应，”托莉·缪妮说，“要是我答应了，高阶议会不消一秒钟就会投票把我赶下台。”

“其次，”图夫继续说道，“战事必须终止。只要我身边有可能爆发大规模宇宙战，我恐怕就无法对工作维持应有的专注。我很容易因为爆炸的太空船、交织的激光火力网和濒死者的尖叫声而分心。此外我觉得，若是同盟舰队有可能朝我的工作成果投掷等离子炸弹，让我的小小成就化为乌有，我也就没有必要再费心劳力去让斯·乌斯兰星的生态系统恢复平衡和正常机能了。”

“如果可以，我会结束这场战争，”托莉·缪妮说，“可这他妈没那么容易，图夫。恐怕我们没法满足你的要求。”

“就算你们做不到永久的和平，至少能够暂时中止敌对状态吧，”图夫说，“你可以向同盟军派去信使，请求短期休战。”

“也许我可以，”托莉·缪妮迟疑着说，“可我为什么要这样做？”黑杰克发出不安的喵呜声。“你在策划什么阴谋，该死的。”

“我在策划救赎你们的方法，”图夫承认，“如果因此妨碍了你们试图通过等离子放射来促进变异的共同努力，我在此致歉。”

“我们是在自卫！我们不想打仗！”

“好极了。这样的话，一次短暂的延期想必不会让你们感到过于不便。”

“同盟不会答应的。高阶议会也不会答应。”

“真遗憾，”图夫说，“或许我们应该给斯·乌斯兰星一点考虑的时间。在十二年内，幸存的斯·乌斯兰星人或许会更懂得变通。”

托莉·缪妮伸出手，挠了挠黑杰克的耳背。黑杰克盯着图夫看了足有一分钟，随后发出一阵微弱而古怪的尖叫声。首席议员突然站起身来，而巨大的银灰色猫咪随即敏捷地跳下她的膝盖。“你赢了，图夫，”她说，“领我到通信器那边去，我会处理的。你准备永远等下去，我可不会。我们耽搁的每一秒都会有人死掉。”她的语气很冷酷，但在心里，托莉·缪妮感觉到了交织在不安中的希望，而这是几个月来的头一遭。或许他能够结束战争并解决危机。或许他真的有可能做到。不过她没让自己的语气露出半点蛛丝马迹。她指指他：“可别以为用什么可笑的办法就能侥幸成功。”

“唉，”哈维兰·图夫说，“诙谐一向非我所长。”

“我有黑杰克，别忘了。达克斯已经吓坏了，根本帮不上你什么忙，可你只要动一动背叛的念头，黑杰克会马上让我知道。”

“我的真心诚意总会蒙受猜疑。”

“黑杰克和我，我们就是你的影子，图夫。在一切就绪之前，我是不会离开这艘飞船的，而且我要仔细看着你做每一件事。”

“的确。”图夫说。

“有几件事给我记好，”托莉·缪妮说，“我现在是首席议员。我不是乔森·莱尔，不是克雷果·布拉克勋，我是我。从前我还是星港总督的时候，他们喜欢叫我钢铁寡妇。你应该花上一两个钟头想想为什么我会有这么个鬼名字。”

“我会想的，”图夫说着站起身来，“还有什么要让我回想的吗，女士？”

“只有一件事，”她说，“《图夫和缪妮》里的某个场面。”

“我费了好一番力气才把那个可悲的虚构故事赶出我的记忆，”图夫说，“你想强迫我回忆起哪部分细节？”

“猫咪把警卫撕成碎片的那一幕。”托莉·缪妮说着，露出甜甜的微笑。黑杰克摩挲着她的膝盖，将它银灰色的瞳孔转向图夫，巨大的身躯里发出一阵低沉的吼声。

停战安排花了将近十天，而同盟特使们来到斯·乌斯兰星又用掉了三天。在这段时间内，托莉·缪妮在“方舟号”上神出鬼没。她总是匆忙跟在图夫身后，询问他做的每件事，在他伏案工作时窥视他的状况，在他开车去查看克隆容器时坐在他身边，还帮他喂养他的猫咪们（并且让满怀敌意的达克斯远离黑杰克）。图夫没有做出任何明显的可疑举动。

每天都会有十几个找她的呼叫。她在通信室里开设了办公室，这样一来，她不需要远离图夫，也能处理那些不容拖延的问题。

每天都有好几百个找哈维兰·图夫的呼叫。他命令电脑全部拒接。

那一天来临时，特使们从细长而奢华的外交用太空梭走出，伫立当场，凝视着“方舟号”硕大无朋的登陆甲板和由那些老旧的太空梭组成的舰队。这些特使五颜六色，外形各异。来自贾兹伯星的那个女人留着长可及腰、香气四溢、闪耀着七彩油光的深蓝色长发，她的双颊上满是错综复杂的疤痕。斯凯瑞弥尔星派来了一个长着方正的红脸、头发呈高山冰雪之色的粗壮男人。他的眼睛是和他的鳞状金属衬衣相称的晶蓝色。来自蔚蓝三体星的那位特使的身体笼罩在一片全息投影的薄雾之中。那是个暗淡、模糊、摇摆不定的形体，开口便是余音袅袅的低语。洛甘多尔星的电子人特使身高体宽，身体由重量相等的不锈耐久合金零件、黑塑钢以及斑驳的红黑色肌肉组成。一个身着透明淡色丝绸服装，体形娇小、容貌精致的女人代表亨利世界星出席，她有一副富有青春活力的身躯和永远不显苍老的深红色双眼。这支同盟特使队由一个来自凡迪恩星，又高又胖、衣着华丽的男人率领。他因年龄增长而浮现皱纹的皮肤是青铜的颜色，他的长发梳理成精致的细长辫子，垂落在他的双肩上。

哈维兰·图夫驾驶着一辆很长的车轻巧地穿过登陆甲板，这辆车就像一条装了车轮的蛇，直接停在了特使们的前方。那个凡迪恩星人愉快地走上前来，抬起手，用力掐了掐自己丰满的下巴，随后鞠躬致敬。“我本想和你握手，可我想起了你对这项习俗的看法，”他说，“还记得我吗，‘苍蝇’？”

哈维兰·图夫眨眨眼。“我模糊地记得，大约十年前，我在前往斯·乌斯兰星地表的管道列车上遇到过你。”

“拉奇·诺伦，”那人说道，“我不是那种正规的外交官，可协调署觉得应该派个见过你并且了解斯乌西人的家伙来。”

“这称呼很无礼，诺伦。”托莉·缪妮直率地说。

“你们这群人本来就没礼貌。”拉奇·诺伦回答。

“而且危险。”蔚蓝三体星的特使在全息雾气的中央低语道。

“你们是该死的侵略者。”托莉·缪妮开口道。

“自卫式侵略。”洛甘多尔星的电子人高声说道。

“我们想起了上一场战争。”贾兹伯星人说，“这次我们拒绝等到你们这些该诅咒的进化论者出现人口爆炸，再企图殖民我们星球的时候了。”

“我们没有这种计划。”托莉·缪妮说。

“你是没有，喷丝头，”拉奇·诺伦说，“但请你看着我的眼睛告诉我，你们的扩张主义党从没动过把孩子生遍凡迪恩星的念头。”

“还有斯凯瑞弥尔星。”

“洛甘多尔星可不想充当你们成神的垫脚石。”

“你们永远别想夺走蔚蓝三体星。”

“谁他妈想要那见鬼的蔚蓝三体星？”托莉·缪妮大吼道。黑杰克发出赞同的呼噜声。

“对重大星际谈判的内部运作方式的匆匆一瞥，便已令我获益良多，”哈维兰·图夫宣称，“不过，我觉得还有更紧迫的事等着我们去做。如果几位特使愿意合作些，坐上我的车子，我们很快就能继续进行商讨。”

同盟特使们低声交谈了几句，便照图夫的话去做了。载满乘客的车子开动起来，穿过登陆甲板，在形形色色的废弃飞船间迂回行进。一扇黑暗得像是隧道入口，又像是某只贪食野兽的大嘴的圆形空气闸门在众人接近时张开，将他们吞噬。他们进门后便停了下来，闸门在他们身后关闭，将众人卷入黑暗之中。图夫没去理睬他们的轻声抱怨。在众人身周，一阵尖锐的金属噪声传来，地面开始下降。等他们下降了至少两层甲板之后，另一道门在他们前方开启。图夫打开车头灯，驶入一条漆黑的走廊。

他们在这片由黑暗、冰冷的走廊组成的迷宫中穿行，经过无数扇紧闭的房门，沿着他们前方那条暗淡的靛青色导向带前进，它就嵌在布满尘土的地板里。此处的光源唯有这辆车的车头灯和图夫面前仪表板的微光。起先特使们还有说有笑，可“方舟号”深邃的黑暗显得沉重而幽闭，特使队的成员接二连三地陷入沉默。黑杰克开始用它的爪子有节奏地揉搓托莉·缪妮的膝盖。

在一段充满灰尘、黑暗与沉默的漫长路途之后，他们的眼前出现了两块高高耸立的门扇，在列车接近时不祥地缓缓洞开，又带着决定性的响亮咣当声在他们身后关闭。内里的空气潮湿发热。哈维兰·图夫停下了车，关掉了车头灯。黑暗彻底将他们包裹起来。

“我们在哪里？”托莉·缪妮询问道。她的声音在远处的某块天花板上激荡回来，但回音古怪地减弱了不少。虽然这个房间黑如坑洞，可它显然大得出奇。黑杰克不安地嘶叫着，嗅了嗅空气，发出轻微而迟疑的喵呜声。

她听到了脚步声，还有几米远处闪耀的微光。图夫在一座控制台前弯下腰，注视着一块控制面板。他按下泛动冷光的键盘上的某个按钮，转过身来。一张椅背呈翼状的浮空座椅随着飒飒的响声出现在温暖的黑暗中。图夫攀上浮空座椅，就像登上一张王座，他碰了碰扶手上的控制器，浮空座椅周身亮起了淡淡的蓝紫色磷光。“劳驾跟着我。”图夫宣称。浮空座椅在空中打了个转，飘向前方。

“真见鬼。”托莉·缪妮嘟哝道。她飞快地离开车座，怀抱着黑杰克，匆忙跟上图夫逐渐远离的宝座。同盟特使们也全体跟随在后，一路上抱怨个没完。她能听到电子人在她身后响起的沉重脚步声。图夫的浮空座椅是这片席卷万物的黑暗海洋中唯一的光芒。当她快步跟在他身后的时候，脚下踩到了什么东西。

突如其来的猫叫声吓得她退后几步，撞上了电子人覆有装甲的胸膛。托莉·缪妮困惑地蹲下身，笨拙地用一条胳膊抱住黑杰克，然后伸出另一只手，试探着向黑暗中摸去。她的手指抚摸到了柔软的皮毛。一只猫正在用力地摩挲着她，发出响亮的呼噜声。她只能勉强辨认出它的外形——一只不比幼猫大多少的短毛小猫。它翻转身体，让她来挠它的肚皮。贾兹伯星的特使差点被跪在地上的她绊倒。接着，黑杰克突然跳了下来，在这只新来的猫身边嗅个不停。它也短暂地回礼，接着回旋身体，眨眼的工夫便消失在黑暗之中。黑杰克犹豫片刻，随即叫了一声，蹦蹦跳跳地跟着它跑走了。“该死的，”托莉·缪妮大喊，“该死的，黑杰克，快给我滚回来！”她的话激起阵阵回声，可她的猫没有回来。这支小队的其余成员走得更远了。托莉·缪妮咒骂一声，匆忙追了上去。

一座光芒之岛出现在她的前方。等她走到那里，其他人都已在一张金属长桌的一侧就位。坐在王位似的浮空座椅里的哈维兰·图夫待在桌子的另一侧，他的脸上毫无表情，他洁白的双手交叠着放在肚皮上。

达克斯迈开大步，在他的两肩之间来回走动，呼噜连连。

托莉·缪妮停下脚步，怒视着他，咒骂一声。“见你的鬼去吧。”她对图夫说。她转过身。“黑杰克！”她用尽全力尖叫道。回声似乎被厚厚的布料包裹得密不透风，变得模糊不清。“黑杰克！”什么动静都没有。

“我希望我们远道而来的目的不是看斯·乌斯兰星的首席议员如何招呼动物。”来自斯凯瑞弥尔星的特使说道。

“的确不是，”图夫说，“首席议员缪妮，劳烦你入席，这场会议马上就要开始了。”

她皱起眉头，坐进唯一一把空着的椅子。“黑杰克究竟到哪里去了？”

“我可不敢斗胆就此事发表意见，”图夫淡淡地说，“说到底，它是你的猫。”

“它跑去追赶你的猫了。”托莉·缪妮吼道。

“的确，”图夫说，“有意思。眼下我碰巧拥有一只刚刚进入发情期的年轻母猫。或许这能解释它的行为。我毫不怀疑它非常安全，首席议员。”

“我要它回来参加这场见鬼的会议！”她说。

“唉，”图夫说，“‘方舟号’是艘大飞船，而它们能够玩耍的地方有好几千个。无论如何，以斯·乌斯兰星人的标准来看，打扰它们的鱼水之欢都是于理不合的反生命行为。我不愿再反对你们的文化了。此外，你曾再三向我强调时间的关键，说有许多人的性命正危在旦夕。因此，我认为我们最好尽快开始商谈。”

图夫的手略微动了动，按下控制钮。长桌的一部分沉了下去。片刻之后，一株植物从中升起，径直出现在托莉·缪妮的前方。“看吧，”图夫说，“吗哪。”

它从桌面上的一只浅碟中长出，交缠的淡绿色藤蔓将近一米，就像活生生的戈耳狄俄斯之结[1]。它的卷须来往交织，缓缓移向容器外沿。藤蔓上长着一丛丛浓密的叶片，其大小只及指甲，在苍白的叶表上，黑

1. 希腊神话中只有统治亚细亚之人才能解开的绳结。

色的叶脉组成了精巧的图案。托莉·缪妮伸出手，摸了摸最近的那片叶子，发现叶背覆有薄薄的一层细粉，沾在了她的指尖上。在叶簇之间，分杈的藤蔓因丛生且肥硕的白色硬块而变得粗大，而离藤须交缠之处越近，这些硬块也就变得越大，也越像脓疮的形状。她发现，在叶片的荫蔽下，有一颗若隐若现、已经长到人类手掌般大小的果实。

“好丑的杂草。”拉奇·诺伦出言评论。

“我不明白我们有什么必要宣布休战，然后长途跋涉来看一只长满脓疮的温室怪物。”来自斯凯瑞弥尔星的那个男人说道。

“蔚蓝三体星开始不耐烦了。”蔚蓝三体星的特使低语道。

“这疯狂的行为里肯定有什么动机，”托莉·缪妮对图夫说，“继续说啊。你说它是吗哪，然后呢？”

“它能喂饱斯·乌斯兰星人。”图夫说。达克斯连声呼噜。

“它能喂饱他们多少天呢？”来自亨利世界星的那个女人用充满讽刺的甜美嗓音问道。

“首席议员，劳你大驾，请摘下一只较大的果子，你会发现它多汁可口，而且营养丰富。”图夫说。

托莉·缪妮倾身向前，面露苦相。她的手指握上最大的那枚果实。它的触感极为柔软，她能感觉到里面有很多汁液。她用力一拉，果实随即轻巧地从藤蔓上脱落。她用手指掰开了它。果肉就像新鲜面包那样在她的手心摊开。它的核心深处有一个小囊，里面充满缓缓流淌的黑暗黏稠的液体。一种不可思议的气息填满了她的鼻孔，令她口舌生津。她咀嚼，吞咽，又咬了一口，接着又是一口。她只吃了四口，果实便已下肚，而她兀自舔舐着手指上黏稠的汁液。

“牛奶面包，”她说，“外加蜂蜜。味道有点浓，不过很美味。”

“而且百吃不厌，”图夫宣称，“每颗果实中央的分泌物都带有轻微的成瘾性。这棵吗哪植株上的每个果子的味道都各有不同，其独特而微妙的滋味取决于植物所扎根的土壤的化学成分和植物本身的遗传基因。吗哪的口味众多，而且可以通过杂交继续拓展。”

“打住。”拉奇·诺伦高声说道。他用力拉扯着下巴，皱起眉头。“所以说这什么面包蜂蜜果味道好得很，当然当然。可那又如何？这么一来，斯乌西人在多生几个小斯乌西人之后就有美味快餐可尝了。一顿在征服凡迪恩星和四处生孩子的途中用于排解无聊的大餐。抱歉，伙计们，可我目前实在没兴致喝彩。”

托莉·缪妮皱起眉头。“他很粗鲁，”她说，“可他说得对。你以前给过我们奇迹植物了，图夫。全能稻谷，记得吗？还有‘海神披肩’和泽希豆。吗哪又能有什么不同？”

“区别存在于数个方面，”哈维兰·图夫说道，“首先，我先前一直专注于让你们的生态系统更有效率，以便增加斯·乌斯兰星有限的农业用地的卡路里产量，可以说，是在少处求多。不幸的是，我未能充分考虑到人类种族的任性行为。正如你们自己的报告所述，斯·乌斯兰星的食物链还远远不到效率最大化的程度。你们已经有了提供蛋白质的肉兽，却坚持培育和喂养不经济的畜养动物，只因为某些较为富有的肉食者比起肉兽来更喜欢那些牲畜的味道。你们还为了变换口味和丰富菜谱而种植全能稻谷和毫微麦，而种植面积相同的泽希豆完全可以产出更多的卡路里。简单地说，斯·乌斯兰星人依然把快感置于理性之上。那好吧，吗哪的成瘾特性和滋味是独一无二的。只要斯·乌斯兰星人尝过了它，就不会再有人提出食品口味方面的抗议。”

“也许吧，”托莉·缪妮疑虑重重地说，“可是——”

“其次，”图夫继续说道，“吗哪长得很快。极端的问题需要极端的手段，吗哪就是这么一种手段。它是人工杂交植物，它的基因是一张用十几个星球的基因之线编织而成的基因床罩，其自然界的祖先包括哈费尔星的丛生面包、永夜星的暗示夜生草和格列佛糖囊草，还有特别改

良过的、来自古地球的变种野葛。你会发现吗哪耐寒耐旱，传播迅速，几乎无须照看，而且能以惊人的速度改变生态系统的面貌。”

“有多惊人？”托莉·缪妮直率地发问。

图夫的手指移动少许，按下嵌在浮空座椅扶手上的某个发光的按钮。达克斯的呼噜声响起。

光芒乍现。

托莉·缪妮在炫目的光辉中眨了眨眼。

他们坐在一间足足横跨五百米的巨大的圆形房间中央，穹顶状的天花板高悬在距离他们头顶一百米的地方。在图夫身后，十几颗巍然耸立的塑钢生态球自墙中出现，每颗球的顶端都有开口，里面装满了不同的泥土。这些泥土有十几种，代表十几种不同的生长环境——粉末状的白沙土、丰沃的黑肥土、厚实的红黏土、蓝色的晶沙、灰绿色的沼泥、坚硬如冰的苔原冻土等。每个球体里都有一株吗哪在生长。

生长。

生长。

继续生长。

球体中的植株已高达五米，它们不知疲倦的藤蔓早已越过了生长环境的边界。那些藤须在地面蜿蜒，穿过了半个房间，离图夫不到半米，彼此交缠，随即分杈，然后再度分杈。吗哪藤蔓盖住了整个房间四分之三的墙壁，晃晃悠悠地黏附在光滑的白色塑钢天花板上，遮蔽了半数照明板，令投向地板的光影交织成复杂无比的图案。过滤后的灯光绿意盎然。到处都结满了吗哪的果实，人头大小的白色荚果低垂在位于他们头顶的藤蔓上，挤过纠结成团的植株。就在他们观察的时候，一枚荚果随着扑通的清响声掉落在地上。现在她才明白回音莫名减弱的原因。

“这几株样本，”哈维兰·图夫用毫无起伏的语气宣布，“在大约十四天前还只是孢子，就在我和可敬的首席议员见面前不久。每种生长环境只需要一个孢子，在此期间，我没有浇过水，也没有施过肥。要是我做过这些事，你们面前这些可怜的样本就不会如此纤细而矮小了。”

托莉·缪妮站了起来。她在零重力环境中生活了许多年，因此光是站立在具有完全重力的房间里对她都是一种折磨，可她感到胸口发紧，口中苦涩，而且她觉得自己必须把握住每一个心理优势，甚至包括在其他人全体就座时独自伫立这样的微末伎俩。图夫这套“帽子里变出吗哪”的把戏让她目瞪口呆，她身单力薄，只有生命才知道黑杰克在哪里，而达克斯坐在图夫肩上，得意扬扬地发出呼噜声，用金色的大眼睛注视着她，把她从里到外看得清清楚楚。“非常惊人。”她说。

“你这么想让我很高兴。”图夫说着，摸了摸达克斯。

“你究竟有什么计划？”

“我的计划如下：我们立即开始在斯·乌斯兰星种植吗哪。我会用‘方舟号’的太空梭送货上门。我已经冒昧将爆破气荚装入了太空梭的船舱，每只爆破气荚都装有吗哪孢子。这些孢子会以我预设的方式被释放进大气层，此后顺风飘散，散播到整个斯·乌斯兰星。它们会立刻开始生长。斯·乌斯兰星人无须再花费任何力气，只要摘下果子就可进食。”他平静的长脸从托莉·缪妮的方向转开，面向同盟星球的特使们。“先生们，”他说，“我猜你们此刻正在揣摩自己在这件事里扮演的角色。”

拉奇·诺伦掐了掐下巴，代表全体特使开了口。“没错，”他不安地看了看四周，“这又回到我前头的话了。这么说这些杂草能养活所有斯乌西人。那又怎样？这根本和我们无关。”

“我认为推论显而易见，”图夫说，“斯·乌斯兰星人对同盟星球存在威胁，只是因为斯·乌斯兰星的人口一直有超过斯·乌斯兰星的食品供应量的危险。这致使原本和平高尚的斯·乌斯兰星永远无法摆脱崩

溃的危机。在技术专家党掌权并将等式维持得近似平衡的时期，斯·乌斯兰星就是最有合作精神的友邻，可这样的平衡尽管精巧非凡，最终必将难以为继，随之而来的必然是扩张主义党重新掌权的结局，而斯·乌斯兰星人也将变成危险的侵略者。”

“我才不是什么见鬼的扩张主义者！”托莉·缪妮怒气冲冲地说。

“我并未这样暗示，”图夫说，“而你也当不了一辈子的首席议员，虽然你显然有此资格。战争已近在咫尺，尽管你们是出于自卫。等你下台或是阵亡，就会有一个扩张主义党人代替你，而自卫将演变为侵略。在这些斯·乌斯兰星人造成的状况下，战争就像饥荒一样确凿无疑，而一位领袖善良的性格和卓越的能力都无法阻止战争的发生。”

“完全正确。”那个来自亨利世界星，像是男孩的年轻女人清晰地说道。她的眼神中有一种与她青春四溢的身体不相称的精明。“如果战争不可避免，我们倒不如现在就动用武力，一劳永逸地解决问题。”

“蔚蓝三体星深表赞同。”轻微的赞同声传来。

“是的，”图夫说，“但你们这是在假设战争必将到来。”

“你刚刚才告诉我们，说那些该死的扩张主义党人必然会发动战争，图夫。”拉奇·诺伦抱怨道。

图夫用一只白色的大手抚摸着那只黑色的公猫。“不对，先生。我说的是，一旦斯·乌斯兰星的人口和食物配给量之间的脆弱平衡陷入崩溃，战争和饥荒便必然会到来。若是这微妙的等式能够恢复正常，斯·乌斯兰星对本星系内的任何星球都不再是威胁。我认为，在这样的情况下，战争既无必要，也不合道义。”

“你能断言这种像瘟疫般蔓延的杂草能搞定这件事？”来自贾兹伯星的女人轻蔑地说。

“的确。”图夫说。

来自斯凯瑞弥尔星的特使摇摇头。“不。出色的成果，图夫，你的奉献精神也令我敬佩，可我不能赞同你的观点。我们不能把希望放在又一次科技突破上，这句话是全体同盟成员的意见。斯·乌斯兰星从前就有过开放、怒放、绽放之类的生态革命了。到了最后，一切毫无改变。我们必须把问题彻底了结。”

“我可不敢干涉你们自取灭亡的愚行。”图夫挠着达克斯的耳背说道。

“自取灭亡的愚行？”拉奇·诺伦说，“什么意思？”

托莉·缪妮一直在仔细聆听。她把脸转向同盟特使们。“意思就是你们输了，诺伦。”她说。

特使们大笑起来——亨利世界星的那位特使发出文雅的扑哧轻笑，贾兹伯星人纵声狂笑，而电子人则放声大笑。“斯·乌斯兰星人的自负永远令我惊奇，”来自斯凯瑞弥尔星的男人说道，“别被暂时的僵局给误导了，首席议员。我们所属的这六个星球团结一心。就算你们有新舰队，我们的数量和火力还是占据优势。我们从前击败过你们一次，你或许还记得。我们会再次击败你们。”

“你们不会这么做。”哈维兰·图夫说。

特使们不约而同地望向他。

“这些天我冒昧做了一些小小的研究。某些事实变得显而易见。首先，上一场战争是几个世纪之前的事了。斯·乌斯兰星遭受了无可否认的失败，可同盟军在那场胜利之后也尚未完全恢复元气。然而，拥有更大人口基数和更先进技术的斯·乌斯兰星却早已摆脱了战争带来的一切影响。在此期间，斯·乌斯兰星的科技进步的速度就像吗哪生长的速度那般飞快——请允许我使用一个有趣的比喻，而同盟星球所达成的小小进步都应归功于从斯·乌斯兰星引入的知识与技术。不可否认，同盟军的联合舰队在数量上远远胜过斯·乌斯兰星的行星防卫舰队，可面对斯·乌斯兰星的新型战舰拥有的复杂武器和技术时，大多数同盟战舰都显得陈旧而过时。此外，确切地讲，同盟军的数量并没有超过斯·乌斯兰星的居民数量。你们集结了六个星球的军力来对抗斯·乌斯兰星，没错，可凡迪恩星、亨利世界星、贾兹伯星、洛甘多尔星、斯凯瑞弥尔星和蔚蓝三体星的人口总和也才四十亿——还不到斯·乌斯兰星人口的十分之一。”

“十分之一？”贾兹伯星人话声嘶哑，“你弄错了吧？你肯定弄错了。”

“蔚蓝三体星还以为斯·乌斯兰星的人口数量只有同盟星球的人口数量的六倍。”

“他们人口的三分之二是女人和孩子。”斯凯瑞弥尔星的特使迅速回答道。

“我们的女人能打仗。”托莉·缪妮吼道。

“那她们得在生孩子的间隙抽出空来，”拉奇·诺伦评论道，“图夫，他们的人口不可能是我们人口的十倍。他们有很多人，我承认，当然，可我们最精确的统计——”

“先生，”图夫说，“你们最精确的统计出现了谬误。请抑制你的懊恼。人口数量一向是严格保密的，在计算这么庞大的数字的时候，我们很容易就会算错个一二十亿。然而，事实正如我陈述的那样。此刻，你们维持着微妙的武力平衡——同盟舰队数量更多，而斯·乌斯兰星舰队的技术更先进，武器更精良。这种平衡显然无法持久，因为斯·乌斯兰星的科技让他们能以远超任何同盟星球的速度生产战舰。我斗胆猜测这项工作眼下就在进行。”图夫看着托莉·缪妮。

“你错了。”她说。

可达克斯也在看着她。“没错。”图夫向特使们宣布。他抬起一根手指。“因此，我建议你们利用眼下尚能维持平衡的优势，运用我提供给你们的机遇，在不诉诸核弹轰炸和其他令人不快的手段的前提下，解决斯·乌斯兰星引发的问题。把停战协议延长到一个标准年，并且允许我在斯·乌斯兰星种植吗哪吧。一年后，如果你们觉得斯·乌斯兰星仍然会对你们的母星构成威胁，那要不要恢复敌对状态就随你们了。”

“我反对，商人，”来自洛甘多尔星的电子人用沉重的嗓音说道，“你真是天真得让人难以置信。你是说，给他们一年的时间，并且允许你玩你的把戏。他们在一年里会造出多少支新舰队来？”

“我们同意暂停新型武器的生产，如果你们也能暂停的话。”

“说是这么说。我猜我们该相信你？”拉奇·诺伦嘲笑道，“见鬼去吧。你们斯乌西人在暗地里重整军备的时候就证明了你们有多可信了，这完全是直接违反了条约，还谈什么鬼信任！”

“噢，当然，你们更希望我们毫不抵抗就让你们占领星球。见鬼，好一个伪君子！”托莉·缪妮满心厌恶地答道。

“现在要改条约可就太晚了。”贾兹伯星人宣称。

“这是你自己说的，图夫，”斯凯瑞弥尔星的特使说，“我们待得越久，情况就越糟。所以我们除了立即对斯·乌斯兰星发动全面进攻之外，别无他法。没有更好的办法了。”

达克斯对他嘶叫起来。

哈维兰·图夫眨眨眼，优雅地交叠双手，将它们放在他的大肚皮上。“或许在我提起你们对和平的热爱，对战争和破坏的恐惧，还有共通的人性之后，你们会重新考虑一番？”

拉奇·诺伦发出不屑的哼声。特使队的其余成员一个接一个地别过脸去，以示异议。

“这样的话，”图夫说，“你们让我别无选择了。”他站了起来。

凡迪恩星的特使皱起了眉头。“嘿，你要去哪里？”

图夫笨拙地耸耸肩。“首要的去处是卫生间，”他回答，“随后是我的主控制室。请接受我的保证，我对你们并没有私人的怨恨。但不幸的是，看来我此刻必须前去摧毁你们各自的星球。或许你们愿意抽一下签，让我决定从哪个星球开始。”

来自贾兹伯星的女人险些窒息，接着开始语无伦次地说话。

在模糊的全息雾气深处，蔚蓝三体星的特使清了清喉咙，那声音轻微而单调，就像在一张纸上飞快爬过的昆虫。

“你没那胆子。”来自洛甘多尔星的电子人高声道。

斯凯瑞弥尔星的特使在冰冷的沉默中叠起双臂。

“呃，”拉奇·诺伦说，“你，呃，那是，你不会的。没错，可当然，呃。”

托莉·缪妮对着他们大笑起来。“噢，他会的。”她说，尽管她的惊讶不亚于其他人。“而且他做得到。或者，更确切地说，‘方舟号’做得到。指挥官奥伯也会保证图夫能得到武装护送的。”

“没必要这么着急，”来自亨利世界星的女人用清晰而有节奏的语气说道，“或许我们可以重新考虑。”

“好极了，”哈维兰·图夫又坐了回去，“我们会在谨慎行事的前提下尽快安排这件事，”他说，“等确定了为期一年的休战协议，正如我先前所述，我就会立即在斯·乌斯兰星播种吗哪。”

“别这么急。”托莉·缪妮插嘴道。她觉得头晕眼花，又满心胜利的喜悦。战争不知怎么就结束了——图夫做到了，斯·乌斯兰星至少能安全一年。可轻松感没有完全冲昏她的头脑。“你的话听起来很棒，可在你往整个斯·乌斯兰星投掷吗哪孢子之前，我们必须得先做些研究。我们自己的生物技师和生态工程师得研究这鬼东西，而高阶议会也得再进行几次预测。大概一个月就够了。当然，图夫，我先前说的话仍然有效——你别想把吗哪倒在我们头上，然后就这么走人。你这段时间得待在这里，整个休战期，或许更久，直到我们弄清楚你最新一次奇迹的运作方式为止。”

“唉，”图夫说，“恐怕我得赶着去赴宇宙中其他地方的约会。旅居一年或者更久会给我带来不便，令我无法接受，而把我的播种计划耽搁一个月也是一样。”

“见鬼，给我等等！”托莉·缪妮开口道，“你不能就这么——”

“我的确能。”图夫说。他意味深长地把目光从她转向特使们，随后再次转回来。“首席议员缪妮，请允许我指出这显而易见的事实。如今斯·乌斯兰星和它的敌人间勉强维持着军事平衡。‘方舟号’是一件令人生畏的毁灭工具，有能力让星球化为荒原。就像我能够加入你们的舰队，并摧毁任何同盟星球一样，相反的状况同样有可能发生。”

托莉·缪妮觉得自己的身体仿佛突然遭受了打击。她张大了嘴。“你是说……图夫，你在威胁我们？我不相信。你扬言要用‘方舟号’来对付斯·乌斯兰星？”

“我只是在提醒你某些可能性的存在。”哈维兰·图夫说。他的语气一如既往地平淡。

达克斯肯定感觉到了她的狂怒，它嘶叫起来。托莉·缪妮无助地站在那里，不知所措。她的双手握成了拳头。

“身为调停人和生态工程师，我不会为我的劳作要求任何报酬，”图夫宣称，“可为了达成协议，我需要一些安全措施和双方的让步。也就是说，同盟星球得为我提供护卫——一支小型战舰部队，其数量和携带的武器足以阻挡斯·乌斯兰星的行星防卫舰队对‘方舟号’发动的进攻，并且在我的工作完成时将我安全护送出本星系。为了消除我的忧虑，斯·乌斯兰星应当允许同盟舰队进入他们的星系。若任何一方在休战期间率先显露敌意，他们应当明白，这将会激起我最为可怕的怒火。我不是个容易激动的人，可若我的怒意被真正唤醒，连我自己都时常会心生畏惧。等到一个标准年的时间过去，我应当早已远离这里，而你们随时可以继续互相杀戮的行径，只要你们愿意。可我希望，也在此预言：我此次采取的措施将卓显成效，因而不会再有人感到有恢复敌对的必要。”他抚摸着达克斯浓密的黑色毛发，而这只公猫用它金色的大眼睛依次看着每一个人，它注视着、衡量着一切。

托莉·缪妮觉得全身发冷。“你把和平强加给我们。”她说。

“只是暂时的和平。”图夫说。

“而且你把这个方法强加给我们，无论我们愿不愿意。”她说。

图夫凝视着她，却并未作答。

“你他妈究竟以为自己是谁？”她对他尖叫道，宣泄着内心高涨的怒火。

“我是哈维兰·图夫，”他不紧不慢地说，“我已经对斯·乌斯兰星和斯·乌斯兰星人彻底失去了耐心，女士。”

在会议结束之后，图夫驾车把特使们带回了外交用太空梭，可托莉·缪妮拒绝同行。

在漫长的几个钟头里，她孤身一人、浑身发冷、精疲力竭却毫不松懈地在“方舟号”上徘徊。她一路呼喊个不停。“黑杰克！”她在自动扶梯的顶端高喊，“来啊，小黑，来啊。”她轻声呼唤，穿行于走廊之间。“黑杰克！”听到转角处传来噪声，她便高声喊叫，可那只是一扇正在开启或是关闭的房门，是某些机器自我维修的嗡嗡声，又或是图夫的某只猫咪伙伴的疾跑声。“黑——杰——克！”她十几次在走廊的相交处高叫，她的声音传向四周，撞上远方的墙壁，又朝她激荡而回。

可她没有找到她的猫。

最后，她在漫步途中走上了好几层甲板，来到了这艘巨大的播种舰中央那灯光昏暗的中轴舱——它高大而宽阔，足有三十千米长，激荡着回音。这里的天花板被阴影遮蔽，墙边排列着大大小小的克隆容器。她随便选了个方向，走啊，走啊，走啊，始终高喊着黑杰克的名字。

在前方的某处，她听到了轻微而迟疑的喵呜声。

“黑杰克？”她喊道，“你在哪里？”

她又听到了喵呜声，就在前方。她匆忙踏前两步，然后开始奔跑。

哈维兰·图夫从二十米高的塑钢桶的阴影下走出。黑杰克蜷缩在他的臂弯里，呼噜连连。

托莉·缪妮骤然停步。

“我找到了你的猫。”图夫说。

“我看出来了。”她冷冷地说。

图夫动作轻柔地把这只灰色大公猫交到她的手中，他的手在半途中擦过了她的双臂。“你会发现它这次出游没有出现任何健康问题，”图夫声明，“我冒昧为它做了一次全身检查，以确认它没有遭受任何不幸，并且保证它的健康维持在最佳状态。想象一下，当我碰巧发现你告诉我的各种仿生改造全都令人费解地神秘消失的时候，我是多么惊讶啊。我困惑到无法对此做出解释。”

托莉·缪妮把猫抱在胸前。“好吧，我说了谎，”她说，“它会心灵感应，就像达克斯那样。或许它的能力没那么强。我不能冒险让它和达克斯互斗，它或许能赢，或许不能。我不想让它被吓坏。”她做了个鬼脸。“所以你让它去追逐母猫了。它去了哪里？”

“它从次要入口离开了吗哪房，追逐它爱恋的对象，随后它发现房门拒绝为它再次开启。因此，在随后的几个小时里，它一直在‘方舟号’上徘徊，并且结识了我飞船上的数位猫类船员。”

“你有多少只猫？”她问道。

“比你拥有的猫要少，”图夫说，“但这并非全然不可预料。说到底，你是个斯·乌斯兰星人。”

黑杰克温暖而安心地蜷缩在她的臂弯，突然间，托莉·缪妮发现了达克斯不在现场的事实。她重新取得了优势。她挠着黑杰克的耳后，而它把清澈的银灰色眼睛转向了图夫。"你别想骗我。"她说。

"我也不认为自己做得到。"图夫承认道。

"那种名为吗哪的植物，"她说，"那是某种陷阱，不是吗？你跟我们扯了一大堆谎话，承认吧。"

"我告诉你的关于吗哪的每一件事都是真相。"

黑杰克轻叫了一声。"真相，"托莉·缪妮说，"噢，见鬼的真相。这就是说关于吗哪，你还有些事没告诉我们。"

"宇宙中的知识无穷无尽。基本上，未知的事实总是比人类已知的事实多，鉴于斯·乌斯兰星的众多居民也位列人类之中，你的想法便令我惊讶。我无法告诉你涉及任何主题的所有事实，就算这些事实的数量有限也不行。"

她嗤之以鼻。"你准备对我们做什么，图夫？"

"我准备解决你们的食品危机。"他说，他的声音平淡而冷漠，静默如水，却又充满深邃的未知。

"黑杰克在呼噜叫，"她说，"所以你说的是真话。可方法呢，图夫，方法呢？"

"吗哪就是我的工具。"

"胡说八道，"她说，"我才不管吗哪果有多好吃、多容易上瘾，又或者这鬼玩意长得有多快，没有植物能解决我们的人口危机。你已经试过很多次了。我们试过了全能稻谷、泽希豆、驭风者和蘑菇农场。你还藏了点信息。来吧，丢出来瞧瞧。"

哈维兰·图夫一言不发地看着她，足足看了一分钟。他与她目光相接，在这一瞬间，图夫仿佛也看穿了她，就好像他也学会了读心术似的。

或许他读的是别的东西。终于，他开口作答。"一旦植物被种下，无论你们花费多大力气，都永远无法彻底将其根除。在特定的气候参数下，你们无法改变它散播的速度。吗哪无法在所有地方旺盛生长，严寒会杀死它，而寒冷气候不利于它的生长，可它必定会继续散播，直到覆盖斯·乌斯兰星的热带及亚热带地区，而这就足够了。”

“足够什么？”

“吗哪的果实富含营养。在最初的几年里，它会大幅减少你们眼下卡路里短缺的压力，继而改善斯·乌斯兰星的状况。最终，在热火朝天的传播中耗尽土壤的肥力之后，吗哪的植株会干枯腐朽，而你们也将被迫种植几年别的作物，直到某些土地能够再次维持吗哪的生长为止。可与此同时，吗哪将完成它真正的工作，首席议员缪妮。每片叶子的背面聚集的细粉实际上是一种共生微生物，它对吗哪的授粉至关重要，此外还具有别种特性。借助风力、害虫或人类的运送，它将会触及你们星球地表的每一道裂口和每一个隐蔽的角落。”

“细粉。”她说。当她触碰吗哪的植株时，指尖曾经沾上过它……

黑杰克的吼声如此低沉，与其说她是听到的，倒不如说是感觉到的。

哈维兰·图夫交叠双手。“我或许可以说，这种细粉是一种有机避孕药，”他说，“你们的生物技师会发现它对人类男性性欲和人类女性受孕力的影响强大而持久。其原理无须劳你费心。”

托莉·缪妮凝视着他，嘴巴开了又合，她眨着眼睛，忍住泪水。是绝望的泪水，还是愤怒的泪水？她说不清。但这不是喜悦的泪水，她不会让它们成为喜悦的泪水。“延期种族屠杀。”她努力挤出这几个字来。她的嗓音嘶哑而阴沉。

“算不上，”图夫说，“某些斯·乌斯兰星人天生就对这种细粉免疫。我的预测表明，占你们人口基数的百分之零点零七到零点十一的人不会受到影响。他们将继续繁殖。当然，这种免疫性也会遗传下去，并且随着世代交替逐渐变得普遍。而在今年，斯·乌斯兰星的人口将急剧衰减，同时出生率也会停止其飞快上升的势头，开始急剧下降。”

“你没有这样的权力。”托莉·缪妮缓缓地说。

“解决斯·乌斯兰星问题的关键，就是采取这种持久而奏效的方法，”图夫说，“我一开始就跟你说过了。”

“也许吧，”她说，“可那又怎样？自由怎么办，图夫？个人选择怎么办？我的同胞也许是些自私和目光短浅的傻瓜，可他们毕竟是人，和你一样。他们有权决定生不生孩子、生多少孩子。谁他妈给你权力去替他们做决定了？谁他妈让你给整个星球实施绝育的？”她越说越气。“你不比我们了不起。你只是人类，图夫。我不得不说，你是一个见鬼的怪人，可你也只是人类——不多也不少。谁给了你这该死的权力来扮演神灵，主宰我们的星球和我们的生命？”

“‘方舟号’。”哈维兰·图夫简短地说。

黑杰克在她的臂弯里挪来挪去，突然显得浑身不自在。托莉·缪妮让它跳到地板上，目光丝毫不离图夫毫无表情的白色面孔。突然间，她很想揍他、伤害他，想破坏那张冷漠而自鸣得意的面具，给他留下伤痕。“我警告过你的，图夫，”她说，“力量会带来腐化，绝对的力量会带来绝对的腐化，记得吗？”

“我的记忆力并未受损。”

“可惜我不能再用这句话来形容你该死的道德观了。”托莉·缪妮说。她的语气里充满讽刺。黑杰克在她脚边低吼应和。“我当初究竟为什么要帮你保住这艘该死的飞船？我真是个该死的傻瓜！你这场关于力量的白日梦做得太他妈久了，图夫。你觉得有人已经任命你去当神了，是不是？”

“官僚才需要受人任命，”图夫说，“假使神灵确实存在，他们则是由别种程序选出的。我并未声称自己拥有任何神学意义上的神性。可我要指出，我的确拥有神灵般的力量，而这项事实，相信你在很久以前，在你初次向我求取面包和鱼的时候，就已有所认识。”当她张口欲答时，他抬起一只手，掌心向外。“不，请别打断我说话。我会努力长话短说。你和我并没有多少不同，托莉·缪妮——”

“我们一点也不像，该死的！”她冲他尖叫道。

“我们没有多少不同，”图夫冷静而坚定地重复道，“你曾坦言自己不是个信教者，而我也从不敬拜神话。我最初是个商人，可当我踏上名为‘方舟号’的这艘飞船之后，我发现自己所走的每一步都在追随神灵、先知和恶魔的脚步。挪亚和洪水、摩西和他的灾害、面包和鱼、吗哪、火柱，以及化为盐柱的妻子——我对这一切的了解是命中注定的。你质疑我自称为神的行为，我并未做此宣言。然而，我必须告诉你，多年之前，我利用这艘飞船所做的第一个举动，就是令死者复生。”他笨拙地指了指几米外的一座工作站。“这里就是我首次展现奇迹之处，托莉·缪妮。此外，我的确操纵着神灵般的力量，向众多星球贩售生命与死亡。我在享受着神灵般能力的同时，能够拒绝随之而来的责任和同样惊人的道德重担吗？我认为不能。”

她想回答，却找不到合适的话语。他疯了，托莉·缪妮暗自想着。

“此外，”图夫说，“像斯·乌斯兰星这样的危机只能接受神灵的干预。就假设我按照你们的心意，把‘方舟号’卖给你们好了。你们真以为凭借几群生态工程师和生物技师——无论他们多么内行而敬业——就能找到永久的答案？依我之见，你们太过聪明，绝不会认同这样的谬论。我毫不怀疑，有了播种舰的资源作为助力，这些男人和女人，这些远比我本人聪明且训练有素的天才无疑能够想出众多独具特色的权宜之计，让斯·乌斯兰星人继续繁衍一个世纪或两个世纪，甚至三四个世纪。可最终，这些措施的不足必将显露，正如我在五年前和十年前所做的小小尝试，还有技术专家党在过去一个世纪里策划的所有技术突破所面临的结局。托莉·缪妮，对这以指数级别疯狂增长的人口引发的难题，没有什么合理、公平、科学的答案，技术无法解答，人类也是一样。只有奇迹才能解答——面包和鱼，天赐的吗哪，诸如此类。身为生态工程师的我遭遇了两次失败。如今我提议作为斯·乌斯兰星所需的神灵继续努力。若我以人类的身份第三次处理问题，那我必将遭遇第三次失败，随后你们的困境将被托付给那些比我更为残暴的神灵，托付给古老传说中那四位分别以瘟疫、饥荒、战争与死亡之名著称的骑士。因此，我必须抛开自己的人性，担任神灵。”他停口看着她，眼睛眨个不停。

“你很早以前就抛开了你那该死的人性，”她怒斥着他，“可你不是神，图夫。没准你是个恶魔，是个该死的自大狂，没错。没准你是个怪物——对，一个见鬼的畸形生物。你是一只怪物，不是什么神灵。”

“一只怪物，”图夫说，“的确，”他眨眨眼，“我本以为你毋庸置疑的智慧和非凡的能力会让你拥有更为出色的理解力。”他眨了一下眼睛，然后是第二次，第三次。他白色的长脸平静如常，可他的声音里有某种她从没听过的古怪东西，某种令她恐慌、让她迷惑、使她心烦意乱的东西，某种听起来几乎像是情感的东西。“你这是在恶意中伤我，托莉。”他抗议道。

黑杰克发出一声空洞而悲哀的喵呜声。

“你的猫对我们所面对的冰冷现实显然更具洞察力，”图夫说，“或许我应当从头解释一遍。”

“怪物。”她说。

图夫眨眨眼。“我的努力永远无人赞赏，仅有的回报便是无理的诽谤。”

“怪物。”她重复道。

他的右手飞快地握成拳头，接着缓慢而谨慎地舒展开来。“似乎是某种脑部抽搐将你的词汇量减少到了惊人的程度，首席议员。”

“不，”她说，“可你只配得上这个词，该死的。”

“的确，”图夫说，“这样的话，作为一只怪物，我就应当做出怪物般的行为。考虑到这一点，劳烦你就此做出决定，首席议员。”

黑杰克猛地昂起头，凝视着图夫，仿佛有某种看不见的东西正在他那张白色的长脸周围飞来飞去。它开始嘶叫，浓密的银灰色毛发在它后退的同时缓缓竖起。托莉·缪妮弯下腰，抱起了它。这只猫在她的臂弯里发抖，再次嘶叫起来。“什么？”她用心慌意乱的语气说道，“什么决定？你已经做完了所有该死的决定。你究竟在说什么？”

“容我指出，到此刻为止，还没有任何一个吗哪孢子被释放进斯·乌斯兰星的大气层里。”哈维兰·图夫说。

她哼了一声。“然后呢？你把一切都定死了。我根本没法阻止你。”

“的确。真遗憾。可你或许会想到办法的。在此期间，我建议我们前往我的房间，达克斯正等待着它的晚餐。我已经准备了一顿上好的奶油蘑菇浓汤作为我们的主菜，还有产自莫格霍恩星的冰冻伟人酒，一种烈到足以取悦神灵或是怪物的饮料。而且，当然，假使你觉得有事要跟政府部门商议，我的通信室里的仪器任你使用。”

托莉·缪妮张开嘴，本想用一句挖苦作答，随即又在惊讶中闭上了嘴。“你的意思是不是和我想的一样？”她说。

“这很难说，”图夫回答道，“你才是抱着灵能猫的那个人，女士。”

那是一段无休无止的沉默路程和一顿无穷无尽的尴尬晚餐。

他们在那间狭长通信室的角落用餐，身边围绕着控制台、显示屏和猫咪们。图夫坐在椅子里，有条不紊地用勺子舀着他那份食物，达克斯趴在他的膝盖上。在桌子的另一边，托莉·缪妮食不甘味地吃着。她毫无胃口。她觉得自己像是老了很多，感到困惑且害怕。

她的困惑感染了黑杰克，它的悠闲状态消失不见。它在她膝上蜷缩成一团，只是偶尔才把头抬过桌面，朝达克斯吼出一声警告。

终于，那个时刻来临了，正如她早先预料的那样，嗡鸣声和闪烁的蓝光出现了，这是呼叫到来的信号。托莉·缪妮随声而动，她抵着地面把椅子推向后方，又飞快地在椅上转过身。黑杰克惊恐地跳了下去。她站起身，随后犹豫着停了下来。

“我已经设下严密的程序，以便在用餐期间不被任何人打扰，”图夫宣称，“通过排除法就能知道，这呼叫是找你的。”

蓝色的光点熄灭，亮起，熄灭，亮起。

“你根本不是什么神，”托莉·缪妮说，“我也不是，该死的。我不想担负这该死的责任，图夫。”

光芒仍在闪烁。

“或许是指挥官瓦尔德·奥伯，”图夫提议道，“我建议你在他开始倒数之前接通呼叫。”

“没人有这份权力，图夫，”她说，“你没有，我也没有。”

他笨拙地耸了耸肩。

光芒闪烁不断。

黑杰克发出悲哀的喵呜声。

托莉·缪妮朝控制台走了两步，然后她停下来，转身面对图夫。“创造是神性的一部分，”她带着突如其来的坚定说道，“你能毁灭，图夫，可你无法创造。这让你成为怪物，而不是神灵。”

“在克隆容器里创造生命是我日常工作的平凡组成部分。”图夫说。

光芒亮起，熄灭，再度亮起。

“不，”她说，“你是在复制生命，而不是在创造它。它必须早就存在，存在于某个时间和某个空间，而且你必须有一件细胞样本，一份古老的档案，否则你根本无能为力。见鬼，没错！噢，你确实拥有创造的力量。这该死的力量我也有，而且地底城市里的每一个男人和女人都有。生殖，图夫，这就是你令人敬畏的力量，这就是唯一存在的奇迹——人类唯一拥有的神灵般的能力，也是你准备从百分之九十九点九的斯·乌斯兰星人身上夺走的能力。见鬼去吧！你不是创造者，你不是神灵。”

“的确。”哈维兰·图夫面无表情地说。

“所以你没有权力做出神灵般的决定，”她说，“我也没有，该死的。”她迈开自信的大步，三步走到控制台边，按下控制钮。显示屏上跃动的各种色彩消解了，一个光洁锃亮的作战面罩出现在画面中，上面饰有制式化的球形徽章。两块传感器在黑色塑钢面罩后散发出深红的光芒。“指挥官奥伯。”她说。

“首席议员缪妮，”瓦尔德·奥伯说，“我很担心。同盟特使们正在新闻报道上宣布各种各样的疯狂消息。一份和平条约，一次新绽放。你能确认一下吗？怎么回事？那边有麻烦了？”

“对，”她说，“听我说，奥伯——”

“托莉·缪妮。”图夫说。

她转身面向他。“什么？”

“如果生殖是神性的象征，”图夫说，“那似乎可以由此推断，猫咪们也是神灵。它们同样能够繁殖。请允许我指出，在很短的时间里，就出现了这样的状况：你的猫的数量超过了我的，尽管你最初只有一对猫。”

她皱起眉头。“你在说什么？”她关掉了声音，让图夫的话无法被传输过去。

瓦尔德·奥伯在突如其来的沉默中打起了手势。

哈维兰·图夫将十指的指尖相抵。”我只是想指出，不管我有多喜爱猫咪，我仍然会采取措施控制它们的繁殖。这是我在深思熟虑并衡量所有可能性之后做出的决定。说到底，只存在两个根本的选项，你自己终究也会发觉这一点。你必须迫使自己采取手段抑制猫的繁殖，我需要补充说明，你必须完全不经它们的同意。倘若你做不到，那必定有一天，你会发现自己得把一整袋新生幼猫丢出空气闸门，丢进冰冷的宇宙虚空之中。而你选择的是不做任何选择。你无法做出决定，因为你缺乏此种权力，而这本身也是一种决定，首席议员。你投了弃权票。”

“图夫，”她的声音痛苦不已，“不！我不想要这该死的力量。”

达克斯跳上了桌子，用它金色的双眼看着她。“神灵是比生态工程师更加劳神费力的职业，”图夫说，“你可以说，我在接下重担的一刻就明白了这份工作的风险。”

“才不是，”她开口道，“你没资格说，”她语无伦次地说，“幼猫和婴儿不一样，”她努力组织语句，“他们是人，他们拥有力量，思想的力量，他们拥有思想、心灵和生殖器官。他们有理性，选择权属于他们，选择权是他们的，不是我的。我没法替他们做决定，没法替几百万人或者几十亿人做决定。”

“的确，”图夫说，“我已经忘记了斯·乌斯兰星的优秀人民拥有悠久的理性选择的历史。毫无疑问，等他们面对战争、饥荒和灾害的时候，这几十亿人就会改变生活方式，灵巧地避开危机——即将吞噬斯·乌斯兰星和它引以为傲的高塔的危机。真是奇怪，我之前怎么不明白这一点？”

他们四目相对。

达克斯发出呼噜声。接着，它转过脸去，开始舔舐图夫碗里的奶油蘑菇浓汤。黑杰克摩挲着她的腿，警惕地看着达克斯，随后大步穿过房间。

托莉·缪妮以极其缓慢的速度转回控制台前。这次转身花去了她一整天——一周，一年，一辈子，四百亿个一辈子。可等她转过身去，消逝的只是一瞬间，而那些逝去的生命仿佛从未存在过一样。

她看着通信屏幕上面对着她的那张冰冷无声的面罩。在那闪亮的黑色塑钢面罩的表面，她看到了战争那无形的骇人脸孔，而在那脸孔之后，饥饿与疾病那冷酷狂热的眼睛正熊熊燃烧。

“怎么回事？”瓦尔德·奥伯一遍又一遍地询问，“首席议员，我听不到你的话。你听到我的声音了吗，你的命令是什么？那边怎么回事？”

“指挥官奥伯。”托莉·缪妮说。她挤出灿烂的笑容。

“出什么事了？”

她吞了口唾沫。“出事？没有，一点事都没有。见鬼，一切都好得不能再好了。战争结束了，危机也结束了，指挥官。”

“有人在威逼你？”瓦尔德·奥伯厉声说道。

“没有，”她迅速回答，“为什么这么说？”

“眼泪，”他回答，“我看到了眼泪，首席议员。”

“那是喜悦，指挥官，喜悦的眼泪。吗哪，奥伯，这是图夫的叫法。天赐的吗哪。”她快活地大笑起来，“星辰赐予的食物。图夫是个天才。有时候……”她用力咬着嘴唇，“有时候我甚至觉得，他或许是……”

“是什么？”

“……是位神灵。”她说。她按下按钮，屏幕暗淡下去。

她名叫托莉·缪妮，可在历史上，人们对她有各式各样的叫法。

著作权合同登记号：图字 18-2023-111

图书在版编目（CIP）数据

图夫航行记 /（美）乔治·R.R. 马丁著；朱佳文译
. -- 长沙：湖南文艺出版社，2023.12
ISBN 978-7-5726-1486-6

Ⅰ. ①图… Ⅱ. ①乔… ②朱… Ⅲ. ①幻想小说—美国—现代 Ⅳ. ① I712.45

中国国家版本馆 CIP 数据核字（2023）第 221420 号

上架建议：外国文学・畅销文学

TUFU HANGXING JI
图夫航行记

著　　者：[美] 乔治・R. R. 马丁（George R. R. Martin）
译　　者：朱佳文
出 版 人：陈新文
责任编辑：张子霏
监　　制：吴文娟
策划编辑：姚珊珊　黄　琰
特约编辑：罗雪莹
版权支持：王媛媛　姚珊珊
营销编辑：傅　丽　杨若冰
封面设计：利　锐
版式设计：李　洁
内文插图：珍妮特・奥利西奥（Janet Aulisio）
出　　版：湖南文艺出版社
（长沙市雨花区东二环一段 508 号　邮编：410014）
网　　址：www.hnwy.net
印　　刷：三河市百盛印装有限公司
经　　销：新华书店
开　　本：875 mm × 1230 mm　1/32
字　　数：348 千字
印　　张：13
版　　次：2023 年 12 月第 1 版
印　　次：2023 年 12 月第 1 次印刷
书　　号：ISBN 978-7-5726-1486-6
定　　价：59.90 元

若有质量问题，请致电质量监督电话：010-59096394
团购电话：010-59320018